U0146187

像蜀锦一样绚烂

朱小平 ——著

作家出版社

目 录

序：热血春秋笔，铿锵长短歌

毛佩琦

　　史学是中华文化传统最宝贵的财富之一。历史是写人的，不论采用什么体例，或编年，或纪传，或纪事本末，其核心都是人，都是各色人物扮演的故事。孔夫子作春秋而乱臣贼子惧，他老人家的史笔褒贬，令违礼悖德的人胆寒。司马迁作史记，春温秋肃，以"太史公曰"评骘人物，臧否故事，让国人对历史充满了敬畏。除了史家以书写历史表达他们的历史观和对历史人物的臧否外，历代又有读史评史的传统，许多学者、政治家通过传注、点评直接表达对历史的意见，这方面也留下了不少名著，如明清时期李贽《史纲评要》、王夫之《读通鉴论》，都是大家习知习闻的。古人称作史要有两大功夫，曰考据，曰义理。精考据，才可以得到严谨正确的史实，明义理才能通晓历史的因果流变。知道史实，仅仅是一种认知，以史实为基础，通过思考明辨其义理，才能使知识上升到智慧层面。所谓以史为鉴云云，实际是以对历史的思考去指导现实。所以，不论写史，还是评史，义理都是其灵魂。章学诚又有史才说，姚鼐又有辞章说，那么，著史又需要讲究文字表达的功夫。孔夫子说，言而无文，行之不远。好的史著，文章都是精彩的。《史记》被盛赞为"无韵之离骚"，《汉书》至于可用来下酒，亦足以见前人对史著文章的推崇了。

历史写什么人，记什么事，是由执笔者选定的，后世所读之史，即使所谓实录，所谓全史，也都是由作者筛选出来的。史家之学养，史家之识见，决定了他对人与事的取舍和判断。司马迁究天人之际，作陈涉世家、孔子世家，为游侠立传，为刺客立传，都反映出他的历史观。历来有经世之志、有担当之心的读书人，也往往以治史表达他们的理念，在不同时代产生了许许多多的历史作品。然则，选择借助什么人物和事件去表达作者的理念，通过这些人物和事件又要传达出什么样的理念，不同时代、不同史家又是大不相同的。

二十世纪四十年代，著名出版家张菊生元济先生①曾选取八位古代人物编写了一部书，题目是《中华民族的人格》，他认为这八个人是足以代表中华民族的人格，而此时中华民族正需要张扬这种人格。他把书稿寄给了胡适先生，请为之序。张先生称自己编写此书的宗旨是："只要谨守着我们先民的榜样，保全着我们固有的精神，我中华民族不怕没有复兴的一日。"张先生的宗旨可谓堂堂之阵、正正之旗。当时正值中华民族救亡图存的抗战时期，拿枪的将士上战场了，拿笔的菊生先生挺身担当起振奋民气、团结意志的责任。张、胡交谊素笃，序很快就写成了。适之先生说"这些人'有的是为尽职，有的是为知耻，有的是为报恩，归根结果，都做到杀身成仁'"。但适之先生对菊生先生所选人物却不尽同意，甚至为张先生另外开了一个名单。为什么？适之先生说，"很赞成张菊生先生用'先民的榜样'做我们的'人格教育'的材料"，但材料"不应限于杀身报仇，要注重一些有风骨，有肩膀，挑得起天下国

---

① 张元济（1867—1959），字筱斋，号菊生，浙江海盐人。清光绪进士，入翰林院任庶吉士，后在总理事务衙门任章京。1902年，张元济进入商务印书馆，历任编译所所长、经理、监理、董事长。新中国成立后，任上海文史馆馆长、商务印书馆董事长。其《中华民族的人格》所选人物是程婴、伍尚、子路、豫让、聂政、荆轲、田横、贯高。

家重担子的人物"。无疑，对于如何解读中华民族的性格，需要培育中华民族什么样的性格，当今时代需要什么样的民族人格，胡适先生看得更长远，更切实。那么，历史读物的作者要向读者展示哪些人物，借这些人物又要去提倡什么、鞭笞什么，其责任、其影响不亦大乎！

现在，我们面前就摆着一部有关历史人物的大作。作者自称其为随笔，不是一般意义上的传记，显然，作者为之倾注了更多的感情和思考。

翻开书，第一篇就是《啊，"致远"——邓世昌其人及沉舰之因》。它带我们再次回到了那个令人耻辱、令人纠结、令人沉思不止的年代。"致远"舰，北洋海军的骄傲，邓世昌是以身殉国的英雄。本来他们应该叱咤风云、扬威海上，然而他们沉没了，沉没了，沉没了！痛惜之余，令多少人至今在思考其所以成、所以败的原因。作者以独特的角度，带领我们对"致远"舰对邓世昌做了近距离的观察。这是一个在宏大历史背景下的细节解读。清政府为了跻身世界一流军事强国，下决心要打造一支现代化的海军。"致远"舰为英国设计建造，各种数据都说明它在当时已经非常先进，北洋水师"并非仅仅海战训练和作战条令全部使用英文"，甚至"高级军官洋化到吃西餐"。"致远"舰多次宣威异域，威慑沙俄、日本。多么有画面感的描述！

邓世昌在腐败的清朝官僚队伍中，是一个另类。"邓世昌入北洋水师（含入船政学堂）服役二十七年，一贯处事严谨勤勉，治军严格有方，爱护士卒，而且严格遵守北洋水师管带不得离舰到岸上居住的军纪，不带眷属，也不在刘公岛基地购买宅寓。""不饮博，不观剧，非时未尝登岸。众以其立异，益嫉视之"，甚至不顾传统礼制，"其父逝世时恰逢中法开战，邓世昌顾及海防吃紧，决然不去奔丧。这种有违世俗之举，愈发引起众议"。作者说，这正应了

"人高于众，众必非之"的古语。

然而，非常之人乃能为非常之事。就是他，在北洋水师与日本海军的激烈战斗中，在主舰遭到重创时指挥"致远"舰冲击日军"吉野"舰。在撞击途中，"致远"舰中弹沉没，邓世昌以下全舰官兵245人以身殉国。邓世昌落水后，本有希望生还，但他拒绝了水兵们的救援。正是因为有了这种"同自己的敌人血战到底的气概"，"日本欲亡我中华灭我种族的狼子野心才不能得逞"！作者从海战近景，一下把镜头拉远，勾勒出了伟大的中华民族必将置之死地而后生的历史走向。行笔至此，作者的热血情怀喷发而出：为被日本掠去的"致远"舰上的十管格林炮不能回归而耿耿于怀；为邓世昌的生日竟是殉日而隐隐作痛；为至今也没有竖立甲午烈士纪念碑和姓名碑而念兹在兹；同时作者也深感到了欣慰：邓世昌的后代没有辜负先世的英名，他们中有六人参加了1937年至1945年的抗日战争。读书至此，我们与作者一起唏嘘，与作者一起感奋，与作者一起扬眉。

在本书第一辑中，还有多篇文字都是关于中国海军的：《永不消逝的军魂》《"像蜀锦一样绚烂"》《甲午海战中的留美幼童》《煤，煤，煤！》《致命实心弹》等。小平先生，一介书生，为什么用大量的篇幅书写海军的历史，描写海军人物？因为在他的心胸里深深地隐忍着民族的伤痛，饱含着民族振兴的热血。他要通过对海军中各色人物的具体刻画，回顾中国海军成长的艰难惨痛的道路，讴歌中国海军将士们爱国的英雄主义气概。作者凭借一颗炽热凌厉的剑胆侠心，凭借一支传神绘色之笔，织就了一幅幅七色彩锦，让读者享受了历史的丰厚和作者的激情。

文章贵在出新，不仅是故事新、文字新，重要的在于视角新，思考新。作者著文绝不人云亦云。他笔下的一些人物，对读者来说并不都是陌生的，也因此，读者早已对他们有了先入的印象。作者却能在这些习见的人物身上揭示出新的东西。比如人皆云苏曼殊是诗僧、才子，而作者偏偏更看重他还是一个反清的革命志士，看重他"睥睨四顾，豪气干云"的气概；人们都在楼宇中、在书房里寻觅苏曼殊的踪迹，而作者偏偏挂记着那黑暗的柴房。关心"那幼小的精灵，该是如何在柴草上蜷曲待毙"。又如，对于苏东坡，人们往往只欣赏传唱他的那些名篇，而作者则注意到他的有关屈原的诗文。在苏东坡之前和同时代，诗人们，班固、白居易、孟郊、贯休、司马光等，对屈原的评价大都突出一个"忠"字，而作者则拈出苏东坡虽然肯定屈原的"忠"，但更强调屈原的节操。苏东坡认为屈原的沉江并非自绝，是以悲壮之死警谏君王。苏东坡认定屈原才是真正的"君子""贤者"，又从而反衬出自己就是"忠直"的表率。还比如，人们读《宋史》张孝祥传，从不怀疑其"张浚主复仇，汤思退祖秦桧之说力主和，孝祥出入二人之门而两持其说"的评论，作者竟然在《宣城张氏信谱传》找到了《宋史》本传所没有收录的材料，并证以张孝祥《于湖居士文集》，说明"张孝祥不仅反对秦桧等人的投降政策，而且对南宋最高执政赵构因循苟且的姑息政策亦极为不满和愤慨"。如此这般，在他笔下的人物形象就从平面变成了立体，思想性格从单一变成了丰富完整。

作者对人物的品评也是极有个性的，在作者行云流水的文字中我们会发现他作为严肃学者的冷峻。比如，在论到清朝李秉衡这位"名臣""廉吏"时，作者说："北洋水师的全军覆灭，李秉衡应负有一定责任。说他是日寇的帮凶，也许言重，但他客观上确起到了瓦解溃散北洋水师军心的作用，应是无疑义的。"进而论道："假设李秉衡能够抛弃党派利益、私人恩怨与偏见，在威海保卫战中全力与丁汝昌通力合作，战局或许不致以悲剧收场。当然，他也许会在光绪帝和清流派眼中变成异类，但他会成为真正的'名臣'而青史流芳！""李秉衡一生清廉，追求读书明理，鄙夷李鸿章而'不屑与之为伍'，痛恨李鸿章'唯利是图'，他宁死也要追求忠义名节"。然而，在大敌当前，需要同仇敌忾的时候，个人"名节"又在哪里呢？又如，在论到清代学者赵翼时，作者说他"对清朝君王极尽奴颜卑躬之能事，俯首帖耳，阿谀奉承以取其欢心"，尤其厌恶其诗文"每每对宋代大奸贼秦桧褒赞有加，对岳飞则加以贬斥"。作者说："须知乾隆不仅对岳飞，就连抗清义士也是大加褒彰的，他所看不起的正是一些软骨头'贰臣'。"作者提出"在中国的历史上，类似赵翼这样的人物屡屡出现，值得悉心研究"，特别是作者在这里顺便点出了"周作人也写过两篇为秦桧鸣不平的文章"。其笔锋之犀利，于焉可见。

作者的视野极为开阔，被他罗至笔下的有将军，有诗僧，有名宦，有皇帝，有文士，有才子，有画家，他想要展示的是一幅社会历史的全景图。因为是随笔，所以他的文字可以任情所至，可以汪洋恣肆，但它们都有一个共同的品格，即史笔的严谨和学术的严肃性。正如本文开头所说，他知道史笔的分量，一笔下去，裁量人物，针砭史事，要有不可动摇的把握。在对人物或历史的叙述上，他常常会遇到一些学术问题，比如明代的军户问题，比如明清的漕运问题，他都做了仔细的研究和考证。要保证在制度上、史实上不出错误，也是一件不容易的事，这也足以看出作者用功之勤。同时作者又有很强的驾驭文字的能力。他的文字质朴无华，直抒胸臆，澄澈如水，清丽如风，笔之所到，写心写景，形神俱备。所以，我要说小平先生的文章是考据义理兼善，辞章文采并荟。

中国文人有做笔记的悠久传统。如前辈学者谢国桢先生所言，这种文体肇始于秦汉，盛于唐代，到了宋朝著名的文学家像欧阳修、苏轼等几乎都写笔记。司马光著《资治通鉴》时，曾取材于南唐尉迟偓《中朝故事》、刘崇远《金华子》。元修《金史》，则以金刘祁为蓝本。明清两代的笔记种类尤为繁多数量尤为庞大。明清有许多著名的笔记，《陶庵忆梦》《西湖梦寻》《板桥杂记》《阅微草堂笔记》，等等。它们不仅文笔优美，而且留下了大量为正史所忽略或不能容纳的材料。它们是文学作品，同时也是可以供研究历史之用的材料。关注掌故，穷穷故实，也是中国读书人读书写作的习惯。近现代也有不少以掌故名家的，郑逸梅、张友鸾、金受申、邓云乡等，都留下了不少佳作。小平先生是继承了这个中国文人书写笔记关注掌故的传统。本书的一些篇章也可以视做笔记掌故类的文献，特别是第四、第五辑中的一些篇目。笔记之难，在于巨细不遗、庞杂而不乱；掌故之难，在于知之详尽，具体入微，在于别人不知而我独知。好的笔记掌故作品更在于它的以小见大，看似细碎，却成体系且有宏大的关照。比如本书的《秦良玉·四川营·棉花胡同》《铸钟厂和"钟杨家"》《不熄的窑火》《"其人与笔两风流"》《从马连良说到清真菜》《觯斋主人与"洪宪瓷"》各篇，寻微阐幽，解疑发覆，或令人豁然开朗，或令人解颐一笑，都有很高的阅读价值。在轻松流畅的文字中，作者与你娓娓而谈，给人以知识，给人以思考，给人以愉悦。或丽日闲庭，或檐下久雨，或南窗秋高，或精舍围炉，手边是需要有这样一部书的。

读这些随笔，我感到小平先生真个很像读书人的读书人，我是要说他读的书真多！这不仅从本书的内容广泛可以看出，而且从每篇的写作也可以看出。他写每篇作品都力图穷尽有关材料，一定做到每事都有出处，每句话都有来历，绝不做无根之谈。小平的读书绝不是为了什么功利，不是为了什么目的的。他把读书当做一种享受，读书是他生活不可分离的部分，他把读到的东西写出来，是对读者的分享。小平为什么能读这么多书？在于他不竭的求知欲，在于他把什么知识都当做零起点的精神。他有一颗童心，对什么都好奇；有一双无邪的眼睛，看什么都新鲜，对什么都想去探索。因为一切没有城府，一切没有成见，才可以发现一般人看不见的东西。

这是读书人的生命力所在，是进取的活力所在，也就是所谓日新，又日新，日日新的精神。愿好读书的朋友们，随着小平先生的观察去领略那些未知的角落；随着小平先生的认知和思考，去思考那些不曾想到的东西。这也就是我愿意在小平的大作出版之际写下这些话的原因。

是为序。

2020年4月4日

举国哀悼瘟疫死难者之际

于北京昌平之垄上

5月21日改订

（毛佩琦，中国人民大学历史系教授、博士生导师，中国明史学会副会长，中国文物保护基金会历史文化专家委员会主任。在中央电视台《百家讲坛》主讲明朝十七帝、郑和下西洋、大明第一谋臣刘伯温等。主要著作有《明成祖史论》《永乐皇帝大传》《郑成功评传》《平民皇帝朱元璋二十讲》及散文集《无心剩稿》《读史杂说》等。）

·第一辑·

啊，"致远"

——邓世昌其人及沉舰之因

清朝北洋水师"致远"号巡洋舰和它的舰长邓世昌，在中华民族的历史上，是不应该遗忘的符号。

近来"致远"舰（国家文物局命名为"丹东一号"）在当年甲午黄海海战水域之下沉寂了一百二十一年之后，被人们发现。一些遗物被打捞出水，诸如标记有"致远"舰名中文篆字和中国海军英文标识、北洋水师军徽的餐用瓷盘、桅盘十管格林炮、鱼雷引信、送话筒、钢板等被发现，使考古界基本认定是当年清朝北洋水师主力舰之一的"致远"号穹甲巡洋舰。

"致远"舰在中国几乎家喻户晓，是因为电影《甲午风云》等影视剧。在黄海大东沟一战中，"致远"舰的英勇无畏和邓世昌以下全舰官兵245人以身殉国，使中国人永远记住了这艘战舰和它的指挥官——邓世昌。邓世昌被中国海军视为军魂。至今，中国海军唯有两艘训练舰以人名命名，即"郑和"号与"世昌"号。

关于"致远"舰在黄海大东沟海战中的英勇，人们几乎耳熟能详，它的知名度在当时已闻名中外。

但它当时名列世界海军前茅的近代化程度，却是一般人所不太清楚的。北洋水师名冠亚洲第一，位列世界前十，是其来有自的。也并非仅仅海战训练和作战条令全部使用英文，高级军官洋化到吃西餐（恰恰邓世昌未派到英国留学，完全是清朝福建马尾船政学堂培养出的优秀作战舰高级指挥官）。

清朝为了跻身世界一流军事强国，历经周折，终于痛下决心要打造一支现代化的海军，从1881年开始自德国、英国订购主力战船。"致远"舰于1885年10月在英国埃尔斯威克造船厂开工建造，一年后的9月28日下水，1887年7月23日完工。同年即编入北洋水师现役。这是英国设计的穹甲巡洋舰，现在的军事学者将其命名为"致远"级，其作战能力仅次于"定远"级。

根据史料，我们今天可以清晰地看到它的排水量、火炮、装甲、动力、航速等数据，近代化程度在当时已非常先进。

其实，"致远"舰不仅仅是在黄海大战中名传遐迩。之前，其在中外视野里已有很高的知名度了。"致远"舰编入北洋水师现役后，多次宣威异域，奉命巡视，出访新加坡、香港（当时被英国割去为殖民地）、沙俄远东、日本等。每年还要从海参崴巡视至新加坡及有关藩国。并在日本觊觎中国藩国朝鲜时，"致远"舰也多次奉命出发至当地威慑日本海军，阻其侵犯，包括护送陆军登陆朝鲜，以稳定藩国朝鲜的局势。俄国皇太子访问大清国，"致远"与"靖远"同为护卫舰，声名更为远播。它的流线型的飒爽外观留给中外观者以颇深的印象。

"致远"在大东沟海战中的表现有目共睹，多次重创日舰，在自己身受重伤的情况下，为缓解北洋水师旗舰"定远"受日本联合舰队围击的压力，毅然决定撞沉日舰"吉野"，可惜中途沉没。自管带邓世昌以下245名官兵（含英籍洋员余锡尔）殉国，仅有7人生还。邓世昌落水后，本有希望生还，但他拒绝了水兵们的救援。丁汝昌下令施救，先是他的仆从刘相忠游来递上救生圈，他"缩臂出

---

① 《清史稿》，中华书局1977年版，P12712，下引均不再注明页数。

圈"①。"左一"号鱼雷艇抵近救援，"亦不应"，"仍复掷沉"。他的爱犬"太阳"跳入水中游过来牵救他，"衔其臂不令溺，公（邓世昌——笔者注）斥之去，复衔其发"，他将爱犬抱住压入水中共沉于海。实际上邓世昌早已抱定殉国之心，他在战前曾对部下说："设有不测，誓与日舰同沉。"在他下令"致远"全速撞击"吉野"时，官兵们"稍乱"，他在指挥台上大声激励部下："我辈从军卫国，早置生死于度外。今日这事，不过就是一死，用不着纷纷乱乱！我辈虽死，而海军声威不敢坠落，这就是报国呀！"《清史稿·邓世昌传》记载他大呼："今日有死而已！然虽死而海军声威弗替，是即所以报国也！"与野史中的记载基本一致。邓世昌同时下令将舰上的救生艇全部抛入海中，表明了誓不生还的英雄气概和必死之志。

在大东沟海战中日舰队作战序列中，"致远"本来不是日本舰队攻击的重点，但"致远"和"镇远"一样，为了保护旗舰"定远"，毅然挺身而出，主动攻击日舰，受到日本4艘战舰的围击，但却缓解了"定远"的压力，使得遭受日舰炮击燃起大火的"定远"能及时组织人员扑救。从作战常识看来，邓世昌指挥"致远"掩护旗舰，是天经地义，但是从北洋舰队内部派系来说却难能可贵。

北洋水师从建军以来就是以福建籍（以下简称闽籍）军官为核心形成派系，称之为"闽党"，非闽籍军官多受打压和排挤。闽籍派系的领袖人物是刘步蟾，身兼北洋水师提督衔右翼总兵，实际经常代替丁汝昌主持北洋水师的日常训练，在大东沟海战中代替受伤的水师提督丁汝昌升起右翼总兵旗指挥作战。但在事关大局的紧急关头，邓世昌没有心存派系不和的芥蒂，舍身去掩护刘步蟾统率的"定远"，作为"闽党"领袖的刘步蟾在目睹这一幕壮烈之后，不知该有何感想？据野史载：有人检举邓世昌处罚舰上水兵致死，刘步蟾极力主张治罪于邓世昌，后由于查无实据才作罢。邓世昌非福建籍，更由于他清高孤傲、洁身自好，而受到闽籍将领的排挤，竟因此而不能去英国留学，使他终生扼腕、引为一憾。这其中有可能刘步蟾起到了某些作用。事与愿违，但邓世昌并未消沉，也许由此发奋勤学苦练。

邓世昌未曾留学，但从马尾船政学堂毕业后，很早就上舰充任管带，靠实践成为一名优秀的指挥官。他的殉国从光绪皇帝到李鸿章都是觉得非常痛惜的。邓世昌牺牲后举国震动，光绪帝垂泪撰联"此日漫挥天下泪，有公足壮海军威"（也有考证认为非光绪所撰），并赐予邓世昌"壮节"谥号，追封"太子少保"，入祀京师昭忠祠，御笔亲撰祭文、碑文各一篇。朝廷抚恤也超出规格，赐遗属10万两白银。他的军衔也较高，为提督衔记名总兵。清朝规定汉人武将阶级最高为提督，依次为总兵、副将等，邓世昌的实职阶级为"中军中营副将衔管带"。北洋水师最高指挥官丁汝昌才是提督（丁汝昌在刘公岛服毒自杀后，朝廷不予抚恤和赠衔），由此可见邓世昌是实至名归（按近现代军衔或与日方对等，邓世昌即为中将衔少将）。

据我依据有关邓世昌的记载来分析，邓世昌的性格大概有些孤傲，不合群。这大约也是导致北洋水师中几乎一统天下的闽籍将领看不惯他的原因之一。

邓世昌是广东番禺籍（今广州海珠），出身商贾之家。福建船政学堂本来规定不招收外省籍学生，由于他曾向洋人学习过算术，有英语基础，考官破例选其入船政学堂第一期驾驶班，时年18岁。这是他的幸运。他的不幸运则仍然因为非闽省籍，没有官派英国留学海军驾驶。但他却成为同期同班同学中最早上舰任管带（舰长）的，毕业后，先任"振威"舰管带，调入北洋水师序列后，随丁汝昌赴英购舰，在精于测量、驾驶的擅长上，又"详练海战术"。归国后，任"扬威"舰管带，在实践中具备了比较完整系统的指挥业务能力。

由于邓世昌"高其能"（《清史稿》本传中李鸿章对他的评

价）的军事素质，受到水师提督丁汝昌，甚至北洋大臣李鸿章的赏识，入选北洋海防作战序列，38岁时充任"致远"舰管带，并兼"经""致""靖""济"四舰营务处。以广东籍任管带，这不免受到闽籍将领们的嫉妒。邓世昌入北洋水师（含入船政学堂）服役27年，一贯处事严谨勤勉，治军严格有方，爱护士弁，而且严格遵守北洋水师管带不得离舰到岸上居住的军纪，不带眷属，也不在刘公岛基地购买宅寓，日复一日在舰上居住。这与很多闽籍将领在岸上大肆购建寓所形成鲜明反差，如在海战中临阵脱逃悬挂白旗投降的"济远"舰管带方伯谦，不仅几处购屋，还纳妾以金屋藏娇，即如北洋水师最高指挥官丁汝昌也曾在刘公岛购屋，还租给部下以收取租金。而邓世昌这种众浊我清的不合流俗，势必引起闽籍将领的憎恶。《清史稿·邓世昌传》载他"非时不登岸，闽人咸嫉之"，正应了"人高于众，众必非之"的古语。

邓世昌以儒将自期，期以"精忠报国"，自服役至殉国，漫长的27年，仅回故里三次，最长仅七天即回到舰上。其父逝世时恰逢中法开战，邓世昌顾及海防吃紧，决然不去奔丧。这种有违世俗之举，愈发引起众议，闽籍将领们也愈发视其为"不孝"的怪物，群起排挤之。邓世昌以身作则，"不饮博，不观剧，非时未尝登岸。众以其立异，益嫉视之"。附带指出，邓世昌在北洋水师高级将领中的洁身自好是有目共睹的，与某些闽籍将领纳妾藏娇、豪赌巨饮、离舰拍曲的陋习是格格不入的。某影视剧将邓世昌与一女子大谈恋爱列为情节，这完全是无中生有，应是对邓世昌的人格污辱！

邓世昌的特立独行，孤格高标，使得他长期受排挤，内心落寞孤独。他也授人以柄给攻击他的闽籍将领们，北洋水师军纪规定舰上不得饲养动物，邓世昌不顾军纪，在舰上豢养一条爱犬"太阳"，终日在舰上与爱犬为伴。这大约是他寂寞孤寂的依托。他没有回家奔父丧，内心其实也非常痛苦，在舰长住舱里终日不出，仆从看见他只是一遍又一遍书写"不孝"两个大字，其心中何止悲怆而痛苦！

邓世昌在看到刘步蟾所在的旗舰身处险境燃起冲天烈焰时，指挥排水量仅2300吨、无任何坚甲防护的穹甲巡洋舰"致远"，从左侧驶到"定远"之前护卫"定远"旗舰。当时，紧随其后的由刘步蟾的儿女亲家林泰曾指挥的"镇远"也奋勇向前，从右侧而出与"致远"共护旗舰。

林泰曾是闽籍的侯官人，林则徐之侄孙，福建船政大臣沈葆桢是他的姑丈，与刘步蟾为同届同学、同赴英国学习，不仅是"镇远"管带，而且是北洋水师左翼总兵，是仅次于提督丁汝昌的高级将领。与刘步蟾虽为儿女亲家，但双方互有芥蒂，面和心不和。但尽管如此，在关键时刻，在北洋水师将领中有名的性格懦弱内向、遇事犹豫胆小的林泰曾还是挺身而出。亦不知一贯奚落、中伤、谴责胆小怕事的林泰曾的刘步蟾此时又该作何感想？

平心而论，刘步蟾与林泰曾资历相当，军事素质不相上下，但魄力、才干确在林泰曾之上，但每次晋升之际林泰曾都被沈葆桢保举而超过自己，在林之下屈居右翼总兵，负责技术、训练等。他们成为儿女亲家也是因为二人矛盾益深，丁汝昌为之说和结秦晋之好期望弥合二人感情，但最终二人依然故我，裂隙日深。以致林泰曾的"镇远"触礁损伤，心痛至极而又胆小怕事的他惶恐不安，当夜问计于有北洋水师"智多星"之誉的刘步蟾，以为亲家可予以点拨，讵料刘竟打起官腔，高声斥责加以恫吓，致使本就懦弱的林泰曾羞愧忧怕，一夜辗转，这位被日本人誉为"中国海军的岳飞"的名将竟于凌晨吞服鸦片自杀！

相比于邓世昌果敢刚毅不屈于流俗的品性，林泰曾实不相符于"岳飞"的美誉。但两个性格迥异，都对刘步蟾没有好感甚至厌恶的人，却在关键时刻抛却恩怨，去护卫刘步蟾的"定远"，使"定远"在日舰凶猛的炮火下得到喘息。须知，日本联合舰队第一作战目标就是击沉"定远",在此之前,日本幼童的歌谣游戏都是在高唱"击沉定远"!

但日本海军确实又很忌惮"定远",一般日本水兵尤甚。在黄海海战前,日本海军将领为消除水兵的惧怕心理,特别批准破例可以在舰上抽烟,以稳定情绪。由此可见号称"亚洲第一巨舰""定远"的威名。

"定远"与"镇远"属同一级别,皆由德国伏尔铿造船厂制造,分别于1883年5月和1884年3月试航。而邓世昌的"致远"则从火力、吨位、装甲到速度,与二者完全不在一个等级。与"吉野"相比,也未必有绝对优势,尤其在速射炮配备上相差颇远,吨位、航速、火炮配置也不及"吉野"。

林泰曾的"镇远"出击护卫旗舰,有一定优势。而邓世昌的"致远"挺身而出,则要冒极大风险。因为本身已受重创,水线下各有10英寸(约25厘米)和13英寸(约33厘米)炮击的大洞。年久失修的水密门隔舱橡皮已破朽,海水猛烈灌进,使舰体随时有沉没之虞。由此可见邓世昌的大义凛然,罔顾私利。难怪邓世昌下令全速撞击"吉野"时,舰上士兵们一时"稍乱",因为"致远"本身负伤,胜算不大。这符合人们的心理。《清史稿》记载,邓世昌看到"定远"丁汝昌的提督旗被日舰炮火击落,曾升起自己的指挥作战旗。笔者分析,邓世昌未必是想代替旗舰指挥作战,因为还有左、右翼总兵林泰曾、刘步蟾,越俎代庖大约也未必容于北洋水师军纪(丁汝昌在战前并未指定替代指挥者)。《清史稿》说邓世昌此举是"虑军心摇",但很可能是邓世昌想吸引日本联合舰队主力,转移其注意力,从而减轻"定远"的压力。这符合邓世昌果敢的性格。

"致远"的挺身而出使之付出了惨烈的代价。"定远"有着与"镇远"一样的防护装甲,这就是"定远"屡遭日舰集中火力炮击而永不沉没的原因。"定远"装甲防护相当厚重,采用"铁甲堡"

式集中防护，围绕舰体中部在水线附近敷设305至355毫米装甲带，装甲为钢面（内层为熟铁，有很强的坚韧度），以保护舰体中部的蒸汽机、锅炉舱、弹药库等要害部位。"镇远"与之相同。而"致远"的防护力则远逊于"镇远"，但它却吸引原本要击沉"定远"的日本第一游击队四艘战舰的火力，并与之顽强对抗。"致远"舰体多处被击穿，包括水线附近均遭炮火击穿，海水汹涌而入。尽管水兵们在拼命排水，但仍然发生了倾斜，左倾近30度。这种险情在海军作战常识来看已足以致命。邓世昌应该是估计到"致远"在激烈的以少抵多的对抗中再也支撑不住，才会下令全速撞击"吉野"，让北洋水师舰队减少一个日本最先进的战舰的凶猛威胁。

邓世昌大约还想拼死一搏，亦不排除快速抵近用鱼雷击沉"吉野"，因为"致远"还装备有4具356毫米鱼雷发射管。"致远"在北洋水师舰队中航速最高，在自然通风情况下，设计标准为15节、强压通风可达到18节。采取强压通风，航速甚至可超过20节。在试航时，"致远"都达到了设计标准。强压通风时的航速甚至超过了设计航速0.5节。可以说"致远"在北洋舰队中是航速最快的，超过"定远"和"镇远"14节的航速。

但就在快速抵近日本军舰时，"致远"舰体中部发生爆炸，舰首下沉，十分钟左右即消逝在波涛之中……

"致远"在爆炸起火沉没之前，舰身已向左倾斜到30度，大多数主炮、舰炮皆已无法发射，唯有桅盘里的十管格林炮，据日本海军当时记载，仍然不停地对着日本舰只猛烈发射，吐射着一条一条的火焰……直到"致远"舰体爆炸沉入大海，射击声才完全停止。

十管格林炮火力凶猛，每根炮管口径为11毫米，用特殊支架安装在桅盘里，可俯仰旋转。也许正是依靠了这种特殊支架，在舰体倾斜30度大多数火炮已不能正常发射时，它仍然顽强不停歇地向日本军舰射击，日本人对此是记忆犹新的，所以在海战结束后，掠走了"致远"舰上的一门格林炮作为战利品，至今仍存放在日本横须贺军港"三笠"号战列舰一侧。另一门于2015年9月17日被打捞出水，并被辨认出英国纽卡斯尔市阿姆斯特朗工厂的编号。由于海战中另一艘北洋水师巡洋舰"靖远"并未沉没在丹东水域，而十管格林炮又只被安装在"致远"和"靖远"舰上的桅盘里，所以此炮的被发现，即可肯定此舰是"致远"无疑。

"致远"开始冲向日舰时，还未倾斜，一直在不停发炮。"邓军门督率诸艺士（艺为艺官，艺官按北洋水师习惯是指技术军官——笔者注），使船如使马，鸣炮如鸣镝"，当时在海战附近观战的英国海军将领裴利曼德尔回忆说："'致远'舰既受重伤，志与日舰同归于尽，于是鼓轮怒驶，且沿途鸣炮，不绝于耳，直冲日队而来。"但都没有提及在舰体倾斜后，仍然喷射着怒焰的这门十管格林炮。有英勇无畏的邓世昌，就有英勇无畏的炮手，我们至今无从知晓十管格林炮手的姓名，但他们同样也应该无愧是中国海军的军魂！

11毫米的口径，在今天来看，至多也不过是机枪的火力，但它不停止地射击无疑是代表了一种精神。如果不是舰体爆炸，它一定不会停止射击……

究竟是什么原因使"致远"发生爆炸，使"致远"撞击日舰的壮烈之举沉没于万顷碧涛？

电影《甲午风云》表现的是"致远"被"吉野"发射鱼雷而击沉。《清史稿》邓世昌传中载："（'致远'）欲猛触'吉野'与同尽，中其鱼雷，锅船裂沉。"《辞海》"邓世昌"条也明确指出是被日舰鱼雷击中。这大概是来源于海战中代替丁汝昌指挥的亲历者刘步蟾，他在战后的报告中明确指出："倭船以鱼雷轰击，'致远'旋亦沉没。"刘步蟾是亲眼所见"致远"冲向日舰，他的说法无疑具有权威性。清人姚锡光后来所撰《东方兵事纪略·海军篇》中也细说是"中其鱼雷，机器锅炉迸裂，船遂左倾，顷刻沉没……"这遂成为后世所采用"被鱼雷击中导致沉没"的主要依据。

但据中日作战双方其他亲历者的记载，却并非认定是鱼雷所击，而是遭日舰炮击才导致沉没。

例如，与刘步蟾同在"定远"舰上的丁汝昌，事后向朝廷奏报即云"皆由敌炮轰毁"，一些参加过海战的北洋水师军官事后向上级呈文时也说是被日舰炮火击中"致远"，如"镇远"舰枪炮官曹嘉祥等呈文称："譬如'致'、'靖'两船，请换截堵水门之橡皮，年久破烂，而不能整修，故该船中炮不多时，立即沉没。"（《盛档·甲午中日战争·下》，下引均不再注明）水师守备高承锡呈文时称："……'致远'皆因无甲，数中炮即透入机舱，进水沉没。"

观战的英国海军将领也说："……日炮毕萃于舰（'致远'），独中深渊之祸。"参战洋员"定远"舰副管驾戴乐尔（又译泰莱）事后也回忆，北洋水师"为敌炮所沉者三舰。其中有一为忠勇之邓君所统之'致远'舰"。

日本方面的记录也印证是炮击导致"致远"爆炸沉没。日本《日清海战史》载"致远"被日舰"纽状火炮连弹装入快炮袭之，密如下，三点三十分遂沉没，中炮后舰体之倾斜益其，螺轮翘于水上，虚转于空中，终挟全舰人员俱沉。此时，然有声如裂帛者，恐即其汽锅之爆裂也"。

另外，日本舰队的战术是与北洋水师保持距离，避免与北洋水师近距离拼搏，其考虑之一是当时鱼雷性能差，怕被北洋水师炮火击中引爆导致舰毁失去作战能力，故在开战前日本联合舰队各舰均将鱼雷掷入海中。不仅是日方，北洋水师一些参战舰亦如此，"镇远""靖远"等均将准备发射的鱼雷速射出或沉入海中。北洋水师各舰装备的发射管中均装有鱼雷，抵近敌舰皆可以发射，但第二发鱼雷则置于发射台，极易被敌炮击中引爆。故近年来日本和西方研究史料还有一种假设，即认为是"致远"舰上的鱼雷发射舱被日方炮弹击中，鱼雷被引爆，导致舰体爆炸沉没。但迄今没有史料证明"致远"是否在开战前将鱼雷沉入海中，更有可能的是保存鱼雷以便抵近"吉野"相机发射。此次对"丹东一号"（即"致远"）的打捞，发现有鱼雷引信，但完整的鱼雷至今未发现，只能有待时日的打捞，或许有新的发现来佐证了。

前引《日清海战史》日方分析，"致远"舰内涌进海水太多，浸漫进锅炉舱引起爆炸导致舰体沉没，也不乏一种可能，比鱼雷击中的说法更具有科学性的分析。笔者倾向赞成上述观点："致远"航速过快，本身水线下就有两个大洞，涌进的海水才是致命的罪魁。当然，导致"致远"沉没之谜，仍然需要更准确的史料证据，特别是考古发掘的新发现。

至于为何有鱼雷击中和炮击两种说法，恐与当时海战混乱有关，据丁汝昌、刘步蟾事后报告中称"炮烟弥漫，各船难以分清"，舰只"烟雾中望不分明"，对"致远"如何被击中，自然叙述有误。"致远"舰官兵绝大部分牺牲，已无可能提供真实战况。记载中仅生还7人，但至今没有发现有直接证据的叙述者。

同样的日本方面的叙述，也应该存有误差，"当猛战时，两军旗帜俱毁，各不能辨其孰为敌舰，其略可识认者，仅在船之颜色形模"，中日双方舰体的涂装是完全不同的，北洋水师如"致远"采用的是维多利亚涂装（黑色），日舰则采用白色。其实还是可以分辨的。当然，如此纠缠混战于炮火硝烟之中，误记是极有可能的，但更不排除夸大战功的嫌疑——发炮击中对方当然值得炫耀了。

还有一种说法认为，"致远"并非撞向"吉野"，只是全力向日本舰队的"浪速"等几艘舰只冲击，并无固定对象。其实，这是细枝末节，"致远"无论是冲击"吉野"，还是"浪速"，抑或其他日舰，都不重要，重要的是："我们中华民族有同自己的敌人血战到底的气概！"这就是日本从明治维新到侵华战争的一百多年以来，以蕞尔弹丸小国，欲亡我中华灭我种族的狼子野心必不能得逞之原因所在！

笔者一直耿耿于怀的是：日本在二战中战败后，中国驻日代表团军事组首席参谋林汉波少校在日本费尽周折索回“镇远”“靖远”艏锚，他可能不知道“致远”的十管格林炮也被日本掠去，否则他一定会不遗余力让这门悲壮的格林炮回到祖国的怀抱……

笔者一直隐隐作痛的是：9月17日（农历为八月十八日）这天，恰逢邓世昌四十五岁生日，舰上的军官厨房为他精心准备了菜肴。12时许，北洋水师发现日本联合舰队逼近，按水师条例，管带邓世昌下令先升起“立即起锚”“站炮位”等一系列信号旗语，后降下大清国旗及海军军旗的黄龙旗及提督旗（长度均为一丈二尺），升起长度一丈八尺至二丈四尺的作战旗，迎着海风猎猎飘扬，“致远”全速劈波斩浪，邓世昌在战前已下战死之心，他的生日成为他的殉日，当时邓世昌该会是什么情怀呢？

笔者一直念兹在兹的是：如果甲午海战牺牲的英烈，换成世界各大国，必会镌碑以永志不朽，激励后人，发扬气节。但据说至今也没有甲午烈士的纪念碑和姓名碑矗立，这何以面对不昧的英灵？“致远”殉国烈士姓名大多湮没，仅留存有姓名者除邓世昌外共48位军官和水兵，其中有英籍洋员余锡尔。

笔者一直深感欣慰的是：邓世昌的后代没有辜负先世的英名，继承了父亲的遗志——据记载：邓世昌长子和三子分别服役于清朝广东水师和民国海军（二子早殁），后代中有6人参加过1937年至1945年的抗日战争。

“致远”舰和邓世昌，这是一个在中华民族抗击外寇历史上，永远令人心潮澎湃、血脉贲张的名字，愿我们的子子孙孙永远不要忘记！

啊，“致远”……

永不消逝的军魂

在黄海大东沟海战和威海保卫战中，北洋水师最高司令官丁汝昌，两位副手林泰曾、刘步蟾（各兼主力舰舰长）及超过5名舰长、2名大副，包括海军基地卫戌陆军2名最高长官戴宗骞、张文宣，均自杀殉国，这在中外海战史上也是极其罕见的。举一战、二战中著名的两次大海战为例：一战英、德展开日德兰战列舰编队大海战，双方参战官兵达10万人，共损沉舰船25艘，德方阵亡2545人，英方阵亡6097人。二战中美、日展开中途岛大海战，双方损沉航母5艘、战舰3艘、战机330余架，日方伤亡3500余人，美方伤亡307人。再如美国太平洋舰队，在夏威夷军港受日本攻击，损沉舰艇40余艘、战机328架，主力舰"亚利桑那"号上1177名官兵全部牺牲，总计死亡2300余人，与北洋水师阵亡官兵人数相差参半，但这三个海战战例，都未曾出现像北洋舰队如此众多主官，以自杀的惨烈方式殉国之现象。

二战中著名的美军悍将巴顿将军曾有一句名言："将军最好的归宿是在最后一场战役中，被最后一颗子弹打死"，在中国，马革裹尸、战死疆场同样是军人的最终归宿。当然，横扫半个欧洲所向披靡的巴顿将军，最终也未被"最后一颗子弹打死"，因为屡出狂言，被美国总统艾森豪威尔就地解职，最终抑郁还乡而死于车祸。但欧美军人并不认为投降是耻辱。二战中投降的美国中将温莱特、英国中将帕西瓦尔，分别在菲律宾和马来西亚投降日军。1945年9月2日，麦克阿瑟在"密苏里"战舰上举行受降仪式时，特意让两位投降将军站在身边受降，这在中国军人的概念中是完全不可接受的。

也许是宿命，北洋水师的名将们，战死者少，其结局多以自杀而令人扼腕。举凡丁汝昌、黄建勋、林泰曾、刘步蟾、邓世昌、林履中、杨用霖、林永升、戴宗骞、张文宣等，或沉海，或服毒，或饮弹，演出了一幕幕悲壮的挽歌。真正的军人何尝不想战死沙场？但愿望与归宿往往并不相符。

如北洋水师最高长官丁汝昌，一生身经百战，在与太平天国、捻军作战的枪林弹雨、刀光剑影中，未曾殒命。他的顶戴花翎是从死人堆里捡来的。在大东沟海战中，"定远"发炮震塌了飞桥，他跌落受伤，但他坚决不下火线，坐在甲板上鼓励水兵们奋勇作战。如蝗虫般的日舰炮弹没有击中他。在威海保卫战中，他决心战死，登上"靖远"舰督战，拒绝部下劝阻，矗立在舰首210毫米主炮炮位旁指挥。"靖远"舰甲板无任何遮护，舰首的位置又是最危险的区域。舰上的水兵原有些慌张，因为"靖远"为配合刘公岛炮台反击日舰围攻，驶到日岛附近海面与日舰进行炮战。对面的日本联合舰队第三游击队"天龙"等5艘战舰，包括外海的日本第一、二游击队战舰都向"靖远"等疯狂炮击，炮弹如骤雨一般倾泻。在丁汝昌的鼓励下，水兵们顽强还击，炮战持续了一小时余。日军占领的南帮炮台两颗240毫米炮弹击穿"靖远"甲板，在舰首附近撕开了两个裂口。舰体渐渐下沉，丁汝昌悲痛不已，决心与舰同沉，管带叶祖珪也愿与舰同殉，但都被部下持拥上蚊子船（小艇）。从舰首上方落下的两发240毫米炮弹，是穿入舰首下的甲板进入舰体，又在下舷撕开口子，丁汝昌幸免于阵亡。但他却悲痛流涕，长叹道："天使我不获阵殁也！"他太渴望阵亡以挽名誉，但老天不给他这个机会，在投降派们的围攻下，1895年2月12日服毒自杀，年五十九岁。守岛护军统领张文宣（总兵衔级）与丁汝昌同日服毒自杀。

林泰曾在"镇远"结束大东沟海战后，入军港时被礁石划破舰体入水受损失去战斗力，于1894年11月15日极度内疚后也服毒自杀，时年四十四岁。

"定远"被日舰击中搁浅后，为避免资敌，刘步蟾与丁汝昌下令用炸药炸沉"定远"。目睹"定远"沉入海中，刘步蟾即于1895年2月9日（舰沉当日）服毒自杀。永远告别了从德国伏尔铿造船厂铺设龙骨时，就与其开始相伴15年的"定远"……他在战前即立誓："苟丧舰，必自裁"，2月5日，"定远"被日军鱼雷艇偷袭，搁浅坐滩，刘步蟾不甘心，一度指挥用舰炮反击，"定远"主炮下转动设施、弹药库等均没于海水中，最终失去作战能力，被迫弃舰撤至刘公岛，刘步蟾一见丁汝昌便伏地大哭："身为管带，而如此失着，实有渎职之罪，今唯一死谢之！"刘步蟾心中必然会想起他的战前誓言。此年他仅四十三岁！与其他将领自戕或悲愤，或内疚，或激昂相比，性格刚强不驯的他，死得反而是最从容不迫的。"定远"被水雷炸毁后，刘步蟾来到"定远"军官卢毓英住处，见到"定远"枪炮大副沈寿堃正书写清人邓汉仪诗句："千古艰难惟一死"，刘遂朗声接诵："伤心岂独息夫人？"吟毕坦然出屋而去。"息夫人"是春秋战国时典故：楚文王灭息国，俘国君夫人，与其生二子，但夫人从此不同楚王置一言，以气节寓志。刘步蟾诵此诗句，当借此抒发己之志节。也可窥见他是爱读诗文的，有儒将气度。当晚他即服鸦片自杀，大概是吞服鸦片量不足，辗转反复，极其痛苦。令人哀痛而惋惜！

负责保卫海军威海基地的绥军将领戴宗骞（道员衔级）亦于1895年2月10日晚，在北帮炮台失守后服毒自杀。他曾与丁汝昌激烈争论决不能弃守北帮炮台："守台地，吾职也。兵败地失，走将焉往？吾唯有一死以报朝廷耳！他何言哉！"

2月13日，继任的护理左翼总兵兼"镇远"舰署理管带杨用霖拒绝向日军投降，以手枪自杀殉国。

在大东沟海战中第一位自杀殉国的舰长是"超勇"管带黄建勋。"超勇"是清朝向西方购买的第一艘大型巡洋舰，第一任管带是林泰曾。大东沟海战约半小时后，"超勇"起火渐沉，黄建勋落水，他拒绝前来救援的"左一"号鱼雷艇抛出的救生绳，沉海自尽，时年43岁。大副翁守瑜在指挥官兵扑火无效后，将欲投海，"左右援之，参戎（指翁守瑜，这是对大副的尊称——笔者注）曰：全舰既没，吾何生为？一跃而逝"！时年三十一岁。

在海战中重伤的"扬威"舰被逃跑的"济远"撞至搁浅，因无法再与日舰作战，悲愤不已的管带林履中跳海自尽。

"经远"管带林永升在海战中头部中弹牺牲后，大副陈荣驾驶重伤失火的军舰驶往浅水区自救，在军舰沉没前蹈海自尽。全舰官兵大部殉国，仅16人被救。

海战中北洋水师牺牲官兵总计714人，其中沉海的"超勇""扬威""致远""经远"官兵达660人。受伤官兵108人。牺牲职衔最高者为提督衔记名总兵邓世昌。

在大东沟海战和威海保卫战中自杀成仁的高级将领丁汝昌、林泰曾、刘步蟾、张文宣、戴宗骞、林永升、黄建勋等人，其过程都无疑义，正史、野史的记载基本吻合。唯独邓世昌之自沉殉国，或与正史记载略有出入。

野史和正史记载的邓世昌拒救自沉，基本一致，只不过繁简而已。但"致远"幸存水兵们的说法，却与史载略有出入。

"致远"去撞沉"吉野"，若干研究者都认为在技术上不可能存在。当然，无论去撞击日军哪艘军舰，其视死如归、杀身成仁的英雄气概都毫无疑义。"致远"幸存者水兵共有7人，对当时状况，各叙不一。以至于姚锡光所著《东方兵事纪略》中记"遂鼓快车向吉野冲突"几成为孤证。姚著此书是甲午海战的第三年。不知所叙是否采纳了幸存水兵的叙述。因为姚锡光在甲午开战时，正在山东巡抚李秉衡衙署任职，他并非亲历者，应是参阅中外各种史料。但是，他的记载却成为从《清史稿》到《辞海》几乎众口一词的标准案本，以至于从教科书到《甲午风云》等影视文学作品，无不采用"撞沉吉野"之说。不妨引《东方兵事纪略》中所言："致远弹药尽，适与倭舰吉野值。管带邓世昌……遂鼓快车向吉野冲突。……而致远中其鱼雷……"《清史稿·邓世昌传》《辞海》几乎照抄。其他如《清稗类钞·邓壮节阵亡黄海》云："致远中鱼雷而炸沉"，成书更晚，恐怕也是人云亦云。这里也不再赘述。

除"撞沉吉野"说外，姚锡光这段不长的文字中，"中其鱼雷"说也广为后世所采用，这也是谬传，与事实不符。由此引发邓世昌在"致远"沉没后坠海的一些出入不同的记载，当年海战后出版的《点石斋画报》图文报道《仆犬同殉》称："有义仆刘相忠随之赴水""所养义犬尾随水内，旋亦沉毙。"清人池仲祐《邓壮节公事略》中记邓世昌所豢养爱犬"衔其臂不令溺，公斥之去，复衔其发，邓按爱犬入水，同沉于海"。

但池仲祐是私史，仅是一家之言。正史《清史稿》则记为："世昌身環气圈不没，汝昌及他将见之，令驰救。拒弗上，缩臂出圈，死之。"当时在"镇远"服役的洋员马吉芬后来也写了回忆录，他则根据幸存水兵的叙述。水兵们对当时战况说法各异，也许是因为在舰上岗位不同、视角所限，导致对同一事件有不同的说法。但马吉芬发现唯有对邓世昌沉海的细节述说一致。邓世昌所养烈犬，性格凶猛，每不听邓世昌管束。邓沉海后，先抓住一条船桨（有说为木板），但猛犬游过来冲撞邓世昌，致使其与桨（板）脱手才与犬共溺亡。水兵们还一致述说邓大人不会游泳，才无法逃生。这与《清中稿》的记述又有不同，目击水兵说邓抓住的是桨（或木板），《清史稿》言之凿凿是"汽圈（救生圈）"。当然这都是细枝末节，至于水兵们说邓不会游泳，在今天看来可能有些不可思议。须知他是福建船政学堂毕业，又多年领舰，是标准的海军军官。我注意到：大东沟海战中自沉的将领包括邓世昌在内，皆是投海自溺。按常理，一个会游泳的人，是没有办法投海自沉的。

北洋水师招募的水兵，大多为山东半岛的渔户，会游泳自不成问题。将领多为船政学堂毕业。本来招收学生时，设想是福建省本地生源。但当时科举考试仍是读书人和贫家子弟的晋身之阶，船政学堂这种新式军校闻所未闻，一般读书人报名稀稀。福建报名者多为贫寒出身的少年，但名额差之甚远，不得已学堂扩大招生地域，转向广东、香港招生，因粤港之地多商人子弟和洋学堂学生，受西洋风气影响，易接受新鲜事物。

邓世昌隶粤籍，时在香港，学过英文，遂报名成为首届学生。我查若干史料，船政学堂分前学堂（学法语）与后学堂（学英语），前者以制械造船为主科，后者以驾驶管轮为主科。课程约为三类，第一类为算术、几何、代数、解析几何、割锥、平三角、代微积、动静重学、水重学、电磁学、光学、热学、化学、地质学、航海学等，属基本自然学科。第二类是文科、外语、音乐等项。第三类是船政大臣沈葆桢特别下令增加的传统义理类，如圣谕、孝经、策论等。学期三年。之后再二年实习训练，学生出海登船，学习有关天文、测量、风浪、沙线及驾驶、管轮、海上作战等科目。包括操作重炮、小型武器、水兵匕首、划船训练，都在演练之内。但却未查到是否有游泳训练之科目，也许虽是西式海军官校，但学生恪守传统，不便赤身露体？封建时代武官讲威仪，船政学堂学的是先进科学，但学生着装还是传统袍褂，也许实习科目包括船政学堂中并无游泳训练项目？否则不能解释邓世昌不会游泳，另外两位船政学堂毕业的海军军官黄建勋（"超勇"管带）、林永升（"经远"管带）及"经远"大副陈荣、"超勇"大副翁守瑜也是投海自沉，看来也是不谙水性。当然，清朝对守城有责的武官若失地，是以流放直至死罪惩罚。舰即如城地，邓、黄、林等皆为血性之人，舰沉则自裁。若会游泳，也必会选择其他方式殉国。

至于邓世昌受伤沉海，抱不抱住木板（或木桨），大约都是人的本能。他抱必死之志，在下令开足马力撞向敌舰前，曾大呼"今日之事，有死而已"。《清稗类钞·邓壮节阵亡之黄海》赞叹："观此则知邓早以必死期矣！"这符合邓的性格，"邓在军中激扬风义，甄拔士卒，有古烈士风。遇忠孝烈事，极口表扬，凄怆激楚，使人雪涕"。邓世昌在平时训练中行事就坚毅果敢。他在率"致远"从西班牙归国时，遇巨浪狂风，戎衣尽湿。尽管他不会游泳，但坚不避退，亲操舵轮，转危为安。驶入地中海，因水兵添煤过多，致烟筒起火，邓世昌沉稳"令开火门、塞灰洞，火立止"[1]。邓世昌毫无疑问堪称殉国之烈士。

与他相仿的还有黄建勋，池仲祐《海军实纪·黄镇军菊人事略》（"镇军"是对一定品级武官的尊称，"菊人"是黄建勋的表字或别号——作者注）说他为人慷慨侠义，性格沉默，但却出言耿直，"不喜作世俗周旋之态"，这些与邓世昌性格相似。黄建勋是福建永福人，十五岁入船政学堂第一期学驾驶，后留学英国。先任"镇西"管带，他与邓世昌同有古烈士之遗风，殉国时比邓小三岁。

---

[1] 余思诒，《航海琐记》，《清史镜鉴》第八辑，国家图书馆出版社2015年版，P243。

黄建勋、林履中在海战中皆临危不惧，从容赴义，可歌可泣。只不过邓世昌壮烈之死，受到皇帝的直接褒彰，谥号"壮节"，举国痛悼，名声遐迩。黄、林二人，其实也无愧于北洋海军的军魂，也值得后人铭心敬仰！

其实，像邓世昌、刘步蟾、黄建勋、林永升、杨用霖等成仁取义、有"古烈士之遗风"的北洋海军将领甚多，只不过正史是帝王将相的历史，如《清史稿》，对北洋水师将领，只入传丁汝昌、刘步蟾二人（林泰曾的小传还附在刘步蟾之后），很多牺牲的将领都逐渐被遗忘了，连其事略都湮没无闻、无从查考。如在大东沟海战中壮烈牺牲的北洋海军将领徐景颜，由于清末古文家林琴南曾作《徐景颜传》，才使我们有所了解。

据林琴南所述，知徐景颜为苏州人氏，进修于天津水师学堂，才华超群，二十五岁擢参将（正三品衔级），成为丁汝昌副手。徐景颜是一位精英儒将，在水师学堂"习欧西文字"，"每曹试，必第上上"。博通史学，"治《汉书》绝熟，论汉事，虽纯史之史家无能折者"，由此看，徐景颜无疑是治史专家。更儒雅聪颖，"筝琶箫笛之属，一闻辄会其节奏，且能以意为新声"，是一个极有音乐天赋的雅士。徐景颜爱国爱家，感情丰富细腻，非一般武夫可比。大东沟海战前夕，徐景颜曾回家告别妻子，"辄对妻涕泣"，而"意不忍其母"，"母知书明义，方以景颜为怯弱，趣（催促）之行。景颜晨起，就母寝拜别，持箫入卧内，据枕吹之，初为徵声，若泣若诉，越炊许，乃陡变为惨厉悲健之音，哀动四邻。掷箫索剑，上马出城。是岁遂死于大东沟之难"。林琴南以凄怆之笔，为后人记录下了大义凛然、又情感丰挚、最终成仁殉国的海军将领徐景颜的画像，包括他大义明理的慈母。林琴南的文笔脱胎于先秦两汉唐宋古文，深得古史传精髓，优点是感人至深，缺点是仅突出细节，对人的介绍过于简略。"以参将副水师提督丁公为兵官"，参将只是衔级，不是实职，徐景颜究竟任何职务？是舰上军官，还是提督衔衙门职官？是否随丁汝昌卜舰督战阵亡？均不得而知。"来远"舰大副有名徐希颜者，也在大东沟海战中阵亡，是守备衔级，应与徐景颜不是一个人。但若无林琴南之记录，后人则不可能知北洋水师有如此精英之士。

北洋水师将领生前死后，尤其威海之战后，多受时人诟病甚至污蔑，故林琴南于传后愤慨疾呼："恒人论说，以威海之役，诋全军无完人，至三公之死节（林文在《徐景颜传》后还简介了林永升、杨用霖），亦不之数矣。呜呼！忠义之士又胡以自奋也耶？"

不胜战，毋宁死！以邓世昌为代表的北洋海军军人，以大无畏的英雄气概和赴死精神，使对手永远为之敬畏。邓世昌的家族宗祠在广州，今已辟为邓世昌纪念馆。抗战时，日寇侵占广州，其烧杀掠淫，气焰甚炽。唯不敢冒犯邓氏宗祠，凡日寇官佐路经宗祠时，皆止步敬礼，有的日寇军官还偷偷溜进宗祠顶礼祭拜（徐锦庚《从头再来》，2016年11月18日《文艺报》第7版）。《史记》上说"人固有一死"，《史记》上还说"贪夫殉财，烈士殉名"，除方伯谦、吴敬荣、牛昶昞等一小撮贪生怕死、投降外寇的败类外，以邓世昌为代表的1405名（含威海保卫战牺牲者）殉国北洋水师官兵，青史"殉名"，永垂不朽！

"镇远"署理管带杨用霖在大东沟海战中任"镇远"大副，协助林泰曾指挥作战，"积尸交前，而神色不动，攻战愈猛"[1]。他亲自转舵，横向出击卫护"定远"，在林泰曾自杀后接替他的职务。拒不向日寇投降，在自杀殉国前曾慷慨长啸"人生自古谁无死，留取丹心照汗青"！中华民族有了这种精神，足以万古而不磨！足以不败于世界民族之林！

---

[1] 池仲祐，《杨镇军雨臣事略》，"镇军"是尊称，"雨臣"是表字。同前，P245。

1919年，北洋政府海军部调查统计北洋水师牺牲官兵共1405人，大部分姓名已不可查考。仅知除管带外，在大东沟海战中阵亡的舰上军官（武官六品千总衔以上）计有：

　　"定远"舰载鱼雷艇管带陈如昇，"镇远"三副（千总）池兆瑛，"致远"帮带大副（都司）陈金揆、鱼雷大副（守备）薛振声、驾驶二副（守备）周震阶、枪炮二副（守备）黄乃谟、总管轮（都司）刘应霖、大管轮（守备）郑文恒、曾洪基、二管轮（千总）黄永猷、孙文晃，"经远"鱼雷大副（守备）李联芬、枪炮二副（守备）韩锦、驾驶二副（守备）陈京莹、船械三副（千总）李在灿、船板三副（千总）张步瀛、总管轮（都司）孙姜、大管轮（守备）卢文金、陈申炽、二管轮（千总）刘昭亮、陈金镛，"来远"大副（守备）徐希颜、三副（千总）蔡馨书、邱勋、大管轮（守备）梅萼、陈景祺、二管轮（千总）陶国珍、陈天福、陈嘉寿，"济远"帮带大副（都司）沈寿昌、二副（守备）柯建章、杨建洛，"超勇"驾驶二副（千总）周阿琳、总管轮（都司）黎星桥、大管轮（守备）邱庆鸿、二管轮（千总）李天福，"扬威"管带（参将）林履中，"广丙"帮带大副（守备）黄祖莲，"威远"大管轮（守备）陈国昌、二管轮（千总）黎晋洛，以及"左一"鱼雷艇大副吴怀仁，"左二"鱼雷艇大副倪居卿等。

　　清代武官分九品，上述阵亡的军官皆为中级将校，是北洋水师军官的精英，虽殉之于国，英雄无悔，但仍令人无限惋惜！

　　海战中牺牲的把总、头目、实习生、水兵、工匠（包括两名洋员）有姓名者还有约300人，这些阵亡殉国的官兵不该被遗忘！

　　其他把总以下武官、士官及水兵阵亡约1000余人，大部分姓名无可稽考，已湮没无闻！

　　以邓世昌为楷模的北洋水师殉国官兵，其反击外敌的英雄之气概和殉国之壮烈，无疑成为中国海军军魂的象征。

中国人民解放军海军，各种不同种类军舰，均以省、自治区、直辖市、大中城市、州、县、湖泊等分别命名。训练舰则以人名命名，第一艘入现役的是"郑和"号，第二艘即被命名为"世昌"号。①

以邓世昌为代表的北洋水师青年将校们，曾憧憬着中国海军捍卫海疆、崛起于世界，愿吾国人勿忘已逝英雄的梦想！

万里海疆，沧溟永镌：永不消逝的军魂！

---

① 中国海军还有两艘以人名命名的舰艇："辽宁"号航母辅助保障舰"徐霞客"号、医疗保障舰"竺可桢"号，皆为非作战舰只。

"像蜀锦一样绚烂"
——北洋海军陆战队殉国记

　　这是一百二十三年前一次作战规模小得不能再小的战斗，几乎所有有关甲午战争的书籍都没有提及。按战术等级，可称之为"消灭岸上敌方目标"的小型登陆奔袭。这是北洋海军陆战队唯一的一次登陆作战。

　　1895年2月13日，北洋海军战败，日本海军司令官伊东祐亨却命令联合舰队各舰官兵"停止娱乐"，等于不准为日本海军战胜北洋海军而举行庆祝活动。众多日本官兵感到匪夷所思。须知，对日本来说战胜北洋水师，取得甲午战争的最终胜利，是不亚于对马海战之役击败沙俄海军的大胜利，伊东何以如此抑制情绪？对马海战的指挥官东乡平八郎是伊东的老部下，东乡逝世，伊东曾亲题"东乡坂"纪念石碑。但伊东在日本的声誉却远逊于东乡，即是与他对打赢甲午战争之后的态度，包括不准下属举行庆祝大有关联。

　　据考证，伊东之所以下这样命令，源于那天他听到丁汝昌、刘步蟾、张文宣等自杀的消息，而内心深受震撼，这道命令完全出于他对于对手的敬意。从甲午海战到威海、刘公岛战役，伊东目睹耳闻北洋海军军官、士兵宁死不屈的壮烈牺牲，这位崇尚武士道精神的将领，内心一次又一次受到震动。作为职业军人，他的敬意是发自内心的。

北洋海军陆战队在威海战役中，所发动的自杀式袭击，全部战死视死如归的凛然壮烈，也不得不使伊东动容嗟叹。

对于北洋海军如邓世昌、林泰曾、刘步蟾、杨用霖等将领的壮烈殉国，人们熟悉而敬仰。而对北洋海军普通水兵的英勇作战和壮烈牺牲，除王国成等少数水兵外，则大多湮没无闻，甚至被遗忘。而北洋水师海军陆战队，则是北洋海军下层水兵的杰出代表，尤其不应该被遗忘。

同样，人们知道北洋海军是清朝第一支近代化意义的海军舰队，但极少有人知道，这支舰队还配属有一支专业和精锐的海军陆战队。

西方过去一直认为英国是海军陆战队的鼻祖，是英国国王卡尔二世于1644年正式组建海军陆战队。但也有人考证，英国是借鉴了法国，法国更早于1622年组建法兰西海军连，虽然那时还未称作海军陆战队，但已具备了海军陆战队的雏形。至拿破仑帝国时期，才于皇家近卫军中成立海军陆战营，由拿破仑亲授军旗。以后，海军陆战队成为法国殖民扩张的急先锋。

在中法战争中，法国海军陆战队与清朝军队有过多次交手和血战，最终被清朝淮军击溃。平心而论，法国海军陆战队还是颇具战斗力的，1882年4月25日，法军陆战队一个营，在三艘炮舰支援下攻占河内要塞。次年5月27日，250名法军陆战队员，在6艘炮舰助攻下占领越北重镇南定。12月11日，法军发动进攻，连克越地山西、太原、北宁，援越清军主力五日内伤亡逾千人。

1884年5月，傲慢的法国海军陆战队遇到了对手。6月23日，法军进犯谅山观音桥（越南称北黎），清军提督万重暄及黄玉贤、王洪顺三将率三千士兵，深沟壑垒、严阵以待。双方先谈判，但法军指挥官杜森尼竟野蛮枪杀两名清军谈判军使，引起清军官兵愤怒。法军悍然先发起进攻，战事胶着而激烈。法军伤亡严重，海军陆战营完全被打乱，伤亡50余人。清军大胜。

之后，清军取得台湾"沪尾大捷"、镇海和镇南关大捷，也许仍有法国海军陆战队参加，但法军终无胜绩。

虽然清军取得战事胜利，但总计伤亡人数，清军伤亡多于法军，中法战争参战的数万清军士兵，多数未留下姓名。至今镇南关（今称友谊关）右侧山麓上，有1898年修建的"大清国万人坟"，多为无名墓碑。

中国军队击败精锐的法国海军陆战队，是值得赞颂的一笔。赘述上述笔墨，说明中国军队很早已接触到海军陆战队这一新军种。而在光绪六年（1880年）中法战争前，清朝已开始建新式海军。于德国订造"定远""镇远"二舰，在中法开战前夕的光绪九年（1883年），清朝于德国订造"济远"。中法战争后，又于英国订造"致远""靖远"，于德国再造"经远""来远"，加上之前订购的"超勇""扬威"，及于光绪八年起陆续向德国、英国订购的鱼雷艇共计11艘，北洋海军基本成军。中法战争后的光绪十一年（1885年）朝廷下诏设海军衙门，确定先办北洋舰队，认为英国海军"最精最强"，装备先进。故建军之初，即完全以英国为蓝本组建，以《北洋海军章程》为标志，1888年正式成军。以后正式公文均称"北洋海军"，但人们还是习惯多以"北洋水师"称谓。

北洋海军完全不同于旧式绿营水师，对于后勤保障尤为重视，如沿海军港、基地、船厂、学堂、军医院、军械所、鱼雷营、水雷营、支应局、煤厂等，皆纳入北洋水师系统，以示为海军的根本。尤其军医、军乐队等设置，是清朝军队从未有过的。也包括组建了海军陆战队这一新兵种。

清朝的绿营水师是仿明朝制度，设内河及外海水师，负责江防、海防安全，名曰水师，实际非独立军种，乃附属于绿营，仍是陆军编制。战船皆木质帆船，重火器配属为明末红衣炮，小型火炮有百子炮、山炮等。士兵除刀戈，亦有排枪、三眼枪等。战斗力弱，跳帮、登岛，仅可对付海匪，但符合防守海口、缉捕盗贼的目的。

北洋海军所配属的海军陆战队，罕见提起，但已完全是按西洋军制配备武器，除佩刀外，一律手瑟枪，配备登陆汽艇、舢板、移动速射炮，亦按西洋陆战战法训练。人数约200人至300人。而且服装迥异于北洋海军舰上水兵。1882年，由丁汝昌审定《北洋水师号衣图说》，这是清朝海军第一部参照西方海军军服制定的旗徽服衔等图说。1888年正式成军后，又制定了更为标准规范的军服图式，其使用直至甲午战争。由《甲午海战》一书附录的《北洋军服图式》（原图出自美国哈佛燕京图书馆藏《北洋水师实况一斑》）可见：北洋海军各舰水兵服夏秋为白色，春冬季为蓝色（时称石青色），而北洋海军陆战队军服为红色，应是参阅了英法近卫军鲜艳的军服制式，因为如法国海军陆战队，隶属于皇家近卫军，其军旗即大书"法兰西皇帝亲授近卫军海军陆战营"字样，服制鲜丽而夺目。英国海军陆战队队服即为红色。

北洋海军水手打破自明代以来"军户""军籍"世袭制度，皆为招募。而陆战队员，我则怀疑非招募，为丁汝昌原来的亲兵小队组成。亲兵即标兵，始设于明朝嘉靖年间，总督、巡抚、总兵等均设标兵。清朝旧式绿营等，将领统率部队，皆有编制，而亲兵卫队则需自给军饷。亲兵一般由家乡宗族子弟组成，忠诚可靠。湘、淮部队无军籍，军饷更是完全自筹，不出于国库。故淮军裁撤，丁汝昌将家乡亲兵编入陆战队，甚有可能。另，《北洋军服图式》还列有"提督亲兵"服饰，不同于陆战队，与水兵服色相同，唯军服外罩马褂，亦配备毛瑟枪。也许亲兵与陆战队各有编制，但均为家乡子弟则无疑。或同为陆战队兵士，服饰不同？因北洋海军陆战队还兼有宪兵职责，类同于今美国海军陆战队（始建于1775年），除作战外，亦兼宪兵职能，甚至包括仪仗、使馆警卫等。北洋海军陆战队员平时执行类似宪兵的纠察任务，亦包括警戒、灭火等特别勤务。每天须上舰，包括熄灯后，随值星军官执行巡视等任务。包括战斗值班，即战时编组战斗突击小分队，随舰队出征，执行跳帮、登陆突袭等任务。

北洋海军陆战队的战斗力在海战中似未得到验证。虽然这是一支袖珍的精锐部队，似乎也未进行过海上作战。在黄海大海战中，即1894年9月17日，日舰"比睿"在北洋舰队猛烈炮火轰击下，脱离舰队，妄图穿过北洋舰队阵形，从"定远"左侧通过。迅即遭到"定远""经远"等围击，舰体、帆樯、索具皆被炮击损坏，尤其"定远"一发305毫米炮弹击中左侧舷，贯穿后桅甲板爆炸，即使日军官兵50余人伤亡。后甲板彻底损坏，"比睿"慌忙逃跑。"经远"奋力靠近，并下令陆战队员接舷跳帮，以俘获"比睿"。但因航速不及"比睿"，以及"比睿"拼死在数分钟内发射1500余发炮弹，"经远"炮火不足以压制"比睿"，终致其逃脱。检验北洋海军陆战队实力的跳帮作战，终失之交臂。

在1888年9月北洋海军成军伊始，海军陆战队还有过一次成功的登陆作战。适逢台湾原住民起义，李鸿章令"致远""靖远"赴台驰援，海军陆战队组成突击队同往。由邓世昌亲自指挥登陆作战。当时300余清军被义军围困，陆战队受命抢滩登陆，60余名队员携两尊六磅行营炮奋勇突破义军阵地，在舰炮火力支援下，成功解救被围清军。在此役中，陆战队以少胜多，以阵亡1人（副头目）、伤8人的轻微代价，完成了抢滩突袭的作战目标。但公平讲，对手非训练有素的军人，加上"致远""靖远"舰炮威力，尽管对手人数众多，但面对精锐的北洋海军陆战队仍是一次非对称作战。

日本也建有海军陆战队，最早出现于十九世纪七十年代日本内战中。侵朝期间和甲午战争包括威海战役时，都曾投入过战斗。在甲午海战时，北洋海军陆战队未发挥作用，唯一的一次与"比睿"

接舷机会，其跳帮作战能力未能得到验证。也许丁汝昌和李鸿章一样，视陆战队为自己的"家底"，舍不得让其投入战斗。以法国海军陆战队的作战职责，有下列八类："在海上登陆作战中作为第一梯队投入战斗；在岸上进行侦察破坏活动，在登陆地段清障；排除水下设防登陆障碍，消灭岸上敌方目标，在预备登陆地区预先进行扫雷；负责炸毁停泊在锚地和基地的敌方舰艇等。"这些作战职责，北洋海军陆战队的台湾抢滩突袭，似乎勉强符合"在海上登陆作战中作为第一梯队投入战斗"的作战职责。

北洋海军陆战队唯一的一次战斗，是突袭南帮炮台之战。这完全符合"消灭岸上敌方目标"的作战职责。其英勇无畏的血性、视死如归的气概，令敌方刻骨铭心。这是丁汝昌在万般无奈之下，令陆战队投入的第一次也是最后一次战斗。结局是以陆战队全部战死（包括负伤自杀），是一次典型的自杀式奔袭。

刘公岛基地仰赖于南、北帮炮台拱卫，日军一开始就欲争夺二炮台。

1895年12月25日，日军30000余人兵分两路进攻南帮炮台。清军共约6000余人迎战。孙万龄部拒敌于白马河，激战小胜，但由于刘澍德、阎得胜部未予配合，孙部被迫后撤。南帮炮台危急，丁汝昌、戴宗骞、刘超佩三位海陆将领来回扯皮攻防之策，李鸿章非常不满，曾大加申斥。

日军于29日进攻威海南岸制高点摩天岭，守卫营官周家望率一营数百守军奋勇抵抗，全部牺牲。杨枫岭守将陈万清撤退，南帮炮台失去后路屏障。坚守南北帮炮台制高点虎山的刘澍德、戴宗骞弃守。随之龙庙嘴炮台失陷，清军至此阵亡超过2000人。日方死伤近300人，包括旅团长大寺安纯少将被北洋舰炮击毙。

南帮炮台失陷，将会被日军用来轰击刘公岛基地和北洋舰队。李鸿章极为震怒，命将刘超佩及炮台守将一律就地正法。丁汝昌不得已，下令海军陆战队出击，希望夺回龙庙嘴炮台。

　　这是一次双方力量大为悬殊的出击，陆战队员只配备毛瑟枪，乘汽艇、舢板，估计这支袖珍部队都未必携带行营炮去作战。军官们仅有左轮手枪。但这支大无畏的部队，身着红色的军服，由刘公岛出发，乘坐小艇、舢板，劈波斩浪，向炮台迂回前进。抵达海岸后奋勇登岸，恰遇炮台上溃散下来的守军，也许被陆战队员的斗志所感染，也一同返身参战。日军发现了这支小部队，大为震惊。日军指挥官根本未料到清军居然会反扑。日本后来出版的《日清战争实记》一书有较为详细的记录和描述：

　　"敌军拼死前进"，"似都有拼死的决心"。日军完全未曾料到清军已全线溃败，竟还有如此强韧的战斗力。日军瞬间被陆战队员冲击得混乱不堪而败退。一名英勇的队员甚至翻越短墙，跃进日军师团指挥部。勇气固然可嘉，但作战兵员太少，寡不敌众。日军经短暂溃乱，重新集结，以优势兵力围攻。陆战队员不断战死，剩余队员被日军火力压制在海岸边。日本方面的描述："使人感慨的是，有的中国兵知道不能幸免而自杀死去……登陆水兵几乎无一人逃脱。海岸上积尸累累，不可胜数。有的敌兵在海中遭到狙击，二十间（日本的计量单位，1间约为1.8平方米）平方的海水完全变成了红色，像蜀锦一样绚烂。"

　　他们的长官丁汝昌该作何想？他胆怯而不战致使全军覆没、默许投降而自杀时，想到了这些不怕死的子弟兵吗？

　　战斗过程极其惨烈！所有的陆战队员全部战死，伤者亦自杀！我相信，日方记载只是概述，而无细节。日本随军摄影记者拍摄下了陆战队员战死的场景，日本画家有感于中国士兵的壮烈，还专门绘制了油画《威海卫炮台之战》，表现了陆战队员用左轮手枪与日军血战的大无畏气概。

　　"像蜀锦一样绚烂"的海水早已消逝，毛瑟枪的硝烟早已流散，这些殉国的陆战队员的名字至今也无人记得。

我去过威海，昔日龙庙嘴战场早已开发为房地产，据听当地人谈，房地产开发挖掘海滩时，赫然挖出牺牲士兵的骸骨和早已锈蚀的毛瑟步枪。我不知是否重新安葬，是否建碑纪念？

这些从丁汝昌家乡走出来随他征战的淮军亲兵子弟，大部分是汪郎中村人，有吃苦耐劳、当兵吃饷的性格和传统。入淮军，饷银略薄；而入北洋海军，则阖家小康。我没有查到陆战队员的军饷标准。按《北洋海军章程》，北洋海军军人的军饷是高于以往八旗、绿营和湘、淮军人的。以淮军士兵为例，月饷仅为银4钱。旧长江水师舵工、炮手、桨手分别为月支3两6钱、3两、2两7钱。北洋水师三等至一等水手，则分别为7两、8两、10两；三等练勇至一等练勇则为4、5、6两。我猜测陆战队员月饷应超过一等水手。因为从制服看，陆战队员着士官样式军服，饰有云纹图饰。北洋舰队编制序列正炮目月饷为20两，专业技工如鱼雷匠、电煤匠、洋枪匠、锅炉匠等均在月饷24两至30两。这些当差兵匠均着军服，袖口均有军衔标识，类同于今天海军的技术士官。陆战队员若比照士官待遇，那月饷应在20两左右。须知，当时自耕农一户年耕作收入折银约在30至50两，陆战队员的饷银在穷苦的两淮，真是超过小康的收入！北洋海军水兵月饷均由管带等主官向支应局领取包办，有可能克扣、贪污。但陆战队员是家乡子弟兵，沾亲带故，丁汝昌是不会冒名誉风险贪小利而忘义，而使敢死之士寒心、家乡父老物议的。按惯例，亲兵遇年节，老长官还会另有赏赐。所以当上一名海军陆战队员，收入足以养家。

令人感慨的是，队员们不以饷高而贪生怕死，这是亲兵忠诚信念起决定性作用。湘、淮军人，或无清晰的国家概念，而只知忠诚于主将。而亲兵则视主将为恩主而誓死效力。所以，清末徐锡麟以安徽巡抚恩铭部属的身份将其刺杀后，不仅被恩铭亲兵毙命，还被亲兵们开膛剖肝吃下泄愤。忠诚是子弟兵至高的准则，所以当刘公岛上水兵和护军向丁汝昌闹事时，陆战队员们则不会参加，还应负有弹压的职责。君不见法国陆战队的军旗上赫然大书的是"英勇·守纪"，而北洋海军陆战队员心中镌刻的则不只是"英勇·守纪"，还有忠诚两个大字。还有则是淮军从军者的传统，当兵不仅吃饷养家，还以战死疆场为荣。一人战死，宗族为荣。有遗孤者，其宗族会合力赡养，无遗孤者，其家人父老亦会得到宗族合村的尊重。

战死的陆战队员悲壮，其远在家乡的妻子一样悲壮。当陆战队员的灵柩到达故里，所有队员的妻子皆自杀殉夫！包括时年四十五岁的丁汝昌之妻魏夫人！为了陪伴为家国赴死的丈夫，这些未必识字、未必懂得君国观念的农村妇女，皆与夫君一起赴死，相伴于九泉之下！

这是怎样的一种无畏，怎样的一种悲壮，怎样的一种惨烈！

我相信，这一样使欲亡我国家种族的岛夷敌寇为之动容、为之震悚！"民不畏死"，这永远成为中华民族不会亡国、不会灭种的一种意志、一种精神、一种境界！

战死军人之妻殉夫古已有之，北洋海军军人家眷中似乎亦蔚为风气。记得读冰心女士文，回忆她母亲曾身藏鸦片，准备一俟得到丈夫、"来远"大副谢葆璋阵亡噩耗，即服毒殉夫。谢葆璋历经黄海海战和威海之战而生存，我不知向日军投降的北洋海军将领中有无谢葆璋，如有，他何以面对？有愧乎？

史书未曾记下北洋海军陆战队全体队员的名字。这支视死如归的小部队，无一人退却，无一人脱逃，无一人投降，无一人苟活，无一人不战死！即便是伤者也剖腹自戕！

"像蜀锦一样绚烂"，那冲锋时沾满红色鲜血的红色海军陆战队军服，将永远成为我们脑海中不可磨灭的记忆！

壮哉！烈哉！北洋海军陆战队员和他们的妻子！

甲午海战中的留美幼童

一百四十五年前，即公元1872年8月12日（清同治十一年七月初九），30名十几岁着一色袍褂的少年，在上海港登轮驰向万里波涛大洋彼岸的美利坚合众国。这就是清朝官派赴美留学的第一批中国留美幼童，被曾国藩誉为"中华创始之举，古来未有之事"。促成此事的"毕业于美国第一等之大学校"的容闳被载入历史，留美幼童中的佼佼者詹天佑等人从此使中国人耳熟能详。

自1871年曾国藩和李鸿章联衔奏请官派留学获准后，留美幼童总计派出四批120人，年龄最幼者十岁，最长者六十岁，平均年龄约十二岁。籍贯中广东人最多——84名。他们中间不仅产生了举世闻名的詹天佑，还出了国务总理唐绍仪（1862—1938）。唐绍仪是广东香山县人，字少川，第三批赴美，时年仅十岁，入哥伦比亚大学肄业。唐绍仪归国后，曾赴朝鲜襄助海关事务。后任天津海关道。1911年南北议和时，为清廷全权代表，因他与袁世凯为莫逆之交，故以"拥袁共和"为谈判筹码。次年任民国首任国务总理。1938年9月30日，被军统怀疑与日本勾结而暗杀。唐的历史功绩之一是1904年以外务部侍郎赴印度与英国谈判，维护中国对西藏主权，功不可没，值得大书。此外，留美幼童归国者还有部长级官员2人，其中梁敦彦（1857—1924），广东顺德人，字朝璋、崧生，首批留美，入耶鲁大学。归国后历任清朝外务部尚书（部长）和袁世凯政府内阁外务大臣，1914年任交通总长。此外，如蔡绍基，归国后任上海大北总电报公司翻译，后任驻朝鲜外交代表、天津外事局局长、北洋大学校长、天津海关监督等职。又如第一位获得在美国开业的律师张康仁，归国后任法制学堂总教习。留美幼童中还出了铁路局长和官员及工程师13人，如为开滦煤矿建设付出辛劳的矿务工程师吴仰曾，驻美国公使梁诚等外交官14人，冶矿专家9人，海军元帅和军官16人……

但很多人不知道，留美幼童中还有一批人归国后成为清朝南洋、北洋水师军官，其中7人在中法马尾、中日甲午之战中壮烈牺牲。他们的名字逐渐被岁月湮没，是很令人惋惜的，即使大名鼎鼎的詹天佑，回国后最初曾被选入福建船政水师，他的同学即为后来成为北洋水师"福龙"号鱼雷艇管带的蔡廷干。

在北洋水师中服役的留美幼童，据王家俭先生《北洋舰队各级人员姓名官职及出身一览表》，查计有如下13人：

"左一"号鱼雷艇管驾王平（留美期届不详，守备衔）

"广甲"舰操练大副宋文翙（留美二期，守备衔，原"定远"枪炮大副）

"济远"帮带大副沈寿昌（留美四期，都司衔）

"广甲"舰管带吴敬荣（留美三期，守备衔）

"定远"舰督队船大副吴应科（留美二期，都司衔）

"定远"舰鱼雷大副徐振鹏（留美二期，守备衔）

"镇远"舰枪炮大副曹嘉祥（留美三期，守备衔）

"致远"舰帮带大副陈金揆（留美四期，都司衔）

"广丙"舰帮带大副黄祖莲（留美四期，守备衔，原"济远"驾驶二副）

"福龙"号鱼雷艇管带蔡廷干（留美二期，都司衔）

"定远"舰炮务二副邓士聪（留美一期，守备衔）

"济远"舰鱼雷大副邝炳光（留美四期，守备衔）

"定远"舰驾驶二副邝国光（留美四期，守备衔）

王氏统计均得之于《军机处月折档册》《李文忠公奏稿》《清末海军史料》，应该是比较准确的。但王平、沈寿昌的留美期届原表中空缺，只注为"美国"。我查出沈寿昌是留美第四期，王平则无记录，只好暂付阙如。

这13人年纪在甲午战争爆发时均三十岁出头，基本任职管带、大副、二副，皆为四至五级武官（清制武官品阶共9级），归国不过十年，皆已成为北洋水师主力将领。

以上全部参加了甲午海战和威海保卫战，除贪生怕死的"广甲"舰管带吴敬荣外，皆不惧牺牲英勇战斗，"致远"舰大副陈金揆随邓世昌撞击日舰凛然牺牲。沈寿昌殉国于丰岛海战，黄祖莲亦在威海保卫战中阵亡。除王平天津籍、沈寿昌上海籍、陈金揆江苏籍、吴敬荣和黄祖莲安徽籍，其余皆为广东籍。

上述在北洋海军中服役的留美幼童，不少人并无学习海军的资历。仅有个别人为进入安纳皮利斯海校留学而短暂预备，如黄祖莲，但大多幼童所学专科与海军无关。本来按照预定计划，留美幼童从小学、中学毕业后，要进入大学。因是官派，中国当时还未在美国派驻使节，故1874年李鸿章特拨43000元美金，授权容闳在康州建幼童肄业局总部大楼，委派刑部主事陈兰彬为肄业局正委员，容闳为副委员，负责管理留美幼童事宜。出国幼童一部分驻总部，一部分住在美国家庭。

但幼童受美国环境影响，接受新事物较快，在生活上逐渐西化。本来幼童出国，官费定做统一格式的中式袍褂，但学生们要求改装，现在我们可以见到一幅1878年幼童棒球队的照片，皆着洋装。有的幼童还进入教堂，甚至加入了基督教。容闳因为是毕业于耶鲁大学的第一个中国人，对幼童们较为理解和同情，但陈兰彬则认为是"数典忘祖"。

陈兰彬是翰林出身，曾国藩、李鸿章保荐他出任委员，说明他的道德文章是无可挑剔的。李鸿章在致总理衙门的保荐函上特别称赞："荔秋（陈兰彬字）老成端谨，中学较深"，而"纯甫（容闳字）熟谙西事，才干较优"。他荐举二人是期望"欲使相济为用也"。

陈兰彬与幼童常发生矛盾，容闳每每在中间充当"和事佬"。后来陈兰彬调任清政府驻美公使，还并未与幼童水火不相容，后任的吴嘉善则使留美幼童事业形成灭顶之灾。吴嘉善也是翰林出身，人品应该算得上方正，而且比陈兰彬似乎学问更广泛，吴氏以"精研数理"著称，是有名的数学家，著有《算术二十一种》，以如此学问的人管理留美幼童，应该说清政府是经过深思熟虑的。

但吴与陈是一类人，思想较为守旧。他甫到任，举行接见幼童的仪式，发现幼童已彻底洋化，居然不向他行跪拜礼节。这使得吴嘉善勃然大怒而痛心疾首，对幼童甚至施以责打。他立即上奏总理衙门，坚决要求将留美幼童中断学业，全部撤回。他的理由是：幼童且未成材，即便成材也不能为中国所用！

在之前，总理衙门一直不断接收到反对幼童留美的声音。但这次是管理幼童部门主管官员的意见，始为重视。为慎重起见，特征求包括李鸿章、容闳等重臣和有关人士意见，这在当时形成了一场是否撤童的大讨论。

李鸿章是不赞成撤回的。他曾电告吴嘉善不要急于将幼童撤回。他回复总理衙门的征询，认为幼童"早岁出洋，其沾染洋习或所难免；子登（吴嘉善字）绳之过严，致滋凿柄。遂以为悉数之撤未免近于固执"。而且特别指出十年以来，"用费已数十万，一旦付之东流，亦非政体"，美国总统等政要均评价幼童学业还是"颇有长进"，"半途中辍殊为可惜"。他特别建议"已入大书院（大学）者可留美毕业，聪颖可成材者酌留若干，此外逐渐撤回"。

现在来看，李鸿章是留美幼童事业的支持者，他的建议十分正确。只是要求撤回的声音太大，占据主流。李鸿章深谙官场，他也不能鼎力抗拒反对意见。少数人认为不必全撤，可半撤半留，也有人主张加以整顿，避免风气全盘西化。但陈兰彬的意见却引起总理衙门的重视，毕竟他是首任留美幼童的管理者，发言颇具权威性。陈兰彬在思想上与吴嘉善是声气相通的，他认为"外洋风俗，流弊多端，各学生腹少儒书，德性未坚，尚未究彼技能，先已沾染恶习，即使竭力整顿，亦觉防范难周，亟应将该局（肄业局）裁撤"。尽管有容闳向李鸿章等重臣据理力争，尽管有美国前总统格兰特及美学界、文化界人士马克·吐温等游说，给总理衙门联名致信，希望不要半途而废。但总理衙门据陈兰彬奏章，最终采纳了他的意见，决定"外洋之长技尚未周知，彼族之浇风早经洗染""与其逐渐撤还，莫若概行停止"，特命"趁各局用人之际，将出洋学生一律调回"。当然，当时美国发生排华浪潮，留美幼童也受到歧视，这也许是总理衙门考虑的原因之一。其间，总理衙门曾希望已中学毕业的幼童能进入美国陆海军深造，但被美国政府婉拒。

光绪七年（1881年）七月，幼童肄业局机构裁撤，幼童一律辍学归国。当时幼童中只有詹天佑等二人因年龄较大，已大学毕业外，其他幼童，大多中学未毕业，有的刚入大学。正如一位留美幼童温秉忠所云："大多数再过一两年即可毕业，中途荒废学业，令人悲愤异常。"这个被曾国藩盛誉为"中华创始之举，古来未有之事"的中国官派留学的事业，终究毁于一旦！

全部赴美幼童120名，归国时点名只余94人，其他之前亦有触犯学规、品学欠佳已被遣返，还有数位违反命令不归，而居于美国。幼童即被撤回，如何完成学业或分配工作，总理衙门却疏于考虑，竟未制定出妥善办法。而守旧人士只顾谴责，根本不管幼童的命运。以至于回国的幼童十分气愤，留美幼童黄开甲回国后历任盛宣怀秘书、轮船招商局经理、电报局总办，1894年出任美国圣路易博览会中国特派委员助理。但他回国下船时，举目四望，无官方、亲朋欢迎，竟由士兵直接押送至上海"格致书院"。

幸亏身为直隶总督兼北洋大臣的李鸿章，虽然阻止不住留美幼童中断学业尽撤归国，但他仍然认为这批留美幼童是人才难得。为给留美幼童们一个施展才华的机会，他决定将幼童全部包下来，尽管无法对口幼童原所学科目，而且还要从头学习，但是也只能如此。在他的设计筹划下，第一批计21人分至电信局学习电报业务；第二、三批23人送到福建船政局、上海机器局学习；第四批人数最多，共50人，分至北洋水师系统学习水雷、鱼雷、电报等业务。虽然未必学以致用，毕竟有了工作。但即便如此，也遭致西化影响的学童们大为不满和伤心。如前所述黄开甲，气愤至极："完全不按个人志趣及在美所学"，"这就是东西双方影响下，中国政府的'进步政策'吗？"黄认为应该彻底变革，"才适合治理它的万千子民"。

当然，幼童们只是发发牢骚，分配还要服从，因为是官费，并且在出国前必须要由家长亲笔"具结"画押，承担责任。这份文书即如民间所说是"生死文书"，内容如下：

> 兹有子×××，情愿送赴宪局（幼童出洋肄业局）带往花旗国（清代时对美国的称谓）肄业学习机艺，回来之日，听从差遣，不得在外国逗留生理。倘有疾病，生死各安天命。

所以，幼童归国必须服从分配。但如果没有李鸿章的调配，倘如草草分到官场打杂，也许幼童后来出不了那么多人才。因为幼童没有任何一级传统科举功名，在当时的社会风气下，无疑会受到传统习惯的排斥，即使分配到各级衙门，也永无出头之日。以分配在北洋水师系统学习的幼童来看，日后大多成材，皆成为北洋水师的业务骨干——甚至独当一面的将领。

蔡廷干即是一位成材者，是北洋水师甲午海战出名的人物。他是第二批留美幼童，广东籍，字耀堂。当大部分中国家庭对留美学习心存疑虑时，他在天津机器制造局工作的父亲却认为洋务必盛行于中国，故主动将儿子送上一般人认为未卜生死，遭人白眼的留洋之途。这如同唐绍仪的父亲唐廷枢，是上海的买办商人，心甘情愿送子出洋。当然，像蔡、唐二人家长的那样开通，在那个年代还是为数不多的。

蔡廷干在留美期间就在同学中小有名气，缘于他的性格刚烈，为人处世勇猛无忌，故美国同学给他起了一个外号"火爆唐人"（见《中国留美幼童书信集》）。蔡廷干奉命归国后，先与詹天佑进入福建船政，后又被调派至北洋水师学堂鱼雷艇专业学习。因学习优秀，逐渐升至北洋海军鱼雷艇队"福龙"号管带，原为"左一"鱼雷艇管带，后被同为留美幼童的王平（字登云）接任管带，蔡廷干调任"福龙"号任管带，品级为都司（武官正四品）。

在大东沟海战中，蔡廷干率"福龙"号奋勇出击，抵近敌舰"西京丸"最近仅40米，从120米直至40米，连发三枚鱼雷，皆未击中敌舰，留下千古遗憾，否则大东沟海战胜负极可能转变。

日海军军令部长桦山资纪所在的"西京丸"在遭"定远"痛击后，舵机系统已创伤累累，右舷后部水线被击出裂缝，水兵们正慌乱用木板、水泥堵漏。北洋水师"定远""广丙"带伤发炮攻击"西京丸"，一度抵近距离只有500米。在对射中，随"平远""广丙"疾赴海战水域的北洋水师鱼雷艇队——"福龙""左一""右二""右三"4艘，正在援救被日舰击伤的"超勇"。而"福龙"号则高速向"西京丸"疾驰冲来。"福龙"号建造于德国希肖船厂，排水量120吨，舰长42.75米，宽5米，吃水2.3米，航速则高达24节。鱼雷艇队在编制上不归北洋水师管辖，北洋水师也无权直接指挥其作战。在大东沟海战爆发后，鱼雷艇队主动驶出军港参战。而"福龙"号单独出击，无其他鱼雷艇编队配合作战，是违反当时海战常识的，这也恰好反映出"火爆唐人"的性格。艇名"福龙"，也寓福建蛟龙之意。而据当时日本方面记载，"福龙"号以17节之高速冲向"西京丸"，而"西京丸"为躲开"平远""广丙"的炮火攻击，正在采取规避动作转向，舷侧面对冲来的"福龙"号，正好提供给"福龙"号作为靶子。

据事后蔡廷干向上峰所作的作战报告，他当时将"西京丸"判断成"武装运输船"，因为"西京丸"恰是由商船改装，外观似运输船而非作战舰。

在驰近400米时，蔡廷干下令发射鱼雷，由于"西京丸"发现鱼雷艇驰来，又冒险采取迎头规避动作，鱼雷未击中，紧接着发射的第二枚也未击中，鱼雷擦舰而过，仅隔15英尺（约4.6米）。"福龙"继续前进，面对"西京丸"的炮火，艇上水兵跳上甲板，用艇面数门多管机关炮向"西京丸"的炮击进行反击。在距"西京丸"40米左右时，"福龙"疾速调头，用后部露天发射管中仅有的一枚鱼雷射向"西京丸"左舷。据记载，桦山资纪已见到"福龙"射出的鱼雷，听到中国鱼雷艇上水兵的呐喊，由于距离太近，他甚至看见中国水兵的喜悦表情。他大叫一声："啊！吾事已毕"，而"瞑目待毙"。舰上的官兵皆屏息等死。

可惜，鱼雷未爆。"福龙"号打光了鱼雷，而"西京丸"炮火连发，只能不甘心撤去。随后赶来的"左一"等数艇，试图攻击

"西京丸"，但因距离过远而失去了最佳作战时机。

直到今天，人们都很难接受这样的结局。后世专家曾从技术角度分析攻击失利的因素，固然有其道理。但几十米的距离却未击中，恐怕还是作战经验不足所致，求胜心切，急于成功，痛失大好良机，实在令人扼腕。加上蔡廷干将"西京丸"判断成"武装运输船"，亦似过于轻敌。战后据日方统计，"西京丸"上还储存有120毫米炮弹108枚，机关炮弹1011枚（《廿七八年海战史》）！这对于"福龙"号是极有致命之险的。鱼雷艇单独出击是极易被敌舰炮火命中，但蔡廷干和"福龙"号的勇敢无畏却是值得钦佩的，只可惜冒险犯难，功亏一篑。如果击沉"西京丸"，战场局势必然影响日方军心，北洋水师或可乘胜追击，翻盘几有可能。

两相比较，日本鱼雷艇队的技术参数与北洋水师鱼雷艇队大致等同，如日方"第二十二号"与"福龙"同出于希肖船厂，在吃水、航速等方面还低于"福龙"。但在后来的偷袭刘公岛之战中，虽然战术慌乱不堪，却不乏可圈可点之处。虽然"第二十二号"被北洋水师炮火击毁；"第六号"也被"定远"严重击伤，但"第十号""第九号"发射雷鱼击中"定远"，"第九号"虽被"定远"舰尾副炮击中，因是实心弹（教练弹），只致使其搁浅。

上述是1895年2月5日的偷袭。2月6日凌晨，日本鱼雷艇队继续对刘公岛发起偷袭。日本的战术目标是破坏北洋海军基地的防材（障碍物），通过防材，击沉"来远""威远""宝筏"（"宝筏"舰据日本方面分析是被日方无意射偏鱼雷所致）。至今可证，北洋鱼雷艇队自始至终未予反击。北洋水师鱼雷艇队不止一次失去作战最佳时机。10月24日，日本大山中将指挥的第二师团，在鸭绿江与旅顺口之间貔子窝登陆。由于水浅，只能用小船冒险运载士兵，登陆驳运极其迟缓。日军一直惊惧北洋鱼雷艇队和军舰阻击，竟用了15天才完成登陆，却始终未见北洋水师和鱼雷艇队出击。

"福龙"号在后来的威海保卫战中也曾大显身手，曾单枪匹马冒着危险完成任务。在南帮炮台以东的赵北嘴炮台被弃守时，为免入敌手用来轰击刘公岛，"福龙"号鱼雷艇队水兵曾攀岩而上，在敌人占领炮台之前，将弹药库引爆，其英勇无愧于北洋水师内部对鱼雷艇队的称谓——"敢死队"。

　　7日，包括"福龙"号在内的鱼雷艇队共12艘鱼雷艇，掩护"利顺""飞霆"两轮救援信使、北洋水师水手教习李赞元，突围至烟台。但原本应返回军港的艇队，被日本舰队截击。除"左一"等成功到达烟台，"福龙"号等四艘因螺旋桨损坏搁浅，蔡廷干负伤，与部分官兵被俘。被俘时蔡年仅三十五岁。"利顺"被击沉，所幸信使李赞元落水逃生至烟台，虽然万幸送达密信，但付出的代价太巨大了。

　　后世给鱼雷艇队的这次行动多定性为"集体出逃"，或许是皮相之见。有专家如陈悦先生已详加论证，定为是丁汝昌下令的掩护信使的佯攻行动，还蔡廷干等鱼雷艇队将士们以公正。但从这一行动可窥见丁汝昌完全不熟悉海军作战，包括鱼雷艇作战。将适合于偷袭的鱼雷艇大白天驰向海面，向严阵以待的日本舰队佯攻，面对日方舰队的炮火，全队溃散，而丧失了在刘公岛应发挥的作用，实是在令人惋惜。特别是鱼雷艇队当时在刘公岛已被传闻是"出逃"，引起军心严重不稳，险些引起陆军护军的哗变。王平、蔡廷干等为首的鱼雷艇队，在大东沟海战、炸毁威海南帮炮台的作战中非常英勇，决非像吴敬荣等败类，在两次海战中贪生怕死临阵脱逃。吴敬荣也是留美幼童，这是带给北洋水师留美幼童军官的耻辱。吴敬荣未与方伯谦军前正法，是因其与丁汝昌为小同乡，大有回护嫌疑。

　　蔡廷干被日军俘虏后的笔录被记录下来，可见北洋海军军人的气概：

日："你打算投降吗？"

蔡："我怎能投降呢？过去陆军每每战败，原因在于互无救援之心。在我舰队，决无这样的情形。"

日："现在舰队士气如何？"

蔡："能够终日战斗。"

……

日："如果我们现在释放你，你还打算再上鱼雷艇与我们舰队作战吗？"

蔡："有这种打算。"（《中日战争》续编第八册，中华书局，1994版）关于蔡廷干被俘后的笔录，有若干版本，文字繁简略有不同，但记录蔡廷干的回答是相同的。

蔡廷干的命运后来发生转折，与《海军劝惩章程》的颁行大有关系。李鸿章鉴于邓世昌之死，向朝廷申请颁行丁汝昌新订的《海军劝惩章程》，认为海军将领培养不易，议定以后北洋各舰凡尽力攻击致船沉、机器损坏、弹药罄尽、伤焚太重，准免治罪，并仍予论功，以为海军保存人才。此章程被朝廷批准实施。蔡廷干被俘后拒不投降，被日军押往日本监禁于广岛俘房营。日本《读卖新闻》于1895年3月13日刊发报道《蔡廷干惜败》，称他是"有血有骨的硬汉子"，在俘房营赋诗明志："渤海清兵势力微，日本军士向前驰。此败沙场君莫笑，他年再战决雄雌"，文后称赞蔡廷干"可敬可佩"。甲午海战后，蔡被遣返回国，没有受到处分，仍回海军服役，任海军部军制司司长。入民国后任海军中将、总统府副大礼官、中国红十字会副会长等职。他有英文功底，又潜心读书，翻译中国典籍，据说他所译的唐诗集至今仍为英美流行的唐诗译本。后在清华、燕京大学教授文学。

留美幼童黄祖莲是"广丙"号鱼雷巡洋舰帮带大副，在保卫威海战斗中指挥舰炮轰击陆地日军，在司令塔指挥作战时，被日军炮弹击中观察口，头部被弹片击中，当场壮烈牺牲。黄祖莲是安徽怀远人，留美前曾入上海方言馆学习，是幼童中有幸选入美国海军学校学习航海驾驶并完成学业者。归国后入天津水师学堂驾驶专业，毕业后上"威远"练船实习，期满调"济远"舰，任驾驶二副。1892年，调广东水师"广丙"舰帮带大副。1894年，"广丙"北上会操，因战事紧张，留威海。黄祖莲是北洋水师留美幼童中熟读战史的知名军官，并以敢于直言闻名。1894年7月25日，黄祖莲焦虑日本挑衅，向丁汝昌献计："严兵扼守海口，而以兵舰往捣之，攻其不备，否则载劲旅抵朝鲜东偏釜山镇等处，深沟高垒，绝其归路，分兵徇朝鲜诸郡邑，彼进则迎击，彼退则尾追，又出偏师扰之。彼粮尽援竭，人无斗志，必土崩瓦解，此俄罗斯破法兰西之计也。"此策颇有见地，可见黄祖莲对战史和敌情形势的熟悉。黄的建议与当时"镇远"管带林泰曾的建议不谋而合，但终未被采纳。

在甲午海战中牺牲的还有上海籍幼童沈寿昌，他的同期老乡陆德彰归国后曾任松江电报局局长。沈在美期间专攻轮机和航海，归国后入读北洋水师学堂，毕业后任"威远"舰二副，丰岛海战时他已升任"济远"帮带大副。当方伯谦畏缩放弃指挥时，沈寿昌与二副柯建昌分别至瞭望台和前炮位督战，沈被弹片击中头部，壮烈捐躯，殁年三十二岁。成为甲午海战牺牲的第一位高级将领，也成为牺牲的第一位留美幼童。沈牺牲后被清廷追授总兵衔，遗体在战后运回原籍安葬。1964年发现其墓地，1988年建成沈寿昌墓址纪念碑。

另一位在大东沟海战中殉国的留美幼童的是"致远"舰帮带大副陈金揆，在"致远"撞击敌舰时船体爆炸时，随邓世昌等全舰官兵永远长眠于万顷波涛之中。陈金揆是江苏宝山人，出身农家，1881年已入大学，遭致撤童归国。入天津水师学堂，成绩优异，派"威远"见习，升二副。受邓世昌赏识，荐为"扬威"大副。后随邓世昌赴英、德接"致远"等四舰。因功任"致远"大副。后任帮带大副，署都司擢游击衔。在大东沟海战时，陈亲自驾驶。也有说"致远"卫护"定远"，是陈金揆决然转舵，"驶出'定远'之前"，使"定远"转危为安。陈金揆与邓世昌密切配合，不使"致远"沉没，后人称赞他是"于阵云缭乱中，气象猛鸷，独冠三军"。据载邓世昌对陈说："倭船专恃'吉野'，苟沉是船，则我军可以集事！"陈以为是，遂大开马力冲向日军数舰。陈沉船牺牲时，年仅三十三岁！据2017年3月10日《中国文物报》4版载文，国家文物局在打捞"致远"舰残骸时，发现北洋水师军用单筒望远镜一具，上镌英文花体字"ChinKinkuai"，为陈金揆汉名英文拼写，同时发现印章"云中白鹤"，文章作者判断疑为陈金揆的闲章。文中还谈及，1938年日本曾拆走舰上构件，中国潜水员发现官舱内有一具骸骨，后葬于丹东大鹿岛，称大鹿岛甲午海战无名将士墓，也推测"极有可能"是陈金揆，因他在海战中一直操舵于驾驶舱。在将星灿烂的北洋舰队里，陈金揆不很受瞩目。他曾协助邓世昌指挥过北洋海军陆战队唯一的一次台湾登岛作战。

光绪十四年六月（1888年8月），台湾发生吕家望社动乱，台湾巡抚刘铭传急电李鸿章，吁请北洋水师支援。李鸿章随即下令丁汝昌率"致远""靖远"驶台助攻。邓世昌负指挥之责，配合台湾陆军，直接督率"枪队"即北洋海军陆战队士兵60人、配六磅行营炮两门登陆作战。陈金揆与刘冠雄（"靖远"管带，后为民国海军总长）亦随之登陆，协助邓世昌指挥作战，是役自9月11日至16日，以微小代价攻克对方阵地，北洋海军陆战队阵亡士官（副头目）1人，陆战队士兵伤8人。

这是北洋海军成军以来唯一的一次登陆作战。但有关史料记载极为简略，作为海军军舰"帮带大副"（副舰长）的陈金揆，是如何协助邓世昌指挥陆上作战的，可惜无法详知。但作为大型作战舰的副舰长，陈金揆非经系统船政学堂毕业和留欧上舰实习，能升到这一重要职位，无疑堪称优秀之材，又有指挥陆地作战的经历，在军旅之途上是极有可能跻身于高级指挥将领之列的。所以大东沟海战结束后的10月5日，李鸿章据丁汝昌海战奏报，向朝廷为殉国的将领邓世昌、林永升、陈金揆、黄建勋、林履中请恤。在5名将领中，相比在海战中牺牲的其他各舰大副，邓、林、黄、林4人皆为管带（舰长），陈金揆是唯一特殊并列与管带请恤的帮带大副，特旨照总兵例抚恤，赐一等轻车都尉兼一等云骑尉世职，这也是打破赐恤惯例的。

除陈、黄、沈3人殉国，蔡廷干被俘外，其他9人命运各不相同。关于北洋水师留美幼童的资料不甚完整和系统，散落于各地方志、野史笔记和网络。我竭力爬梳，也只是略显风貌。

"左一"鱼雷艇管带王平，天津人，字登云，留美时学习航海。归国后入北洋水师服役，接替蔡廷干任"左一"管带。在"大东沟海战"中保卫陆军登陆，后出海参战，救出不少落水水师官兵。他因率27名鱼雷艇水兵炸毁皂埠嘴炮台，丁汝昌请李鸿章嘉奖，"加同知衔，并戴花翎"。但日军将炮修好猛射北洋军舰，丁又命王平前去毁炮，被日军炮火所阻，未能毁成。在鱼雷艇队出海后，"左一"驶至烟台，有史料说王平报称水师已覆灭，导致解救援军被召回。王平险被朝廷军前正法，但经李鸿章保下，革职回籍永不叙用。电视连续剧《北洋水师》中有他的形象。

宋文翙，广东香山人，归国后入福建船政学堂，甲午战前从"定远"枪炮大副调任"广甲"舰帮带大副，清末重建海军后，历任"江元""镜清"舰管带。

吴敬荣为人们所耳熟能详是在海战中随"济远"脱逃，其实他在威海保卫战中依然扮演脱逃者的角色。丁汝昌曾令吴敬荣协守北帮炮台，原驻守绥军不战而退，吴即率部下一起逃跑。但他此后仅被"革职留营"，一帆风顺，依然任过数艘艇舰管带。民国成立后一直升到海军中将。

吴应科留美入耶鲁大学，归国后入福建船政学堂学习，参加甲午海战。因作战英勇被授"巴图鲁"称号。他的光辉顶点是参加了武昌起义，他时任北洋海军署理统领，被起义的武昌军政府委以海军总司令，曾督率舰只反击清军进攻。民国升至海军中将。1949年隐居于北京。他的故居在广东肇庆，已列入当地文物保护单位。

徐振鹏留美毕业于海军学校，广东拱北人。清朝宣统元年筹建海军部，他为筹建处二司司长。历任清朝和北洋政府海军部军制司司长、海军舰队司令、海军部次长、代理海军部总长等职。

曹嘉祥，广东顺德人，甲午海战时任"镇远"枪炮大副，于作战中受伤。后任烟台水师提督署提调、北洋海军兵备处一等参事官。1902年，曹嘉祥出任天津巡警总局督办，但就任不到一年，就被告发贪腐而去职。袁世凯出任大总统后，他被任命为总统府海军少将衔高等侍从武官。1915年升海军部次长，公平讲他对中国近代警察制度的建立和中国新式海军的决策，应有贡献。1921年后辞职闲居于上海，1926年病逝。曹嘉祥为后代研究甲午海战所瞩目，是因他写过有关甲午海战的报告，成为研究甲午海战的重要史料。

邓士聪，广东香山人，入美进麻省理工学院，归国后参加修建京沈铁路，又入北洋海军，后离开军界，主管天津税务局，逝世于上海。

邝国光，广东新宁人，祖籍台山，后成为江南造船厂经理。邝炳光与邝国光同籍，后成为汉阳兵工厂评审硕士。不知二人是否兄弟或同族？查留美幼童中同籍邝姓达近10人，而幼童中兄弟、同族一同赴美者并非鲜见，如黄仲良、黄季良为同胞兄弟，同赴美。归国后，兄仲良后出任中国驻旧金山领事，弟季良入南洋水师服役。

一百四十五年只是沧海桑田一瞬间，但中国第一次官派留学生在中国近代史上的不俗表现，值得后人引以为傲。尤其在抵御帝国主义侵略与之血战壮烈捐躯的7位留美幼童，更是值得后人永远纪念。除北洋水师在甲午海战牺牲的3名幼童外，特列中法马江之战中壮烈牺牲的南洋水师4位留美幼童军官英名：杨兆楠、黄季良、薛有福、邝咏钟，以为千秋铭记。马江之战中参战的留美幼童共6人，而死之过半，令人痛惜。

煤，煤，煤！

煤是大自然赐给人类、造福于人类的宝贵财富。煤炭，与钢铁、蒸汽机成为第一次工业革命的象征，在造福于人类的同时，也成为当时各国海军军舰的燃料。直到19世纪初，"石油燃料将使海军战略发生一场根本的革命"（英国近代海军奠基人费舍尔勋爵语），在当时英国海军大臣丘吉尔的极力推动下，英国海军在全世界率先弃煤，将燃油锅炉用于海军主力军舰的动力。

但在此之前，各国海军无不使用煤炭作为军舰的燃料，而优质煤则决定了舰艇速度，甚至决定了海战的胜负。当时，英国威尔士地区出产的无烟煤，燃烧值高、残渣少，是各国海军舰艇动力的首选。其他如法国、德国等国出产的煤炭，不仅储量不如英国（1913年，英国储煤量达2.92亿吨，德国为2.772亿吨，法国仅4080万吨），且质量不佳，如法国煤炭不易炼成焦炭。令人感慨的是，英国最后一座深层煤矿于2015年12月20日关闭，而法国现在全国电力供应，已然80%为核电，而且于1989年就建造了核动力航母"戴高乐"号（1994年下水服役至今）。英国2015年开始海试的"伊丽莎白二世女王"号航母，却仍然采用常规动力。煤在军舰上已退出历史舞台，不过一百多年，核动力航母、核动力潜艇等早已遨游于海洋。

军舰使用劣质煤，影响速度，甚至导致海战失利，战史上不乏先例。

日俄战争时，沙皇从欧洲调回第二太平洋舰队至亚洲，与日本抗衡。暗中支持日本的英国，则全面禁止向沙俄舰队提供威尔士无烟煤，资助本国商人在各大港口收购囤积煤炭，使沙俄舰队无优质煤可买；并迫使葡萄牙拒绝第二太平洋舰队在安哥拉、莫桑比克加煤，使第二太平洋舰队无法得到英国威尔士优质煤炭，不得不降低标准，补充了德国劣质煤炭。舰队动力来源不充足，舰队速度大为迟缓，使之在对马海战中，被日本舰队重创。这成为因使用劣质煤炭严重拖累舰艇速度，而使舰队遭到毁灭的一次著名海战战例。

无独有偶，中日大东沟大海战也是因为北洋水师使用的是劣质煤炭，直接影响舰队速度，成为海战失利的重要原因之一。北洋水师使用的劣质煤炭，常常产生滚滚黑烟，使得敌方过早就能发现目标。现在证明，在大东沟海战前中日舰队相遇时，日本舰队比北洋水师提前一小时发现对手，就是因为滚滚黑烟使北洋水师过早暴露，而日本舰队使用的是优质煤，产生的煤烟稀薄，在一望无垠的海疆上，是最好的掩护。

后世海战专家分析大东沟海战中方失利原因，认为北洋水师的不利因素之一是军舰老旧，原设计航速平均为15节，不及日本舰队的航速。其实，通过两军舰只航速的对比，中方与日方差距并非太悬殊。日舰航速约为18节至23节。但在大东沟海战中，北洋水师军舰航速却平均仅有7节，远远低于日本。日本舰队基本达到了设计航速，而北洋水师军舰却远远低于设计航速。以至于在大东沟海战中，因为航速缓慢，作战大受影响，最后日方主动撤退，北洋水师欲实施追击，因航速缓慢，却只能徒自兴叹。

另外，最关键的是大东沟海战中，北洋水师因为速度缓慢，而错失痛歼日方的战机。大东沟海战伊始，北洋水师初始阵形是没有错误的，也是因为速度，各舰跟进参差不齐，完全没有达到预期效果，反被日方一字长蛇阵包围北洋水师阵形右翼，"超勇""扬威"被重创，形势严峻且大不利于北洋水师。但日方旗舰"松岛"却错发指挥命令，令"吉野"为首的第一游击队向本舰队后方讶回，作战队形完全改变。北洋水师获得了天赐的宝贵机会，如果北洋水师能利用敌方失误，奋起阻断、冲击日本舰队，打乱敌方阵形，就等于仍然恢复了原设想的阵形。日方阵形被切断，必将大乱，而极有可能被重创。但北洋水师的缓慢航速，使之丢掉了这个千载难逢的战机，日方发现致命的失误后，马上重新指令恢复原队形，而北洋水师直到日方恢复队形，也没有赶上来发起攻击！

其致命原因仍然是动力——北洋水师使用的是影响航速的劣质煤，而日本联合舰队使用的是优质煤。

按规定，北洋水师的燃煤由开平矿务局供给。该矿始建于光绪三年（1877年），第二年正式采煤，初始年产不过数百吨，至光绪十六年（1893年）已达近百万吨，完全解决了北洋水师及附属设施用煤，余者可外销。开平煤矿产煤质量是完全不一样的，煤矿分若干个采煤工作面，每个工作面称之为"槽"，如第五工作面的产煤即称之为"五槽煤"。"五槽煤"质量最佳，块状，燃烧值高，性能并不亚于英国威尔士煤。其特点是"烟少火白"，被西方称之为"无上品"。外国人趋之若鹜，极愿购买。也打破了"块大火强"东洋煤的垄断。最差的就是"八槽煤"，煤碎如散沙，而且掺杂石多，燃烧后灰多，煤烟浓黑，与"质碎力微，不能合用"的旅顺煤相差无几。使用这种劣质煤不仅造成舰船航速低缓，而且极易损坏锅炉。

在矿务局初始由唐廷枢任总办时，供给尚无问题。但醇亲王的亲信张翼接任总办后，供煤优劣产生了矛盾，北洋水师优质煤的供应渐少。"八槽煤"供应的比例越来越高。

北洋水师长期使用的就是"八槽煤"！早在清朝出兵朝鲜之后，丁汝昌就多次发出与开平矿务局等处交涉补给煤炭、弹药的电报。即使是丰岛海战后的7月30日，丁汝昌气愤之下，致书开平矿务局总办张翼：供给舰用煤"煤屑散碎，烟重灰多，难壮气力，兼碍锅炉……（开平煤矿）专留此种塞责海军乎"？丁汝昌并威胁：此等劣煤再付给北洋水师，必如数退回，并上报李鸿章裁决。丁汝昌后又数次交涉，但煤矿不屑一顾，仍然供应"八槽煤"。甚至傲慢地说：想要"五槽"块煤，可从八槽煤中筛检！丁汝昌于8月7日向旅顺船坞工程总力龚照玙交涉补充弹药函中，大发感慨："存煤及军械数本不丰，再冀筹添，立待断难应乎。后顾无据，伊谁知之！事已至此……利钝之机听天默许而已。"这是攸关国运大战爆发前，一个大国舰队司令官的悲怆叹息！开战前夕的9月12日，丁汝昌用最激烈的语言向开平煤矿发出"最后通牒"，要求供应"五槽煤"，"迩来续运之煤仍多散碎，实非真正'五槽'。……俟后若仍依旧塞责，定以原船装回，次始得分明，届时幸勿责置交谊于不问也"。言辞不可谓不激烈，但也仍然被置之不理，最后竟连劣质煤的数量也得不到保证。丁汝昌无可奈何，北洋水师最后也只得在大连湾装上劣质煤去迎战强寇。

后世评价丁汝昌，多有认定其为外行。但大战之前，丁汝昌喋喋不休反复交涉煤料供给，证明他是一个合格的海军将领。试举俄国海军名将马卡洛夫之例。1904年，马卡洛夫被尼古拉二世任命为北太平洋分舰队司令，他到停泊地旅顺基地视察，首先到军火库，看到库存有大量威尔士煤和普通煤，足够整个舰队高强度作战一年。这个从普通水手一步步升到海军中将的司令官，才放心开始制订对东乡平八郎联合舰队的作战计划，包括改革舰队建设，撤换不合格军舰指挥官，提升水兵士气，改善中国雇员伙食，等等。马卡洛夫有关海战的著述，是对手日本海军军官的必读书，但他不是纸上谈兵，他非常明白，再强大的舰队，燃料不足将是极其致命的。丁汝昌也明白，但他真正是无能为力！北洋水师舰船编制有50吨级运煤船4艘，说明丁汝昌还是很重视燃料保障的。

北洋水师为何得不到优质煤？

这是由于当时体制弊端产生的恶果。北洋水师的燃煤供给，按规定是调拨采购，无论"五槽煤"或"八槽煤"，价格相同，这是不合理之一，故而开平煤矿优先将"五槽煤"以高价卖给商人甚至卖到国外大赚其利。

其次，北洋水师经费一直得不到保障，不仅采购新船、添换火炮、购置弹药得不到保证，燃料采买同样得不到保证。买煤款常常因经费紧张拖欠，这成为开平煤矿只卖次煤给北洋水师的原因之一。北洋水师无权强行征用优质煤，何况拖欠买煤款，开平煤矿当然理直气壮，所以到后来连"八槽煤"供量也在减少。最初开平煤矿为供给北洋水师舰队用煤便捷，唐廷枢总办曾修建中国最早的铁路——康胥路（后扩展至大沽），可直抵唐山矿厂，解决了运煤困难，后又开通由天津运煤至旅顺、威海卫、烟台等处，皆设立囤煤所，彻底保障北洋水师用煤。但这一切花费巨大财力、人力所付出的努力，换了张翼当总办之后，则名不符实。

其三，煤矿的体制使其店大欺客，开平矿务局总办官级不大，但总办张翼来头却不小，他是满人，本在醇亲王奕譞神机营里当差，受到醇亲王的宠信，越级提拔当了总办，眼睛朝天，谁也不夹。1898年升任督办兼热河矿务督办，捐了个候补道。莫说堂堂兵部尚书衔的花翎顶戴北洋水师提督丁汝昌，就是李鸿章也要让三分。何况醇亲王主持海军衙门，"总理节制沿海水师"，北洋水师的经费划拨都是醇亲王说了算。得罪了张翼，就是得罪了醇亲王。所以，就留着好煤出口赚钱，其奈我何？

其四，公私不分，徇私徇情。李鸿章身为北洋大臣，是北洋水师最高统帅，有实际指挥权，业务上一言九鼎。若出于公心，调拨优质煤不是大问题。但恰恰李鸿章在开平煤矿有股份，你让李鸿章站在哪一方？优质煤给北洋水师不赚钱，卖给外国人才赚钱，赚了钱才能分红。其中缘由不言自明。加上李鸿章"保船制敌"的思想，尽量避免开战，北洋水师用次煤有何不可？李鸿章的节操并非完美，多参股于洋务企业，大捞之外，亦受贿。容闳在曾国藩、李鸿章二人手下做过事，认为二人不可同语，对李则鄙之，说曾"财权在握，以不闻其侵吞涓滴以自肥，或肥其亲族"。李逝世时"有私产四千万以遗子孙"（容闳：《西学东渐记》，湖南人民出版社，1981年版，P71）。梁任公则云"世人竞传李鸿章富甲天下，此其事殆不足信，大约数百万金之产业，意中事也。招商局、电报局、开平煤矿、中国通商银行，其股份皆不少。或言南京、上海各地之当铺银号，多属其管业云"（《李鸿章传》，P282）。在与俄罗斯签《旅大租地条约》时，收俄方贿赂"55万两"（《俄国末代沙皇尼古拉二世——维特伯爵的回忆》，转引在《红档杂志有关中国交涉史料选译》，三联书店，1957年版，P210）。除此之外，逢生辰必大收财礼，《翁同龢日记》载："相国（指李鸿章）初五寿（七十岁生日），将吏云集，致祝之物争奇竞异。"（中华书局1989年版P2500）此时的李鸿章身负重责，且国势不振，内外交困，竟如此穷奢极欲，对北洋水师欠钱购煤的军务，何止是天大的讽刺？李鸿章初五大办生日，初六他15岁的幼子即夭折病死，翁同龢在日记记录此事与其奢寿对比，冷冷地说了一句"倚伏之理可畏哉"。（同上页）翁、李有矛盾，翁对李所控制的北洋水师常常掣肘，在经费问题上曾有刁难。但李鸿章如此不检点，仅在开平煤矿有股份一件事上，就不值得敬重。北洋水师因劣煤影响速度导致战事失利，李鸿章是难辞其咎的。难怪连位卑的梁鼎芬都上奏折"以杀李鸿章为言"，"文官不爱钱，武官不怕死"，自古是大员重臣的理念，李鸿章真是枉担了虚名。另外，李鸿章安插外甥张士珩的堂兄张文宣在刘公岛任护军统领，护军原为李鸿章的亲军卫队，先后修建旅顺、威海卫炮台。李安插亲信颇有用意，丁汝昌也要买账的。

其五，张翼总办根本用不着质问李鸿章：好煤都给北洋水师，拿什么赚钱分红？张翼不仅要孝敬醇亲王，他还要孝敬西太后，据说他与西太后是拐着弯儿的亲戚，开平卖"五槽煤"赚的钱，大部分捐给西太后修颐和园，得到了"很会办事"的嘉奖。确实，张翼任总办后，矿务局矿井、轮船码头、厂栈历年都有所增加，业务兴隆，光绪皇帝也欣赏他，越发官运亨通。到了1902年，已官至工部右侍郎。因为和英国人勾结，使开平矿务局被英人骗占。袁世凯三次严参，光绪仍然予以庇护，仅是"革职"，后又朱批"以道员用，发往北洋差遣委用"。严复曾在开平煤矿任职，对张翼的劣迹一度"甚怒"。在清末，能同时得到西太后、光绪信任和赏识、眷顾的官员很罕见，所以这样的来头，张翼还会理睬丁汝昌吗？

其六，醇亲王奕譞主持海军衙门，从上到下清一色旗人。成立这个衙门本身就是为了挟制北洋水师，薪饷经费包括购煤，"定远""镇远""济远"等八"远"均由海军衙门直接发给。如"定""镇""济"三舰，每年约30万两，除薪饷、公费开支、购煤费用等，连洋员待遇都含在内。指挥系统和后勤保障混乱，叠床架屋，却苦了北洋水师。开平煤矿等于直属海军衙门醇亲王主管。个人利益大于国家利益，小集团得失大于国家得失。海军经费都可以挪用，何况区区煤乎？张翼在清帝逊位后，与开平签合同，索要了100万两白银，定居天津，重金购藏书画，经营金店，这是坑公肥己的典型。北洋水师无直接调拨权，按《北洋海军章程》等规定，丁汝昌归北洋大臣李鸿章节制，只管舰队"操防"及粮饷、军械、威海海军学堂、行营机器厂。其他诸如水师营务处、海防支应局、各处军械局等后勤保障部门，不仅主官由李鸿章任命，其海军俸饷、收支报销、添换购置、收发存储、枪炮弹药等，总之一切需花钱的事务，丁汝昌都只能被掣肘和扯皮，他想要优质煤，真是说话不算数。

其七，晚清小说家吴趼人在《二十年目睹之怪现状》中揭露，南洋兵船管带在专供兵船采购的商家买煤。账上记一百吨煤价，实买二三十吨，给掌柜二成回扣，余款则被管带贪入私囊。北洋水师成军订《北洋海军章程》，除军官高薪外，为避免贪污规定了《行船公费》。以水线区分，水线下油漆及军事装备如帆布、炮罩、绳索、通信旗帜，加上维修所用材质如铜、钢、铁、木材等可专项申报核发，煤炭、弹药随时申领。但水线上即船舱内外所需油漆、棉纱、砂布等，及煤炭装卸、购买淡水、雇员引港、更换国旗、军装、雇用幕僚文书、杂项采购等，却要在"行船公费"中开支。这有些令人费解。按章程，"定""镇"二舰为例，每月"行船公费"核定850两，而管带刘步蟾、林泰曾每月的薪饷才330两（分官俸、船俸，分占四、六成）。"公费"皆由管带说了算，其中弹性可想而知。就说买煤，可以随时申报领取，单项开支，可煤炭装卸却要从"公费"中开支，就是说买的煤少，就可节约煤炭装卸费。管带廉洁，可以一文不取奉公，如果私心一念，真是莫可知了。买煤与装卸分开，以今天的眼光来看，其中利弊是值得商榷的。"行船公费"是一笔糊涂账，收缩性太大了。所以有人揭露，北洋水师舰艇有管带私扣"行船公费"入私囊，在采买时以次充好，收取回扣，致使舰上机器保养不勤，零件朽坏，甚至大炮生锈（《郑观应集》上册，P880），这未必是普遍现象，但甲午海战中"定远"飞桥被震坏、"致远"密封橡胶朽坏等，影响了战斗力，确为一证。

北洋水师经费紧张，自成军以来，从来就没有如数拨解。军费被挪用，被减少，捉襟见肘，"东挪西凑，竭蹶经营"（李鸿章语），李鸿章《海军函稿》中皆是"筹议海军经费""请拨海军经费"的字句，甚至他一度大发牢骚，表示若不能"如数筹给"，就不"勉仟其事"撂挑子。最简单明了的三个数字，用于北洋海防、北洋水师建设的经费从1875年至1894年，各种名目凑拨仅约3000万两，不及清朝一年八旗、绿营、京城兵饷3200万两（1893年），而八旗、绿营等皆虚靡禄饷，糟朽而不能战，甲午的陆路之战是靠淮军和地方练勇。而西太后修颐和园所需款竟达两千余万两，这种惊心动魄的数字对比，令人夫复何言!？面对这样的国家军事战略思维，面临海上侵略，捍卫海疆的连买动力燃料都拖欠钱的北洋水师，还能不打败仗吗？

煤，煤，煤……对北洋水师来说，优质煤是战略物资，得之则战事尚有可为，失之则战事已显败迹。论煤，中国可以自给，大战在即，军舰却只能用劣质煤。亦非像俄日战争，英国采取"禁运"封锁，沙俄一筹莫展，导致对马海战大败。中国没有被"禁运"，实质上却被自己的官办煤矿"禁卖"，悲哉也夫!

甲午海战是改变中日两国走向的命运之战，而命运之战胜负的原因之一居然是因为使用劣质煤。遥想当年，龙旗猎猎，弹雨如注，北洋水师的军舰左冲右突，在大东沟海战中拼命厮杀，水兵们拼命往锅炉里不停地倾倒"八槽煤"，但航速却依然是那么缓慢，这一幕想起来就让人心痛如灼……

致命实心弹

中日两国舰队在黄海大东沟的决战，并非像一些研究者所云是北洋水师的惨败，这完全是罔顾事实。其一完全挫败了日本"聚歼清国舰队于黄海"的预定目标，这已被当时外国军事界所肯定。再者北洋水师本身的任务原非与日本联合舰队决战，而是奉命掩护登陆朝鲜的清朝陆军。在大东沟海战中，北洋水师的一些战术动作都是为了防止日本发现和袭击清朝陆军登陆部队。可以说北洋水师成功地阻击了日本舰队，不仅掩护了登陆部队，而且也给予日本舰队重创。日方是主动撤离战场的。

在5个多小时的大海战中，日方没有一艘军舰被北洋水师击沉，其重要原因即是北洋水师弹药不足，且击中日舰的多为穿甲弹（即实心弹），不能给日舰以致命打击。

在后来的威海保卫战中，北洋水师炮弹状况仍然没有改善。在双方炮战中，北洋水师军舰和岸炮数次击中日方舰船，但发射出的仍然是实心弹，不足以致敌于死命。

过去如《甲午风云》等影视剧甚至文章，渲染炮弹填沙，这给人以错觉。据考证，北洋水师在当时配备的舰炮炮弹，仅有榴弹（俗称开花弹）、穿甲弹（实心弹）。日本及俄国、英、法等国海军主要配备榴弹，海战中使用多为榴弹。榴弹内装填炸药，爆炸威力较大，效果是击中对方舰船产生剧烈爆炸，严重时导致舰舱进水或引起锅炉舱爆炸而沉没。其爆炸引发的冲击波、破碎弹片对舰上官兵威胁极大，伤亡率极高。

而穿甲弹弹头较尖，与榴弹钝头不同，可穿透舰体，目的是击穿水线以下部分，引发海水涌入。但因弹内一般填沙或少量炸药，无爆炸效果。所以各国海军多将穿甲弹用作靶弹，以作教练之用。

北洋水师主力舰所用大口径榴弹，依赖西洋进口。国内兵工厂即天津机器制造局无能力生产，仅批量生产填沙的穿甲弹。在甲午战前，户部禁令购买西洋军火弹药，北洋水师只能依靠天津制造。但该局因技术能力差，加急制造的榴弹多不合乎技术要求，有的批次炮弹外径尺寸过大竟无法填装进炮膛，《一八九四·甲午大海战》所表现的水兵们用锉锉炮弹的情节，尚属真实。而且引信也存在质量问题，有致使哑弹之虞。当时北洋水师曾呈文反映质量问题，主要有三个方面：一、"大小不合炮膛者"；二、"有铁质不佳，弹面皆孔，难保其未出口不先炸者"；三、"即引信拉火，亦多有不过引者"。如此劣弹，在大东沟海战中的致命后果显露无遗。北洋水师在海战中发炮予以日舰重创的炮弹，皆为各舰购自德、英等国时配套余留的炮弹，数量极为稀缺。尽管北洋水师各舰炮弹尚充足，但能发挥实战效果的极少，多为国产榴弹与实心弹，完全不能击沉敌舰。

在大东沟海战中，中日双方炮弹命中率，中方高于日方，这也被当时观战的外国海军将领所公认。但令人痛惜的是，一支舰队，现代化程度再先进、军事技术再纯熟，但若无充足的高效炮弹，那结局可想而知。

我们不妨爬梳一下在丰岛海战和大东沟海战中，北洋水师发炮命中敌舰的效果究竟如何？

在丰岛海战中，"广乙"发炮击穿"浪速"左舷，穿过舰体，但仅击毁"浪速"的备用锚，不过锚机受伤而已。

"济远"尾炮曾有150毫米炮弹穿入"吉野"右舷，但没有爆炸，仅击碎一部发电机。另一发炮弹击中"吉野"飞桥，虽然爆炸，但威力太弱，仅击碎放置望远镜的木盒。

在大东沟海战中，"松岛"被北洋水师150毫米炮弹击中320毫米主炮，液压旋转机构严重受损，仅有两名日本水兵受伤。

"吉野"被"超勇"或"扬威"10英寸炮弹击中后甲板，引起弹药爆炸，日军亡2人，伤9人。

"高千穗"右舷后舱主室中弹，穿过甲板爆炸，日军死1人。

"秋津洲"右舷速射炮被击中，大尉永田廉平及4名日军毙命，9人受伤。"浪速"也被击中，但仅主炮塔下方水线带被击穿。

在海战中，"松岛"再次被炮弹击穿主甲板，左侧机关炮被击毁，毙1人，伤3人。

"严岛"则被击中两次，210毫米克虏伯炮弹命中右舷鱼雷发射室，仅11人受伤。随后又被150毫米炮弹击中左舷，在后部轮机舱爆炸，但也仅使6人受伤。

"桥立"被击中主炮炮塔，日军两名大尉及水兵一人共3人毙命，7人受伤。

"比睿"被"经远"右舷150毫米克虏伯炮击中，也仅击毙4名日本水兵。"定远"随后向"比睿"发射305毫米开花弹，威力巨大，击穿其左舷后射入舰内，共计有17人被炸死，30余人受伤。舰内结构损坏严重，但因弹内装填是黑火药，威力有限。再发射的又一颗炮弹，本意是对角线射击，如击中"比睿"足以致其于死命。但可惜发射的是实心弹，不能炸响！其结果是"比睿"得以匆忙逃脱被击沉的厄运！

"西京丸"亦如此，虽遭"定远"炮击，但只是受损。炮艇"赤城"被"定远"尾部150毫米克虏伯炮击中飞桥甲板，舰长阪元八郎太及2名炮手当场死亡。随后的两颗炮弹又击中"赤城",但只致使7名水兵毙命。以后"赤城"又多次中弹,但即如这样一艘小炮艇,如此近距离被反复击中终未被击沉。终其原因是北洋水师的炮弹火力实在是太弱了!

而且北洋水师多艘军舰围射"赤城",最后一炮是"来远"的210毫米克虏伯炮弹,但也只造成代理舰长左藤铁太郎负轻伤!

据日本方面的《廿七八年海战史》战后记录,"赤城"在大东沟海战中共被北洋水师各舰击中大口径炮弹30发,但只阵亡10人,受伤18人!"比睿"共被击中大口径炮弹23发,阵亡24人,伤32人!两舰如此被数十发炮弹击中,而均未被击沉,可见北洋水师炮弹威力之弱!

"西京丸"被击中150毫米、210毫米、305毫米炮弹3枚,仅305毫米炮弹造成舰身一定程度损坏。

赶来参战的"平远"舰260毫米炮弹射中"松岛",从左舷中部进入,穿过鱼雷室等,只造成4名水兵窒息而死,而未发生爆炸,估计也应是一枚实心弹。否则,这枚炮弹若是开花弹,必将产生巨大威力。炮弹撞击到"松岛"主炮下方,击碎供炮旋转的液压罐才停住。主炮下方即为弹药库,若起爆,"松岛"的命运不可预测。"镇远"向"松岛"发射了两颗305毫米炮弹,第一颗为实心弹,只是穿透了甲板,后一颗为黑火药开花弹,引发舰上炮弹爆炸,死亡28人,近70人受伤。但"松岛"仅丧失作战能力,终未沉没。

后来的专家研究证明,北洋水师海战中所使用的炮弹大部分是无法爆炸的实心弹,开花弹基本是进口,库存极少。但户部下令禁止北洋水师外购军火,仿制又不过关。这是无法对日舰造成重创的原因。而北洋水师开花弹填充的黑火药,相比日本炮弹的新式火药,爆炸效果大相径庭。日舰发射的炮弹,一旦击中必燃大火,还会产生毒气，对北洋水师军舰和人员造成极大危害。反之，北洋水师发射的炮弹对日方的威胁则甚弱，这也是大东沟海战日本舰只屡被北洋水师击中，而不能沉没的原因所在。即使后来北洋水师退守刘公岛，所属各舰仍顽强抵抗日本舰队的进攻，双方持续炮战，包括刘公岛炮台也奋勇反击，屡次击中日舰，但因尽为实心弹，对日本各舰只造成轻伤，实在令人扼腕而叹。

不妨再试举威海保卫战炮战的实例：

2月5日夜间，日本鱼雷艇队共8艘潜入刘公岛码头不远的深海，其中"第九号"鱼雷艇向"定远"发射鱼雷，击中左舷后方的机械工程师室，海水从破口汹涌而入。而"定远"150毫米副炮发炮准确命中"第九号"鱼雷艇轮机舱，但因是实心弹，未能炸沉鱼雷艇，艇上8人死3人，伤4人，仅幸存1人，挣扎着搁浅于龙庙嘴岸。若非实心弹，被击中必引起爆炸。

2月7日，"松岛""吉野""秋津洲""浪速"等在进攻威海之战中，皆曾被刘公岛炮台发炮击中，但因皆为实心弹，即使穿射舱内，也只仅造成少量人员受伤。"浪速"舰被击穿舰体，甚至无一人负伤！

2月11日，最后的鏖战中，"葛城"舰被刘公岛炮台发炮击中，仅被击毁主炮，炮手立毙，伤6人，未爆炸，又是一枚实心弹！

"天龙"号被刘公岛204毫米实心弹精准射入炮孔，炮架损坏，立毙3人，炮弹穿透右舷落入海中。

"大和"舰被两发炮弹击中，也仍未爆炸，仅是横穿舰内。

实心弹，实心弹，它完全改变了炮战的结局！

炮弹不足在大东沟海战后被作为一个问题提出。故在海战后朝廷特命赴威海视察防务的特使徐建寅，曾对威海基地弹药库查看，发现库存炮弹甚多，并据此写有调查报告。但库存炮弹有大部分是战后天津机器制造局急运至威海以备战之用，另即使有库存，炮弹质量也甚为堪忧，这已有大东沟海战和威海保卫战炮弹效果的验证。

在大东沟海战爆发两年前，李鸿章未雨绸缪，命令增加威海基地炮弹库存，但机器制造局始终拖延不办（《甲午中日战争——盛宣怀档案材料汇编》下册）。即使向外国订购，主办者也大受外国军火商之贿，采购劣质弹药，甚至不符合标准，导致北洋水师军舰"所领子弹，多不合式"。其严重后果在海战中显露殆尽，令人痛心！

最致命的是翁同龢主持户部于1891年奏疏光绪皇帝，暂停两年南、北洋舰队购买西洋枪炮、舰船、机器等。这等于断绝了北洋水师主力舰火炮的弹药来源。"定远""镇远"的巨炮炮弹当时不能仿造，只能进口，其悲惨结局是在大东沟海战前，两舰只分得仅有的3发进口原装炮弹！当时的台湾巡抚刘铭传，听到停购令后，曾顿足长叹："人方慭我，我乃自决其藩，亡无日矣！"

在战前，世界海军强国军事家们大都分析，中日决战，中方应操胜券。但事实上，专家并不了解北洋水师缺乏弹药的窘况。在开战前，有史料披露，北洋水师水兵们皆斗志昂扬，期以必胜。而军官们多忧心忡忡，就是军官们非常了解中日两国海军的优劣之分。这场决定中日两国走向的命运之战，从北洋水师射向对手的实心弹开始，就已经决定出战争的胜负了。

风骨峻嶒张佩纶

读史书中的人物，不仅应该读正史本传，也应该浏览野史及至文集兼及日记信札，才可真正"知人论世"。

清代同治年间发生宫门护军（卫兵）与太监互殴案，太监李三顺奉慈禧太后之命出宫给醇王妻即其妹送食品。但未办出宫手续，护军依法禁出，太监于是恃宠撒泼。本来极简单的一个小案子，治太监罪就是了，但却因此案掀起了政潮。

慈禧太后适逢中年，从青年时始寡居，肝火愈盛，闻此事大发雷霆，不分青红皂白，胁迫慈安太后下旨要杀护军，任谁劝也不听。刑部依法处理，几次拟律，已经对可怜的护军从重处罚了，但均被驳回，弄得刑部堂官为之痛哭。大臣劝，受处分；廷议，慈禧太后也哭，大概认为大臣们欺负她。她坚决要杀护军，不留余地。可法律无例，人也不能随意杀。若引安德海例，太监倒是可能掉脑袋。

若是男性皇帝，也许气头上过去，也不会如此执拗，可赶上寡妇、半大老太太，连小叔子恭亲王奕訢都没辙。金梁《清后外传》记载恭亲王因此事还与慈禧发生口角，甚不愉快。以至于慈禧大怒之下要革恭亲王的爵位，恭亲王顶撞道："革了臣的爵，革不了臣的皇子"，但若按礼仪制度，虽然恭亲王是小叔子，也不能如此说话。又据王照《方家园杂咏纪事》附记说：刑部尚书潘祖荫提出应依法判案，"慈禧大怒，立即召见祖荫，斥其无良心，泼辣哭叫，捶床村骂"。虽然笔下有些夸张，但亦可见慈禧盛怒之下的失态，因护军一案掀起的波澜可谓骇浪汹汹。

事成僵局，有人想到"清流四谏"中的两员大将：张佩纶、宝廷，请二人上奏折劝谏。同治、光绪年间，正直的翰林兼起居注官，可专折言事，如张佩纶、宝廷、张之洞、黄体芳、陈宝琛、邓承修，"欲有所论列"，每集于松筠庵杨椒山谏草堂，筹谋策划。而且专有"青牛（清流）腿"奔走传话通消息。以至于还有"青牛靴子"为"青牛腿"奔走，可见能为"清流"服务，是引以为无上光荣，亦可见"清流"之地位。"午门案"被慈禧强行"定谳"欲结案，张佩纶知之速通知张之洞与陈宝琛，联署会奏。他们不像其他人那样，批评慈禧太后不守法，务请收回成命。而是似乎站在慈禧太后立场，动之以情，晓之以理，权衡利弊，充满感情，娓娓道来。据说慈禧看了，也很感动。不再坚持杀护军。但她面子又上下不来，双方都退一步，护军们被判刑、革职、流放，虽然太冤，总算保住了性命！关键是太监也受到惩罚。张佩纶无疑是幕后人物，按清流的做法，奏折往往是要共同商议，遣词造句。民初著名的笔记《一士类稿·一士谈荟》有"庚辰午门案"条，陈宝琛之孙保存了祖父上奏折前与张佩纶的三通手札，密商上奏机宜，函信全用隐语，内容述之甚详，可资阅读。由此可见张佩纶在这一事件中的核心作用。

张佩纶等清流派（亦称"南清流"）笔下很厉害，"贪庸大吏，颇为侧目"，张佩纶上疏曾扳倒过军机大臣王文韶、工部尚书贺寿慈、吏部尚书万青藜、户部尚书董恂等贪庸权要（《清史稿·张佩纶传》），真是连劾之下，朝野震动！他任翰林侍讲时，上折反对授崇厚"全权大臣，便宜行事"之权，认为"使臣议新疆，必先知新疆"，可惜未被朝廷采纳，事实证明，崇厚后来丧权辱国，惹来极大麻烦，张佩纶是甚有预见的。对一件事，细分析，张佩纶皆有论点、论据、论证，且设身处地，因人而异，不乱发议论，也不从一个极端跳到另一个极端。现在有的人发议论，往往不讲道理，不调查分析，也不管事实，往往想把人逼死，兴风作浪，太极端，根本不留余地。比古人差远了。

据说，一向讨厌谏官的恭亲王，看到有关"午门案"的奏折后，大为赞赏，啧啧传示：瞧瞧，这才是劝谏的好文章！

张佩纶文笔非常好，思维上是大战略家。他三十六岁出任会办福建海疆钦差大臣，纶巾典兵，意气方遒，但马江之战是用非其才。有暇不妨读读他的疏谏，他的奏折在当时是有"一疏上闻，四方传诵"之美誉的。他的儿子张志沂自费刻印了父亲的文集《涧于集》，收入张佩纶的奏折，读之依然可见那刚正不阿、清议时政、纠劾贪庸的凛然正气！其实敢谏者非止四人，如邓承修。故也有"前后四谏"及"五虎"之说，加上陈宝琛，也是"清流"中一员勇将。"四谏"是当时政坛上的风云人物，冉冉而升的政治新星，笔锋所指，正气淋漓。另二位是黄体芳、张之洞。张佩纶因在马尾战败，退出政坛，成为李鸿章的女婿。张爱玲是他的孙女，比起他祖父，血统论真的黯然失色！当然也不可一概而论，"四谏"之一黄体芳的后人作家黄宗英，就较比关注现实，不乏先祖遗风（邸永君：《百年沧桑话翰林》）。"清流派"的陈宝琛也擅写奏折。以说理见长，是"后清流四谏"的翘楚。"午门护军案"中，陈宝琛也不顾慈禧威势，慨然上折劝谏，言辞犀利，给慈禧留下了深刻印象。陈后来成为溥仪"帝师"，坚决反对溥仪认贼作父，"清流"遗风令人钦佩。

宝廷是旗人，本来受恭亲王倚重，有望封疆。可惜名士气害了他，放学政时买船女为妾，被劾去职，潦倒终生，抑郁而死。张佩纶对其非常惋惜。目下有人津津有味大聊嫖妓如何，其实清代官员包括旗人是严禁嫖妓、看戏的，娶妾也要看娶什么人。

四人中只有张之洞位极人臣。清末曾与醇亲王争执动用军队镇压民变，张之洞反对，醇亲王质问：朝廷养兵是干什么用的？张答：朝廷养兵不是对付老百姓的！据说张之洞身材矮小，但真的是心雄万夫。我极欣赏他反驳醇亲王的那句话，难得！

张佩纶"风骨崚嶒"，才高招忌，但他人品正直，疾恶如仇。解职前以搏击朽类为己任。据有人统计，他于1875年至1884年共写127篇奏折，有三分之一是弹劾和直谏（姜鸣：《天公不语对枯棋》），又每以"扶持善类"为己任。曾说自己"生平爱才，而以荐士获谤；然一息尚存，爱才之念如故也"。他举荐人，无论识与不识，只要有技长，皆认真、得体、周到、细致，他举荐过胡适的父亲胡传（字守三），跳过科举进入仕途。马江之败后，张被发配军台效力戍所张家口，不忘恩情的胡传立即寄银二百两，（据《胡适日记全编》但张佩纶《涧于日记》记："胡守三寄百金来，作书退之"），张宠辱淡然，托人退回。文人的清高，疆臣的风范，名节的向往，立言的理念，皆集于他一身，真的令人敬重和钦佩。据记载，如左宗棠、刘铭传等大臣所馈，一概不取。他只接受后来的岳父李鸿章的帮助。胡适一直念念不忘，曾向张爱玲提及，但她并不知道，因为她祖父一生帮人太多了。

张佩纶荐人，并非名满天下时。马江战败，朝野落石，他被流放张家口，一般人恐怕惹事，不会受人托请。而他在流放途中，写信举荐荣俊业于张之洞，成为文案（秘书）。荣后帮友人得到官职，友人又任命荣的族侄荣熙泰为总账房，此单位为厘金局，肥差。荣氏由此发家。荣之子谁？荣德生！再传荣毅仁，再，荣智健。荣家不忘荣俊业，但若无张佩纶，荣家会发达吗？

张佩纶也不是对任何人乱讲好话，比如李鸿章定丁汝昌任北洋水师统帅，张就极力反对，写信说：你的任命决定，连妇女和小孩子也会反对的（"以丁汝昌当杨，虽在妇孺必不谓然"）。"杨"指杨岳斌，曾国藩创长江水师用其为统帅。事实证明，张佩纶是有识人之明的。他曾向李鸿章请拟刘铭传为北洋水师提督，而李却认为刘铭传"非此道之人"。但按刘铭传保卫台湾之战绩看，张佩纶的荐人还是极有见地的。张佩纶的战略思维很有远见，比如，他是最早建议设立全国统一海军管理机构，对北洋水师的建设起到重要作用。诸如此类，从他的奏折中，可见看出一个有理念的人，对时政国事的关心与思考。他也并不像保守派对西方的政治、文化视如洪水猛兽，郭嵩焘的《使西纪程》因保守派诋毁被朝廷下旨毁版查禁，上海《万国公报》依然连载，张佩纶说："朝廷禁其书，而新闻纸接续刊刻，中外传播如故也。"（《国朝柔远记》前言）可见他是关心时事的。而且他从不以亲疏掩饰观点，李鸿章非常爱惜他，在张佩纶穷途末路时，将自己最宠爱的小女儿鞠耦嫁给他。"鞠耦"是小名，本名李经璹。张佩纶在日记中记叙与夫人"小酌""赌棋、读画""煮茗谈史"，常将"鞠耦"写成"菊耦"。小女儿比张佩纶小十九岁，而张佩纶已是结过两次婚的人。可见爱才之心，其情可叹。曾朴的《孽海花》中写张佩纶向李鸿章求娶其幼女之描述，当是小说笔法，实不可信。他还为女婿复职奔走，惹来弹劾。但当李鸿章要签订《马关条约》时，张佩纶激愤致函老丈人："此数纸，蒉（张佩纶号蒉斋——笔者注）中夜推枕濡泪写之，非惟有泪，亦恐有血；非惟蒉之血，亦有鞠耦之血；非惟蒉夫妇之血，亦恐有普天下志士仁人之血。希公察之，毋自误也。"我们今天读了，犹感爱国之凛然正气仿佛从字里行间嘘拂而来！

至今没有人去为张佩纶认真全面公允地立传，高阳的历史小说倒是写得很生动，但我觉得有点漫画化了。当年马江战败，闽人传闻，闽籍京官推波助澜，是不可当信史的。左宗棠奉谕查马江之战向朝廷的报告，应该是比较公允的。

庚子事变，老丈人仍然想着他，上奏"荐其谙交涉"，朝廷下诏"以编佐办和约"，后下谕"擢四品京堂"，但张佩纶"称疾不出"，四品比他原来的品级低多了，也许，他已看透了清朝的大厦已经在风雨中飘摇而欲坠，敬而远之了吧？

披发长歌揽大荒

"春雨楼头尺八箫，何时归看浙江潮？
芒鞋破钵无人识，踏过樱花第几桥？"

"白云深处拥雷峰，几树寒梅带雪红。
斋罢垂垂浑入定，庵前潭影落疏钟。"

"乌舍凌波肌似雪，亲持红叶索题诗。
还卿一钵无情泪，恨不相逢未剃时。"

如此凄丽哀婉、低回婉转的诗句，现在的年轻人大概是不曾读过的。但在清末民初，这些诗句却风靡一时，广为传诵。作者便是有"却扇一顾倾城无色""诗僧"之誉的苏曼殊。他于诗、画、小说、书法、翻译、佛典多有造诣，惜乎以三十五岁之华年殒逝，其身世、其才情，"香草得美人之意"的"千秋绝笔"戛然而止。其四海漂泊、浪迹天涯，其孤寂凋零、诗肠履迹，堪称是诡异之谜一样的精灵，瞬间流星一般的奇士。

在二十世纪八十年代，曾重新流行"苏曼殊热"，各种全集、选集、传记、诗选纷至迭出。我曾有志写苏曼殊传，发表过不少考证文章，辑起来可以出一部小书。对于苏曼殊，曾去杭州寻觅过他的墓，却从未到过他的故居——这个在故纸堆中颇为熟悉的地方。其实，说是故居，有些牵强，他并未出生在此地，而是出生在日本，只不过垂髫至少年时节寄寓于此。

珠海之行，有幸临此，真是令人喜悦。这个位于香洲区前山沥溪村苏家巷的小宅院，能够保留至今当属万幸。它已淹没在鳞次栉比的楼区之中，穿过即将拆掉的残屋断壁，才得以进入。宅院据说建于清道光年间，但明显已经过修缮，将近二百年的岁月轮回，不得不令人有白驹过隙之叹。旧颜何在？人何以堪？也是令人感慨。那小广场上苏曼殊铜像无疑是后人铸建的，我凝眸铜像，思绪萦回。苏曼殊是留下照片的，像他的气质吗？"无端狂笑无端哭，纵有欢肠已似冰"？"生死契阔君莫问，行云流水一孤僧"？"近是诗肠饶几许？何妨伴我听啼鹃"？"壮士横刀看草檄，美人挟瑟索题诗"？他自己所写的这些诗句，究竟哪一句蕴含着他的气质？一尊冰冷无生气的铜像，当然雕琢不出其早熟精灵的奇气、英气。苏曼殊不仅仅是诗僧、才子，他还是一个反清的革命志士，睥睨四顾，豪气干云。已故南社老人郑逸梅在《清娱漫笔》中曾有生动的描述："曼殊在南京，常和赵伯先饮酒啖板鸭，既醉，相与控骑于虎蟠龙踞之间，一时称为豪举。"赵伯先即赵声，辛亥革命杰出的军事家。苏曼殊在所著《燕子龛随笔》中说："余教习江南陆军小学时，伯先为新军第三标标统，始与相识，余叹为将才也。"二人莫逆相惜，苏曼殊曾绘《终古高云图》《绝域从军图》相赠。赵声后请曼殊绘《饮马荒城图》，以寄反清壮志。画未竟，赵因黄花岗起义挫败呕血而亡，曼殊闻之悲恸，将画完成，托人将画焚于赵声墓前，慨然长叹："此画而后，不忍下笔矣。"如此英发豪举，如此义胆侠肝，该如何雕刻得出来！？

仰望院子四周，高楼林立，院里杨桃树已结出了累累果实，一间一间寻觅，直到灶间，我最想看记忆中的柴房。苏曼殊是在日本经商的父亲与下女（一说妻妹）所生，无名分，终未迎娶。后被带回到这所院子里，但受到族人的强烈反对，生母被拒。曼殊自幼就被鄙视，一次患重病，婶母将他关进柴房，任其自灭。但一个精灵大约是不会夭折的，曼殊挣扎着活了下来。这段惨痛的经历也许给他留下了永不磨灭的烙印，从此他再未曾回到这所宅院。但是，我寻觅不见柴房，也许已被拆除了。那黑暗的柴房，该是怎样的格局？那幼小的精灵，该是如何在柴草上蜷曲待毙？但毫无疑问的是，曼殊不甘忍受族人的欺虐，在十二岁以后跑到惠州庙里"出家"，但并未剃度，也无度牒，今天来看，只是一种避世生存的手段。他是私生子，按清代籍贯制度，所谓"籍"是身份，"贯"是出生地，莫说军、民、工、商，连娼优皂隶之籍也不具册，无籍贯，不能考科举，也不能融入社会。

再早慧的精灵，当宗族、社会不能容纳他时，也会无计可施、一筹莫展。包括所谓"三次出家"，皆是一种无奈，当然也不排除利用所谓"和尚"身份掩护从事革命活动。当时南社里的四个"和尚"：苏曼殊、李叔同、黄宗仰、铁禅，不是半僧半俗，就是酒肉穿肠，且都与革命有着丝丝缕缕的关联。

过去，每每将苏曼殊视为"情僧"、才人，是不免皮相之见的。苏曼殊首先是一位爱国的革命志士，他的一生始终与革命相始终。追随孙中山先生始终不渝，献身反清、反袁终其所殁。孙中山是极欣赏爱惜曼殊的，并非仅仅他与苏曼殊之父同为香山县小同乡。中山先生长曼殊十七岁，曼殊向以兄长视之。清光绪二十四年（1898年）曼殊十五岁，随表兄赴日留学，就读横滨大同学校，与同盟会元老冯自由等同窗，竟为莫逆。1902年张继、蒋百里、冯自由等发起组织以民族主义为宗旨的反清团体"青年会"，曼殊亦为发起人之一。其后始与中山先生相过从。何香凝先生在《回忆孙中山与廖仲恺》一书中云：1903年秋，廖仲恺、苏曼殊等受中山先生委托，于留日青年中组织义勇队，由黄兴教授枪法，为将来归国起义培训中坚。斯时，曼殊已考入振武学校学习陆军，旋又加入鼓吹尚武、起义、暗杀为宗旨的反清秘密组织"军国民教育会"。"此是东方玛志尼"，由此可想见绿鬓少年的勃勃英发。

1903年曼殊因参预反清活动，其表兄停供学费而被迫返国。斯时保皇党颇猖獗，屡屡攻击中山先生。曼殊义愤填膺，尝谋划以手枪刺杀康有为，终被陈少白等劝止。其后，曼殊于湖南又与黄兴等参预华兴会起义，在上海亦参与同盟会秘密活动。1907年参加著名反清团体"南社"，这也是诗名早著，列之无愧。

国民党元老宋教仁被袁世凯刺杀后，中山先生发动讨袁的"二次革命"。失败后，中山先生与黄兴等流亡国外，曼殊愤而公开发表《讨袁宣言》，宣称要"起尔褯尔之魄！"以示与袁贼誓不两立。随后亦东渡日本。据文公直《曼殊大师之身世》云："曼殊谒孙中山，颇蒙优遇，受感动，而矢诚加盟于同盟会。"当时，中山先生在东京将国民党改组为中华革命党，曼殊义无反顾慨然加入。曼殊在日本期间，成为国民党的反袁机关刊物《民国》的重要撰稿人。在此期间，他与中山先生过往甚密，中山先生极赞许其才，对他亦优渥有加。某次发党员费用，有人以"曼殊尝学陆军，胡不预戎事"而"拟吝不予"；"嗣为总理（孙中山任国民党总理——笔者注）所闻，卒令与之"。由此可窥中山先生爱惜曼殊之一斑。其实，何止中山先生爱惜，那一代耆宿元老，无不对其钦顾有加。曼殊写诗便是陈独秀所教，一天明月，灯下诗声，今天想来何其隽永。但若以行家眼光挑剔，他的诗于平仄并非严谨。但一个没有经严格诗词格律训练的青年，居然胸臆挥洒，毫无拘缚，出句似落霞孤鹜，如晴空一鹤。略加点拨，竟然成家，他真是一个令人莫测的精灵和奇人。

1916年，中山先生遣居正为中华革命军东北军总司令，赴山东发动反袁起义，曼殊喜极而前往慰劳。但不久曼殊即因过度劳累致肠胃病加剧。他从山东归来后，先住上海环龙路四十四号孙中山寓所。病重后，与他在江南陆军小学教过的学生陈果夫同住于白尔都路新民里十一号蒋介石家中，受到蒋介石之妻陈洁如悉心照料。此时中山先生已于广州誓师北伐，曼殊于病榻上闻讯，急驰书与友人云："急望天心，使吾疾早愈，早日归粤，尽我天职……"但正如柳亚子悼诗所云，其"晚失从军靖粤疆"，曼殊欲追随先生驰骋疆场之愿，竟成一憾。1918年5月2日，曼殊终因沉疴而逝。享年仅三十五岁！一代才人，终归大荒。

曼殊逝后，中山先生颇为感伤，因其身后一文不名，遂与汪精卫商议筹款，指示曼殊病中所欠医药费用及丧葬款项等，均由革命党人负担。并委托汪精卫为其料理丧事。

行色匆匆，我来不及细观曼殊生平的展厅，以上所述的志士生涯但愿不曾遗漏。其实，说苏曼殊是珠海人文历史中的名片之一，应不为过。山之苍苍，海之泱泱，愿吾粤人，勿忘苏曼殊。

在陈列室中，我赫然见到中山先生题赠他的墨迹，淋漓在壁，令人羡慕。中山先生平素颇欣赏曼殊，尤其欣赏其画作。柳亚子诗云"早曾囊笔干真主"，即指曼殊之画为中山先生所"激赏"。曼殊逝世后，老友收集出版他的画集《曼殊遗墨》，中山先生亲为题名，以示不忘挚友，殷殷情意，跃然纸上矣。曼殊从日本归国时尝留别同志一诗，此诗恰可为中山先生与曼殊肝胆相照风雨同舟之写照：

　　海天龙战血玄黄，披发长歌揽大荒。

　　易水萧萧人去也，一天明月白如霜。

吟歌长啸，英气逼人。可惜世人只眷顾他的轻吟曼唱，而忽略了"刑天舞干戚"般的大吕黄钟！诗似在耳，扫视这所小院，物是人非，与沧海桑田相比，何其渺小。而天地悠悠，白云苍狗，但却已名镌青史。

院中墙上铭刻着近代一些名人对曼殊的评价。沉吟之下，觉得太不完整全面了。周作人其言，与他的经历和苏曼殊相比，几令人哂笑。郁达夫的话似亦绝对："苏曼殊是一位才子，是一个奇人，然而决不是大才。"据我所观，郁达夫的旧体诗词是堪称一家的，而他的诗风不无曼殊遗韵于其中，尤其《毁家纪事》一类。周作人是被很多人目为"大才"的，然而他的人生行事与结局如何能与曼殊相比呢？才之与否，在于人之真诚如一。曾有人将曼殊与太虚法师比列问之孙中山，孙答："太虚近伪，曼殊率真。内典功夫，固然曼殊为优，即出世与入世之法，太虚亦逊曼殊多多也。""率真"易晓，而"出世与入世之法"是值得后人深思玩味的。曼殊的一生，既无愧于才人，亦无愧于志士。

我很想在杨桃树下静坐，穿越时空，在脑海里与这个精灵对话……谈什么呢？很想知道那行踪无定、无端哭笑、饮食无度、披发花酒，是一种志士身份的掩护吗？清末会党借眠花宿柳掩护、议事司空见惯，据说他在青楼瓦舍中从未有肉体之欢。曼殊有言："爱情者，灵魂之空气也。我不欲图肉体之快乐，而伤精神之爱。"完全不像后人所传是一个情种！更想知道：《燕子龛诗》《燕子龛随笔》《曼殊画谱》《曼殊上人妙墨》，小说《断鸿零雁记》《绛纱记》《焚剑记》，通晓英、法、日、梵等文字的译作《悲惨世界》《拜伦诗选》《英译燕子笺》《婆罗海滨遁迹记》，学术著作《梵文典》《英汉辞典》《汉英辞典》《粤英辞典》等，在颠沛流离的有限年华中，完成如此之多的著作，究竟算不算是大才！？

他曾写给友人一首诗："寒禽衰草伴愁颜，驻马垂杨望雪山。远远孤飞天际鹤，云峰珠海几时还？"是怀念曾经少年时代寄住过的故居吗？甚至，我总觉得：其志士行迹并不全为世人所洞悉，那么，还是在铁板琵琶声中，击壶倾谈"壮士横刀看草檄""披发长歌揽大荒"吧？

李秉衡其人

李秉衡，《清史稿》有传。对一般人来说，甚陌生。即便对清史有一定了解的人，也未必知其人。在事关北洋水师生死存亡的威海之战、刘公岛保卫战中，身兼山东巡抚的他，未能全力支援。北洋水师的全军覆灭，李秉衡应负有一定责任。说他是日寇的帮凶，也许言重，但他客观上的确起到了瓦解涣散北洋水师军心的作用，应是无疑义的。

过去一些有关北洋水师的论著，很少提及李秉衡。提到了，也有两种截然不同的观点。

论个人操守，李秉衡似乎无可挑剔。他毕生以"名臣"自居，一生不纳贿贪财，体恤百姓和士卒，疾恶如仇，动辄上劾不称职的官员，无所顾忌，正气凛然。翁同龢称赞他为"文武将才"，张之洞极欣赏他，竭力保荐。光绪皇帝青睐擢升他为封疆大吏。西太后也垂青他，委以保卫京师的重任。李秉衡未中过科举，但文采斐然，奏章电稿，语句华丰。论结局，他在抵御八国联军的通州保卫战中，践行"宁为国而捐躯，勿临死而缩手"的誓言，兵败自杀殉国，做到了封建时代要求臣子成仁取义的典范，称之为爱国将领，似不为过。

李秉衡，字鉴堂，奉天（今沈阳）海城人，祖籍是山东福山。

但没有经过科举，"入赀为县丞"，后"迁知县"，由枣强知县升蔚州知州，光绪五年升任冀州知州。在张之洞的大力保荐下，他在官场上算是升迁较快的。据《清史稿》本传载，他在冀州任上，还是能体恤百姓的，冀州民俗"重纺织，布贱，为酿金求远迁，易粮归，而裁其价以招民，民获甦"。两年因政绩擢永平府知府。后"部议追论劫案，贬秩"，李鸿章还为他说好话，"请免议"，但没有成功，受到吏部贬级处分。但李秉衡却赢得"北直廉吏第一"的好名声。李秉衡斯时应受直隶总督李鸿章的节制，有一种说法认为李秉衡被劾，李鸿章事先有所知，并未认真对待，故李秉衡非常不满，转而投靠张之洞门下，成为清流派的一员有实力的干将。清流派本来就专与李鸿章作对，欲拔除李鸿章所掌控的淮军和北洋水师的指挥权。在甲午战争期间，李秉衡一直充当清流派的急先锋，不断奏劾淮军、北洋水师，对丁汝昌犹疾呼"杀"之，对北洋水师性命攸关的威海保卫战，施以掣肘，断绝援兵，甚至与张之洞密谋在北洋水师内部安插两名坐探，以搜集材料，供向朝廷揭发之用。李秉衡不仅受到清流派的拥护和支援，也受到从军机处到光绪皇帝的信任。他的一封奏折甚至可以让丁汝昌被褫夺官职，险些被逮捕送入刑部大狱。

但李秉衡本人在官场上却又无可指摘，不仅端正，为官干练，还有政声，受到百姓、士卒的拥戴。

李秉衡被贬级后，张之洞却大力向朝廷举荐，"超授"浙江按察使，这是一省主管司法监察的主官，但未到任，旋被派往广西平乱，因功晋级。光绪十一年，中法战事起，广西边防动荡，李秉衡被调龙州西运局，主持战时物资运输等事宜。当时财政匮乏，作战军队饷银不能及时发放，导致军心低落，各级官吏"无人过问"。李秉衡毅然整顿，"汰浮费，无分主客军，给粮不绝，战衄功赏力从厚"，他还创立医局，对负伤士兵关怀备至，"身自拊循之"，不以士兵位卑，鼓励他们杀敌报国。史书记载：李秉衡极受士兵们爱戴，"护抚命下，欢声若雷动"，是说听到朝廷任命李秉衡署理广西巡抚，士兵们"欢声"拥护，可见众望所归。在中法战争中，名将冯子材主前线战事，李秉衡主后方保障，谅山之战之所以胜，与李秉衡的后勤保障是密不可分的。但一般人只知冯子材大名，而不知李秉衡之付出。所以彭玉麟等大臣上疏朝廷：冯子材、李秉衡"两臣忠直，同得民心，亦同功最盛"，朝廷认可予以嘉奖，谕旨署理巡抚职，在代理期间，"整营制，举贤能，资遣越南游众，越事渐告宁"。由此可见才干确乎不凡。李秉衡还有一件流传青史值得称颂之事，是署理广西巡抚期间，配合清流派的鸿胪寺卿、广西勘界事务大臣邓承修，参与勘定中越边界，实为今日国界之疆定。但他的实授巡抚一职却未名至实归，被朝廷另有任命，李秉衡大约非常失望，遂请病假而去。也许是不满，也许是负气，正史避而不书，只有简单的四个字："乃乞病去"。是不是与新任巡抚沈秉成办了交接，正史未提。

　　但李秉衡毕竟已名贯天下，加上朝廷重臣张之洞为他说项，未有多久，他即出任安徽巡抚。这一切都是由于张之洞的保荐。李秉衡依附张之洞，还是缘于当年被吏部追查他在冀州知州任上办理一起劫案不力，吏部拟对其行政降级。有清一代，有对各级官员行政考核的制度，包括备案奖叙、加级，反之，则以降级、罚俸等处分。李秉衡在任上有加二级的记录，且已于1881年升永平府知府，冀州任上的劫案处理已是两年前的事了。不知是有人嫉妒，还是吏部"大题小作"，连他的上司李鸿章"请免议"（即用加级抵降级），都未被吏部所准，最终受到降级的处分。很可能李秉衡认为李鸿章并不卖力，由此事李秉衡并未一蹶不振，反而因得到张之洞的赏识、举荐，在官场上如火箭般速度上升。李秉衡与光绪欣赏的徐建寅经历类同，徐本也是李鸿章的幕僚，在德国订造军舰时与李鸿章的另一亲信李凤苞不和，不满李鸿章倾向李凤苞，遂愤而倒向张之洞，成为清流派中的一员专家型的干将，差点儿替代丁汝昌成为海军提督。

在李秉衡受降级处分的第二年，深受朝廷重视的清流派重臣、已任山西巡抚的张之洞，郑重向朝廷上奏折举荐人才。在张之洞所认为的人才中，李秉衡被描绘成"德足怀民，才能济变，政声远播，成绩宏多，实为良才大器"，张之洞的奏折名《胪举贤才折》[1]，张之洞的举荐是有一定分量的。后清流派领袖人物翁同龢也欣赏李秉衡，大赞其为"文武将才，真伟人"。观翁氏一生，似乎还未见其对人有过如此高的评价。在恭亲王病重时，大臣于荫霖上奏内阁改组，力荐徐桐、李秉衡、张之洞、边宝泉、陈宝箴"五贤"入阁，可见李秉衡的声名。由于外有张之洞的大造舆论，内有翁同龢的极力褒扬，李秉衡先由张之洞罗致其下任山西平阳府知府，又升至广西高钦廉兵备道、护理广西巡抚，虽然短暂养病，但马上被擢为安徽巡抚。一切都是清流派张之洞的运作，使李秉衡终于成为清流派非常倚重的封疆大吏。清流派的最终目的是扳倒李鸿章，李秉衡成为这一策划的急先锋。

1894年8月16日，在大东沟海战前夕，朝廷下谕，将李秉衡调任山东巡抚，原山东巡抚福润调任安徽巡抚。如果将这一互调看成是官场上的正常调动，则是大错特错了。

李鸿章虽然管辖不了山东巡抚，但由于与原巡抚福润关系尚好，因而李鸿章有关北洋海防事务的部署都得到了福润的支持。福润是旗人，但并不颟顸，也是主张大力筹措海防的。福润之父是著名的文华殿大学士、理学家倭仁，虽然思想上属于清流派，为人方正清廉，但被中外视为顽固守旧人士。福润则不尚理学清谈，以务实为准则，是标准的实干家。他以大局为重，与李鸿章配合默契，

---

① 见《张之洞全集》第一册，河北人民出版社1991年版，P91。

常往电商讨山东防务事宜。他在任上，坚决执行朝廷要求加强山东海防兵员的谕旨，大力募兵整军，海防兵力得以增强。这使得李鸿章颇为满意。因为海防事务，李鸿章虽身为北洋大臣，名义上可以管理、调遣山东等地海防和部队，但实际上还需与沿海各省满旗将军、总督、巡抚会商。山东巡抚与直隶总督平级，但对于威海北洋水师基地，山东海防部队是最大的保障。故李鸿章与福润的合作如能延续，则北洋水师威海基地不至于瞬间土崩瓦解。

按清朝制度，一般四品以上官员调升须进京陛见皇帝，1894年8月13日，李秉衡到京陛见光绪皇帝，这次接见过程充满秘密气氛，光绪暗示预将其调职山东，且负有特殊使命，是为取代李鸿章，进而控制淮军和北洋水师的指挥权。

李秉衡口含天宪，有皇帝撑腰，有翁同龢、张之洞等整体清流派的支持，他迅速到达济南，与福润交接印信，《清史稿》记他上任后"严纪律，杜苞苴"，福润前脚离任，李秉衡后脚马上下"逐客令"，撤换福润委任的一批军政官员和将领。同时，宣告巡阅查访登州等地海防，并将抚府移至烟台，号称"整饬海防"，但他不屑于与丁汝昌面商军务，在大敌当前，已属怪异。而且直到北洋水师覆灭，他始终不曾与丁汝昌见面。这是非常反常和令人奇怪的。

以今天的眼光来看，李鸿章、丁汝昌在个人操守上都不值得敬重。单看李鸿章在与俄国谈判时接受55万两的回扣贿赂，即深为时人所诟。留美幼童容闳回国后，分别在曾国藩、李鸿章幕下任职，但对这对老师和门生，容闳对曾国藩颇敬重，对李鸿章则鄙视。他说曾国藩"财权在据，绝不闻其侵吞涓滴以自肥，或肥其亲族"，而李鸿章多参股于洋务企业，如开平煤矿等，大捞特捞之外，亦不拒贿，逝世时"有私产四千万以遗子孙"[1]，不知容闳从

---

① 《西学东渐记》，湖南人民出版社，1981年版。

何而来的统计数字。但梁启超则说："世人竟传李鸿章富甲天下，此其事殆不足信，大约数百万金之产业，意中事也。招商局、电报局、开平煤矿、中国通商银行，其股份皆不少。或言南京、上海之当铺银号，多属其管业云。"（《李鸿章传》）而尤殊令人可憎恨者，李鸿章以国家大臣身份，代表清朝中央政府与沙俄谈判签订《旅大租地条约》时，竟然收受俄方贿赂"55万两"[1]，这些劣迹在以"名臣"理念为价值观的李秉衡眼里，自是深恶痛绝。李秉衡毕生至死不纳贿，他对丑闻不断、有"浮贪"之名的丁汝昌，当然厌恶鄙夷，对李鸿章派系的淮军、北洋水师都无好感。

从甲午战事初起，李秉衡就比较关注，一经发现问题，必揪住不放，上奏朝廷要求严惩。有闻必奏，甚至风闻，也决不放过。这也正是清流派倚重李秉衡的原因。当朝鲜战败回来的记名提督卫汝成（卫汝贵之弟）被朝廷责成在天津募兵5营（成家军）并马队总计3000人，从大沽乘船至旅顺驰援抵抗日军登陆时，李秉衡马上参奏卫部于途中抢劫民众。卫部属盛军（淮系），兵力雄厚，为李鸿章的嫡系老部队。卫汝贵在平壤作战勇敢，但仍被清流派捏造参奏过"纵兵抢劫"，清流派屡劾淮系将领，不乏对李鸿章心存敌意，欲加削弱。

旅顺前敌营务处总办兼北洋海军船坞总办龚照玙，在日军围攻旅顺之际，于11月6日乘鱼雷艇离开旅顺前往烟台、天津筹粮和求援，也马上被李秉衡奏劾"亡命逃离"，不论李秉衡的奏参是否有感情色彩，但龚照玙身为旅顺最高长官，临阵离去，确引发旅顺部分官员、船坞工人和居民纷纷逃亡，这是授他人以口实、无可辩解的。旅顺失守，朝野震骇，威胁奉天（今沈阳），更对北京形成威胁。事

---

① 《俄国末代沙皇尼古拉二世——维特伯爵的回忆》，《红档杂志有关中国交涉史料选译》，三联书店，1957年版。

实上，日军山县有朋的第一军既有继续进攻奉天，破山海关进取津京的计划，而且已派"高千穗""西京丸"两舰游弋至秦皇岛洋河口侦察，寻找直隶平原决战的登陆点。只不过因气象、风力原因，加上伊东祐亨坚决认为应先登陆威海卫全歼北洋舰队，才放弃直取津京的计划。因之旅顺失守，连李鸿章也知其利害，"愤不欲生"。以龚照玙放弃指挥离开旅顺的情节及严重后果看，李秉衡的严劾并不为过。所以，如瞿鸿禨等重臣无不交章严劾龚照玙，瞿鸿禨疾呼"龚照玙等败军辱国，罪当死"（《清史稿·瞿鸿禨传》）。旅顺失守后，李秉衡更火急"劾罢"丁汝昌官职，"以警威海守将"。

旅顺危急时，朝廷于11月4日下谕分调嵩武军四营、淮系登莱青镇总兵章高元部四营增援旅顺，但李秉衡认为本省防兵不足而不同意。

李秉衡的山东巡抚不像其他省份要受总督节制，故李鸿章虽为直隶总督，却与山东巡抚平级，涉及山东军政事宜，直隶总督只能与山东巡抚协商。李鸿章无奈之下，只好以北洋大臣管辖口岸、节制海防的权力，利用属下东海关道刘含芳，绕开李秉衡调动淮系部队。由此可见李秉衡对李鸿章含有敌意，李鸿章再也不可能盼望上任巡抚福润在任时的亲密合作了。所以，爱憎分明的李秉衡不见丁汝昌，是其来有自。但大敌当前，丁汝昌的防区和基地就在山东辖地，作为山东最高军政长官的李秉衡，本来就负有增援威海基地的义务，并与丁汝昌共商退敌之策，应该是合理合情。故援明朝东林党之攻讦误国，诟病晚清清流派误国误事，似不无道理。

日寇必欲与北洋水师决战，意在彻底围歼，形势岌岌可危。因北洋水师"镇远"触礁，林泰曾负疚自杀。朝野为之哗然，清流派更是群情激愤。李秉衡迅速将火力对准丁汝昌。

12月12日，李秉衡上奏朝廷，以林泰曾之死发难，与之前清流派安维峻等六十余人要求"诛杀"丁汝昌的联衔上奏相呼应，以丁汝昌"丧心误国，罪不容诛"，吁请付之典刑。

李秉衡的奏折产生了效力，本来丁汝昌因旅顺失守，已被革职留任。就在李的奏章递达五天后，即17日，朝廷再次谕旨将丁汝昌直接拿交刑部治罪。18日，再谕令更换提督。只不过由于从李鸿章到所有陆、海将领包括洋员请愿挽留，光绪皇帝恐军心涣散，才勉强允许戴罪留职，延期逮解。清流派欲诛杀丁汝昌的风潮才告暂缓。

除了撤换前任官员、弹劾丁汝昌外，李秉衡还制订编练新军的计划，号称保障威海基地。其实在日军逼近的危局下，这应该是李秉衡当务之急的军务大事。但最终只招募了几营新兵，无济于整体防御。一些属下官员曾建议李秉衡至少"增募三十营以塞登莱诸海口之请"，但遭到李秉衡拒绝，他的理由是：山东无名将可以练兵，也无军饷可以募勇。张之洞也曾数次敦促李秉衡抓紧募勇，以应对紧张的局势。李秉衡对恩师也婉拒，对张之洞建议的于山东就地筹饷的"扰民"方案，一向以体恤百姓"名臣"自居的李秉衡，更是束之高阁。

李秉衡倒是建议张之洞派南洋水师北上增援，也被张之洞顾左右而言他。平心而论，李秉衡恐怕未必对李鸿章落井下石，即便募兵三十营，仓促应战，其结果恐非日军对手。实践证明，在威海保卫战中，新募的勇营未经训练，毫无战斗力，往往一触即溃。本来山东军力不足，朝廷又抽调兵力保护京津，这也是李秉衡大发牢骚、消极怠工的原因之一。李秉衡心中对保障威海并非予以倾力关注，从他当时军事部署来看，其部队的调动、驻防都以他的驻地烟台为中心，而距威海则尚远，李秉衡上奏朝廷则云是加强威海防务。所以有观点认为李秉衡将部队收缩于烟台外围，实则是保护自己。

而当时的局势确乎岌岌可危。李鸿章清楚，李秉衡也清楚。

日本在大东沟海战后，陆军大山岩统率的第二军于花园口登陆，攻占金州、大连湾、旅顺，使李鸿章苦心经营的北洋水师旅顺基地沦丧。在朝鲜的山县有朋大将指挥的第一军，攻破清朝陆军的鸭绿江防线，占领凤凰城等东北重镇。随后，日本大本营经过反复论证，最终制订登陆威海，围歼北洋水师的作战计划，组建新的山东作战兵团，总计约三万余人。

而山东省清朝陆军除威海护军外，散落于烟台、登州（今蓬莱）、青岛、青州、济南、兖州、宿州、沂州（今临沂）、滕县等地共六十营不足三万人，其中十八营为前任山东巡抚福润在中日战争爆发后新募的。从战斗力看，以烟台嵩武军约三千人为最强，该军先后参加过对捻军起义军和新疆阿古柏叛军的作战。属于李鸿章淮系，又因其驻防海防，尚能接受李鸿章的调动。除此之外，登州驻防淮系嵩武军1营，胶州湾一带驻防淮系嵩武军5营。其他则为八旗驻防、练营、练勇，战斗力与嵩武军相比，火力装备甚弱，不堪一战。新招募的勇营仓促成军，缺乏训练。就整体而言，与日军军事素质和战斗力相比，实在堪忧。另外，指挥系统不一，李鸿章对于大部分军队无指挥权，未有李秉衡的同意，是无法调动的。即便能调动，八旗、绿营也是朽不能战，这一点李鸿章再清楚不过。甲午战起，朝廷调北京驻防绿营至山海关，部队开拔时，“有‘爷娘妻子走相送’‘哭声直上干云霄’之惨”，“调绿营兵日，余见其人黛黑而瘠，马瘦而小。未出南城，人马之汗如雨。有囊洋药（鸦片烟——笔者注）具于鞍，累累然，有执鸟笼于手，嚼粒饲，恰恰然；有如饥鹰额，戚戚然”。八旗就更腐朽了，清人笔记多有记载，如神机营，是禁旅八旗之主力，那拉氏欲调平捻，遣醇亲王检阅，殊料一士兵摔下马骨折，大发怨言：“我是打磨厂卖豆腐的，哪能上马？”这样的军队如何去与强寇上阵厮杀？即便淮军，也不复当年气概，暮气沉沉，陋习日深。朝鲜一战，除左宝贵等部尚能拼杀，其余尽皆望风而溃。

清朝的军制不同于明朝的卫所，士卒皆为"军户"而世袭，这是受元蒙兵制的影响。清朝始建八旗（含蒙古、汉军），入关后约20万人，分京营和各省驻防。因兵额太少，不足以掌控各行省，又设绿营（因军旗为绿色，故也称绿旗兵）。初为招募，后改世兵制。大部分驻各省，由各省总督、巡抚提调，约60万人。但逐渐惰怠，养尊处优。太平天国起义，湘、淮军崛起，为募兵制，总约20万人。后裁撤大半，剩余称"防军"。同治初，各省从绿营中挑选编组"练军"，换装新式枪炮。驻守山东的陆军基本属于上述四种。驻扎山东的"防军"即淮军老底子嵩武军。但从后来的威海陆路之战来看，除嵩武军孙金彪部总兵孙万龄略有小胜，其他皆无战绩，非败即溃。

但就是这些部队，李秉衡也不愿拨出救援。这不得不令人怀疑他的居心。当然，若苛责他不发一兵一卒，也不符合事实。他将威海至烟台一带海防作为防止日军登陆的重点，威海基地守将戴宗骞也调兵遣将加强威海左翼防御，并构筑多处临时炮台。现在看来，当时日军多次调军舰在登州、烟台等地沿海游弋侦察，实际是一种假象。所以说李秉衡调十多营部队收缩至烟台外围，当然有其道理。但李、戴二人都被日军所蒙蔽，故12月23日，日舰"高千穗"在荣成窥测登陆地点时，戴宗骞才明白日军是准备在兵力单薄的威海右翼有所举动，他急忙调300余兵力疾驰荣成设防。但这区区数百人显然无济于事。但因地域防务有严格区分，往威海外围派兵已超越职限，而且戴宗骞也分不出更多兵力赶往荣成。

此时李秉衡当然也得到情报，他派出5营河防营约1500人前往荣成分别驻守，并上奏朝廷已派兵防御。但河防部队虽称之为"营"，其实职责是"河涨则集，涨平则散"的护堤民夫，虽配备武器并成建制，但并非作战部队，火器基本无配置。以此迎敌，险象当然未可预料。

1月16日，日军云集大连，准备登陆。山东黄县转运局因储备各种军械弹药，以为临战需用，即起运输送至烟台。李秉衡大加斥责，严命停运。

1月17日，军机处将日军将在荣成登陆的情报下发戴宗骞、李秉衡。要求"务当相机布置，督饬防营，时刻严防"。李秉衡可能并不相信，回复维持原状，亦无加强防卫部队。

1月18日，日军"吉野"等数舰炮轰登州。第二天再度轰击，实际都是为了转移清朝守军的注意力。

1月20日，日军开始登陆荣成湾，戴宗骞派驻的300人，以四门行营炮向日军炮击，击退日军。但在日军舰炮轰击下，溃散而撤。李秉衡派驻的河防营一部闻炮声而溃。李秉衡得到消息，即令其他几营河防营增援。同时令就近的其他部队向荣成进发。同时，南帮炮台守卫部队巩军刘超佩亲率1200余人携炮向荣成支援，但此时荣成已陷敌手，荣成县城只有李秉衡布置的河防营300余人，无法抵抗蜂拥而来的日军，除阵亡不到10人外，尽皆散撤。被日军缴获子弹七万余发、枪械40余支，可见以民夫守城完全是画饼充饥。

21日至25日，日军才全部登陆完毕，总计三万四千余人，日军与清军的实力对比发生了巨大的变化，形势非常险峻。

之前，李鸿章下令丁汝昌、戴宗骞等威海将领，除阻击日军外，并令戴与李秉衡商请派兵增援保护基地。戴职务低于李秉衡，对戴的请求，李秉衡大概并不放在眼里。当然，李秉衡提出双方"合力夹击"，然而也只是派出嵩武军孙万龄所辖1200余人。驻守烟台的主力，李秉衡没有调动。同时，他还请求朝廷将原调京师的贵州、徐州、皖南等地的十多营部队留在山东，以御日军。

孙万龄部与退下来的河防营阎得胜残部及威海增援的三营绥军会合，总计约3000人，于24日与日军骑兵接触于威海西南一带，击毙日军一人。因日军大队云集而来，兵少力单的孙部被迫撤退。李秉衡得到夸大的战报，下令嘉奖再战。同时令三营兵力与孙部会合，李秉衡对日军战斗力的了解，不仅不如戴宗骞，更远远逊于丁汝昌。丁汝昌根本就不相信荣成的战报，戴宗骞则半信半疑。

1月25日是甲午除夕，朝廷得到日军大部队登陆的汇报，严令李鸿章、李秉衡"坚守不退"，"如有临阵溃敌，著即军法从事"。日军则以两个师团从荣成进犯，挡在日军前面的是石家河西的清朝守军约15营，但除孙万龄部，素质参差不齐，如河防军和新募营，战斗力最差；其他各部且分属不同派系，一经接触，即有溃退者。刘超佩禀告李鸿章应调兵守卫南帮炮台，李鸿章未分轻重，把即将赶往增援的刘澍德三营撤回。李秉衡听说威海部队撤回，马上下令孙万龄等山东部队"稳退"。26日，两部分军队分别放弃阵地，遗给日军五万余发子弹等大量军械物资。据说日军还认为清军是布疑阵，要杀回马枪迂回兜抄日军后路，故放慢了进攻速度。再接触到孙万龄部后，清军尽皆奔退。至此，荣成至威海南路再无清军防守。

李秉衡下令追究擅自溃散的统领，孙万龄捏造河防营统领阎得胜临阵脱逃，竟不上奏而居然先将阎军前斩首。李秉衡也不深究，加以认可。这件冤案直到甲午战败的第三年才被朝廷昭雪，以孙万龄革职发配了事。李秉衡则将山东部队弃战撤回烟台的罪责扣在阎得胜头上，使其成为牺牲品。

纵观荣成保卫战，李秉衡初始并非坐山观虎斗，也非怕死畏惧之辈，但当他领教了日军战斗力，彻底明白了自己所统率的部队真是不堪抵挡。加上他的派系利益和地域观念作祟，他决定彻底收缩兵力，保卫烟台，再不肯为他所厌恶的李鸿章、丁汝昌分兵。还有一条理由，他也不愿分兵威海而使烟台有失，他当然要避免自己失地的恶果。

即便只顾自己的得失自担失地责任，按兵不动于烟台，还算一条理由。但他在后来刘公岛岌岌可危时，拒不支援弹药，甚至扣下朝廷调来增援的外地部队不去救援，这就令人匪夷所思。他倒是呼吁张之洞调南洋水师以解围，但他大概心里知道，以南洋水师的实力，恐难与日本联合舰队一决高下；另外，他也非常明白，以张之洞对李鸿章的成见，决不会赔上老本前来救援的。

不知李秉衡出于何意，山东本来弹药储备充足，但他却向戴宗骞借走10万多发子弹，运送给荣成五营河防军，其实这支部队每营仅有一支老式抬枪。这批子弹后来基本被河防营丢弃，而被日军缴获。

对惨烈的威海和刘公岛保卫战，李秉衡好像视而不见，充耳不闻。南帮炮台被围攻，李鸿章万般无奈之下，将解围希望寄托于李秉衡，致函协商。上谕也由总理衙门转发，要求李秉衡调回撤走的部队增援威海。

但李秉衡回电军机处，强调烟台"愈形吃重"，兵力单薄。复电李鸿章、戴宗骞只是模糊支应"可与水师夹击"，复电李鸿章落款还署"旧属李秉衡谨肃"，这完全不符合官场行文格式，证明李秉衡对李鸿章仍然是余怨未消。

当然，李秉衡不能抗拒圣旨。1月30日，他派孙万龄等部增援威海。孙部与山东福字军李楹部在羊亭河一带与日军激战，日军伤亡40余人。但因日军火力凶猛，孙部被迫后退。奉李秉衡令，一直退往烟台。2月1日，戴宗骞自尽；2月2日，北帮炮台被炸毁，日军第二师团随后占领威海卫城和北帮炮台。"刘公岛孤悬海中，粮草军械道绝，一军皆惊"，李秉衡随即上奏朝廷，表示"即死守烟台，于大局毫无补救"，径往莱州、黄县去"统筹全局"。原本驻扎烟台周围的数十营山东军，也纷纷拔寨退往莱州。只剩下登莱青道兼东海关道刘含芳坚守烟台，他是李鸿章的嫡系。对李秉衡的撤退非常不满，但亦无可奈何。

在刘公岛战事激烈时，李秉衡于2月7日发电军机处称"水师已全军覆灭"。实际上，朝廷原调淮军精锐徐州总兵陈凤楼马队八营，于2月9日已达潍县，但次日又谕旨将陈部调往天津守卫京畿。李秉衡未向朝廷加以说明：之前2月5日，贵州古州镇总兵丁槐五营官兵亦已达潍县、黄县，但被李秉衡留下宣称募兵训练之后，再援救威海。在李秉衡的所谓"计划"之下，刘公岛弹尽粮绝，剩余陆海军三千多人已于12日不战而降。

面对如此全军覆灭的结局，令人奇怪的是，朝廷并未给李秉衡任何处分。有的只是舆论上对他防守失策的议论。《清史稿》载："日军浮三舰窥登州，秉衡悉萃精兵于西北，而荣成以戎备寡，为日军所诱而获，时论诟之。"但对他未出兵解救援救刘公岛，却未有任何劾论。

如按清代监察体制，封疆大吏失职，御史可以奏劾。但清代自顺治朝废除明代巡按御史制度，封疆大吏无地方监察系统的监督，总督、巡抚本身又各兼右都御史衔和右副都御史衔，只监察属下，无人监督总督、巡抚。加上当时掌控监察和舆论的以清流派谏官为主，李秉衡又属清流派，故皇帝、军机处、群体谏官们皆未发一词。

本来，李秉衡应该稳坐仕途，并大有升迁之望，但山东大刀会引发的"巨野教案"，使他的命运又一次发生转折。光绪二十三年三月（1897年），大刀会攻打冠县德国教堂，一名教民被打死。李秉衡令冠县处理，但未能使各国公使满意，向总理衙门施压。但一波未平，山东巨野又发生命案，两名德国籍传教士被杀于教堂内。德国军舰进入胶州湾。德国公使认为李秉衡办事不力，坚决要求清廷将他撤职。清廷当然怕洋人，只好发布上谕免职，但随即任命他为四川总督，这明显是官升一级。德国公使又再次施压，无奈的清廷只好再次将李秉衡免职。李秉衡成了"巨野教案"的替罪羊，只好避隐安阳，历时三年，无所事事。李秉衡体验到了官场诡谲，世态炎凉，因为从光绪皇帝到清流派集团，谁都无法为他说项。

只有一个人挺身而出——当时翰林院编修王廷相力争，认为朝廷不应屈从洋人压力罢免李秉衡，但未起作用。如果没有刚毅入主"枢廷"当上军机大臣，李秉衡也许终老乡野。其实，接替李秉衡任巡抚的张汝梅没过多久也因"剿拳不力"而下台。李秉衡只不过被朝廷第一个抛出而已。

刚毅属下五旗的镶蓝旗，出身并不显贵。他是典型的旗人，自幼不喜读书。清朝规定，旗人可以不经科举而入仕。刚毅的仕途是从刑部笔帖式起步，笔帖式除特别赏赐有顶戴，是不入文官品秩的，可见其卑微。但刚毅虽无文化，仕途却一路顺风。火箭般升到云南布政使、山西巡抚等要职，最后竟然升到刑部尚书、军机大臣等显赫官职。关键是他进入了以端王载漪为首的权贵小圈子，成为端王集团里最激进的分子，属于后党，而一贯反对变法、主张废黜光绪，立端王之子溥儁为皇帝。无疑，也受到西太后的倚重。

刚毅看上了李秉衡。1900年，他向慈禧太后推荐重新起用李秉衡，"朝命秉衡诣奉天按事"。适逢有言官上疏请整顿长江水师。慈禧太后亲自召见，让他"巡阅长江水师"。李秉衡大概内心并不想干，几番推辞，慈禧先是责备，后大加勉励，李秉衡才不情愿地叩头答应。

刚毅为何保荐李秉衡，是久闻他的政声，还是想以其才干拉拢其成为端王集团的干将？端王集团与李鸿章等洋务派大臣在政治理念上是格格不入的。在李鸿章签订《马关条约》时，李秉衡以山东巡抚的身份，上书朝廷坚决反对，并练兵20万，与日本决一雌雄。也许刚毅欣赏李秉衡与李鸿章对着干的劲头儿？

李秉衡为何对"巡阅长江水师"一职推辞，因为在清朝官场上，这只是临时差使，而非正式职务，亦即"钦差"，比不得山东巡抚。虽有一顶"钦差"的高帽，但手中无一兵一卒。但"钦差"是代表皇帝出巡，在级别上高于总督、巡抚，有弹劾上奏的权力。长江水师地域属两江总督刘坤一和湖广总督张之洞节制。长江水师是湘军水师改制而成，与李鸿章关系密切。慈禧派李秉衡去"巡阅"，当然大有深意。

李秉衡旌节迤逦，沿江而下，除有"圣母皇太后"的宠眷，还有他疾恶如仇的性格。到任的第一件事，如同他就任山东巡抚时一样，先大力整顿，第一道折子，就参劾了刘坤一的心腹、长江水师提督黄少春。刘坤一当然颇不满，马上上疏力保黄少春，使之没有丢掉顶戴。

《清史稿》李秉衡本传说他参与了刘坤一、张之洞的"东南互保"，其实是李秉衡坚决准备与各国军队决战，在长江水域部署水雷，还向刘坤一申请经费，被刘坤一视他为眼中钉，正好朝廷下谕要求刘坤一派员率兵北上保卫北京，刘坤一遂以"勤王北上"之高帽，请李先行北上，并送上一支部队请他统领。加上一番"名臣"建功立业的蛊惑，使一贯以"名臣"自居的李秉衡马上想到恢复"官声"的机遇。因为三年来，李秉衡蜗居乡野，一直愤愤不忘因义和拳被撤职的痛处。李秉衡并不想干无职无兵的"钦差"，正好借此北上重振官声，"请募师入卫"。

以李秉衡的精明，他当然看得出刘坤一的计谋，何况刘坤一划拨他的北上"勤王"之师，只有区区500人！但李秉衡认为正好借此机会，而罔顾其他了。

7月26日，李秉衡率军抵达北京，时值八国联军已攻占天津，北京处于危急之中。李秉衡大受欢迎。觐见时，慷慨主战，也大受慈禧褒奖，立即下谕任命李秉衡"帮办武卫军军务"，即成为荣禄的副职担负保卫京城重任。李秉衡的性格又发飙了，他马上上奏慈禧：战事不立，朝廷必须立威，"不诛一二统兵大臣，不足振我国之势，而外人决不能除！"杀谁呢？他未指明，但他非常明白慈禧的好恶。果然，慈禧下诏，将以反战而著名的"庚子五大臣"中的太常卿袁昶和礼部侍郎许景澄，于7月29日即行正法，这距李秉衡到北京仅三天！此二人均为张之洞的门生，慈禧首先拿此二人开刀，也更有深意，不乏向坐山观虎斗的张之洞发出警告。由此更可见李秉衡奏章弹劾的杀伤力！

8月11日，五大臣中的另外三位：兵部汉尚书（清制，六部尚书有满、汉员额各一人）徐用仪、内阁学士联元、户部满尚书立山亦被同日斩立决。这与其说是朝廷立威，不如说是慈禧太后间接为李秉衡立威！

同时，八国联军经短暂休整后，向北京侵犯。8月15日，北仓、杨村防线告急。光立威是不管用的，李秉衡手下只有500士卒，是抵抗不了八国联军的。他立即拜见荣禄，要求调拨部队和提供弹药。虽然他名义上是武卫军帮办，但无军权，调兵权在荣禄手里。但李秉衡大概忘了，荣禄表面高调，但骨子里却是"反战"派。他非常清楚慈禧对李秉衡的宠眷，是聊胜于无。他一口拒绝了李的请求，理由是手中的部队连保护北京都入不敷出。李秉衡碰了钉子，也领教了官场的自私、险恶。荣禄的做法实际是李秉衡在威海保卫战中的做法，按编制员额荣禄的武卫中军有上万人，并非无兵可调拨。李秉衡也无可奈何，他来不及上奏朝廷，也只能率领500士卒奔赴通州前线。

朝廷委他以指挥通州防线的大任，可谓重任在肩。通州是通往北京的北仓、杨村之后的第三道防线，若失守，敌军可长驱至朝阳门。从理论上讲，朝廷连下谕旨，命令张春发、陈泽霖、夏辛酉、万本华四军屯杨村、河西务，以抵御八国联军兵锋。包括袁世凯精锐的3000新军，整体通州防线防守兵力，包括北上调兵，总计应有15000余，但大都在观望、拖延，且士气低落。李秉衡是前线总指挥。但当他8月7日在通州召开作战会议，举目四望，那些将领们却一个也见不到。徒唤奈何，李秉衡真正成了孤家寡人。

李秉衡只好亲往前线巡视、督战，一向体恤士卒的他发现士兵们士气极为低落。不仅领不到饷银，而且面临粮绝之险。但明明朝廷已拨付了饷银。李秉衡明白是将领们克扣，但已无暇纠劾，他马上下令到附近乡村购粮，但回报是：百姓家中的粮食均为北仓、杨村退下来的部队劫掠一光！

李秉衡愤怒，但毫无办法。8月8日，他督军抵河西务，但兵寡不敌又退至张家湾。8月11日，联军攻通州，尽管李秉衡以"为国效命"相激励，但饥饿无力再战的士兵们已四散而溃。孤守通州的李秉衡，在得知通州城门被联军炸开蜂拥进城后，给慈禧写下一道遗折："就连日目击情形，军队数万充塞途道，闻敌则溃，实未一战，所过村镇则焚掠一空，以致臣军采买无物，人马饥困，无以为立足之地。"然后向北数拜，服毒自尽，真正实践了他出征前立下的誓言："宁为国而捐躯，勿临死而缩手。"

假设李秉衡能够抛弃党派利益、私人恩怨与偏见，在威海保卫战中全力与丁汝昌通力合作，战局或许不致以悲剧收场。当然，他也许会在光绪帝和清流派眼中变成异类，但他会成为真正的"名臣"而青史流芳！李秉衡一生清廉，追求读书明理，鄙夷李鸿章而"不屑与之为伍"，痛恨李鸿章"唯利是图"，他宁死也要追求忠义名节。但他不会想到，李鸿章在他死后是怎样对他的呢？李秉衡自尽后，朝廷先是"优诏赐恤，谥忠节"，但八国联军要追究罪魁，要求"重治"包括李秉衡在内的主战大臣。李鸿章与八国联军代表谋议，由八国联军向朝廷提出惩办"战犯"的名单，李秉衡赫然在列。慈禧颁旨，将主战派王公大臣一律严惩：礼部尚书启秀、刑部左侍郎徐承煜（徐桐之子）"即行正法"，军机大臣赵舒翘、左都御史英年赐自尽。刚毅、李秉衡、徐桐斩立决，但因三人均先已自尽或身亡，仍追夺原官。李秉衡虽死于战场，"以先死免议，诏褫职，夺恤典"。集团首领端王并其弟载澜定斩监候，加恩流放新疆。

李秉衡在九泉之下，大概也未曾想到朝廷如此的无情无义。

好在家乡父老没有忘记他，为他建立故居纪念地，使后人来此能驻足凭吊。

好在李秉衡还有知音，那位曾上奏朝廷反对屈从洋人将李秉衡撤职的王廷相，在李秉衡重新起用进京后，慕名拜访，相印订交。李秉衡至奉天，特别上奏朝廷要王廷相同去任职。二人风义相得，王廷相微服所探出不称职者，李秉衡均予以纠劾。李秉衡出镇通州，王廷相亦不避生死相从，患难与共。通州失守，王廷相寻觅不到李秉衡，断定其已死节，随即跳河自尽。故《清史稿》将王廷相的小传附于李秉衡传之后，大有二人忠烈依附之意。

后人辑有《李秉衡集》，奏折、电稿居多，读一读他凛然慷慨、议论精当、言辞铿锵的奏稿、电报，也许不无感喟吧。

钟鼓楼遐思

——明代的军户

　　一年最是秋光好。金风吹拂，艳阳高照，营口迤逦，履痕处处。领略渤海气象，在望儿山上可以俯视，在山海广场可以窥观，在营口港更能领略万顷汪洋，波涌浪叠……涛声入耳，海天入眸，令人披襟而心旷。

　　营口的古城年代悠久，如熊岳古城，上溯可至战国之幽州，在明初也是屯兵驻防之地。其城楼高耸，斗拱飞檐，不乏故垒气象。

　　与熊岳古城相桴鼓的是盖州古城。盖州古城有明初所建的钟鼓楼，历经沧桑已六百多年。穿过树影婆娑下的券顶门洞，由山门拾级而上二楼，可见东西各有钟亭和鼓亭。中间是观音阁，后面有大慈宝殿及东西配殿，观音阁匾署"大明洪武九年"，但檐柱楹联却是当地已故著名书法家沈延毅所题，是沈先生所撰还是明代建钟鼓楼时原有，则不得而知。但楹联句云："山环平郭，海抱连云"，确乎道出盖州的地理气势，也符合明末学者顾祖禹在《读史方舆纪要》一书中所赞叹的："盖州卫控扼海岛，翼带镇城。"

　　按古人的习惯，建楼之始，必立以碑记。但只见到一座花岗岩《乾隆十九年重修盖平鼓楼记》碑，盖平即清代设县的称谓，康熙三年（1664年）正式将盖州改盖平县。查史料可知崇祯五年（1632年）后金攻占辽南，已重修盖州城，《盛京通志》上说乾隆四十三年重修盖平县城，看来重修钟鼓楼要早于重修整个县城。

在铺地的青砖上徜徉，细细欣赏观音阁那无正脊的弧式顶亭式建筑，两侧脊上的各组小兽，古朴而典雅，令人想见工匠的建筑技艺。包括山门两侧的石狮、放置钟鼓的小亭，也令人不禁摩挲，而顿生思古之幽情。明代的建筑风格较为简洁明快，如同明代家具，是很令人赏心悦目的。

在女儿墙俯身眺望，可见老城区风貌和街道，向南远眺可依稀遥见大清河。四顾之下才更觉得这座钟鼓楼甚为奇特，我们北方人都习惯了钟鼓楼是建在城中街心的十字路口，而盖州的钟鼓楼坐北向南，在城中却略偏西。盖州古城从明洪武四年（1371年）改盖州为盖州卫，将原土城筑砌砖城。五年后再向南扩筑时，将原土城南门修建成钟鼓楼。盖州城只有东、南、西三个城门，而无北门，与一般明代州县城池城门设置迥然不同。这其实是与明代卫所军事制度有关。我曾至宁夏中卫市，这是全国唯一保留明代军事重镇称谓的地级市，明代在此设前、后、左、右、中五卫，只有中卫名称延续至今。而中卫城也只有两座城门，这完全是军事戍守的需要。

当今中国很多地名都是明初建卫遗留至今，如明代最著名的三大卫：天津卫、威海卫、永宁卫（福建），只不过今天没有了"卫"字而已。

盖州能有今日的风貌、人口的繁衍和兴隆不息，则应仰赖明代的卫所和军户制度，无此则不会有已有六百多年历史"关外唯一"的这座古城！因为卫所军户的屯垦带来了农耕文明，才会使盖州得以启后，在清代中期成为东北地域的"财货通衢"。

明朝继承元代世袭军户制度，即百姓一户男丁供应军差者，隶属于军籍，入卫所者"充军"，未入者编入里甲，地位低于民户。军户是世袭，其身份永远不能改变。而卫所则是明代军队的编制单位，朱元璋在洪武七年（1374年），将十年前草制的卫所制度正式修订实施，定编一卫为5600人，规定下辖5个千户所。卫以下编制大致是：千户所1120人、下辖10个百户所，每百户所110余人，再下总旗50人、小旗10人。一般一郡置所，连郡设卫，在卫前署以地名，如盖州设卫，则冠以盖州卫。明代卫所数目记录每有增加，若按《明史》卷九十《兵志》卷二记：时内外共336卫、63个卫以外千户所，这是洪武二十五年（1392年）的正式统计，入军数超过120万人。《简明中国军制史》则认为"这时应该在1800000以上"。永乐年的入军数则达270万名。明永乐二年（1404年）的统计是"以天下通计人民不下一千万户，官军不下二百万家"（明《太宗实录》），军户竟占全国人户约五分之一，比例何其之大！

卫虽然固定由军户中一丁（称军丁）入卫当正军（也称旗军），但军户中有时还须出"余丁"一人随正军入卫，佐助正军供给。这就是说5600名额定正军的卫加余丁，全卫可达12000人。

明代军制规定军丁入卫，江南、东南由江北、西北军户解往，江北、西北军户则由江南、东南调拨。而且妻儿按军制也必须随军丁起解入卫。按军户家属最少平均两口计，那解往盖州卫的全卫正军及家属、余丁总计起码应至少有25000人。这还未计余丁家属。明代规定，卫军严禁独身不娶，因为军籍世袭，有为国家生育下一代军人的义务。军户女子也禁止出嫁民户。

从理论上讲，当年调拨盖州卫的正军、余丁及家属应在3万口左右，而且是江南或东南军户。明代解往北京长城脚下戍守的士兵即是义乌籍的"浙兵"，也称"南兵"。而调拨到福建永宁卫的军户，从保留至今的宗祠匾额可以得知，是来自甘肃、河南、山东、山西等地。在钟鼓楼上，我与同行的天津作家肖克凡先生谈起明代设立天津卫，得知他的祖先即是明初从安徽迁往此地，那一定是籍属卫所。

盖州自明洪武四年（1371年）设定辽后卫，五年后改盖州卫，是辽东25卫中军户最多的。但于洪武二十年（1387年），为北征元蒙残部，抽调盖州卫辖属5个千户所中的1所，与复州卫、金州卫抽出共5个千户军兵，至辽河以西屯守。后这5个所单设义州卫，盖州卫仅余4所，军户减少。据《辽宁地域文化通览·营口卷》引《辽东志·兵食》记：至明正统八年（1443年），盖州卫军户为25534户，到了嘉靖四十四年（1565年），盖州卫已增至35340户（《全辽志·赋役》）。按明制，军户是世袭的，有详细登载军户人丁财产的"军籍黄册"，若军户包括余丁全部阵亡或病殁，会依照"勾军"制度到军户原籍"勾"其族人顶替。所以盖州卫增加的户口应是军官和军户的子女。

遥想六百多年前，军户们从家乡开拔，风餐露宿，除携家带口，还要负荷辎重粮草、军马火器，击楫过江，翻山越岭，来到冰天雪地的盖州筑城而居，屯田而食，枕戈待旦，烽火不眠，肩负起屯垦戍边的职责，养儿育女，将军户家族一代又一代延续下去。

站在钟鼓楼上，脑海里似乎浮现出成千上万跋山涉水来此戍守的军士，江南温柔的春雨滋润的白皙肤色已变得粗糙而皱黑，六百年前的烽燧，六百年前的城垣，昼夜无休的操练、瞭望、巡逻、值更，无论风雪透骨，无论烈日熏蒸，他们永远面对的是天苍苍，野茫茫，不时饥寒，鼙鼓狼烟……

今人很难知晓明代军户的艰辛困苦，更难知晓戍边军户内心的悲壮凄凉！

明代的军人身份极为低贱，与"娼、优、隶"同列。军户分入卫所服役与居地供给两类，入卫所要随时征调，千里迢迢，万里冰封，他们思念江南故土吗？他们也只能手持冰凉的刀戈，在城堞上唱着哀怨古老的家乡民谣寄托思乡之愁吧？

今天的人们想象不到当年的军户来这里戍守的艰辛与恓惶。

车辚辚，马萧萧，一声起解，号角凄鸣。军户的户下余丁（指除服军役外军户家中的其他男丁）要供给军服和旅费，军户家眷要随军起解，自筹衣被等物。到戍地后生育的子女不再增发粮饷。此外，明代军制规定军户因世袭，有生育下代军人的义务，严禁独身不娶。如起解军户尚未婚娶，必须马上成婚后再赴戍地。这一笔笔费用的恶果就是本已生计艰难的军户一家，常常会食不果腹，衣不蔽体，形同乞丐！

到达戍守地后，若有幸遇见体恤士兵的军官，尚可度日。若是军官盘剥役使，克扣军粮，那就如明代著名文学家归有光所叹息的：有的卫所"累年不给军粮，士皆饥疲，往往乞食道路"（《备倭事略》），这是何等凄惨的景象！而更严重的恶果就是造成大量军户逃亡，卫所战斗力严重下降。这在有明一代从建国前后已屡见不鲜，以致专门建立"清军"制度追捕逃亡军户，导致形成清军差官与地方官员贪赃舞弊，祸害极大。（《明史·兵志》）

如果卫所驻防地有皇族贵戚的庄田，就更是雪上加霜。史载，这种庄田常被勋贵们勒令军户耕种看管，及役使其他捕猎、运输等额外劳作。军户被军官们役使凌辱也是家常便饭，明代法律苛酷，军户与民户同样犯法，对军户的处罚要严于民户百姓。军户解到戍边地，不仅要操练、值守，还要参加建筑城堡垣墙等杂役。其忍辱负重、备尝艰辛的惨况是我们今人极难想象的。

但即便如此，这些不识字的军户们，却年复一年地戍守在荒凉的边地，肩负着保卫家国的责任，他们和妻儿老小别离了江南故土，在这里扎营戍边、安家落户，一代又一代繁衍生息，与盖州的城墙凝结成一道坚固而不朽的屏障！

万幸的是，盖州卫的军户们遇到了一位宅心仁厚的指挥官吴立。

明代设卫所，有别于州县，不仅是军事重镇，也是最高军政管理单位。以盖州卫而言，除最高机构指挥使司，还下设管理屯田和治安管理机构，还有驿站、卫儒学等军政部门。吴立的军职是指挥金事，正四品武职，权力仅次于盖州卫指挥（正三品）和指挥同知（从三品）。明代重视卫所，各级武将不仅是世袭，品级也很高，甚至超过文职官员。如不过管辖100多军户的百户，居然品级为正六品，超过了管理一个县的县令。这就使得卫所武将常常骄悍不驯。

吴立则"性慈仁纯笃不欺"，"周知部伍疾苦"，看来颇体恤士兵。也知爱民，逢部队调动，"布帐野宿，以利农为急"。他是修建盖州城的指挥者，钟鼓楼也是他的杰作。包括熊岳城，也是吴立将土城改建为砖城，是他奠定了今日熊岳老城的格局与规模。他提倡"课农兴学"，于洪武十六年（1383年）创立盖州卫儒学，这极具有文化战略眼光，由此可窥吴立的襟胸，也由此盖州一直到清代，儒学、社学、私学蔚然成风。盖州在明正统年间，连续三年（1445年至1448年）出了两位进士高润与陈鉴。后者还是榜眼，是盖州教育文化史上可书的一笔。

吴立守盖州二十余年，"夙夜勤劳，兵精粮足，为士民所依赖"，"政事修举，人多颂之"。由此可见他还擅长行政管理，是个文武双全的将领。在洪武八年（1375年），元蒙残部纳哈进犯盖州，吴立坚守，并大破敌兵。从容不迫，指挥若定，令人想见儒将的风采。盖州古城有了这样的英杰，该是数万军户和其妻儿老小的幸事。真是人因城显，城因人传。

吴立是安徽凤阳宿州人，如果按惯例，他应是从安徽率领徽籍军户解往盖州屯守。戍守北京长城的义乌"浙兵"部队，各级指挥将领除个别人，全是义乌籍。由此可推测，当年解往盖州卫戍守的军户，应当是安徽籍。

二十多年的戎伍生涯里，吴立是否回过故乡？不见记载。他七十二岁逝去，"埋骨何须桑梓地"，盖州不仅成为他的第二故乡，也终成为他的葬骨之地。他对盖州建城、农事教化做出了贡献，《辽东志》等志书记载了他的事迹，直到民国的《盖州县志》，仍念念不忘他对盖州的遗泽。游盖州时，当地人士送我一册未刊本《盖州文化》，当地学者考证出以前史书包括民国版《盖州县志》，将吴立均写成"吴玉"，是舛误，而得以纠正，这是很令人欣慰的。我倒是建议，盖州不妨建立一个有关卫所制度的陈列馆，包括吴立的事迹，何妨首创，以志不朽？卫所屯戍对于南北先进农事和文化交流的意义，是应该加以认真研究和评价的。

相比内地较大城市的钟鼓楼的巍峨，盖州的钟鼓楼是我见过颇狭小的一座。楼虽小而年轮在，城幸遗而史不湮，那盖州一带至今仍存的数十处烽火台残垣断壁，镌记着盖州古城昔日疆域逶迤的雄阔。在这里，当年一定会日复一日撞响晨钟暮鼓，那传遍全城悠扬的钟声和激荡的鼓声，会和风卷军旗的猎猎声、落日号角的凄厉声、兵戈铠甲的撞击声、驰骋巡边的马蹄声、操练火器的轰鸣声，组成了盖州古城的豪壮乐章！这遥远的乐章，会令人追慕，也会令人遐思……

三万军声已渺，千里烽烟不再，而天风云卷，海涛依旧，钟鼓楼历经沧桑，岿然屹立。盖州古城历经六百年的烽燧，六百年的生生不息，她仍然坐落在渤海之滨、大清河畔，焕发出摇曳多姿的绚丽风貌和勃勃生机，在新的时代风云中，必然会奏响更加宏伟豪迈的乐章。

漕运总督及其管理机构

　　漕运的历史甚为悠久，秦汉时就已开始实行。何谓"漕"？胡三省注《史记》"漕挽"云："水运曰：漕，陆运曰：挽"。唐代已有专门管理机构——转运使，宋代设发运使。元明清之际，由沿海省份征收米石，沿水路运河直达北京通州，故称"漕粮"。因其重要，故自元代设都漕司二使。明代起设漕运总督官职，专司职掌漕运。清朝入主中原，亦靠漕运。沿明制设漕运总督，并专设"总漕部院衙门"机构。该官品秩为正二品，如兼兵部侍郎（类今国防部副部长）或都察院右副都御史（类今监察部副部长）衔，则为从一品。乾隆十年后，都察院不设专员，御史规定由巡抚、河道总督、漕运总督兼衔。

　　漕运总督权威重，有负责保障漕运的亲辖军队。仿地方总督、巡抚之亲辖部队"督标""抚标"，而称之为"漕标"。《光绪会典》载：漕运总督所亲辖"漕标"共分本标、左、中、右、城守、水师七营，兵额3400余人。辖制武职官佐，最高者为从二品的副将。并节制鲁、豫、苏、皖、赣、浙、鄂、湘八省漕粮卫、所（因上述八省漕粮归漕运总督管辖，其余省份粮务归地方总督、巡抚）。

　　漕运总督设衙门，非今人所想象称"总督衙门"，而称"总漕部院衙门"，衙址设于江苏淮安。不受当地巡抚、总督管辖，不受部院节制，直接向皇帝负责，可专折和密折奏事。总督按清代官场规矩，尊称"漕台"。因其领兵，故又尊称为"漕帅"。又因兼兵部侍郎及都察院右副都御史衔，故出行仪仗、官衔灯笼署"总漕部院"。沿海收粮起运、漕船北进、视察调度、弹压运送等，均需总督率官佐"漕标"亲稽。每年漕船北上过津后，循例要入京觐见，向皇帝汇报漕粮运输完成诸事。清代皇帝非常重视漕务，如康熙皇帝，亲政时将"漕运"列为与"三藩""河务"必须要解决的三件大事。今人说到道光皇帝，多以鸦片战争相联系。其实道光不仅节俭自律，更是非常勤政，"旰食宵衣，三十年如一日，不敢自暇自逸"。除了惩贪、吏治、清厘盐政等，他在"漕运"整顿上花费了很大精力。他登基后首先急迫要抓的三件大事：调整中枢、治理河漕、平叛新疆，漕运亦列其二，可见重视。所以对漕运的官员甄选、查核，包括具体事务，并不松懈。他的政绩不仅在治河通漕，还开通海运输漕，在清代不失为创举。

咸丰年间因战事频仍，咸丰皇帝特令漕运总督节制江北镇、道。咸丰十年裁撤江南河道总督，其河工调遣、督护及守汛、防险事务，均由漕运总督所属漕标部队兼管，这是漕运总督权威最重之际。漕运总督出过不少名宦，清浊各分。

漕运管理机构对运河漕运生命线的畅通起到了非常重要的作用。所以封建时代对漕运总督人选也颇慎重，皆选能干官员担任。因而漕运总督也出了不少史册留名的人物。以清代为例，名官迭出，甚至衍生野史小说，而为老百姓所津津乐道。如清康熙年间有名的漕运总督施世纶，他的父亲是收复台湾的名将施琅。施世纶受康熙重用，被康熙赞誉为"天下第一清官"。在总督任上十分称职，《清史稿·施世纶传》载其："察运漕积弊，革羡金，劾贪弁，除蠹役，以严明为治。岁督漕船，应限全完，无稍愆误。"清代有名的四大公案小说《包公案》《彭公案》《刘公案》《施公案》，其中

《施公案》即写施世纶，流行一时。《刘公案》则为"刘罗锅"刘墉，他的父亲刘统勋在乾隆年间也署理过漕运总督。刘统勋有才干，多次受命勘疏运河，最后升至军机大臣。刘也是清官，死在上朝路上。乾隆"临其丧，见其俭素，为之恸"，回到宫里见群臣再次流泪："朕失一股肱。"谥"文正"（清朝仅有八人死后谥"文正"），与儿子同朝为官。当然，《施公案》《刘公案》是小说，当不得正史看。

最有名的漕运总督是阮元，清代乾隆、嘉庆年间的名臣，被誉为"三朝阁老、九省疆臣、一代文宗"，而且于经史、数学、天算、舆地、金石、校勘、编纂等领域皆有建树，乾隆对阮元十分赞赏，曾慨叹："不意朕八旬外复得一人。"（《清史稿·阮元传》）他的学问被"海内学者奉为山斗"，而且在为官任上一向性格果敢、强硬。近来看到一则消息，他在两广总督任上的官服在英国伦敦现身拍卖，令人好奇。

道光年间权倾朝野的权臣穆彰阿，因"漕船滞运"，曾两次出任漕运总督。他还倡议"试行海运"运送漕粮，是有利漕运的举措。但他是禁烟运动中禁烟派林则徐的对立面，受到道光皇帝的宠信，林则徐禁烟的被掣肘，直至最终被迫害流放，穆彰阿起了不可小觑的作用。电影《林则徐》有他的形象，但有些漫画化了。道光死后，早就痛恶他的咸丰登基，历数其罪，下诏"革职永不叙用"，重新起用林则徐，"天下称快"。

漕运总督中在野史里传播最广的是吴棠。传说他有恩于慈禧，才一直"官符如火"超擢重用。恽毓鼎《崇陵传信录》最早记叙：吴棠早年任淮安清河知县，那拉氏扶亡父灵柩沿运河归京时暂停，恰巧吴棠一位故人丧舟亦泊于此。吴棠遣仆人送赙仪，却送至那拉氏舟上。吴棠怒，欲追回，被幕客劝解："舟中为'满洲闺秀'，入京选秀女，安知非贵人，姑结好焉，于公或有利。"吴转怒为喜，

"且登舟行吊"。那拉氏大为感激涕零，发誓"他日若得志，无忘此令也"。慈禧垂帘主政，吴棠屡升迁，"实无他才能，言官屡劾之，皆不听"。该书刊行时已是民国的1914年了。此后一些著名的野史演义如《清朝野史大观》《清史演义》《清宫十三朝》直至高阳的《慈禧前传》，皆有生动的演绎。实际慈禧在其父亡故前就已入宫，并无扶柩北上之事。若按正史记载，吴棠"家奇贫，不能具膏火，读书恒在雪光月明之下"，只是举人出身，未考中进士，而晋身朝廷一品大员之列，在清代官场确为奇迹。他年轻时即入漕运总督杨殿邦处为幕吏，对漕运是很熟悉的。他任总督时，基本在与捻军作战，后来朝廷调他升两广总督，他坚辞不就。朝廷嘉奖他"不避难就易"。战事初平，马上筹复运河漕运。《清史稿》本传并未载他与慈禧运河上相见之事，看来野史是不可轻信的。

直到光绪三十年河运全停，"总漕部院衙门"和漕运总督才被裁撤。

最后一任漕运总督是陈夔龙，辛亥革命后到上海做了寓公。他任漕运总督时，光绪二十七年（1901年）因京津铁路开通，北运河已停漕，管辖漕运事务已大为缩减。陈夔龙在官场上善阿谀，时人谓之"巧宦"。但却好风雅，写过一部《梦蕉亭杂记》，也好写诗，但多矫饰。如他由江苏巡抚升四川总督，路过寒山寺，作《感怀》："一别姑苏感旧游，五年客梦上心头。逢人怕问寒山寺，零落江枫瑟瑟秋。"我去寒山寺时看到过他的诗碑，真是觉得言不由衷，已是封疆大吏了，又不是怀才不遇没有功名的读书人，哪里来的"客梦"呢？当然他有的诗却也有的放矢。他和袁世凯是把兄弟，袁世凯的叔祖袁甲三因剿捻有功，升任漕运总督，还赏戴花翎、黄马褂。袁世凯被罢官后隐居河南项城，为迷惑朝廷，故作闲散，写诗垂钓。但有的诗往往暴露出其野心，如《春雪》有句"袁安踪迹流风渺，裴度心朝忍事灰"，竟自比唐代中兴名将裴度，欲仿袁安高卧，等待时机。时任北洋大臣的陈夔龙奉和"谢傅中年有哀乐，泉明荒径盍归来"，居然将袁比为东山再起的谢安，肯定要重回仕途。看来陈的"巧宦"眼光还是很准的。陈夔龙死于二十世纪四十年代，不能入传《清史稿》。掌故专家徐一士《一士类稿》为其立传，颇可一阅。

陈当寓公后，不大参与复辟活动，以颐养天年为乐事，还开诗社。不过我看过一则史料：陈的小女儿是中共地下党员，陈的公寓竟成为中共中央绝密文件的档案存放地，连陈的姨太太也参与这一绝密工作，但陈本人并不知悉。1950年，大批绝密文件完整交给了党中央。这是很有传奇色彩的。

漕运总督节制八省漕粮，于每省设负责漕运的督粮道（又称"粮储道"），正四品。督粮道职责是监稽收粮、督押粮船，直驰山东临清，待山东粮道盘验结束回任。山东粮道须待最后一次粮船抵通州才告回任。最后一次粮船按规定由漕运总督亲押至通州，并向皇帝述职后才可回任淮安衙门。

为监督漕运，明代还专设巡漕御史，负监察之责，权力极大，不受漕运总督节制，直接向皇帝负责，有权弹劾总督。清代亦仿明制，设巡漕御史四人，分赴稽查，襄办漕务。品秩不高，但职权令人忌惮，可风闻专折密奏。相比较费力不讨好的河道总督，漕运总督在明、清两代可属肥差。我曾读野史，载某人受邀赴某漕运总督家宴，山珍海味，不一而足。其中有道菜不过是一盘猪肉，甚为鲜美，某人离席去解手，发现后院有数十头死猪，经问才知，每头猪只割一片肉，乃做成此肴，由此可见漕运总督家宴的气派与奢靡。该总督家肴，据说猪肉馔肴花样达50余种！（《金瓶风月话》）又因漕运总督与绅粮大户、漕帮（青帮）密切，故内幕甚多。当然，贪腐者还是少数。大多漕运总督还是肯忠于职守，漕运是中枢首善之区的生命线，玩忽职守处分是极重的。

漕运总督在清代为一、二品大员。帽饰红宝石（二品为珊瑚），蟒袍为九蟒五爪（二品同），仙鹤补服（二品为锦鸡）。收入并不高，岁俸银仅180两（二品155两）。年养廉银为15000两至30000两左右（二品20000两以下）。

清代漕运积弊甚深，朝廷一直想整顿。如道光年间，曾派权倾朝野的穆彰阿两任漕运总督，以整顿滞运等弊。道光年间名臣陶澍也曾大力整顿漕务，并奏准以苏州等地漕米，改由海运，以杜绝弊端。虽然海运一旦实行可节约时间人力资金，但终未完全代替河漕。

漕运还给封建王朝带来重要的税收。明永乐年间开始设关卡征收船税。据清道光二十年（1840年）史料，户部全国定额所收税银为400万两，其中约三分之一收自商船。据载，明清北上输送漕粮每年约400万石（1石约27市斤）。除漕粮，棉花、布匹等也是运河船运的主要物资。另外，皇家所需各种用品也经运河至京城。仅清代江宁等三处织造由运河至京丝织品就达数十万匹之多！但按《大清会典》所载规定，"上用者陆运，官用者水运"即是皇帝所用丝织品规定单独"陆运"。（《清宫述闻》"内务府"条）

另外，漕粮装运、征收、行船次序、期限管理及至运送时间、航行里数都有繁杂的制度，各省有船帮，胥吏勾结，正粮之外"耗米""耗费"横征暴敛，苦的是承担交纳漕粮、漕运的船工（"漕户"）和老百姓！清代道光元年（1821年）就曾发生过一起所谓"把持漕务"的大冤案。清代学者包世臣曾写《书三案始末》，概括来说，是浙江归安人陆名扬看到漕粮弊端，而纠劾借漕粮征收敛财的地方官员。清代漕粮征收可以用银两替代。但因贮运过程有损耗，为弥补则制定多种附加费，其额度皆由官府决定，故州、府、县官吏趁机暴敛。陆名扬抓住归安知县徐起渭为浮收而伪造"八折收漕"朱牌，逼迫其定约"每斛一石，作漕九斗五升，绝'捉猪'

'飞觥'诸弊"。各地闻之纷起效仿，百姓负担大为减轻，但"府县恨名扬甚"，因为断了敛财的来源。故官吏们捏造陆名扬"纠约抗粮""把持漕务"，这在清代是很重的罪名。差役逮捕陆名扬时，遭到百姓们的抵抗，差役落水而死。官府借机深文周纳"逞凶拒捕""殴杀官差"，问成死罪，被"即行正法，枭取首级"。当然，亲手下令处死陆的浙江巡抚帅承瀛，"后乃知由于官吏之酿变，深悔之"。帅是有名的清官，《清史稿》称其"治浙数年，以廉勤著"，曾平反过著名的徐文诰冤案（《书三案始末》）。由此可见清代漕运陋规的黑暗，官吏的凶横贪敛，而不惜"酿变"草菅人命。陆名扬案的情节极复杂，牵扯面极广，我只不过撮其要而述之，若铺陈开来，是写影视剧的好题材。

据史料载，漕运最昌盛时期，仅从天津至通州北运河上，一年要通过漕船两万余艘，护漕官弁达 12 万人次，还有商船一万余艘。波光云影，舟舻相连，帆樯骈集，是何等蔚为壮观的画面！

明武宗之死

钓鱼本是休闲怡情,不像如拳击、散打等对抗性激烈的竞技项目,易发生伤亡。2011年12月8日、13日,俄罗斯拳手斯玛戈夫和中国散打运动员上官鹏飞均被击中后脑而身亡,就是明证。当然,个别老百姓不熟悉环境野钓者,亦有悲剧发生,我记得媒体曾有报道。但皇帝因钓鱼而死,古今中外大概只有一例——明朝的武宗皇帝。试想皇帝万乘之尊,天潢贵胄,无论做何事,保护工作应该是万无一失。但恰恰是百密一疏,酿成悲剧。可见世间没有绝对的安全,无论平民抑或皇帝。

明朝的武宗皇帝朱厚照,不熟悉明史的人大概记不清楚,因为"武宗"是他死后的谥号。但若说起他的年号"正德",中国民间几乎家喻户晓。明朝的皇帝大多不读书,流氓习气很重,残忍刻薄,嬉戏玩耍,淫巧迷信,不理国事者居多。诚如鲁迅所说:"唐室大有胡气,明则无赖儿郎。"(致曹聚仁信,《鲁迅全集》,人民文学出版社1987年版,第十二卷,P184)而流氓无赖习气无疑得自朱元璋的遗传。

武宗的祖父宪宗(成化),如大臣劝谏所言,是"神仙、佛老、外戚、女谒、声色、货利、奇技、淫巧,皆陛下素所惑溺,而右左近习,交相诱之",这个评语也适合明朝大多数皇帝。宪宗如同不少明朝死于壮阳药的皇帝一样，亦是"暴崩"而死。但例外的是武宗的父亲孝宗（弘治），是明朝少有的勤政不倦、积劳病故的皇帝，秉性仁厚，但恰恰溺爱儿子，他临死前一日召顾命大臣草拟遗诏，也承认"东宫聪明，但年幼，好逸乐，诸先生须辅之以正道，俾令为主"。（《明史纪事本末》）武宗十五岁登基，即位就成为大"败家子"，并最终因"逸乐"而亡。

《游龙戏凤》是很有名的一出京剧，即以武宗为蓝本。二十世纪五十年代后被禁演，八十年代后据说只恢复了折子戏。武宗身边最臭名昭著的"八虎"（刘瑾等八个太监）引诱他不理朝政，微行冶游，抢夺民女，放荡淫乐。虽然《游龙戏凤》中梅龙镇、李凤姐大概是虚构的，但武宗的荒唐行事远远超过《游龙戏凤》的情节。甚至正史都予以披露："……幸宣府，（江）彬为建'镇国公'府第，悉辇豹房珍玩、女御实其中。彬从帝数夜入人家索妇女。帝大乐之，忘归，称曰：'家里'。"（《明史·江彬传》，中华书局1974年版，P7885）

其实，他在北京"大起豹房"，"造密室于两厢"，日夜淫乐。老北京人非常熟悉正德皇帝和豹房的掌故，《日下旧闻》考其遗地在今北京旃檀寺后。武宗如同顽童，"恣声伎为乐"，酷爱各种玩耍，有一年元宵乾清宫花灯燃起大火，"光焰烘烘然"，他在豹房遥望，竟然笑对左右曰："是一棚大烟火。"武宗在登基一年多时（那年他十六岁），一些老臣看不下去，上疏抨击。李梦阳代拟六部九卿"合疏"，痛斥太监们（其实也是批评武宗）"置造巧伪，淫荡上心，或击球走马，或放鹰逐兔，或俳优杂剧，错陈于前；或导万乘之尊，与人交易，狎昵媟亵，无复礼体。日游不足，夜以继之……"

奏疏没有提到武宗钓鱼之类，也许大臣认为钓鱼还算是"礼体"的。但按记载，他确实是爱垂钓，比如他"巡幸"一路，途经北方必行围逐猎，到南方水乡则大钓其鱼，钓上来的鱼则分赐左右。一路下来，遇见风景怡人的湖泊，便停下来垂钓。《明史·本纪》载："（正德十四年）冬十一月乙巳，渔于清江浦。""渔"即钓。看来武宗性格中不仅是野性好动，也有恬静的一面。武宗这次垂钓之行优哉游哉，不理政事，竟达数月之久，也许是钓鱼史上的世界之最。而且，他还不甘于在京城嬉乐，常常"微服巡幸"，甚至玩起"御驾亲征"的把戏，即民间所传的"正德皇帝下江南"，靡费钱粮无数，民间不堪其苦，其间荒唐事不堪形诸笔墨，如抢臣下妾，等等。据说沿途掠取送到京城的妇女竟以千计。到镇江时，忽然一时兴起，独驾小船去钓鱼，导致船翻落水，《明史·本纪》载："（正德）十五年九月己巳，渔于积水池，舟覆，救免，遂不豫。"（同上引，P212）《明武宗外记》也载："自泛小舟渔于积水池，舟覆溺焉。左右大恐，争入水掖之出，自是遂不豫。"看来武宗真如顽童，居然不顾万乘之尊，"自泛小舟"，一个人驾舟垂钓，技术不高，导致船翻。时在深秋，虽然武宗体魄壮健，但以后竟因此致疾。后由清江浦一路北上，十二月"还京"，以"亲征"凯旋大祀南郊，但在行初献礼时，突然呕血，连献礼都无法完成，延到第二年二月十四日"崩逝"于豹房，死年三十一岁。史书记载他自钓鱼溺水后身体一直"不豫"。但必与深秋落水受惊受寒有关，"呕血"想必是起居无节、纵欲自伐导致胃出血，落水惊寒为诱因。荒唐的武宗至死都"崩"于他的淫乐窝——豹房，大令人有啼笑皆非之感。

武宗的一生行事，在中国有皇帝以来，是非常怪异奇特的一个皇帝。平心而论，他的性格中有父亲的遗传，并非暴君庸主，资质亦非平庸。如他十六岁那年，大臣们奏疏指责他荒废政事，"恣无厌之欲"，他看了"惊泣不食"，也表示话说得很对。武宗在位时除掉了刘瑾，在这一点上他比明熹宗之于魏忠贤应该是聪明得多。魏忠贤生前受宠无比，祸害一朝，熹宗死后才被思宗（崇祯）处死。但武宗生来不自爱、不知尊贵，这在封建皇帝中非常罕见。而且性格执拗，一意孤行，任天王老子的规谏皆不可改变他的意志。不理国事，贪恋女色，任用奸佞，率意而为，在不少皇帝中颇常见，但如武宗这般贪玩恣乐如孩童一般，真是令人匪夷所思。

从遗传学角度来分析，明朝成祖（永乐）皇帝朱棣乃高丽妃子所生，身上即有二分之一高丽民族血统，加上他父亲朱元璋流氓无赖的习性，其性格显而易见。而武宗的父亲孝宗，是祖父宪宗与瑶族女妃所生，所以武宗笃定有四分之一瑶人的血液。若据遗传学隔代遗传的理论，新的血液给武宗带来新的体质，在明朝皇帝中，武宗确实聪明、健壮，还不乏时时体现出少数民族的"野性"。这使武宗自幼至长永远是一个"顽童"！

从教育学的角度看，武宗自幼未受到良好的教育，明朝本身与清朝不同，极不重视皇子的教育。如果将武宗投胎到清朝，诚如高阳先生所分析的："将会名副其实地称'武'，成为洪武帝一流的、皇帝之中的英雄。"（《明朝的皇帝》，广西师范大学出版社2006年版，P717）另外，从家庭教育的角度分析，武宗自幼被溺爱也是一个大败笔。武宗原本还有个弟弟，但早殇，武宗成为独子，一岁时即被立为太子。孝宗因此分外呵护，不免失于管教，任由"八虎"陪其狎习。清朝如同治皇帝也是独子，但慈禧并不溺爱，管教反而更加严厉。

孝宗是少有的远离女色的明朝皇帝，与发妻张皇后伉俪情深，皇后本身就溺爱太子，孝宗更是爱屋及乌。孝宗幼年从未得到过父爱。父亲宪宗宠信万贵妃，而万氏一发现妃嫔宫女有孕，就威逼堕胎。宪宗"召幸"纪氏，万氏先对宪宗封锁消息，继而派宫女为纪氏堕胎。但宫女、太监谎称纪氏非孕而是得了"膨胀症"，故将其谪居。后来产子，六年后父子才相见，但代价是母亲被万氏谋杀（一说是自缢而死）。孝宗多年寻找母亲的家人，但一直未遂其愿。想起母亲"早弃朕躬，每一思念，怒焉如割"，因而对于独子，更是推己及子，绝对不使儿子受委屈，而且全力让儿子无憾而享尽父爱。

而且，还有两项治明史者多不甚注意。明朝皇帝选妻，大都选小户人家为之，所以教育程度不高，因而对皇子的教育，既不重视，亦毫无章法。在封建时代，母亲甚至祖母教导对儿孙起着非常重要的教育功能，甚至会决定人的一生。这样例子不胜枚举，如孟子、范仲淹、岳飞、康熙……数不胜数。

更令人可怕的是太监对小皇帝的影响，明朝太监在历代王朝中危害甚大。太监本身性格扭曲，基本不识字，对小皇帝只会以声色犬马相诱。皇家内部亲情淡漠，小皇帝自幼即被太监照顾衣食住行，由此依赖并产生感情，故太监实际成为小皇帝人生的第一位老师和保姆。事实上，正是宁王看透武宗在太监引诱下微行无度，荒废国事，才蓄谋发动叛乱夺权，如果不是王阳明调度有节、一举荡平，武宗莫说放荡快活，再想临池垂钓都不可能。

其实，平心而论，皇帝"万几之暇"垂纶养性并不为过，但淫乐无度兼之滋扰百姓就非正道。武宗时代内忧外患都比较严重，《明史·本纪》评价他却"耽乐嬉游，暱近群小"，无丝毫江山社稷之责任心。（中华书局1974年版，P213）武宗不因钓鱼而死，早晚也会因荒嬉放荡"暴崩"而亡。由此联想到武宗的教育环境导致聪明、健壮的他本大有可为，却正值三十一岁壮年而崩夭。其人其行其结果，完全和封建时代权贵富豪出败家子如一辙。今之"富二代""官二代"，甚至"艺二代"屡出丑闻，活脱脱武宗再现！时代不同，遗风犹在，岂可不以为戒？！由武宗因钓鱼而死，谈及家庭环境、教育对下一代的重要，莫说巨室富户、权贵名人，就是寻常百姓之家，以史为鉴，触目惊心，不使溺爱而教子有方，也是不无裨益吧？

· 第二辑 ·

"君子意如何"

望城三贤

　　湖南望城，乃荆楚故地，长沙旧郡。是日游欧阳询故里，铜官窑址，乔口古镇，谒祀屈原、贾谊、杜甫之三贤祠。望湘水江波之粼粼，吟杜甫悲悯之所咏，遂步杜甫《入乔口》诗韵赋得五律以怀吊：

> 山色谁扶助？
>
> 三贤拜不赊。
>
> 江波流日夜，
>
> 草木映光华。
>
> 墨迹堪仰止，
>
> 夕晖正半斜。
>
> 飞灰窑址寂，
>
> 不朽是泥沙。

　　拙诗中提到的"墨迹"，是指望城乃唐初四家之一的欧阳询故里书堂山，也称笔架山。欧阳氏之郡望可上溯至春秋，其乃越王之子，越被楚灭，其地封疆乌程欧余山之阳，故以欧阳为姓氏。南齐以降，世出官宦：如欧阳询曾祖为屯骑校尉，祖为镇南将军，父领广州刺史。欧阳询始官于隋，唐太宗时为太子率更令、弘文馆学士，簪缨不绝，阀阅赓续，且成就为中国书法史上的泰斗。欧阳询生于广州，父辈蒙冤，毁家避难，六岁时伶仃孑然回到书堂山故里蜗居读书。一千五百年岁月磨蚀，旧迹早湮，欲寻唐物，叹不可得。因为唐代完整建筑在今之神州湮之不存，除梁思成、林徽因所发现的山西五台山佛光寺东大殿有盛唐原貌可寻，及几座唐代木构、塔；海外则只有日本真言宗和天台宗的寺院和越南的顺化皇宫，依稀可窥。山麓之书堂寺，据说是前人为纪念欧阳询、欧阳通父子依山而筑，据此而名"欧阳阁峙"，为"书堂八景"之一。但业已经今人重葺，不具大唐重檐叠屋的风韵。崖侧古树，虽浓荫如盖，或是晚近所栽，即如浓荫之下被郑板桥吟咏过的洗笔泉，凝眸之下，可供游者发思古之幽情，但不必认真稽古是否遗存千年墨痕。

中华之人文荟萃，灿若星辰，凡名人之故里，旧时从官府至民间甚为重视，无外乎提倡风气教化、喻扬君子楷模。而神州名地也多建有贤人祠庙，供人顶礼，如我曾去广西灵渠，见有四贤祠，供奉开发灵渠的汉代马援等四位贤人。欧阳询不仅是望城名人，更是中国文化史上殊堪景仰的星宿。书堂山的故里建筑，宏观而质朴，可见望城人对先贤的尊崇。所谓山不在巍峨，物不在华美，正是"墨迹堪仰止"，"草木映光华"。

欧阳询的墨迹流传至今，堪称国宝。被奉为"欧体"，至今被爱书者所摹临、所膜拜。我的已故书法老师贾诚隽先生，是著名书法教育家，亦擅欧、颜、柳诸体，其欧体书法堪称大家。他常感叹："欧体是最难学的。"今人只知欧阳询之真书即所谓"楷"体，其实他所以传之不朽，是"八体尽能，笔力劲险，篆体尤精"（张怀瓘《书断》），行、隶、篆，无所不擅，"飞白尤精"。（《续书断》）传世之《梦奠帖》《千字文》《卜商读书帖》等，仅此流布，然于《梦奠帖》中，尽见欧阳公清劲"飘扬"的笔力（苏东坡云："真书难于飘扬。"），结体相背求险的风韵，如宋人朱长文《续书断》中所赞是"师法逸少，尤务劲险"，迄今仍然是今人仰之不尽的真书典范。他的《用笔论》等书论著述更为后代研习者所重。

欧阳询"博贯经史"，有君子之风，是唐初名臣。受到唐高祖李渊的欣赏，李世民等诸皇子皆随他学书。他的儿子欧阳通也是书法家，时号"大小欧阳体"。后人誉为"可以臻妙品"。尤承父风，以君子气节标榜，"晚节自贵重"。武则天时"转司礼卿，判纳言事"，反对"以武承嗣为皇太子……以为不可，死于酷吏"。朱长文在《续书断》中特意大赞："呜呼，欧阳父子以风节学艺相继为唐名臣，美哉！"欧阳修撰《欧阳氏谱图》，述他这一支当是欧阳询的族裔，欧阳修不仅是名臣，更是杰出的史学家、文学家和诗人。

这样的君子名节当然受到故里父老的敬重，当然值得筑书堂山祠庙以供后人瞻仰。文明统绪，不绝如线。行旅匆匆，不可盘桓。趋此拜观，也不枉人生履痕。留意山川秀美，更不可遗忘君子泽被，才可使物美其地，浸润后昆。

我很遗憾不曾拜访望城有关何凌汉、何绍基父子的遗迹。读《清史稿》，何绍基为清代著名书法家，我少壮时曾往济南，游"四面荷花""一城山色"的大明湖，见历下亭何绍基大书杜甫诗句楹联："海右此亭古，济南名士多"，诗书俱美，仰之观止。何绍基为道州人（今道县），他的父亲何凌汉《清史稿》有传，嘉庆十年进士，历任福建学政、顺天府尹，工部、户部、吏部尚书等职。工于书法，取法颜体，朝廷册文多出其手。我看过他行书临颜真卿《争座位帖》，是赠送友人之作，用笔跌宕圆转，并不循规而拘于原帖，似乎还融米字之锋颖，由书法可见对何绍基的影响。何凌汉为官清峻，以严查徇私、直言弊政而闻名。他逝世后，谥"文安""赐祭葬"。其长子何绍基将父柩归葬于望城河西谷山九子岭，据

《望城民俗集》考，墓地即今望城县黄金乡九子岭，何绍基亲撰《梦地记》以叙，可知他奉柩由京师潞河"舟行南归"，大约用四个月时间到达长沙。他往寻茔地，看到九子岭"顿跌起伏，峰峦秀发，如干尽枝穷，奇葩灿发，理势然也"。然后亲自督建，按重臣规制起建陵园。何绍基的老师阮元，是清代鼎鼎大名的名臣、学者、书法家，亲撰《何凌汉神道碑铭》，何绍基极为看重，亲自恭勒，以志不朽。这个陵园以后葬入何凌汉多位直裔子孙，何绍基是否也在其中呢？

何绍基，道光十六年进士。他在出任福建乡试主考官这年，恰父亲何凌汉也出任顺天乡试主考官，官史大书"父子同持文柄，时人荣之"，是中国科举史上齿有余香的一段佳话。但何绍基的仕途不如父亲无险，缘于他与父亲性格相仿佛，直言无忌。本来，他被擢升四川学政，道光皇帝陛见召对，"询家世学业，兼及时务。绍基感激，思立言报知遇，时直陈地方情形，终以条陈时务降归"。大概他太直言无忌，惹得道光不悦，从此终结官场生涯。他的余生如同封建时代有良心的士子一样，去书院"教授生徒，勖以实学"，他先至山东泺源书院，后归长沙城南书院，风声、雨声、读书声，交织拂过，他会听到长沙南门外的洪恩寺的晚钟吗？道光二十二年，他父亲的灵柩经长途跋涉，暂厝于此寺，他何种心绪于青灯之下？他大概一定会付诸诗笺、形之笔墨，可惜我案头无《东洲诗文集》，只好付之阙如，留以遐想。

今人若涉书楮，多知他是大书法家。殊不知他更是一个通才。《清史稿》将他入"文苑"传，可谓名副其实。不妨抄之如下："绍基通经史，精律算。尝据《大戴记》考证《礼经》，贯通制度，颇精切。又为《水经注勘误》。于《说文》考订尤深。诗类黄庭坚。嗜金石，精书法。初学颜真卿，遍临汉魏名碑至百十过。运肘敛指，心摹手追，遂自成一家，世皆重之。"何绍基字子贞，号东

122

洲，传中评价他的书法"世皆重之"，并非虚誉。他初学未临欧体，是觉得难入堂室？旧时学书法很推崇颜真卿的凛然正气。何绍基也许受父亲的影响，以颜为根基，兼融米芾笔意。但一个读书人，除书法外，能精擅那么多门学问，在今日也仍然值得敬佩。

清代以名臣自居不肯轻许于人的曾国藩，视何绍基为翰林前辈，曾赋长句予以盛赞：

> 九嶷山水天下清，中有彦者何子贞。
> 大谲老谋不自白，世人谁解此纵横？
> 八法道卑安足数，君独好之如珉珵。
> 终年磨墨眼不昧，终日握管意未平。
> 自言简笺通性道，要令天地佐平成。
> 怡神金鲫朝吹浪，失势怒狠自捣营。
> 同心古来亦有几，俗耳乍入能无惊？
> 可怜四十好怀抱，空使夷州播书名。

曾国藩在诗句中不惜赞美其如"珉珵"（美玉），慨叹"世人谁解此纵横"，大有仰慕之意。后人有评论曾国藩的书法可以与包世臣、何绍基并列，不知是否为定论？但他不以诗名是毫无疑问的。曾与何不仅是同乡，与何绍基之弟何绍祺更有谊情，二人同在京城为官，曾国藩特别酷嗜何绍祺亲手腌制的"酸咸"——一种湘地腌菜。何绍祺在家乡辟园种菜，每年皆腌藏以自用，据说味佳于当地乡人所腌。曾国藩品尝过，"极嗜"（《古春风楼琐记》第十四册），曾写诗《琐琐行》代笺向何绍祺求乞腌菜：

> 琐琐复琐琐，谋道谋食无一可。

> 大人天矫邕神龙，细人局蜷如螺嬴。
>
> 皇皇百计营斋盐，世间龌龊谁似我……
>
> 君家腌菜天下知，忍不乞我赈朝饥。
>
> 丈夫岂当判畛域，仁者况可怀鄙私……

诗中大赞"君家腌菜天下知"，大呼"忍不乞我赈朝饥"，谐趣横生，可见二人交谊之深。

曾国藩于前赠何绍基诗尾曾慨叹："可怜四十好怀抱，空使夷州播书名"，"四十"，曾国藩是说何绍基年四十岁出任福建、广东、贵州等地学政。辜负"好怀抱"，大概是预言到奉朝廷谕旨访察地方，直言无忌引起侧目，"谤焰腾炽"，加上条陈时事引起道光皇帝不快，最终离开官场？何绍基更因不同流俗，高标自许，"故多不惬于并时诸人"，这与欧阳询生前曾被贬毁真是相仿佛，已有人注意到距何绍基甚近的咸丰至光绪年间，官宦阶层对何氏"均不无微词。名之所至，谤亦非随之，其矣处高名之难也"。（《古春风楼琐记》）并举出若干名人的评论，多出于日记，如李慈铭《越缦堂日记》："何绍基实不学而狂，绝以善书倾动一世。敢为大言，中实柔媚，逢迎贵要以取多金，益江湖招摇之士。而世人无识，干谒所至，争相迎奉。余尝疾之，以为此亦国家蠹乱之所由生也。"李慈铭是有名的在日记中爱乱骂同时人者，肆意判评，不可当信史读。再如翁同龢在苏州拜见视为前辈的何绍基，也曾在日记中冷冷地说："苏州晤何子贞前辈，七十四岁，是不能行留滞江南何为哉？"何绍基一年后逝去（同治十三年七月），翁同龢日记的笔法往往曲笔，欲言又止，不如王闿运（湘绮）直言："何贞翁（何绍基字子贞——笔者注），乃甚自信其诗。亦如曾侯（曾国藩封爵一等毅勇侯——笔者注）自信其书，不足为外人道也。"（《古春风楼琐记》）王氏曾为曾国藩幕僚，对曾都如此不客气，对何绍基当然更无忌。何绍基的诗源自苏、黄一脉，是江西诗派的风韵，且好用白话俗语入诗，当然会被宿儒所骇怪。不过，若据我见，何绍基在对联上的艺术成就应高于其诗。如他为湘军悍将郭子美八十寿撰联："古今双子美，前后两汾阳"，用典、对仗颇工稳，一时传为佳话。

有趣的是，如后人评欧阳询书法"如武库刀戟"，何家仿佛欧阳家，书学渊薮不绝。何绍基的孪生弟弟何绍业并何绍祺、何绍京、孙子何维朴皆宗颜体，均工书法，但《清史稿》何绍基本传中评价何绍京、何维朴二人是"笔法颇似其兄""字摹其祖"，看来书法成就未能超过何绍基。绍京、绍祺均是举人出身，官至道员，不仅工书，亦擅绘事。何维朴在清末任道员，清帝逊位后，寓居沪上，以书法驰名，与以碑学著称的李瑞清双峰并峙。逝世时八十岁，比他的祖父享年多五岁。何家从何凌汉、何绍基到何维朴，为官皆无劣迹。因此，望城若将何氏陵园修葺，加以开放，使人们可以观仰这个文化世家的君子之风，对望城人文渊远的厚重当可延续有之。因为贤者，对一个郡地来说，应该只嫌其少，不嫌其多。所谓出乎其类，拔乎其萃，不正是我们对家山的留恋之情吗？

其实，若按贤人的评判标准，何凌汉应无愧者也，文章道德，清节清望，谥"文安"，很名副其实，教育出后代"何氏四杰"，皆有父风，也是很难得的。

望城不仅有欧阳询父子的书脉、何凌汉何绍基的遗踪，还有三贤的大名如雷贯耳。古街栉次，暮霭秀色可人；青衫过我，趋步可沐清芬。中华民族的优秀传统，从来在各地祀祭出生于斯、经历于斯的君子贤人。望城建三贤祠，祀祭屈原、贾谊、杜甫，这三位皆为中国历史上脊梁式的人物，华夏文脉的基石。据说这三位皆曾行吟泽畔，履迹斯土。人们宁愿相信他们在望城衣袂飘飘，襟抱块垒，留下了印痕，留下了灵气，留下君子的仪式，留下贤者的风范。所以建祠以祭，俎豆千秋，以使君子之风贤者之仪永远流布浸淫于斯地斯人。

"既见君子，云胡不喜？"望城，是有此遗风的。望城在明、清附属长沙县和善化县，经查，善化县治始于宋哲宗元符年间，1912年才更名。何得名于"善化"？乾隆十二年《善化县志》云："至得名之义，总取衷于守令'倡化邑人''彬彬向善'云。"看来，是从八字中取"善化"二字而名之，取名的县令乃谁？无记。但三贤祠则已将"善化"二字延续凝铸成具象的地标，镌刻为有形的符号。

读《杜工部集》，知杜甫暮年饥寒交迫、流连忘返于湘水。唐大历三年，"以其家避乱荆楚。扁舟下峡，未维舟而江陵乱，乃溯沿湘流"。只有一首诗提到屈原："中间屈贾辈，谗毁竟自取"，按郭老的说法"是带有谴责意思的"（《李白与杜甫》），而提到贾谊的诗句有五处。古人并不都推崇屈原、贾谊，如对屈原、班固、颜之推等就有"露才扬己""显暴君过"的责评。大历四年，杜甫经望城乔口，写下五律《入乔口》。他的心情是苍凉的，"贾生骨已朽，凄恻近长沙"，这种心绪感染了后来无数的诗人。从宋至清，可查有数十人用他的诗韵奉和抒慨。杜甫集中还有《铜官渚守风》，他望见了铜官窑烧窑的壮观景象，而以诗记之，此应是纪实诗，在杜甫一千多首诗中非耳熟能详之作。也许贫病交加、日暮途穷，使他诗意的生命蜡炬即将成灰。大历五年，旷代诗圣，病逝于孤舟一叶，他的诗篇将"乔口""铜官"镌刻在了诗史巨卷上。真是湘水长吟，望城有幸，"诗人不幸家山幸"；而望城有幸，幸何如之，遗留下了先贤的吟咏。我去拜谒三贤祠时，天色如幕，微雨轻风，脑海里忽然浮出了杜甫的诗句："凉风起天末，君子意如何"（《天末怀李白》），辄令人而生感慨。杜甫，是有着悲天悯人君子情怀的诗哲，激荡着安得广厦、大庇天下人格的襟胸。《杜诗镜铨》中慨然言道："《赴奉先》及《北征》肝肠如火，涕泪横流，读此而不感动者，其人必不忠。"在望城三贤祠前，面仰萧森气象，眼底仿佛滚滚长江，无边落木，悲秋万里，天地沙鸥。若不肃然起敬，心生景仰者，何若炎黄苗裔也夫？

仰观先贤君子气象，心底怆然设问："君子意如何？"

杜少陵自"七龄思即壮，开口咏凤凰"（《壮游》），到山河飘摇之际，"麻鞋见天子，衣袖露两肘"（《述怀一首》），再到"戎马关山北，凭轩涕泗流"（《登岳阳楼》），他的君子人格和襟怀从未凋零、消逝，而融化在他在神州大地的屐痕处处，也郁结在望城古街的三贤祠中。湘水洋洋，国之有士，香草萋萋，城之有祀。屈原、贾谊的诗文名句万千萦系，更仿佛听见祠内回荡着"叹息肠内热"的老者那苍凉悲辛的低昂吟哦："君子意如何"……

苏东坡与屈原

　　2019年9月，北京国家图书馆展出宋版善本，其中翁同龢藏宋版孤本《注东坡先生诗》，收诗最多，其中《追和陶渊明诗》107首和附录《苏轼年谱》，为其他版本所无，更引起世人极大兴趣。这一珍品不仅传承有序，且极富传奇色彩。由此证明苏东坡及他的诗词，永远是中国人最感兴趣的话题。喜爱苏东坡诗词文赋的人们往往只欣赏传唱他的名篇，特别是他在西湖、黄州、惠州等地的传世之作，而很少注意他写的有关屈原的诗文。这在苏东坡的诗文集中占有不小的比重。

　　苏东坡的诗文集中可见他推崇陶渊明，在被贬官期间，将陶渊明的《归去来兮辞》教给农人吟唱，其诗集中步韵和陶诗居然达一百多首，及《次韵谢子高读〈渊明传〉》等，①这只有明朝大书法家张瑞图能与他相媲美。再如白居易有《效陶潜体诗十六首》，与苏东坡和诗相比远逊。而苏东坡提及和评价最多的前朝诗人即是屈原。

　　苏东坡最早与屈原有关的诗应是《屈原塔》，可以说代表了他对屈原的认识："楚人悲屈原，千载意未歇。精魂飘何处，父老空哽咽。至今沧江上，投饭救饥渴。遗风成竞渡，哀叫楚山裂。屈原

---

① 见《苏轼诗集》，王文诰辑注，中华书局，1982，下引不再注明出处。

古壮士，就死意甚烈。世俗安得知，眷眷不忍决……古人谁不死，何必较考折。名声实无穷，富贵亦暂热。大夫知此理，所以持死节"，层层推进，似有隐喻。

在诗中，他特别指出百姓对他的敬仰和热爱，但"世俗安得知"一句，似别有深意和有所隐指。

在苏东坡之前和同时代，诗人们对屈原的评价大都突出一个"忠"字，即忠于社稷和国君，如班固、白居易、孟郊、贯休、司马光等，他们的诗文中屡屡提到"忠"，可见是人们较为一致的定论。但苏东坡虽然肯定屈原的"忠"，但更强调屈原的节操，他在《竹枝歌》中特别吟咏："招君不归海水深，海鱼岂解哀忠直，吁嗟忠直死无人，可怜怀王西入秦"，苏东坡在诗中两次强调"忠直"，与前人和同时代人的评价多了一个"直"字，其认识高度完全不同，含义极深，这也完全符合苏东坡的个人品质，苏东坡是以"直谏"贯穿始终，以致贬谪终身。所以他对屈原其人其诗会产生强烈共鸣，发出与大多数人迥然有别的深刻评价。当然，汉代司马迁在《史记》屈原列传中已尖锐指出屈原的精神价值是"正道直行""竭忠尽智"，并抨击宋玉等人"莫敢直谏"，无屈原"正直"的凛然节操和高标品质。苏东坡与司马迁的价值观一脉相承，完全继承，只不过更精确概括为"忠直"。纵观中国古代数千年历史，在仕途中做到"忠心""忠诚"直至"忠良""忠义"并不难，但真正做到"忠直"的人却并不多！至今屈原祠额枋上所书"孤忠"两个大字，确极符合"忠直"的含义。一个"孤"字，真是令人仰止叹息。

屈原在封建时代的诗人中名声最显赫，对以后历代的诗人们影响甚大。屈原在唐代被赐封"清烈公"，三峡的屈原祠原来就称作"清烈公祠"。古代诗人在各地祀祠很常见，但封公恐怕是绝无仅有，须知孔圣后裔也只是赐封"衍圣公"。清代李伯元的《南亭笔记》说余联沅"曾奏请将屈原从祀孔庙"。请入祀孔庙的结局，只是礼部发了一道给湖南巡抚的咨文，"查明咨复"，最终不了了之。

不过，依我之见，朝廷是不会同意屈原入祀孔庙的。因为屈原并非理学家们公认的儒者，况且他的忠君爱国方式一直受到正统意识的非议，这以班固、扬雄、颜之推等人为代表。班固苛责屈原是"露才扬己，竞乎危国群小之间，以离谗贼。然责数怀王，怨恶椒兰，愁神苦思，强非其人，忿怼不容，沉江而死，亦贬絜狂狷景行之士"（《离骚序》）。直接批评屈原为人行事与他人无关，道义缺失，自损其身。扬雄则批评屈原沉江是"以为君子得时则大行，不得时则龙蛇。遇不遇皆命也，何必湛身哉"！（《汉书·扬雄传》）明显是讥讽。他还批评说："夫圣哲之遭兮，固时命之所有。……昔仲尼之去鲁兮，斐斐迟迟而周迈，终回复于旧都兮，何必湘渊与涛濑"（《反离骚》），大意说屈原遭群小围攻，失于楚王信用，应学孔子周游列国韬晦，而不应沉江。从他辞赋体的篇名亦可见扬雄对屈原的看法。扬雄还说屈原沉江是"如玉如莹，爰变丹青，如其智"《扬子法官》，即不明智。颜之推说屈原是"显暴君过"，是"轻薄"行为，其语言更为激烈愤慨，直接否定屈原的节操！即便称赞他的司马迁，也与扬雄观点相同，"游诸国，何国不容？而自令若是"。（《史记·屈原贾生列传》在苏东坡之前与之后，对屈原持批评有微词的大有人在，此不再列举。

苏东坡是怎么评价前人对屈原的批评呢？以苏氏的为人和忠厚性格，他不会激烈地点名反驳。他会隐晦地表达自己的观点，他写下《屈原庙赋》，这是在他所有涉及屈原的诗文中最为重要的一篇，以赋的形式，完整而全面地对屈原的人格和节操予以高度评价，而且我认为就是一篇驳论体文赋，以反驳前人对屈原不公正的评价。他在赋中开宗明义："吾岂不能高举而远游兮，又岂不能退默而深居？独嗷嗷其怨慕兮，恐君臣之愈疏。生既不能力争而强谏兮，死犹冀其感发而改行。苟宗国之颠覆兮，吾亦何爱于久生？"（《苏轼全集校注》，河北人民出版社，2010年6月，下引文不再注明）这是批评扬雄、司马迁认为屈原应学孔子出游诸国的论调。认为屈原是不舍将亡之"宗国"，不行"退默""深居"，而百般纠扶，终以忠心报君而不舍，愤而沉江。苏东坡认为屈原的沉江并非自绝，而是"感发而改行"，是以悲壮之死警醒谏君王，避免亡国。沉江是决不愿苟生于世，痛感国之将亡以身而殉！

苏东坡特别感慨后人对屈原的非议："自子之逝今千载兮，世愈狭而难存。贤者畏讥而改度兮，随俗变化斫方以为圆。"这四句是有所指的，我个人认为极有可能是在批评杜甫对屈原的态度。杜甫号称"诗圣"，入圣贤之列。对屈原有所批评的前代文人诗人，地位都没有杜甫高。后代的文人中，如贾谊、司马迁、李白等，盛赞屈原，极力讴歌。而宋玉、杜甫等对屈原是持批评态度的。杜甫入湘写过不少诗，只有一首《上水遣怀》提及屈原，而且有谴责之意："中间屈贾辈，谗毁竟自取。郁没二悲魂，萧条犹在否？"用"咎由自取"一词的含义，其刻薄严峻，超过了前人。尤其后两句，简直令人读来隐隐有幸灾乐祸之感！

杜甫写过《咏怀古迹》五首，是他从夔州至江陵地段路过有五位历史名人古迹有感而发，依次为庾信、宋玉、王昭君、刘备、诸葛亮。秭归有屈原故宅，杜甫不可能不知，但拒绝为之吟咏，这就是杜甫正统观念"每饭不忘君"及"臣罪当诛，天王圣明"的真实体现了。前一句是杜甫的诗，是据宋玉"窃不敢忘初之厚德"脱胎而来，后两句话是韩愈根据宋玉的《九辩》概括的。

杜甫诗集仅有可怜的几次提到屈原，而且都是和宋玉并列，且不说宋的文学成就与屈原相差甚远，其节操更是有云泥之判。杜甫的诗句"窃攀屈宋宜方驾""皆登屈宋才""羁离交屈宋""迟迟恋屈宋"，按郭沫若的考证，"屈原的才具和文章，杜甫是不能否认的。但比较起来，杜甫对于宋玉是无条件的同情和向往，而对于屈原则有所保留"。杜诗中的屈宋并列就是"屈原毕竟高于宋玉，屈宋并举也就是抑屈扬宋"。宋玉是不赞成屈原对君王的态度的，宋玉主张"专思君兮不可化""窃不自聊而愿忠"（《九辩》），故郭沫若认为杜诗中几处"屈贾（贾谊）"并列，就是"含有谴责或抗衡之意的辞句"。（见《李白与杜甫》，人民文学出版社，1972年1月版）

以苏东坡的读书破万卷的博览，他不可能不知道杜甫对屈原的态度。他的诗文中提到杜甫，并不否认杜甫的艺术成就，有"雄秀独出""一变古法""格力天纵""后之作者，殆难复措手"等评价。但也有挖苦"巨笔屠龙手，微官似马曹"，屠龙之技是贬义的成语，杜甫布衣出身，只当过胄曹参军的小吏。他也反驳过杜甫《丹青引赠曹将军霸》推崇曹霸贬抑韩幹，专写《书幹牧马图》，称赞韩胜于曹。他不认为其恩师张方平对杜诗的赞誉，不同意杜诗"感兴出离骚"。他承认"杜甫诗固无敌"，但也有"真村陋也"的劣句。他还曾有对杜甫"诗圣"地位的质疑："古今诗人众矣，而杜子美独为首者，岂非以其流落饥寒，终身不用，而一饭未尝忘君也欤！"（《王定国诗集序》）言外之意直指对杜甫的人为拔高。同样的意思在《与王定国》信中也有表述。"尊君""造次不忘君"才使杜甫受到推崇。

苏东坡在《屈原庙赋》中也批评了扬雄："变丹青于玉莹兮，彼乃谓子为非智。惟高节之不可以企及兮，宜夫人之不吾与"，虽未点出扬雄的名字，但直接引用扬雄"如玉如莹，爰变丹青"的原话，连朱熹也看出是苏东坡"以诋扬雄而申原志"（《楚辞集注·后语》）。

杜甫的声名在宋代才开始显赫。唐代开元、天宝年间，殷璠编选的唐诗选本《河岳英灵集》中，共选24位诗人，杜甫诗一首也未入选，集中王昌龄16首，王维、常建皆入选15首，李白入选13首。晚唐时则开始出现"诗史"的说法，（孟棨《本事诗·高逸》）同时更有人将其比为"文昌星"。韩愈、元稹、白居易等人的诗文抬高了杜甫"诗圣"的地位。宋代大儒朱熹将杜甫与诸葛亮、颜真卿、韩愈、范仲淹并誉"五君子"，视为古今"君子"之典范，其实韩、杜二人都有些勉强。但秦观犹嫌不足，竟然将韩、杜二人列为"圣人"！所以南宋时人张戒更发挥出杜甫"乃圣贤法言，非特诗人而已"。江西诗派更尊杜甫为始祖。

所以我认为苏东坡赋中提到的"贤者"，应即是杜甫，只有他符合宋代理学将其抬到至高无上的所谓"圣贤"地位，是含有反意的。杜甫写《自京赴奉先县咏怀五百字》，其中咏道："杜陵有布衣，老大意转拙。许身一何愚，窃比稷与契"，苏东坡曾写诗调侃："杜陵布衣老且愚，信口自比契与稷"，契、稷是古之辅佐虞舜的贤臣，杜甫怎么能达到贤人的地位？他批评杜甫对屈原"畏讥改度""随俗变化"，附和前人班固扬雄等的"斫方以为圆"的贬论。特别是杜甫"谗毁竟自取"的观点，一定给苏东坡留下了深刻的印象，所以他在赋的结尾大声疾呼："君子之道，岂必全兮？全身远害，亦或然兮。嗟子区区，独为其难兮。虽不适中，要以为贤兮，夫我何悲，子所安兮。"元人说苏东坡对屈原这段评价是"末意更高，真能发前人所未发！"（祝尧《古赋辨体·苏轼〈屈原庙赋〉序》）

苏东坡认定屈原才是真正的"君子""贤"者，感慨"何悲"，批驳了贬损之论，申明了原心大义，坚信"忠直"不泯，"子所安兮"！其实苏东坡自己就是"忠直"的表率，范祖禹说："苏轼文章为时所宗，名重海内，忠义许国，遇事敢言。"宋孝宗亲撰《苏轼文集序》，赞誉："故赠太师文忠苏轼，忠言谠论，立朝大节，时廷臣无出其右。""世俗安得知"，这是苏东坡对贬低屈原人格的人的不屑吧？

　　苏东坡不仅在精神层面反复阐述了屈原的爱国节操，而且对屈原的作品也有很多极高的评价，曾大声疾呼"虽与日月争光可也"，并独具慧眼提出《楚辞》是诗学典范，后学诗者应效以师法，等等。他对屈原作品的评价，也非常值得研究，这非本文所论，故不再赘述。

"忠筹屡画平戎策"

读《宋史·张孝祥传》

　　张孝祥是南宋早期著名词人，写有不少脍炙人口的词篇。他所处的时代，正是北宋灭亡不久而南宋又处于岌岌可危的境况中。在南宋150余年的历史中，朝廷内部的斗争，基本离不开抗战与主和这两种主张。张孝祥二十三岁中进士，从政凡十五年，他的政治态度如何？也就是说是主战还是主和？

　　在官修的正史中把张孝祥说成是一个圆滑的两面派。《宋史·张孝祥》说："……渡江初，大议惟和战，张浚主复仇，汤思退祖秦桧之说力主和，孝祥出入二人之门而两持其说，议者惜之。"（中华书局1977年版，下引均不再注）而且，史官在传后的"论曰"又再次强调"迨其两持和战，君子每叹焉"。由于是出自盖棺定论的正史，故此对后人的看法很有影响。直到近代，《中国人名大字典》在介绍张孝祥生平时，竟原封不动抄上了《宋史》本传中的评语。

　　其实从有关张孝祥的谱传和他的文集《于湖居士文集》中序跋诗文来看，张孝祥的言论和行动都是主张收复失地的，而并非《宋史》本传所云是"两持其说"。

　　张孝祥生于高宗绍兴二年（1132年），在他出生前五年即钦宗靖康二年（1127年）北宋灭亡。同年五月赵构称帝建立南宋。张孝祥出生时，南宋政权正处在风雨飘摇之中，金兵气焰仍很嚣张。宋人陆世良《宣城张氏信谱传》记载："绍兴初年，金人寇和州。（张孝祥）随父渡江居芜湖升仙桥西。时公甫数岁。"（《于湖居士文集》，上海古籍出版社1980年版，下引均不再注）

据史书记载，金兀术于绍兴十一年春入侵淮南，张孝祥随父渡江避乱时正好十岁，这对他不可能没有影响。他的伯父张邵是一个很有民族气节的人，在出使金朝时因不愿屈辱投降，竟被金人囚禁达十年之久，在当时很富声名。他的父亲也曾被秦桧陷害入狱。国恨家仇系于一身，对张孝祥后来进入仕途力主恢复是不无影响的。

作为野史的《宣城张氏信谱传》，是很不同意《宋史》本传的说法的。作者在谱传中曾大声为张孝祥辩护："公始登第出思退之门。及魏公（张浚）志在恢复，公力赞相，且与敬夫（敬夫是主战大臣张浚之子）志同道合。魏公屡荐公，遂不为汤思退所悦。或者因公召对要先立自治之策以应之等语，谓公出入二相之门两持其说，岂知公者哉！"其实，张孝祥在进入仕途的第一天起，就鲜明地站到了主战派的大旗下。《宣城张氏信谱传》谈到了一件《宋史》本传所没有收录的一件史实，很值得注意："绍兴甲戌，廷试擢进士第一，时年二十有三。……先是，岳飞卒于狱，时廷臣畏祸，莫敢有言者。公方第，即上疏言岳飞忠勇，天下共闻，一朝被谤，不旬日而亡，则敌国庆幸而将士解体，非国家之福也。又云，今朝廷冤之，天下冤之……当亟复其爵，厚恤其家，表其忠义，播告中外，俾忠魂瞑目于九泉，公道昭明于天下。……时公……犹未官也。秦相（即秦桧）益忌之。"这无疑对秦桧是当头一棒。"谤"岳飞之阴谋者，秦桧也。请表岳飞忠义并要求昭雪"播告中外"，更是在揭露秦桧的罪状。岳飞是主战最积极的将领，秦桧为铺平投降道路，才设计陷害，而张孝祥以"未官"之身，挺身而出为抗金名将岳飞呼冤，这在当时不仅需要胆量，也反映出他的立场是何等鲜明。他反对秦桧，在《宋史》本传中也有曲晦的反映，如他劝赵构"总揽权纲"，并请把秦桧为相期间所修日历"详审是非，黜乱说以垂无穷"，矛头都是针对秦桧而言。谱传载他与秦桧之孙秦埙同榜同朝却"不交一言"，这并非仅仅说明他"刚正不阿"，恰恰说明他一直是反对秦桧的。《宋史》本传也谈到他拒绝主和派大臣的"请婚"，同样表明了他对投降派的憎恶。汤思退是主和派大臣，唯秦桧马首是瞻，在廷试中竟然把不学无术的秦埙列为第一，最后还是由赵构亲自改为张孝祥第一，由此亦可见一斑。张孝祥虽出自汤思退门下，然而主战主和两不相容，他自然也愈为汤思退所不悦。但基于张孝祥的才干，汤思退在早年是极力拉拢以为己用的。张孝祥从大局出发亦曾希望汤思退能够与主战派合作，共图大计。但汤思退因主战派张浚推荐张孝祥，故而极为不悦，开始不断对张孝祥加以攻击。因而我们可以看到一个很有趣的巧合：张浚罢官，张孝祥则被起用，这岂是"出入二相之门"，这真是皮毛之见了。

翻开四十卷《于湖居士文集》，亦未曾见其有一字言和。集中所收奏议不少，如《论先尽自治以为恢复札子》《论涵养人才札子》《论治体札子》《论谋国欲一札子》《论用才之路欲广札子》《论卫卒戍荆州札子》《赴建康画一利害》等，均谈论有关恢复措施建议。文集中所收奏议约三十余篇，无一篇谈及和议之事。其中专谈有关恢复建议的占全部奏议三分之一强，至于书札中提及恢复的则更是触目可见。可见张孝祥的所有言论行事都是主张恢复失地的。他关于恢复的思想主要体现在《论先尽自治以为恢复札子》的奏议中，他用八个字概括了自己的"恢复"主张，即"益务远略，不求近功"。所谓"益务远略"，是"尽舍拘挛扫除积弊，去其所以害治者，而行其所当为者"；所谓"不求近功"即为"多择将臣，激励士卒，审度盈虚，踌躇四顾，不见小利而动，图功于万全而已"。这种主张无疑是正确的，是从长远利益考虑问题的。南宋以来多次北伐，收效甚微。张孝祥曾一针见血地向赵构指出："……靖康以来惟和战两言，遗无穷祸，要先立自治之策以应之。"由此可见，张孝祥既反对屈辱求和，也不赞成毫无把握地轻兵冒进，而是主张扎扎实实地收复失地。如果因此指责他"两持和战"，岂非是愚腐之见？

特别值得指出的是：张孝祥不仅反对秦桧等人的投降政策，而且对南宋最高执政赵构因循苟且的姑息政策亦极为不满和愤慨。他在《代忽得居士怀叶参政》一文中曾入木三分地抨击了赵构的投降政策："窃谓朝廷狃于和议将二十年，小、大之臣以兵为讳，军政不修，边备阙然，长淮千里，东恃以为藩篱者，一切置之度外，而彼犬羊之聚，鏖凶啸毒，未尝而忘我。自去春榷场废，朝廷始耸然，知虏意之所在，将深图之。而上下议论或未然，一日复一日，又至于今。"

文辞沉痛，且对投降派论调深以为恨，这岂是一个"两持和战"的人所能讲出来的？！张孝祥不但明确主张以恢复为国策，而且详尽地提出了种种的具体措施。他首先认为决策大臣的团结是迫需解决的关键问题。他主张"二相当同心戮力"，在《论谋国欲一札子》中力陈"谋不为五之患"的重要性。宋、金符离之战前，淮西诸将李显、王权等不和，他分别给诸将写信，苦劝二人"专图国事，尽去私心"，"以罴穷寇，以复境土"。后来这场本为稳操胜券的战争，终因将领之间的不和而宣告失败。可以说内部不团结是南宋北伐屡次失败的一个重要原因，例如张浚、韩侂胄等人的北伐失败就是最好的证明。可惜张孝祥的正确识见并未受到赵构的重视，当然也更不会为那些专营私利的将领所采纳。张孝祥主张恢复，不赞成急求"近功"。在他看来，恢复大计的第一步不应当是无准备、无把握地仓促用兵，而是应该切切实实地整顿内部、打好基础。他非常反对唱高调，对此他提出了很多政治革新的建议，例如广取人才、赏罚分明、裁减冗吏、节约开支、盈蓄储仓、修整甲仗、广置军马等，可惜这些有关恢复大计的具体措施很少为赵构所采纳。在他出任地方官时，还曾亲自督建万盈仓以储漕运，修甲仗库以备军需。但在主和派的掣肘下，这些措施也并未真正发挥作用。所以，张孝祥迫切希望出现的"吴甲组练明，吴钩莹青萍，战士三百万，猛将森列星"的北伐局面，日趋渺茫；他"虏势看破竹，我师真建瓴"的恢复愿望，也只能成为幻想。尽管他希望在恢复事业中做出成就，但苟且偏安的赵构未曾让他一展抱负，早年对他的垂青也只不过是欣赏他"词翰俱美"而已，对他的恢复建议和措施却从未认真采纳过。难怪他死后孝宗皇帝发出了"用才不尽"的感慨。谢尧仁在《张于湖先生集序》中曾说他"雄略远志，其欲扫开河、洛之氛侵，荡洗、泗之腥者，未尝一日而忘胸中"，这很可以说明张孝祥是一个坚决主张恢复家国山河的爱国政治家。他具有远大的政治理想和深挚的爱国情感，这在他的词篇中亦有所反映。他的很多词篇流露出收复失地、关心国事的思想，他以"迈往凌云之气""骏发踔厉"的豪放风格，表达深厚的爱国情感。如他的《水调歌头·和庞佑父》词是为采石大战击败完颜亮南侵而作，"湖海平生豪气，关塞如今风景，剪烛看吴钩。……我欲乘风去，击楫誓中流"，表现出强烈的爱国激情和投身沙场的昂扬壮志。他的代表作《六州歌头》更是一阕脍炙人口的爱国词篇：

> 长淮望断，关塞莽然平。征尘暗，霜风劲，悄边声，黯销凝。追想当年事，殆天数，非人力，洙泗上，弦歌地，亦膻腥。隔水毡乡，落日牛羊下，区脱纵横。看名王宵猎，骑火一川明。笳鼓悲鸣，遣人惊。念腰间箭，匣中剑，空埃蠹，竟何成！时易失，心徒壮，岁将零，渺神京。干羽方怀远，静烽燧，且休兵。冠盖使，纷驰鹜，若

为情？闻道中原遗老，常南望、翠葆霓旌。使行人到此，忠愤气填膺，有泪如倾！

1163年张浚入朝，积极准备北伐，并荐张孝祥为建康留守。但四月间因将领不和致使符离战败。汤思退得势，八月即派使节与金人议和。悲愤之余，张孝祥在建康留守的宴席上吟出了这首感人肺腑的词篇。据宋人周密《朝遗记》载，张浚听到后竟然因之"罢席"。强烈的爱国思想、恢复失地的愿望，可以说是张孝祥全部词作的主流。像"欲吐平生孤愤，壮气横秋"，"好把文经武略，换取碧幢红旌，谈笑扫胡尘"，"万里中原烽火地，一樽浊酒戍楼东"，"休遗沙场虏骑，尚余匹马空还"，等等。如果张孝祥是一个"两持和战"的两面派，他是绝写不出这样充满爱国情感的词篇来的。

张孝祥死后，同时人沈约之在挽诗中称赞他是"忠筹屡画平戎策"，这很可以概括他的一生作为。《宋史》本传对他的评价，是完全不准确的，张孝祥实在应该还原于本来的面目。

叹息张瑞图

衣冠南渡传千载，满目琳琅早做家。

斗拱红墙夕照里，一街花气一街霞。

这是数年前灯节时游晋江五店市写下的一首七绝。五店市为晋江传统老街区，传唐代蔡氏兄弟开店五间，衍为市廛。现存147处明清以来宗祠、寺庙、商铺、民居等，既有闽南风格之红砖厝，亦存中西合璧之番仔楼。迤逦而游，见古井雕墙，飞檐耸峙其间；厝屋邻比，花木掩映其外；可谓山阴道上，目不暇接。

流连逶巡中，忽见小房三楹，悬有"张瑞图研究会"之匾牌，门紧锁。我询陪游之闽籍作家刘志峰兄：此乃张瑞图旧居否？答曰：非是。我有些感慨。晋江人文荟萃，受人景仰的弘一大法师李叔同，在晋江留有遗踪，于华表山草庵"执象而求"，驻锡两度，我亦迤逦入庵，拜观上师楹联碑迹，似生烟岚，嗟讶不已，诚如上师所撰《重兴草庵碑》中所云"凤缘在此，盖非偶然"，所以晋江有幸，华枝沐地，何止天心月圆？

一

弘一上师剃度前为"却扇一顾，倾城无色"的倜傥大才子，其书法入佛门后别具庄严，但他并非以书家居之。而张瑞图，赫然居明朝书法史之顶端，又是明万历三十五年（1607年）殿试第三的"探花"，应为晋江之骄傲，故里之荣光。据查，张瑞图故里在晋江青阳霞行村，我不知故居无恙否？《泉州寺庙》载其村边有白毫庵，是张瑞图青年时夜读处，因家贫难以供灯火，故持卷夜夜至此。晚年的张瑞图被罢黜官职，回到故里，亦常至白毫庵与寺僧谈禅。在步入仕途后，他曾请旨重修，亦曾散财资助。他的一方闲章即为"白毫庵主"，可见其一往情深。白毫庵应该还在吧？那青灯下的朱颜绿鬓，那落归后的白发飘拂，碧纱旧梦，晚钟梵声，应是魂萦于五内，盘桓而终生。如果这成为一条旅游线路，应该还是令人向往的吧？履痕匆匆，这样的向往终止于萦系。真应了古人的话："虽不能至，心向往之。"

后来，晋江晋京举办美术展览，志峰兄邀观。我观摩了张瑞图的两幅墨迹。在他存世流传的书法作品中，此非上乘之作。我询问难道晋江再无其墨迹？答案确如此，这真的令人遗憾。查到除故宫博物院等处藏品外，晋江市博物馆仅藏有《卫民祠碑》刻。

张瑞图的作品存世应该还是较多的，以行、草为主。这可见《中国书法全集·张瑞图》卷。翰林出身的人，是规矩的楷书底子，写起行草应是易如反掌。但变化出畦径，则并非人人。

中国书法从秦汉至魏晋南北朝，而隋唐，益趋程式规整。至明中期以后，才将书法扭转风气，笔锋跳荡，大胆惊世，而张瑞图则为转向的先驱之一。清人《桐荫论画》说："瑞图书法奇逸，钟、王之外，另辟蹊径。"三国钟繇、东晋二王，其书风历经唐、宋、元，已形成崇尚阴柔的帖学主流。而赵孟頫的"姿媚"更是孕育了明代的"台阁体"。张瑞图的弃时尚"绝尘而奔"，当时人就大赞是"奇姿如生龙动蛇，无点尘气"。张瑞图的书名在四百多年前已传扬于海内外，不仅因为他是明天启朝的礼部尚书、建极殿大学士，晋少师，还是晚明"善书四大家"，与邢侗、米万钟、董其昌并列，排名于邢侗之后。又有"南张北董"之誉，排名皆在董其昌之前。若按沙孟海先生的评价，张瑞图的书法"并不在董其昌以下"，（《近三百年的书学》）而且张瑞图的书法在江户时代传至日本，极受日本书坛的推崇，名播甚广，影响甚深。

二

如此一位生前即享大名如雷贯耳的人物，身后却有些萧条岑寂。《明史》不仅未将他单独立传，甚至将他列入"阉党"条目。《明史·列传一百九十四》载："自秉谦、广微当国，政归忠贤。其后入阁者黄立极、施凤来、张瑞图之属，皆依媚取容，名丽逆案"。又说"忠贤碑文，多其手书"。其实魏逆生祠，天启帝带头亲题匾额"善德"，与张瑞图同科的东阁大学士施凤来撰文，张瑞图只不过奉旨"书丹"而已。崇祯帝登基，坐实"为忠贤书碑"的"实状"，给予"坐赎徒为民"的处分。与魏忠贤狼狈为奸、"庸劣无耻"作恶多端的顾秉谦、魏广微、崔呈秀之流相比，张瑞图并无恶迹，遇见苛察的崇祯，被划入"阉党"，实在有负"盛名"。

崇祯登基后，对魏忠贤隐忍不发，待朝纲稳固后，始大规模整肃"阉党"。有人开始劾论"身居揆席"的张瑞图等人，天启七年十一月，张瑞图上表告归。崇祯元年正月，又以"引疾求去，温旨慰留""不允"。表面也许是崇祯惜才，其实崇祯骨子里认为他是为"忠贤所用，不足倚"，（《明史·钱龙锡传》）但崇祯第一次亲自主持朝议定"阉党"名录，并未将张瑞图列入。

二月，逢会试，张瑞图出任考官，但所取考生多为勋贵姻戚子弟，崇祯震怒。其实与他同年进士的施凤来应是正主考官，也许张瑞图碍于情面，但终因此酿成祸患。一个月后，二人被罢免，谕旨公布"钦定逆案"，张瑞图列"交结近侍又次等论徒三年输赎为民"，一年后被遣归晋江故里。这样的结局是很令人嗟讶的。

"逆案"牵连甚广，共分七等350余人，从凌迟、"决不待时"（斩首）、"秋后处决"、谪戍到革职，张瑞图列第五等（共129人），相比前四等而言，处罚还算比较轻，可以"输赎为民"。之前，不少大臣不赞成"广搜树怨"，仅以四五十人应对，因为刘瑾阉党案，受牵连论死、削职为民、降官者不过60余人。张瑞图并不在名单中，但崇祯坚持一网打尽，"无脱遗者"。《明史纪事本末》载："二月壬子，（崇祯）召廷臣于平台，问张瑞图、来宗道何以不在逆案？对曰：'二臣无实事'。上曰：'瑞图善书，为珰（魏忠贤）所爱'"。"对"者，是奉旨参定"逆案"的刑部尚书乔允升和左都御史曹于汴，对崇祯的质问答以"无实事"的无罪推定是正确的，而崇祯的"为珰所爱"实在是强词夺理。实际上，若干依附者，是因东林党人出言苛刻，使本非阉党者站到了东林党的对立面，正所谓"东林未必皆君子，阉党未必皆小人"。若是换成清朝的嘉庆皇帝，只办首恶和珅，随从不问，对违心、被迫者极其宽厚，所以历朝凡谥号"仁宗"者，是非常名副其实的。可惜，魏忠贤虽属大奸，但崇祯不是嘉庆。张瑞图遇上苛刻执拗的崇祯，堪称人生之不幸。所幸"逆案"并不按官职大小，而是按"交结"轻重，这，又是不幸中之万幸吧？因为按明代"交结近侍律"是斩罪，与"谋反""大逆""边帅失陷城砦"等皆同。崇祯定"逆案"

第三等即按"交结近侍律"共十九人秋后处决（魏忠贤等八人列为首逆一、二等处以"凌迟""决不待时"）。明武宗时与刘瑾同党的朝臣张彩以"交结近侍"共同谋反罪，入狱受刑瘐死，剉尸于市，抄家，妻充军海南岛。世宗时立有边功的总督三边侍郎曾铣被严嵩陷害，世宗坚持以"交结近侍律""斩立决"，隆庆初年才被昭雪（《明史·曾铣传》）。因此，张瑞图官职高仅"输徒为民"，实在是"无实事"而崇祯必欲穷尽。

被黜职的官员，失去仕籍，成为"编氓"，剥夺一切致仕的荣耀待遇，他不能如正常退休的阁臣，享受优诏旌表，享受俸禄世荫，甚至回归故里都不能享受官家驿站车船，孑然一身，黯然神伤，踽踽而归。今人很难理解大臣正常致仕后享用官费车船，这不仅是无上荣耀，也是极大的便利。不仅免去耗费款项，而且十分快捷，畅通无阻。无官费车船，则形同耻辱。嘉靖三年时吏部尚书、文渊阁大学士石珤只因致仕辞职疏被嘉靖皇帝认为是"归怨朝廷，失大臣仪"，所有致仕恩典皆不给予，石珤仅乘一辆载其被褥小车离京回乡，引得"都人叹异，谓自来宰臣去国，无若珤者"。（《明史·石珤传》）张瑞图在京是娶妾贺氏的，一声遣归，两人又该怎样敝车辚辚恓惶出京的呢？不知他那时是何等的心绪，何等的心结？"富贵不还乡，如衣锦夜行"，封建时代官员的最佳归宿是荣归故里，而他，白身铩羽，成为了一介草民！他是庆幸无囹圄之灾、项上之祸呢？还是仰天长叹、愧悔今生呢？而且在逝后只可按草民规制下葬，墓地不能逾越十八步，墓碑不可镌刻官衔，在子女家族看来这更是耻辱。但他"遣归"故里后的崇祯三年，一定听到与他有过从的袁崇焕被凌迟的噩耗，他的内心一定会受到强烈的震撼，要不他为何一再"饮罢更复醉，颠倒不自持"呢？他写的《独酌》或许道出了他内心隐痛："天高何问，途穷何哭？"

三

在晚明波诡云谲的朝廷党争中，张瑞图不像李三才、赵南星、杨涟、左光斗、黄尊素等东林党人，壮怀激烈，与魏忠贤及爪牙以命相搏；亦不像顾秉谦、魏广微、崔呈秀、许显纯之流为虎作伥，残害忠义。他的软弱性格决定了他的取向，面对魏忠贤"谋结外廷诸臣"的阴谋，尽管他秉持"内持刚决，外示和易，阴剂消长，默施救济"（林欲楫：《明大学士张瑞图暨夫人王氏墓志铭》)，但被人视为上了贼船"参预机务"，尽管他内心矛盾，进退再三，尽管他未助纣为虐，暗中抵制；但毕竟人们认定他名节有玷，志行有愧。在封建时代，若依附宦官阉党，是令正直的士大夫所不齿的。不要说阁臣与太监勾结乱政，哪怕平常亲昵，亦为舆论修史所诟。如明世宗时，阁臣夏言，见传谕之太监，严峻而不假以辞色；同为阁臣之严嵩，见太监传谕至，居然起身，拉手亲热如子侄般，且必馈之银两，全无"礼绝百僚"之风仪，当然受到清议蔑视，亦可窥其居心不良。

张瑞图的姑表兄弟林欲楫，二人同榜举人、进士，又结为儿女姻亲，关系十分亲密。林欲楫自张瑞图被落职为民后，一生都在为张瑞图翻案。明朝灭亡之后，唐王朱聿键监国，年号"隆武"。林欲楫得到重用，运作隆武帝赐张瑞图"文隐"谥号，重新祭葬。这其实有些滑稽之感，唐王被后朝修史认为无合法性，"文"之谥必应"立德、立功、立言"，加之张瑞图已退居山野，显得若同儿戏。但由此可窥林欲楫的苦心。林欲辑的辩白因他与张瑞图的表亲姻亲之情，当然不被后人所认可。他自己也感慨："洁身以全名者，曲士之所易；濡迹以救世者，圣贤之所难也。"从林欲楫列举的十数件"默施救济",可以看出张瑞图对魏忠贤作恶是有所阻止的,而且挽救了一些勋戚大臣的性命。包括魏忠贤在京师文庙建生祠,这是士林的奇耻大辱,张瑞图阻止不了,但魏阉要在生祠内为自己塑像时,张瑞图不敢公开反对,"诙谐晓譬之,事遂寝止"。魏逆想入《光宗实录》,想当顾命大臣,皆被张瑞图所阻。张瑞图心里非常清楚大是大非的底线。如果不是恋栈仕途,他其实有不止一次机会可以清浊自分,他不止一次与阉党拉开距离明哲保身,而不至于自吞苦果,黄钟毁弃。

明万历三十八年至四十年(1610—1612年),因"京察"考评官员,东林党与其他朝廷中的派系剑拔弩张,互相攻讦。张瑞图归籍晋江休养,有意躲避开了党争风波。而此时魏忠贤还未完全控制朝政,待明熹宗即位,魏逆得宠,东林党奋起挞伐。张瑞图又一次选择回到晋江故里告病休养。这真是一个聪明的抉择,这是天启四年(1624年),是明朝国事最黑暗的年代,魏忠贤大兴酷狱,血光惨烈,伏尸迭卧,正直的东林党人为之腥风扫尽,一片萧杀。

张瑞图设置局外,无力回天。他用他的抉择避开他本应选择的宦海,他本来就是要遁隐林野,终老家山,保全声名。如果他真的归隐白毫庵,优游东湖景色,他的一生真的是不再会有争议,不再会有指摘。澹泊致使宁静,绚烂归于平淡,换来的是名节不亏、光泽祖先。

四

实际上,从他的诗集中看,矢志归隐成为主题。集中收有他在家乡写过近百位古来隐逸的《高士篇》,这在历代诗人中是极罕见的。他还写过数十首步和陶渊明诗的《和陶篇》,对村居田园多有描述，种菜农耕，恬淡出游，"就枕即安卧，中肠少萦回"。归去来兮，田园依旧人已归，真的是东湖之波可以濯足矣！

喜欢张瑞图书法的人，未必会注意到他在故乡写过的一幅行草书法《言志书》、他于天启四年（1624年）归籍，诗书酬酢，写下大量书法，汇刻《果亭墨翰》（"果亭"亦为他的别号之一）。而《言志书》写于天启五年，今藏于首都博物馆。我无缘拜观真迹，仅见印刷品，但也可窥其奇逸书风，笔法纵放硬峭，气势纵横交错，堪称佳作。尤其内容更值得玩味。《言志书》本为南梁（502—557年）简文帝之子萧大圜一篇短赋，赋不长，姑引之：

> 南山之南，超然无累；北山之北，衡绝人间。面修原而倚长薄，枕郊甸而俯平皋；藉纤草以荫长松，结幽兰而援芳桂。近瞻烟雾，远睇风云。仰翔禽于百仞，俯游鳞于千寻。十亩以供饘粥，五亩以给丝麻。侍儿三五，足任纺织；家僮数四，足代耕耘。沽酪牧羊，洽潘生之志；畜鸡种黍，应庄叟之言。获菽寻氾氏之书，露葵征尹君之录。披良书，探至颐；歌纂纂，唱乌乌。可以娱神，可以散虑，斯亦足矣！岂若羁足入绊，伸胫就羁，游帝王之门，趋宰衡之势？百年几何，擎踞内拳；四时如流，俯眉蹑足。岂惟丘明所耻，抑亦仲尼耻之！

落款年份为"天启乙丑"，恰是天启五年（1625年）。如果读此赋文，完全不像是出身天潢贵胄的笔触。萧大圜是简文帝第二十子，也许承继大统无望，参透险恶，遂向往田园幽境，山林归隐。这无疑符合张瑞图当时的心态，引起他强烈的共鸣，心为之向往，笔为之流畅，故成为传世佳作。言志乎？那纵横激荡的走笔，是流泻着他心中驳宕的波澜吗？是抒发他一腔不平抑郁的块垒吗？

但是，天启六年（1626年），邸报明刊，传诏使至，使张瑞图心中泛起波澜，不是起伏荡漾的一川溪水，不是吹绉涟漪的东湖秋波，诏命升迁他为礼部侍郎。他原来的官职是詹事府少詹事，官职散淡，官阶不高，而擢为侍郎，级别徒升，而且还可以继续通达仕途。张瑞图心中的天平开始倾斜，庵内的暮鼓晨钟、家山的云光波影，变幻成了仙鹤的补服、极品的冠带，他终于在他人的反复劝说下，心旌动摇、归心似箭，一路迤逦，向着他明知是一张罗网下的北京城进发，他的智慧化为一缕轻烟，他的守持转为一枕宦梦。果然，擢为侍郎不久，在秋风瑟瑟中，他再次擢升为礼部尚书，建极阁大学士，加少师，跻身于一品阁臣之列。在封建时代，这是仕途上最高的官位了。但是，在未考上科举之前他的锦绣文章就已不胫而走，名噪泉州了。他熟读四书五经，他还记得福祸所倚的箴言吗？在青年时代，他白天在私塾执掌教鞭，夜晚入白毫庵倚着佛案前的长明灯悬锥苦读；发妻王氏以机杼纺织供之家用及丈夫考试旅资，常以大麦粥果腹。张瑞图辄仰天长叹，发誓出人头地，勿让妻子以此充饥！是让他在错误的时间做出错误的决断，而坠入险恶的深渊？

　　今天，无人知晓他的心理，知晓的是他终因此踌躇的决断一劫不复！

　　但，若按林欲楫之说，张瑞图本来无心入京，是他的姻亲丁启浚（其子娶张瑞图之女）苦劝他就职，进入中枢，阴剂消长，仿明正德年间的阁臣杨廷和与宦奸刘瑾周旋的故事。据说丁启浚还传达了阁臣李廷机、叶向高的暗示。李廷机是张瑞图的晋江前辈，叶向高是久负盛望的东林领袖，《东林点将录》将其拟之为"及时雨宋江"，张瑞图是不得不重视的。因此张瑞图才真是"公欲渡河，须待楫舟"，大有临风歧路之慨。但惜乎这是一个孤证，唯可佐证的是张瑞图在《白毫庵集》中所记丁启浚说项进京的心绪："斗草春晖聊欲报，波臣斗水即非枯。因君与说先皇事，感慨悲啼剧夜乌。"

看来丁氏一定以君臣大义说动了他。鲁迅所说"我们从古以来，就有埋头苦干的人，有拼命硬干的人，有舍身求法的人。……这就是中国的脊梁"。张瑞图符合上述标准吗？如果真像他的亲家林欲楫所说，那他就应该是一个埋头负重的有志之士，一个入龙潭虎穴去"默施求济"扶倾大厦的"深喉"，可惜，林欲楫的孤证若似一缕轻烟。张瑞图也终不被崇祯和大多数朝臣，包括后代修史者所认同。但他是才人，一个晚节无亏有悲剧色彩意味的才人。若是际遇政通人和，朗朗乾坤的清平盛世，他一定是位贤明无私的清官良宦。张瑞图是清官，从他的诗集中看，生活很清苦，"输赎"都要四处借钱。也不像董其昌靠书法大进斗金，高阳先生在《明朝的皇帝》第八章中说：魏忠贤碑文"多为张瑞图所写，……他的字写得很好，但不值钱，就自己把笔墨弄臭了的缘故"。因而，张瑞图复出仕途亦不无俸禄之因。

我曾至浙江仙居县的天姥山，即李白写《梦游天姥吟留别》的胜境，天姥山只是其中一峰，群峰逶迤中，只有两处摩崖石刻：一是吴昌硕的"太白梦游处"，次是张瑞图的"梦游天姥吟留别"。我好生奇怪，张瑞图到过天姥山吗？经询问，原来历代名书家只有张瑞图书写过李白这首诗，不禁喟然：李白诗中恰有"安能摧眉折腰事权贵，使我不得开心颜"，张瑞图书此诗时，意难平之焉？

五

平心而论，张瑞图并非奸佞，亦无恶行，为官清廉，无有谤言。《明史》中对他最苛刻的劾论也不过是"会试策言：'古之用人者，初不设君子小人之名，分别起于仲尼'，其悖妄如此"。明代诗文青词俱佳，书法超群的严嵩，奸佞昭著，以至片纸无存。与享有盛名的书家相比，在道德标准上，赵孟頫、王铎都比张瑞图走得远，与他同时代、同列"善书四家"的董其昌，品质更为卑劣。董在朝为官时，极为逢迎魏忠贤，对阉党阮大铖等卖力说项，两面三刀，背后是鬼。尤致仕回故里，仗势横行，骄奢嚣张，淫污童女，强劫民妇，动用私刑，致出命案。乡里呼其为"兽宦""枭孽"，天怒人怨，最终导致数万百姓围抄其宅，怒殴家人恶仆，并纵火焚毁其宅邸，是中国历史上士子文人唯独耻辱一例。若非清代乾隆皇帝对他极力推崇，他在书法史上的地位未必如今。尤其令人哑然失笑的是：天启二年（1622年），张瑞图拜见过视为翰林前辈的董其昌，执礼谦让，但董却只称许张瑞图"小楷甚佳"，遑论书法优下，董其昌的下场真的无法与张瑞图相比。

即便故宅位于晋江的施琅大将军，其名节争议也比张瑞图更有云泥之判而绵延不绝。明代的抗倭名将胡宗宪、戚继光，前者依附严嵩，"岁遗金帛女子珍奇淫巧无数"，后被处死，最终被平反昭雪；后者向张居正大送床上补品，但后人根本不计较胡宗宪、戚继光的猥琐，仍然将他们视为荡倭英雄。尤其胡宗宪，"身没既久，浙人思之不忘"。胡、戚二人都明白："未有权臣在内而大将能立功于外者。"（《国榷》）在胡宗宪之前的名将张经，剿倭立"第一功"，但因不屑逢迎严嵩及死党赵文华，竟被诬逮京斩首西市，以致"天下冤之"。胡、戚二人深以为戒，欲想立业建功，不得已笼络权臣，才可完成剿倭大业。诚如高阳（许晏骈）先生所云："没有张居正就没有大败倭寇的戚继光……"胡宗宪若非违心依附，亦无剿倭之胜。高阳先生历史小说中关于胡宗宪周旋严嵩一党的描述，是很符合史实的。

古往今来，白璧无瑕的君子无多，不必求全苛责张瑞图。晋江当然也出过风骨高标之士，比如明武宗时晋江人蔡清，官至江西提学副使，不向骄横的宁王朱宸濠屈服。宁王久蓄反意，肆意践踏朝廷规制，蔡清履职南昌，按制度应先谒文庙，再拜宁王。而宁王却欲颠倒程序，蔡清坚决不允。后逢宁王生辰，竟令地方官朝服谒贺，蔡清根本不予理睬。宁王恼怒，寻衅刁难，蔡清凛然辞官归里（《嘉庆一统志》）。如此风节的乡贤前辈，张瑞图不可能不知。晋江亦当有此人物引以为傲，愿吾晋人，勿忘遗风。晋江早已不是四百多年前的晋江，风流人物在"晋江精神"的光照下，当然前仆后继，英才辈出。晋江的人文历史、锦绣风光当然更值得今人珍惜，江之浩浩，海之滔滔，以晋江之襟抱，有施琅大将军的一席之地，当然也应有大书家张瑞图的一席之地。志峰兄曾陆续寄赠修订出版的张瑞图诗集《白毫庵集》等，灯下披阅，窥见故乡对他的重视，这不禁令人为之颔首。据说当地已重新修葺了他的故居、墓地，哺育他、收容他骸骨的家山怎会嫌弃出乎其类拔乎其萃的才人？

崇祯十四年（1641年），张瑞图逝于故宅，年七十四，在那个风雨飘摇，即将天崩地坼的年代，算是高寿了。"家山不幸诗人幸"，张瑞图也是诗人，但诗名不及书名。明朝晚期，是一个不幸的年代，而张瑞图亦是一个不幸的书家。他逝于大明王朝的即将终结的岁月，三年后闯军攻入京城，执意要将张瑞图"赎徒为民"的崇祯缢死煤山。相比于君上的凄惨归宿，张瑞图若泉下有知，当自额首吧？他没有听到大明王朝的最后挽歌。因而，我无法设想，他是像陈子龙、夏完淳、顾炎武等志士"誓不帝秦"、舍身求法？还是像阮大铖之类阉党余孽，大肆翻案，迫害忠良，葬送南明偏安一隅？还是像钱谦益、吴伟业、侯方域等儒者易服剃发屈膝入仕？还是像八大山人、傅青主等隐逸毋忘故国不改衣冠？张瑞图的弟弟、儿子、外孙都考中进士，进入仕途，但在江山易色之后，都未曾仕清为官，保持了那个时代的节气与大义。唯值得庆幸的是，张瑞图再也不用处心积虑地抉择了，他只给故乡、给后世留下奉为宝典的墨迹……

逝去的诗声

　　北京的西山，风土宜人，秀色可餐，文化积淀亦颇深厚。即便寺庙，亦每因人显。宝廷是光绪年间的名士，"清流四谏"的主将之一，名气极大。与灵光寺也极有渊源，栖居题诗，忘返流连，不失为佳话。

　　灵光寺为西山八大处之首，亦是京西游览胜地。其称第一名刹，也因供奉释迦牟尼佛牙舍利之故。寺之悠久，始建于唐。不幸被八国联军重炮摧毁，1919年才重建。所幸佛牙舍利在清理瓦砾中幸存。

　　但在光绪八年（1882年）以后，灵光寺又大引世人瞩目，缘于宝廷在灵光寺多次题诗于壁。宝廷在罢职前后多次题诗灵光寺。其中42岁时，题壁一律，那一年他被授礼部左侍郎，晋身于副部级官员之列。但从他诗句看却不见喜悦之情："壮志豪情一律删，怡然终日总欢颜。攀岩自诩身犹健，照水方知鬓已斑。世上难沽常醉酒，人生能得几年闲？迩来尽享无官福，四月之中四入山"，宝廷享诗名，他的灵光寺题壁诗，引得上至朝廷重臣，下至士子络绎前去观看，竟能绵延二十年之久。从诗句看并无惊心之处，辞藻也未令人动魄。这实缘于宝廷成为轰动朝野事件的主角。

天潢贵胄清流健将

宝廷，退回130多年前，是一位令朝野瞩目的人物。首先身世显赫，爱新觉罗宗室，和硕郑亲王济尔哈朗八世孙，镶蓝旗。他这一支家世衰落，其四世祖阿扎兰已递减为镇国将军，但他凭个人奋斗，考中进士（同治七年戊辰科，其父常禄为道光辛卯科进士），不过十四年，已升至正黄旗蒙古副都统、礼部右侍郎，秩正二品。过去一直认为旗人是"铁秆庄稼"，衣食无忧。其实下层旗丁包括没有差使的宗室觉罗，生活是很穷困的。

以宝廷为例，据他的儿子寿富编写的《先考侍郎公年谱》（以下简称《年谱》）载：父常禄被革职，家道贫困，"室中几案尽售，以砖为座，凭炕而读。积夏苦雨，连日不得食，乃取庭中野菜食之"。宝廷后来写过《无食叹》《无火叹》《无衣叹》等一组乐府诗，给我们描述了所谓"宗室"的穷苦潦倒之状："朝无食，夕无食，老弱凄凄相对应。破甑燃薪煎菽叶，阿爷恓惶面菜色"，"炉无火，委席左，父子缩首迎阳坐。朝阳微微无暖气，老父今年六十二"，"朝断炊，典寒衣，空空两袖寒侵肌。寒侵肌，不足叹，老父葛衣不掩骭"。宝廷七岁丧母（其诗有"我生大不幸，七龄母已终"），一手由"恩与慈母同"的父亲带大。结婚时女方也是穷旗人，"家居徒四壁立"，婚宴之酒亦无可供。在如此"无食""无火""寒侵肌""凭炕而读"的惨况下，宝廷终于29岁考中进士，不能不令人佩服他的坚韧毅力。

宝廷在光绪朝是政坛新星，为人正直，敢谏直言，对于国家大事、朝政弊端，无不上疏，"以直谏名天下"，常得"懿旨嘉纳"。与当时的清流派张佩纶、张之洞、黄体芳、邓承修、陈宝琛等交章论劾，扳倒过若干贪庸大佬，被舆论誉为清流"四谏""五虎"之一。

宝廷还兼有诗名，以五、七言歌行闻于世，胸臆直露，情挚驰荡，且有古乐府风，通俗易懂。与翁同龢、陈宝琛、郑孝胥、陈衍等同光诗派声气相求，叠章唱和，蔚成诗坛气象。他还是京城"日下联吟社"的盟主，诗声所至，才名大著。尤其《光宣诗坛点将录》称誉其为"金枝玉叶，美无度兮。琨瑶竹箭，丰其获兮"，可见声名之盛。宝廷人"俊伟"，才貌双全，更引瞩目。唯其"点将录"仿水浒一百单八将冠以绰号，将宝廷列为"天贵星柴进"，不仅与诗名相比位置低，且有些不伦不类，大概是作者将宝廷与柴进类比皆有贵族身份？

本来，如果不是发生了"纳妾"事件，宝廷在为政上无可指摘，在仕途上无可限量，与他同为清流的张佩纶、张之洞、陈宝琛等都先后外放得到重用。如张佩纶为福建船政大臣、张之洞为山西巡抚、陈宝琛为江西布政使。

典试纳妾　自劾罢官

宝廷于光绪七年授内阁学士，奉旨出福建任乡试正考官，居然发生了一件人们意料不到的事情。《清史稿》宝廷本传中只有寥寥十个字："还朝，以在途纳妾自劾罢。"朝廷还明发上谕，致使宝廷纳妾一事喧嚣朝野："宝廷奉命典试，宜如何束身自爱，乃竟于归途买妾，任意妄为，殊出情理之外，宝廷着部严加议处！"朝廷有"邸抄"，一经明发，世人皆知。清朝入关即规定旗人不准听戏、嫖娼，但并无不准纳妾的规定。而且宝廷已纳了三位妾，再娶一房未必算"妄为"。实质引起轩然大波者，正如散布者说是所纳之妾为浙江江山九姓"船妓"，明初陈友谅部下九姓于浙江贬为船居"贱民"，不得上岸居住和与他姓通婚嫁。故以舟船捕鱼运货,亦有"船女"以揽客游览为生。关键纳的不是良家女子,让政敌抓住把柄。

宝廷本属"清流",以抨击朽类昏聩为己任,之前曾与张佩纶、黄体芳,力劾户部尚书贺寿慈认商人妻为义女,利益往来,致使贺丢了乌纱帽。认商贾之妻为义女,尚且不被认可,纳贱民之女为妾自然不被舆论所接受。宝廷事件之后的清末,也出现过盐商买下伶人杨翠喜,献之于庆王奕劻子载振为妾,被御史检举严劾,结局是被"议处",一品顶戴也丢掉了。看来,纳妾也要分是什么人。所以,宝廷在归途中给朝廷上《途中买妾自行检举疏》,不得不自请处分。

宝廷本来以道德高地捍卫者自居,盛名之下,忽然出了如此绯闻,不得不令人侧目。况且在此之前的癸酉(1873)年,宝廷曾"典试"浙江任考官,也动情之下欲携船女北归,只不过是被设为一场骗局:约好水陆各进京"迎之","则船人俱杳然矣"。因为未构成事实,只是"时传以为笑"。这次载之同行北归,按李慈铭《越缦堂日记》载,是途中"至袁浦,有县令诘其伪,欲留质之,宝廷大惧,且恐疆吏发其事,遂道中上疏……附片自陈言:钱塘江有九江渔船,始自明代,典闽试归至衢州,坐江山船,舟人有女,年已十八,奴才已故兄弟五人,皆无嗣,奴才仅有二子,不敷分继,遂买为妾。"这个解释有些牵强,既为过继,弱水三千,为何非要娶九姓船女一觚饮?

清流派人士闻之,则惊诧莫名,如闻焦雷。如陈宝琛则以为"乃忽自污,以快谗慝,令人愤懑欲死!"(致张之洞函)张佩纶在致李鸿藻密信中愤言:"竹公(宝廷号竹坡)器小易盈,可为太息痛恨。"今人曾挖掘出当年张佩纶致李鸿藻密信,共同谋划拦截送奏折的折弁(投递公文的专差),使之缓交奏事处上达朝廷,以便转圜。折弁表示还有其他奏件,不能分开日期转交,诸人只好作

罢。(姜鸣:《秋风宝剑孤臣泪》)

据翁同龢日记载:"宝廷条陈,均当日发下。"十二天后,依部议宝廷被革职。一个以横议天下为己任的清流,何以至此?

众说纷纭　疑似布局

时人对宝廷之陨落有不同的视角和解释。

张佩纶因马江战败,朝野舆论汹汹,尤其闽籍京官大肆攻击,左宗棠曾为之辩诬。对宝廷"途次不检",他认为是有人下套,并举某官员"视学浙江时,官吏憎其清严,亦曾以船政败其素节。……竹坡此事先后同符,殊为不值"。李伯元《南亭笔记》卷二则直接揭出是"地方官备封江山船,送至杭州。此船有桐严妹,年十八,美而慧。宝悦之,夜置千金于船中,挈伎同遁。鸨追至清江,具呈漕督。时漕督某,设席宴宝。乘间以呈纸出示……"此漕运总督为庆裕,宝廷被迫"自行拜折",与漕运总督的劾折同时送达北京。清人汪康年的《汪穰卿笔记》卷四叙之情节更为细致:"某侍郎督浙学时,有司预备江山船,船户女必出酬客,某禁之甚严。船户等患之。乃乘学使舟行时,令女登岸。遥随舟而哭。良久,学使命询其故,则对曰:'本船中女,因大人禁急,故出我,我无所归,是以望舟而哭耳。'学使曰:'可且归船,但勿入舱可也。'女诺,即踏船头而入。被发布衣,颇觉其盼睐动人。一夜,学使腹痛,呼从人不应。良久,女忽闯然入,问知状,即为按摩,轻重适意,既而偎倚谐谑,挑招备至。某不觉入其彀中,遂留使宿。后屡如是。既而抵岸,船户即呼某县办差者预备轿接太太。差执向例无之,而喧呶不止。某大惭,丏人为解,以千金畀之,姑已。"所以不嫌冗长照录,由中似乎可以看出是步步周密安排,甚

157

至宝廷的"从人"亦似被收买。

汪康年此则笔记的标题即为"学使入彀",其述比左宗棠等人的分析更有根据。汪康年的笔记均是他逝后由其弟汪诒年辑印,很可信。因为康年虽于光绪十八年(1892年)中进士,三十年(1904年)补朝考授内阁中书,但一直办报,著名者如《时务报》《京报》等。其随笔杂文多在报上揭载。他的倾向性很鲜明,所谓"入彀"已在不言中。而对前述庆王和载振父子丑闻,是大加系列报道和评论,予以揭发抨击的。以他的职业身份、交往层面和信息渠道,所述一定有所据,应是很珍贵的辩诬史料。李慈铭《越缦堂日记》则云:宝廷船"有县令诘其伪,欲留质之",宝廷为奉旨典试的二品大员,县令不过七品,按规制,宝廷官船所至,高悬官衔牌、官衔灯笼,地方府县要迎送拜谒,奉送程仪。敢"诘其伪,欲留质之",无后台恐不足以如此强硬。综上述,"地方官""县令""有司""漕督"等,足证影之绰绰,幕之重重。

宝廷为清流骨干,多次上疏抨击贪庸朽类和时弊,笔锋犀利入骨,得罪朝中既得利益者之流,是很正常的。加上他"遇人接物必以诚,无机心,无饰言"的性格,在官场上必然格格不入。其行不检,当然给人以口实。因此,也有不少人持另一种说法,即宝廷此举是故意为之,这以黄濬《花随人圣庵摭忆》(以下简称《摭忆》)为代表:"竹坡当日以直谏名天下,厥后朝局变,亟以纳江山船伎案自污,遂弃官入山。"宝廷之子所撰《年谱》也说是"微过自污",而生急流勇退之意。这种议论也颇具代表性,不少笔记多如是说,如《钱江画舫录》竟云:"其实宝以国事日变,清议不容,益借风流罪过以冀免祸也。初,宝与陈弢庵(宝琛)、张孝达(之洞)诸公均以直声震海内,亲贵侧目,屡见中伤。督学闽中时,又闻张丰润(佩纶)马江之变,自闽返浙,归途抑郁。……乃以三千金付驾家娘,偕之北上,专疏自劾,放浪江湖。"大概作者出于曲护之心，但与事实出入过于悬殊。宝廷典乡试于光绪七年（1881年），第二年方有纳船女之举，而张佩纶逢马江之战是在两年后的光绪十年（1884年），而时清流派指斥方遒，意气飞扬，且朝廷外放京官主考乡试，是一种优容之举：一则历练资历，二则有半公开的外快（中试举子在考中后皆会以门生身份拜主考官为"座师"，不乏赀敬。宝廷当年中试后因家贫则无钱可送），三则广收中试举人为门生以为官场人脉。宝廷此次乡试所收门生即有以后名盛一时者，如郑孝胥、林纾（琴南）、陈衍等，完全乌有"以冀免祸"的忧虑。

"屡见中伤"还是有一定道理。《清史稿》宝廷本传中大段文字只叙述他上疏同治立嗣事，他弹劾权要如贺寿慈之辈，未见提及。他有不少论及时弊的奏折，当然也不免得罪"亲贵"。所以布局下套之说值得探究。既如李慈铭，视清流为仇敌，"皆不睦"（黄濬《摅忆》语）。在日记中动辄诋毁李鸿藻、"四谏"等，对宝廷行事不检点当然幸灾乐祸，在日记中嘲斥宝廷是"明目张胆，自供嫟伎，不学之弊，一至如此"！他还赋八言一首，极尽讽刺，其中有句"宗室八旗名士草，江山九姓美人麻""为报朝廷除属籍，侍郎今已婿渔家"。此诗经曾孟朴《孽海花》一书引用，传布更广（杨士骧则认为此诗为易顺鼎作）。他在日记里说：宝廷所娶"其人面麻，年已二十六七"，与宝廷自请《检举疏》"年已十八"及同为清人的李伯元所记"年十八，美而慧"，则相径庭。也有野史笔记说与宝廷同时代为官者见过此女，"并无中人之姿，面上且有小痘斑"。（《苌楚斋随笔》）所以，有相当一部分人的感慨是："以此去官，殊不值也。"

当然，张佩纶、李鸿藻、张之洞、陈宝琛一班清流，更扼腕可叹的是"不独言路削色，亦且朝列蒙羞"，是"言之愤愤恨恨"的"真谬妄也"！

关键是宝廷"数年来忠谠之言，隐裨朝局，亦中外所知也"，忽然行事失检，怎不教清流人物"愤懑欲死"？所以，据说军机大臣代拟谕旨提出处理意见时，清流派的对立面宝鋆看到宝廷自劾折，当然引经据典颇具文采——不禁嘲笑道："佳文佳文，名下不虚哉"，大概是宝廷在自劾奏折中引用了两个历史典故为自己辩解，一为汉代苏武被扣羁于北海时，与匈奴胡妇生子；二为南宋名臣胡铨被秦桧贬谪海南，后携土著女子北归。而致宝鋆失口嘲谑。想要曲护宝廷的李鸿藻无可奈何："究竟是血性男子，不欺君父，然亦无由曲庇。"（《十朝诗乘》）

"无由曲庇"四字真正道出了清流派们的无奈心绪！

与李慈铭包括宝鋆态度相同者大有人在，如视宝鋆"吾师也"的何德刚，在其笔记《客座偶谈》中对宝廷等清流人物亦有春秋之笔："讲官张佩纶、宝廷诸人，相约弹劾权贵，操纵朝政"，"虽阴主者固有其人……"，"相约""操纵""阴主"，隐含贬语。又说："法舰闯入马江，海军以不战被燔，张（佩纶）坐失机落职。滇越陆军失利，弢老（陈宝琛号弢庵）亦以举荐主将非人降调。功罪赏罚，名如其分，在清流无所为荣辱也。惟张于罢官后，为李文忠（李鸿章谥'文忠'）赘婿，致招物议；宝（廷）亦以福建试差归途，娶浙江江山船妓，上疏自劾落职。清流之贻人口实，亦不能一味尤人也。"在何德刚看来，李鸿章招张佩纶为婿都有"物议"，何况宝廷娶"江山船妓"为妾？若干笔记如《十朝诗乘》等大书"江山船妓女"，唯恐后人不知。

也有人的笔记对此并不置臧否，如易宗夔《新世说》卷三叙宝廷轶事时只云其"与张之洞、陈宝琛、张佩纶、邓承修齐名，直言敢谏，时号'五虎'。后官浙江学政。娶江山船女为妾，自劾弃官，佯狂以终"。寥寥数言为褒语，说到绕不过去的关节处，不书"船妓"，而是写成"船女"，一字之别，令人玩味。卷七又谈到宝廷却写"纳江山船妓女",按说应与卷三之说统一。或此处若断读应是"船妓"之女意?因有说江山九姓在明代被籍属乐部。不少笔记如《蕉庵诗话》《晚晴簃诗汇》《慧因室杂缀》《石遗室诗话》等皆记"船女"。像盛昱等编《八旗文经》,在小传中干脆只说是"归途自劾罢",起因索性绝口不谈。其实,如正史《清史稿》并未指为"船妓",而只书"在途纳妾","议处"他的上谕也是责其"归途买妾",看来"船妓"云云也许有不怀好意的歪曲渲染。若江山九姓在明代确被籍归乐户,那船女则是一种职业,未必皆以此卖身。

性情中人　晚年悔意

更有以宝廷是性情中人为之辩护。宝廷是诗人,有诗人的气质。"我生素负气,言动多轻躁""疏狂不合世,进退同招议",天性率真,语无顾忌,爱美之心,弃他如履,以名士风度,而不拘形骸。清人有笔记说他"好色而不好货",李慈铭说他"素喜狎游,为纤俗诗词,以江湖才子自命。都中坊巷日有纵迹,且屡娶狭邪别蓄居之,故贫甚,至绝炊"。这几近夸张诬贬,不甚可信。宝廷在娶江山船妇汪氏之前,已娶有三位侧室,加上汪氏,分别以"情兮、盼兮、悄兮、皎兮分字之",宝廷被褫职,这四位女子并不曾辞去,可见他所爱的人并不是仅看重富贵,即使"贫甚"。有人称他甚为"重情",由此可见并非妄言。宝廷以前写过《题焦山文文山墨迹》诗,正如徐世昌《晚清簃诗汇》所云:"是诗不啻自为写照"。诗中云:"闻其未相时,颇不拘小节。始知多情人,乃能有热血","千秋仰忠烈"的文天祥,早年顾盼多情,并不有损青史留名。宝廷自己也写过诗:"我生本多情,愿得寄女子。世果有知音,甘心为之死。"敦崇《芸窗琐记》记有宝廷被罢官后所写《江山船曲》，有"微臣好色原天性，只爱蛾眉不爱官""那惜微名登白简，故留韵事记红裙"之类，他的诗集《偶斋诗草》（以下简称《诗草》）并未收录，是否乃其所作，值得怀疑。《撝忆》一书在野史笔记中有可信度，作者对此诗只说是"世所不传"，并说宝廷朋辈门生陈宝琛、郑孝胥、陈衍，"皆未尝为余（我）言及"。

尤其"何惜中途下玉台""本来钟鼎若浮云"之句，更不符合宝廷后来的心情。一时"入彀"，为情所累，半生功名，付之东流，他应该是有悔意的。

据有人考证，宝廷被罢官之后，张佩纶在元宵节前二日去拜访，被拒而不见。但见到他的儿子。张后写信致李鸿藻将此事汇报："其世兄（古人对友人之子的尊称，应是其子寿富）云，微有悔意，谓负圣母、负公又负二三同人也。"（其函见上海图书馆藏光绪九年正月十三日函）"圣母"指慈禧，"公"指李鸿藻，"二三同人"当指与宝廷有交谊的张佩纶、陈宝琛等清流中人。"有悔意"是很自然的。宝廷之子寿富于光绪十四年中举，宝廷连续写诗说及"父过汝休忘""吾过赖汝补"，是令人颇能感觉到他的懊悔之情的。《年谱》中收有宝廷《〈学不及斋待质稿〉叙》和《遗嘱》两文，前文中自云"自念半生乖谬，凡事任情，不拘礼法，身败名裂"，后文中亦有"犹不免任性妄为，卒至身败名裂，负国辱家"，在致友人信中也自责"仆乖谬疏狂，上负天恩，下负众望，贻笑天下，得罪后世"，他也写过"几度残生应自悔"的诗句，颇为看出他已不是"微有悔意"了。所以，罢职之后，"或酒酣高歌，继以泣下"，（《年谱》）真个是谁解其中味？

光绪十一年，张佩纶因马江之战遭贬斥，戍张家口军前效力，途经北京，宝廷与之晤面，百感交集，遂写长诗相赠，其中有"补赎叹无从，天恩负高厚"之句，更可窥见他无可奈何的心绪。

宝廷诗集中收进《题灵光寺》一律，当是罢官之前二年所作。

但给人的印象却极似去职后所作，诗中所咏真是他的心境吗？往事真能"一律删"吗？"怡然终日总欢颜""尔来尽享无官福"都不会发自内心，只有"世上难沽常醉酒"约略道出他的心境。据清人笔记载，宝廷常以酒浇愁，友人"见于京师剧馆中，已憔悴，霜雪盈颠矣。然尤娓娓道其近作。已而同入酒家，饮亦尽十余斗"，（费行简《近代名人传》）这真是"世上难沽常醉酒"的真情写照！这已然不复"美无度兮"意气方遒的清流健将风采矣！

钟情西山　家世渊远

宝廷为何在灵光寺题诗？固然，题诗于寺庙是唐宋以来诗人墨客的雅好，但何以择于此？这其实是宝廷与西山、灵光寺家世渊源密切有关了。

他的祖先济尔哈朗坟茔即在北京西郊白石桥，白石桥这个地名即是为郑王府"白事"所建而冠名，一直沿用至今。右安门外纪家庙郑王坟，是济尔哈朗之孙雅布墓园，西侧有承袭王爵的济尔哈朗弟费扬武曾孙德沛墓地，据《啸亭杂录》载：德沛在年少时应袭公爵，但他让给其弟爵位，自己到西山隐居读书。在雍正时授镇国将军，雍正问其何所欲？答："惟愿百年后于孔庙中食块冷肉耳"，雍正大赞，马上授他兵部侍郎职。在乾隆年间历任甘肃巡抚和湖广、闽浙、两江总督、吏部尚书等，袭王爵。其操守廉洁，每官至所地，必建书院，育德储才，故世尊称其为"德济斋夫子"（他字济斋）。由此可见其西山隐读，居然一派隐士之风，完全没有天潢贵胄颟顸骄奢的恶习。德沛的西山读书处今不可考，但于其中不乏赓续可见宝廷的流风遗韵。对于这位有名气、有德行的先祖辈，熟读家族史的宝廷是不可能不知晓的。也许，宝廷父子结庐西山之处，正是德沛筑室读书的遗地？北京还有多处郑王坟，几乎都在京西：如济尔哈朗曾孙雅尔江阿墓在广安门外湾子，德沛祖父贝子付喇塔之墓在门头沟区坡头村，在"辛酉政变"中被赐自尽的郑亲王端华（同母弟为肃顺）也"移尸成殓"于京西五路居祖坟地。读已故冯其利兄《清代王爷坟》，可知上述在今天早已荡然无存，但在当年，宝廷是极有可能去西山时，驻车凭吊那些赫赫有名的列祖列宗的吧？因为从宝廷的诗看，他很看重自己贵胄的显赫身世，也引以为自豪，其《咏怀七古》云："大清策勋封诸王，赫赫郑邸威名扬。文功武烈耀史册，祖宗累代流芬芳。"诗句不见佳，但确可窥其心情流露。以今日之眼光看，或许有些俗气，但在清代，有如此天潢世系，是很受从皇室到旗人尊重的。

宝廷被罢官后隐居西山，《南亭笔记》说他"从此芒鞋竹杖，策蹇游西山，日以吟咏消遣"，是真实的。《年谱》云："光绪九年正月，公罢职，纳妾汪氏（即船女）。春游西山，夏游灵光寺，游昆明湖。秋游西山，返宿灵光寺。"对灵光寺，不仅是春秋两季皆"游"，还"宿"，可见眷顾钟情于此。《年谱》记宝廷"游西山""游妙峰""游翠微"，比比皆是。唯"昆明湖"，大约是泛指？非指颐和园内昆明湖？此为皇家苑囿，官员非谕旨不得入，何况宝廷已是白衣？

宝廷与西山八大处之渊源非自去职后。《福雅堂诗抄》载其寓位于"双塔庆寿寺后"，大约即今西单商场后，但在同治三年（1864年）已破败。也有说故宅在旧刑部街，《年谱》中记宝廷曾随父入城住其姑母处，亦难考实或属此地。但光绪十三年（1887年）宝廷写有"移居松树胡同"的诗。《京师坊巷志稿》有载，明代即已存在。今和平门内有东、西松树胡同，西松树胡同已大部拆去。据说宝廷载妾归京，慑于舆情纠劾，将其匿于老宅，不知是否即此处？《年谱》记宝廷在九岁时随父移居翠微山，除中间有两年住城里，一直"居西山"至17岁。学诗启蒙师之一即为灵光寺住持法华。他曾写诗有怀法华："相思相见知何日？雪月花时最忆君"，感情十分笃厚。看来，灵光寺是宝廷流连忘返之地，尤其在罢官之后，每居于此，往往数十日不归。我检《诗草》，其中题咏灵光寺者共33首，可见挚爱情系。有些诗句清新可诵，如"地湿苍苔久，山晴红树多""冰下水声细，雪中松色浓""残花落满地，春云余芳留""霜叶不知摇落近，犹将红紫斗残秋""山光晚烟润，柳影夕阳疏"等。

题诗于壁　叠相唱和

宝廷的题灵光寺壁诗，交口传诵，当然会产生轰动效应。不断有人去观瞻，传抄。亦有不少人补题唱和。宝廷的门生郑孝胥曾至西山探视，大约会在寺里看到题诗。因为诗中有"休官竟以诗人老"之句，但从诗意看，似乎也去了住处，看到了"侍郎憔悴掩柴扉"，感慨"小节蹉跎公可惜，同朝名德世多讥"。诗题《怀座师室竹坡侍郎》，当是归去之后作，未将诗呈"座主"一阅，否则必致不敬且尴尬。

宝廷题诗数年后，翁同龢游八大处，判断应至灵光寺，他一定浏览了宝廷的题壁诗，故题一首五律在宝廷诗后："衮衮中朝彦，何人第一流？苍茫万言疏，悱恻五湖舟。直谏吾终敬，长贫尔岂愁。何时枫叶下，同醉万山秋。"其日记记游题之时为光绪十一年六月廿七日。翁诗之格高于郑诗，有大臣的气度，对宝廷的评价甚高，充满敬意，而且将宝廷纳妾比喻为如范蠡载美"五湖"，并不认为是失节。宝廷若有知，真是当可慰藉。

宝廷于光绪十六年（1890年）十一月十三日因染瘟疫而逝，

年仅五十岁。心情郁郁，过度饮酒，被罢官后断了俸禄，衣食拮据，靠友人周济和借贷度日，汪氏先于他而逝，这都是致之早逝之因。然人之逝而诗犹存，宝廷题壁诗一直存世于灵光寺。大约在1910年，仍然有人瞻观到宝廷的题诗。此人为宝廷的门生，后来享有盛名的林纾。林氏感慨万端，"忍对沧桑语感时"，诗中特别提到"八口宁忘泉下痛（此句有注：师二子于庚子殉节，四孙去年同以疫死），廿年犹泚壁间诗"，先说后一句，宝廷题诗起码在光绪十一年前，到林琴南题诗真的时已逾二十年了。前一句则是对宝廷后人不幸死难的隐痛。

宝廷子女不少，与江山女生子寿康，但早夭。其他亦有女二人夭。子寿富考中进士，这曾使宝廷甚为欣慰。寿富连其另一弟富寿，同娶联元两女为妻，联元与宝廷为同科进士，旧称"同年"。联元在义和团风起云涌时，是礼部侍部、内阁学士，在御前会议上忤逆慈禧，反对围攻各国使馆，引慈禧大怒，下旨将其立斩。联元与宝廷在性格有相似之处，襟怀坦荡而刚直敢言，如宝廷不以娶江山船女事去职，倘亦列于御前朝会之上，不知是否会与亲家翁相桴鼓？相比于联元之冤死，宝廷早离风波险恶的晚清政坛，也是值得庆幸。宝廷是才人，被宵小所妒是很正常的。他的先祖济尔哈朗身世悲惨，被鳌拜抑制，几有杀身之祸。只不过宝廷不如先祖善于韬晦规避罢了。这也不禁令人想到清代另一位天才诗人龚自珍，才名遭嫉，被诬"丁香诗案"，其子亦被蔑呼"龚半伦"，编造出为英法联军引烧颐和园的天方夜谭，不得不离京避逭，"一生襟抱未尝开"！宝廷、龚自珍的被流言所累，或许是后世对他们在文学史上的地位评价不高的原因，真是其情可悯，其憾可叹。

但宝廷的儿女们的结局却极惨烈。八国联军攻破北京，逢此大变，留在北京的大批宗室、官吏唯恐受辱，往往举家自杀殉难。我曾读过史料，那一行行姓名、死者数字，仍然令人触目惊心，肝胆欲裂。这其中就有宝廷的两个儿子和女儿隽如、淑如兄妹四口闭门自杀！（见林纾撰《寿富行状》）其四个孙子后又因瘟疫而夭，宝廷若泉下有知，该当何恸？宝廷之子寿富有学问，《清史稿》本传说他"泛览群籍"，"旁逮外国史，通算术"，还曾奉旨赴日本考察政治，著有《日本风土志》。他的殉节还是很令人惋惜的。林纾诗题名为《秘魔岩见宝竹师题壁诗怆然有作》，宝廷原诗题为《题灵光寺》，翁同龢诗题为《游西山见宝竹坡题名因书其后》，翁诗未指明具体地点。灵光寺位于翠微山下，东北方向即为户师山，有证果寺，始于隋代。寺之西北有"秘魔崖"，即林纾诗题所云"秘魔岩"。据说遍崖名人题诗甚多，亦有翁同龢诗刻。1900年，西郊义和团于此设坛，八国联军进攻北京时，以重炮击毁灵光寺，仅存佛塔塔基及北院三座石塔。若宝廷原诗题于庙壁，包括翁同龢补诗，应已毁于炮火。而林纾所见，或有人将宝、翁等诗移刻于秘魔崖？在二十世纪四十年代，秘魔崖"还有他（宝廷）亲笔题在墙上的诗迹。在许多墨迹之中，他的一首诗，外边被人加了浓厚的墨框以特表珍贵"，（《文苑谈往》，中华书局1946年版）是不是宝廷题于秘魔崖的诗？查《诗草》，诗题明确"灵光寺题壁"者共12首，明确"秘魔崖题壁"者共6首，于今不知是否仍存于世。

不以人贱　钟情不渝

数年前，我曾有灵光寺之游，见巍峨新宇、高堂广厦，甚为感慨。其实不妨辟出一壁，镌刻宝廷等一干题诗，或许不无文化意义。也可使入寺者不仅顶礼焚香，俾可了解封建时代晚期的人和事件，使我们知道在西山曾有那样一个清流人物，为人、为官做到了圣贤所倡的"威武不能屈、贫贱不能移、富贵不能淫"，而竟失于小节、而重情罔顾的悲剧。说到"重情"，宝廷之不以人贱是当时道貌岸然者所不能的。在封建时代，所谓"江山九姓"，甚为下贱，包括一般百姓都会蔑视。迫于贫苦，往来江上，以今天眼光来看，也不无悯叹。查《清史稿》中的"食货志一·户口田制"条，所列"贱民"即有"九姓渔船"，与山西等省"乐户"、浙江"惰民"、苏州"丐户"、徽州"伴当"、宁国"世仆""细民"、广东"疍户"同为"贱民"。我去过开平赤坎，有称之为"疍民"者，所谓"疍民"，主要聚居于珠江流域船上，称为"淡水疍民"，渔于内河。《太平寰宇记》载：新会县（赤坎时属新会）"疍人""生在江海，居于舟船，随潮往来，捕鱼为业"。宋元以来即被称为"疍人""疍民"，也称"疍僚""疍蛮"等，实际应是汉族土著。清初屈大均所著《广东新语》对其捕鱼技巧有生动的描述。"疍民"不与岸上汉人通婚，且多受歧视。自雍正元年，官员年熙、噶尔泰相继提出废除"乐户""惰民"，朝廷始颁令"服役为断""着即开豁"可"改业从良"。雍正七年（1729年）下令"疍户听其于近水村庄居，力田务本"，但因生活习惯仍"率以水居为自便"。其他类"贱民"也完全做不到"改业从良"。在封建时代，只有废除"乐籍"得到禁革，包括官员严禁蓄养优伶，其他贱民阶层并未彻底"从良"。贱民阶层只有在1949年后，才完全杜绝，如"疍民"，政府单成立渔民村。据《赤坎古镇》一书载：约一半完全上岸居住，其他分季节上岸居住，仍完全以船为家是极少数。40岁以下的基本不再以捕鱼为生。

珠江"疍人"与浙江"船户"有无族性渊源？疍民捕鱼基本是夫妻同出，没有如浙江"船娘"的职业。但都是弱势群体，被"土痞蠹侵凌辚"。宝廷敢于娶船女，莫说他是朝廷二品大员，即使一般岸上百姓也是不敢想的事情。对于最受鄙视的"贱民"女子，不是逢场作戏，不是始乱终弃，这是那些道貌岸然之流所不敢正视的。尤其"中彀"之后，不是一走了之，不是以势欺人，担肩情义，令人敬重。宝廷写有长诗《之江行》，叙事诗体，细叙纳船女始末，其婉转悱恻，令人叹惜。据《年谱》记载，宝廷所娶的这位汪姓船女，还为他生有一子，且为她取了"皎兮"的爱称，可见不乏恩爱。当然，自赏钟情为红颜，因小节而失大，总是令人抱憾。自古以来至明清，谏臣以直劾昏聩君王、无道奸佞而被罢官，才会受到天下士林清议的尊敬。人高于众，更应洁好，宝廷之舟船载美，真的应该与后人以借鉴和深思。

吟咏西山　无出其右

宝廷流连于西山景色，"徜徉于妙峰、翠微之间"，写下大量吟咏山水名胜诗篇。他一生写了多少诗？迄无准确统计。按他自己吟咏是"穷愁旅恨五千首，家难国忧三十年"，诗题为《三十初度感怀》。那么他至五十岁逝世，所作应不止五千首吧？但林纾为座师逝世五年后所辑《诗草》（光绪癸巳刻本，也是唯一的刻本，几近绝迹），仅收诗2376首。他生前没有编定自己的诗集，散佚之作必不在少数，这是很令人遗憾的。中国社会科学院图书馆藏有抄本《竹坡诗草》，亦为孤本，收诗一千余首，但至今不可考是否为宝廷本人手抄。他有一首七古《除夕祭诗》，颇可窥见他对于诗的心路："一壶清酒列中庭，手把残编向天诵。向天诵，自祭诗，诗中甘苦天能知。一年三百六十日，悲欢离合事事存于斯。我心深，我意解，旁人不解何妨嗤。今宵有酒且自祭，胜教俗客评高卑。新酒倾一斗，旧诗焚一首，纸灰飞上天，诗心逐风走。……我虽不敏少才调，好诗颇与前人同。……旧诗感愤多不平，新诗更觉难为情。诗成不忍再仰诵，只恐凄绝天难听。""才气回肠荡气中"，如此歌哭，如此呼号，可叹诗人心境之块垒凄楚。宝廷除写有大量山水诗，也不乏关注民间疾苦的忧怀之作。作为满族诗人，他的诗格高于纳兰容若，是不应有争议的。汪辟疆说宝廷为"旗籍诗人""高踞一席无愧也"，是极中肯的。

宝廷夭逝后，他的清流挚友张佩纶、陈宝琛均有悼诗，皆认为他是借携美避世，退出政坛以独善其身，"先几能脱祸，晚节自知非"（张），"黎涡未算平生误，早羡阳狂是镜机"（陈），因为他们二人实难相信宝廷在仕途名望如日中天之际，竟会以这种方式谢幕？清流，诗人，情种，过客，真是两千诗消磨抱负，五十年如梦情怀，嗟乎！

宝廷写西山风景名胜的诗之多，在有清一代无人可敌。在他的诗集中，触目可见"西山""翠微""妙峰""灵光寺""香界寺""樱桃沟""昆明湖""大觉寺""秘魔岩"……的诗题，西山的曼妙秀丽尽见他的笔下："月上花逾白，烟生山更青""乱峰迷地势，曲岭折河流""瀑布四崖喷，悬流争滂渤""岩壁排纵横，四方迷恍惚"……读来令人感到雄浑豪魄之气，尤其七古长诗《西山纪游行》，共2921字，诗风豪雄，状物写景则细微之至，引人入胜，为山水诗中之罕见。为我们今人领略西山的云光山色，留下可资吟诵的旖旎诗篇。1982年，北京古籍出版社出版《清代北京竹枝词（十三种）》，收有孔尚任等十数人诗作，唯未收宝廷之作，如《都门岁暮竹枝词》十五首、《端一竹枝词》二十首等，这是非常令人遗憾的。"气尽何妨吾亦死，名垂岂必我犹存"，白云苍狗，诗句不湮，人因诗显，诗因人传，且为西山增色，也不虚枉了他的一世才情。

注：文中所引宝廷诗均见《偶斋诗草》，上海古籍出版社，2005年12月版。

不熄的窑火

去景德镇和我在读史料时的印象不一样，明清时人写的笔记里说：如果在夜间看景德镇，遍地星罗棋布的窑火，与天上的星星相映生辉，令人动魂摄魄。明代文人王世懋在他的《二酉委谭摘录》更将景德镇称之为"四时雷电镇"，因为昼夜烧瓷火光烛天，可见那时去景德镇的人对映彻天际的这一人间奇观会有极深刻的印象。

景德镇的艳阳娇媚而灿烂，景德镇的夜色静谧而安详；她不再是天上群星辉映的街市，她不再是遍地窑火燃烧的奇观。自中国制瓷史上最后一位制瓷大师郭葆昌在此烧制"洪宪瓷"之后，景德镇的窑火最终烟消火散。其实，宣统三年（1911年）末代皇帝溥仪逊位时，自元代始延续633年的景德镇御窑，就已经成为历史的一个绝响。

在中国瓷器制造史的坐标上，景德镇是一个传承有续、产生奇迹的殿堂。康、雍、乾三朝应该是鼎盛时期，如雷贯耳的"官窑"璀璨炫目、绚丽多姿，之后几乎不能逾越，仰之弥高而望之弥深，徒然兴叹。而这中国古代瓷器巅峰时期的创造者，则是清代内务府景德镇督理御窑的督陶官唐英，他正式的官衔是：内务府员外郎、九江关监督兼理景德镇窑务。这是一个在中国制瓷史上彪炳史册的人物，这是一个出身卑微而又绝顶聪明的奇人，这是一个对瓷器呕

171

心沥血、集之大成的艺术大师。

我在景德镇的窑区凝视过唐英纪念馆的小小院落，几番徘徊，几度回首，它历经风雨而被移到此处，一个在窑火中锤炼过的灵魂仿佛仍在这里徘徊，一句名言在我的脑海里久久回荡——"卑贱者最聪明"！

唐英似乎是为瓷器而生的天造地设的鬼手、鬼才和灵怪。一个身份卑微的人竟然入传国修史书——《清史稿》里有《唐英传》，可见他的盛名。

在《清史稿·艺术四·唐英传》里，可以查到他的简历：字俊公，汉军旗人，官内务府员外郎。雍正十年始开始监督景德镇窑务，并兼任粤海关、淮安关、九江关监督。他起初是景德镇监督年希尧的副手，后来接任主官之职，时间颇长。查其他史料可知，（《简明陶瓷词典》，上海辞书出版社1989年版）唐英生于康熙二十一年（1682年），逝于乾隆二十一年（1756年），享年七十五岁。他真正的身份是关东沈阳的汉人入旗籍的整（简写为正）白旗人。就是说唐英不是满族人，而是汉人。按照那个时代的称谓，唐英是"在旗的""旗下人"，"旗人"；满族在入关前创立八旗制度，合军政、民政、家政为一体，皇室、贵族、军卒、民匠、奴隶一律编入。

最初的满洲八旗不仅是满族人，也有蒙、汉、朝鲜、俄罗斯等各族人。后来又增编蒙古和汉军各八旗。均以正黄、正白、正红、正蓝、镶黄、镶白、镶红、镶蓝区分。满洲八旗分"上三旗"与"下五旗"，"上三旗"是镶黄、正黄、正白，由皇帝亲领。"下五旗"由王公分领。那么由此产生了清代历史上的特殊身份的群体——"上三旗包衣人"，也称"内务府包衣旗人"。内务府是清代替皇帝家庭管理财务、饮食、器用、玩乐、礼仪、生活琐事等的机构。内务府人员无"下五旗"人，更无蒙古和汉军旗人。而唐英则是上三旗正白旗里的"汉姓人"。非满族血统而又隶籍满洲八旗里的"正旗"，是"归旗极早"的"旧人"，是满洲贵族最早俘掠编入"正旗"作为"包衣"的汉人。"包衣"是满语，即家奴，在满洲贵族的眼里极为"下贱"。虽然这些"汉姓人"的生活习俗已经和满族人难以分辨，但身份却永远不能改变。雍正皇帝常告诫："包衣下贱"，《红楼梦》里贾母的一句极为沉痛的话："你知道'奴才'两个字是怎么写的？"道出了"包衣"至微极贱的身份。而《红楼梦》的作者曹雪芹及祖父曹寅也是正白旗的"包衣"，与唐英同属一旗，身份相同。唐英出身似无记载，但他的经历应该与同曹寅为姻亲的苏州织造李煦类似，李煦也是正白旗包衣，其父本姓姜，名士桢，山东昌邑人。明崇祯十五年二月，清兵攻山东兖州，破昌邑，俘守城之姜士桢，掳回沈阳，成为正白旗包衣佐领李西泉养子，改姓李，并归入旗籍。猜测唐英的先人大约也是被俘虏的汉人编入旗籍成为包衣的。这其中必有一段沉痛屈辱的血泪史，但是正史、野史都几乎没有痕迹，后人只能见到这些高级奴隶的风光煊赫，只能读到曹寅《楝亭集》里诗词吟咏的风雅、李煦《李煦行乐图》中的飘逸，简直令人难以想象"奴才"两个字是怎么写出的？其中的酸辛绝不会被这种表面风光所掩饰。包衣的下场也很悲惨，皇帝主子的喜怒好恶会导致家破人亡，如曹、李二家。所幸唐英善终，让他和他的"唐窑"不致湮没，真是令人心怀庆幸！

然而，尽管唐英身份卑贱，却因为"呼吸通帝座"，直接担任皇帝的奴仆而受到特殊信任，经常被外放担任盐政、海关、织造、漕运、陶务、采买等种种肥差，其荣华富贵并不逊于满洲王公大臣。《清史稿·唐英传》中说他曾"直养心殿"，说明他曾为皇帝贴身服务而受到信任。

唐英十六岁时一直供役于皇家手工艺作坊，直到年近四十岁被外放粤海关、九江关、淮安关和监督窑务，这是皇帝给奴才的殊荣。唐英完全可以走一条倚仗"天宪"、升官发财、享尽极乐的捷径。最底层的奴隶，受尽欺凌压迫，但又因为是最亲近皇帝的奴才，反过来更容易升官发财，成为欺凌百姓的害人者。唐英被外放的督陶官实际是一个养尊处优的肥差，上传下达，只需定期完成皇家交办的烧制瓷器，威福有加，云胡不喜？

唐英没有走内务府"旗下大爷"们的理所当然的必由之路，"天棚鱼缸石榴树，先生肥狗胖丫头"，"房新画不古，必定内务府"，这些内务府旗人暴发的标志，唐英似乎不感兴趣。《清史稿》中他的传记非常简略，其实他和曹寅有着非常相同的品位，出淤泥而不染，身陷卑微心比天高而追求精神上的高雅，多才多艺，"工山水人物，能书，善诗，长于篆刻"。创作过《面缸笑》《转天心》《十字坡》等17种杂剧、传奇，合称之为《古柏堂传奇》，诗文创作亦颇为丰富。如他督陶期间，写了一篇散文《龙缸记》，记叙他偶然在寺院墙角，捡拾到明神宗时"落选之损器"青龙缸一件，遂"遣两舆夫舁至神祠堂西，饰高台与碑亭峙以存之"，神祠即祭窑神之所，不仅收存，还置于高台之上。一个皇帝钦派的督陶官，眼见过无数一流精品，何以见爱于"落选之损器"？所以时人皆为之困惑不解。

唐英的《龙缸记》非游戏笔墨，而是郑重其事，他认为缸虽丑陋，乃是崇祀窑神童宾的化身，"况此器之成，沾溢者，神膏血也；团结者，神骨肉也；清白翠璨者，神精忱猛气也"。童宾是景德镇窑业的传说人物，据说因龙缸大器久烧不成，窑工备受鞭挞之苦；为拯救同役窑工，童宾奋身投火，终使龙缸烧成。唐英对童宾的舍身精神备极景仰，他还以童宾跳窑事有感写《火神传》，字里行间对景德镇人、神、物极其关念，情挚意切。童宾其实只是传说中的一个窑工，但在唐英眼中看来，瓷器是生命的精灵，每一件精美的瓷器，皆为窑工生命的膏血结晶、精神孕育。这是唐英发自内心的敬畏。

《清史稿·唐英传》说他任督陶官期间是"躬自指挥""殚工慎帑"，看来不是一个养尊处优的酒囊饭袋，而是一个体恤工匠、事必躬亲、不贪不奢的清官。御窑厂原有一方《唐公仁寿碑记》，是他五十四岁生日时全体御窑厂工匠及全镇商家窑户所立，碑文中云："每见匠有未悟者，授指致精而进其终身之益；勤能本谕者，额外奖赏而励其诸作之专；匠有疾病者，延医制药而急救；匠居窘窄者，买房赏住而安身；年迈匠人，另赐衣帛食肉。众餐余积，呼来童叟均分；兼惜工匠至亲，量才亦用；冬闻匠有债急，预叫领银；空囊而旅丧无依者，济以买棺买葬；将婚而未能团聚者，周其宜室宜家。"如果唐英仅仅满足做一个遗爱甘棠的清官，诗书风雅，拍曲怡然，也不过赢得镌石擎伞的好口碑而已。这已然是那个时代做官者的高境界了。但唐英却不然，他要像《龙缸记》中所景仰的童宾那样，以"膏血""骨肉""精忱猛气"的付出去追求更高的境界。他要仰望星空，遨游八极，探究玄奥，点化神奇。

其实自顺治年起，郎廷佐、年希尧先后"奉使"督造官窑瓷器，"精美有名"，"造器甚伙"，史称"郎窑""年窑"，已成为颇难逾越的巅峰。

唐英不畏其高、其难，筚路蓝缕、沥血呕心，将自己化为更加巍峨高耸的、后来崛起的一座更加难以逾越的巅峰。

《清史稿》所叙其功迹甚为撮要，不妨抄录："唐英……讲求陶法，于泥土、釉料、坯胎、火候，具有心得。……撰《陶成记事碑》，备载经费、工匠解额，胪到诸色瓷釉，仿古采今，凡五十七种。自宋大观、明永乐、宣德、成化、嘉靖、万历诸官窑，及哥窑、定窑、均窑、龙泉窑、宜兴窑、西洋、东洋诸器，皆有仿制。其釉色有白粉青、大绿、米色、玫瑰紫、海棠红、茄花紫、梅子青、骡肝、马肺、天蓝、霁红、霁青、鳝鱼黄、蛇皮绿、油绿、欧红、欧蓝、月白、翡翠、乌金、紫金诸种。又有浇黄、浇紫、填白、描金、青花、水墨、五彩、锥花、拱花、抹金、抹银诸名。"史书这没有感情色彩的寥寥数笔，如果调动我们的想象，该是一个多么万象缤纷、百彩千色的绚丽空间，典雅温润、奇幻莫测的各色瓷器，恐怕笔墨难以形容，辞藻难以粉饰。这是一个由外行转为内行所付出的精气膏血所烧炼而成。唐英不仅仅是行政管理，他也不仅仅是"躬自指挥"，为了最高境界，他不惜纡尊降贵，亲入窑坊，与窑工切磋研讨，不耻下问，如饥如渴学习制瓷技术和知识，竭力苦心参与烧制瓷器。他杜门谢客，不事交游，竟然与窑工同吃共睡达三年之久。蓬头垢面、衣衫褴褛的唐英，从仿制的必然进入到创新的自由，盘、碗、盅、碟、瓶、罍、尊、彝……数十种器形，在他的手中绕指为柔；元、宋、明、清、欧美、日本……绵延千年的不同风格，在他的眼里随意造化。

中国的瓷器传布到域外，被日本、欧美人所陶醉、所钟爱、所仿制，形成了另一种风格、另一种色彩、另一种气质，这也为唐英所兼容并蓄。他不故步自封，也不颟顸傲慢；他的襟怀宽广，他的眼界开阔，他不仅是埋头苦干的"脊梁"，更是善于总结的理论家。他勤于笔耕，著述甚多。乾隆八年（1743年）他编撰《陶冶图说》，《清史稿·唐英传》不过区区五百多字，居然介绍《陶冶图说》篇目就用去了120多个字！可见治史者对其之重视。《陶冶图说》文图并茂，共20篇，从采石制泥、淘炼泥土、炼灰配釉、制造匣钵、圆器修模和拉坯、做坯、炼选青料、制画琢器、蘸釉吹釉、成坯入窑、烧坯开窑等制瓷工序的全过程，诚如《唐英传》所评是"备著工作次第，后之治陶政者取法焉"。但是，也是我个人认为，写史者还是没有看到这部著作的重要性，只是认为供给管理者参考而已。其实，它的成就不仅详尽介绍了制瓷生产的全过程，而且真实反映了雍正、乾隆年间景德镇陶瓷业的制造术之盛况，堪称中国瓷器生产历史上珍贵的重要史料，更堪称中国瓷器制造史上的不朽著述。当时就有人评价为"集厂窑之大成"，有功于"龙缸、钧窑继绝业、复古制"，比《清史稿》中的评价高得多。唐英还著有《陶务叙略》《陶成纪实》《瓷务事宜谕稿》等，同样弥足珍贵。

历史证明，"唐窑"无愧是景德镇瓷器制造史上突起的奇峰，不必说后无来者，但恐怕是一座前无古人的奇峰。不仅影响了中国，也影响了世界，"唐窑"制作的珍品贵器在世界各大博物馆中都有珍存，证明"唐窑"的问世对中国和世界的陶瓷发展都起到了推波助澜的深广作用。

清人蓝浦《景德镇陶录》一书中对"唐窑"做出了精准的评价："公深溶土脉、火性，慎选诸料，所造俱精莹纯全，又仿肖古名窑诸器，无不娇美；仿各种名釉，无不巧合；萃工呈能，无不盛备；又新制洋紫、法青、抹银、彩水墨、洋乌金、珐琅画法、洋彩乌金、墨地白花、墨地描金、天蓝、窑变等釉色器皿。土则白壤，而埴体厚薄惟腻。厂窑至此，集大成矣。"这是非常有见地的评价，那就是"唐窑"并非简单的一种瓷器，而是体现出它继承了中国清代以前所有制瓷工艺的精华，出神入化地仿制了所有历代名窑，使之熠熠生辉、不同凡响；同时又汲取中外制瓷艺术的营养，取法乎上，鼎力出新，冶古今中外技艺于一炉，集各种技艺之大成。盛名之下，当之无愧，誉之不虚。

北宋宋徽宗建立官窑，也只有记载，而无遗址。从南宋在杭州建"内窑"起，元代忽必烈又在景德镇设"浮梁官窑"，从此绵延不绝，明有"御器厂"，清建"御窑厂"，至康、雍、乾三朝鼎盛到了极致。青花、斗彩、五彩、珐琅彩、粉彩争奇斗绝，美不胜收。"康雍乾"之后自渐衰微，"唐窑"成为一个美妙的记忆，成为一个逝去的绝唱。

景德镇的秋风轻轻地微拂，伴随着延伸的思绪使人神驰遐想。

我至之时，恰恰2013年瓷博会结束，一条消息引起我的兴奋：景德镇明清御窑中的青窑、龙缸窑、风火窑三窑复烧。唐英泉下有知，该是不无额手相庆吧？

一个出身卑微的人创造了一种多彩多姿的辉煌，使我们后人永远心怀敬意。当历史学家们在思辨到底是英雄抑或奴隶创造了历史，我们也不必陷入无尽的困惑。内务府的"包衣"们，不仅仅只有一个唐英，除了我们所熟知的曹寅、曹雪芹，还有曾任苏州织造的李煦（即曹寅的妹夫），是大藏书家，收藏达数万卷，还擅书法。任过内务府坐办堂郎中、苏州织造的荣廷，其著有《虫鱼雅集》《拙园灯谜草》，前者仍是今天虫鱼玩家奉为圭臬的著作，后者成为中国北派灯谜的代表。内务府河道总督钟洋后人杨继振是有名的古钱币收藏家和古籍收藏家，著名的《红楼梦》抄本"梦稿本"即其藏品，我即今所居的旧鼓楼大街前马厂胡同小小的院落，即是当年北京有名的"钟杨家"的一部分，仰卧起作于其街中，宁不感喟乎？内务府官员荣家后人尹润生是著名古墨收藏大家，其古墨鉴赏著作至今仍具权威参考价值。荣廷还有一位后人尹仲麟是杂技高台定车的创始人……这样各具异彩的人物实在不胜枚举。"包衣"中更有着为中华文明抗争殉死的人——内务府堂郎中、总管圆明园大臣文丰，在英法联军闯入圆明园烧掠时投福海自尽！中华传统文化是灿烂而多元的，仰之弥大，俯之弥精，而创造了这灿烂而多元文化的，必须是仰望星空和脚踏实地的人。当我们后人享受着灿烂的文明时，请不要忘记那些值得永远纪念的人。

唐英七十岁时，曾回到景德镇，"抵镇日，渡昌江，合镇士民工贾群迎于两岸"，他热泪盈眶，口占《重临镇厂感赋志事》：

重来古镇匪夷想，
粤海浑如梦觉乡。

山面水心无改换，

人情物态有存亡。

依然商贾千方集，

仍见陶烟五色长。

童叟道旁争识认，

须眉虽老未颓唐。

按八旗的规矩，本籍皆为北京；无论驻防、仁宦，都是出差；开缺升调直至去世，都须回京。唐英应该在北京有故居，但岁月湮蚀，今天已无人知晓了。"玉山不颓清流在"，这是唐英吟咏景德镇风物长诗中的一句，颇值得玩味。其实何止玉山不颓清流不改，文明的窑火也是前仆后继永远不会熄灭的，难道不是吗？

（注：镶黄旗包衣有"朝鲜佐领"，正白旗包衣中有"回子佐领"，较为罕见。）

"其人与笔两风流"
——袁枚与《随园食单》

中国的肴馔是文化遗产,这在今天亦毋庸置疑:因为早在唐代,就有杨煜所著的关于烹饪的一部书《膳夫经手录》出现,段文昌著《食宪食》达50卷。以后更有不少文人辑收这类的书,如苏东坡、倪云林、曹寅等都是美食家。清人袁枚的《随园食单》(以下简称《食单》)可谓是一部出类拔萃之作。

袁枚为清乾隆年间的大名士,与纪晓岚齐名并称为"北纪南袁"。人们都知他著有《随园诗话》,是位诗文大家,殊不知他还是一位极讲究吃的美食家,他的园邸小仓山房经常举行家宴,广邀宾客,极有口碑。他曾将吃菜、做菜的心得写成书,名为《随园食单》(随园是袁枚的号)。此书分十四章、332味,收录菜肴糕点三百余种,大起珍馐,小至粥饭,堪称包罗南北。

《食单》分若干类。首先介绍下厨知识,罗列"须知"十九条,对制肴之佐料、洗涮、调味、配剂、火候、洁净及"独用"(即螃蟹、羊肉腥膻物)等提出全面严格要求。他的理论是:"厨者之作料,如妇人之衣服首饰也。虽有天资,虽善涂扶,而敝衣蓝缕,西子亦难以为容。"如"洁净"条中云:"切葱之刀不可以切笋,捣椒之臼不可以捣粉。闻菜有抹布之气者,由其布之不洁也;闻菜有砧板之气者,由其板之不净也。"他主张火候应分有武

（急）火、文火、先武火后用文火等，并诫"屡开锅盖则多沫而少香，火熄再烧则走油而味失"。他还立十四"戒条"，反对"食前方丈""多盘叠碗"的悦目之食，反对事先做菜"一齐搬出"，认为"物味新鲜，全在起锅时"。强调上菜顺序应"咸者宜先，淡者宜后。且天下原有五味，不可以咸之一味概之。虑客食饱，则脾困矣，须用辛辣以振动之；虑客酒多，则胃疲矣，须用酸甘以提醒之"。他还主张量力而行，反对"依样葫芦，有名无实"，提倡少而精，以擅长之肴奉献。反对"强让"即"恶吃"，主张"有味者使之出，无味者便之入""荤菜素油炒，素菜荤油炒"，等等。以务使宾客颐颜、饱腹、心恬、意适，他的这些主张，在今天也极有科学道理。

《食单》中有不少属家居之菜，但却颇为新颖。如"黄鱼切丁"，先酱油泡浸，沥干后爆炒，带皮肉煮半熟，再经油烧，切块蘸椒盐。再如"羊羹"，即熟羊肉丁，以鸡汤加笋丁、香菇丁、山药丁同煨，味极鲜美，据说一见即令人欲滴馋涎。书中还有精美珍肴如"倪云林鹅"，据袁枚云乃倪云林自述辗转流传中记下。倪本元代山水画大家，与黄公望、吴镇、王蒙并称为"元四家"。据传倪云林亦是一位善馔之人，尤善做鹅菜。"倪云林鹅"的吃法颇为新鲜，其做法为：整鹅一只，去净后将盐掺入葱末、椒粉，用料酒调和擦拭鹅之腹腔，外涂以蜜、酒。然后于锅内放酒、水，用筷架鹅于水上，禁沾水，文火烧蒸。经一定时候，须将鹅翻身重蒸。其锅盖须用绵纸糊封。起锅时则"鹅烂如泥，汤亦鲜矣"。看来袁枚善于留心他人肴馔做法，并善于总结、概括。

凡读过古典小说《儒林外史》者都知书中描写范进守制时，曾于一次宴席上偷偷"夹了一个大虾圆子"吞下肚去。"虾圆子"为何种菜肴？后人知之不详。我读过《儒林外史》的一种注释本，虚为注之，可见注者并不知此为何物。所幸与吴敬梓同时代的袁枚却载于《食单》之中。原来此肴先将虾捶烂，再用芡粉、大油、盐水加葱、姜汁搅成团，于滚水中煮熟，捞出再放入鸡汤、紫菜之中，味鲜美至极。袁枚还特别注上"捶虾不可过细，恐失真味"，袁枚不愧会吃之人！还有一种怪馔名曰"混套"。系将鸡蛋打一小孔，将蛋清蛋黄倒出，去黄留清，加煨浓鸡汁搅匀，仍装入蛋壳。用纸封孔，再蒸。熟后剥皮仍浑然一蛋。据袁枚云味鲜异常。至今，不少菜肴仍沿袭袁枚食单的做法，如广东名菜烤乳猪，就应该是据《食单》中"先炙里面肉，使油膏走入皮内，则皮松脆而味不走，若先炙皮，则肉上之油，尽落火上，皮则焦硬"这一记载而改进的。袁枚在《食单》并不刻意推崇清代盛行的名贵补品燕窝之类浪，同时代的如梁章钜注意到了，他在所著《浪迹三谈》中说："随园论味，最薄燕窝，以为但取其贵，则满贮珍珠、宝石于碗，岂不更贵？自是快论。而其撰《食单》又云：'燕窝贵物，原不轻用，如用之，每碗必须三两。'则不但取其贵，而且取其多，未免自相矛盾矣。"至于袁枚"三两"的说法有何道理，则不可知。

除珍馔美味外，《食单》中还记有糕点粥饭。如有一种"粟糕"，系"煮粟极烂，以纯糯米粉加糖为糕，蒸之。上加瓜仁、松子。此重阳小食也"。除此之外，他还记了十六种酒，并云："吃烧酒以狠为佳，汾酒乃烧酒中至狠者"，他还赞其能"驱风寒，消积滞"。但他在《食单》中的"戒单"中，将"戒纵酒"列为"十四戒"之一，在今天看来也很值得提倡。

袁枚虽称美食家，《食单》中也有做菜的心得，但后人仍然疑心他不善下厨。比如《食单》中有"腌蛋"条："腌蛋以高邮为佳，颜色红而油多，高文端公最喜食之。席间先夹取以敬客，放盘中，总宜切开带壳，黄白兼用。不可存黄去白，使味不全，油亦走散。"我去过高邮，仅一日，惜乎未能品尝。汪曾祺是高邮人，他写过《端午的鸭蛋》细叙，似乎并不以袁枚所记为权威："袁子才这个人我不喜欢，他的《食单》好些菜的做法是听来的，他自己并不会做菜。"袁枚本人会不会做菜？未有定论。但袁枚的家厨技艺应是很高超的，袁之家厨名王小余，主厨十年，王死后，袁枚竟为其写《厨者王小余传》，文中极尽思念："每食必泣之"，可见不仅主仆感情深，大概后来的厨师手艺必不如王小余。

也是清人的朱彝尊，是大词人，也有一册《食宪鸿秘》，叙述肴馔极为详细。但是否为朱氏所著，尚存质疑。成书年代也值得研讨。赵珩先生说过："其中的许多内容非实践而不能论之，如果确为朱彝尊所著，必是与其家厨有过密切的沟通。"（《老饕漫笔》）朱氏若如此，那袁枚也必然是和他的家厨王小余有过"密切的沟通"，再加博闻强识，才能写出《食单》这样的著述。因为"君子远庖厨"，像朱、袁这样的官宦，是不可能亲自下厨的。

清代著名文人赵翼尝诗赞袁枚"子才果是真才子"，由《食单》亦可窥见作者的博识，当然不排除还有"强记"。我读过已故作家陆文夫的小说《美食家》，我以为这是一部反映南方菜肴文化的经典之作，也许有袁枚食单的遗韵流风？今人做肴越来越粗疏，比起食单，相差何止天壤之别？

袁枚一生当然不仅留下了《食单》，他的《随园诗话》、笔记《子不语》都很有名。有《小仓山房诗文集》行世。他的《随园书诗稿》被列入第一批《国家珍贵古籍名录》。他也能诗，是乾隆、嘉庆年间诗歌性灵派的提倡者和领袖人物。乾嘉时人舒位，也是诗人，编撰了一部《乾嘉诗坛点将录》，仿水浒传一百单八将名号，收诗坛一百零八人，将袁枚列"及时雨"，即诗坛首位，评语为"非仙非佛，笔札唇舌，其雨及时，不择地而施"。他的那首名为《苔》的小诗："白日不到处，青春恰自来。苔花如米小，也学牡丹开"，直到今天还常常被引用。他在《随园诗话》中"文似看山不喜平"的那句话，也成为成语。他还有写《钱》五绝中的两句"生时招不来，死时带不去"，更成为今天人们的口头禅，浓缩成"生不带来，死不带去"，简易如话蕴含哲思，成为袁枚写诗的特点之一。

袁枚是大名士，聪慧负才，少年即露头角。他曾写诗概括自己："子才子，颀而长。梦束笔万枝，桴浮过大江，从此文思日汪洋。十二举茂才，二十试明光，廿三登乡荐，廿四贡玉堂。尔时意气凌八表，海水未许人窥量。自期必管乐，致主必尧汤"，自负之情溢于字里行间，但确实是一个少年才子的真实写照。

袁枚家境小康，启蒙教育据称仅来自母亲和姑母，居然十二岁考中秀才，不能不称之为神童，这在封建时代也堪称罕见！二十岁时被广西巡抚推荐，到北京参加乾隆元年的博学鸿词科考试，在保和殿应试的193位耆宿中，年龄最小，以至于监考的王公大臣们引颈围观，争睹少年才子的风采。虽然因资历名望过于浅薄，未能考取，但因此名声捐国子监监生，两年后于顺天乡试中举，再半年后考中二甲第五名进士，授翰林院庶吉士，这年他才二十四岁！

虽然少年得志，但仕途并不顺利。也许耽于诗酒，庶吉士的满文考试不合格，外放几任知县，在任上有"循吏"的好名声，也还关心百姓疾苦，所以几处县治任上都受到百姓的欢迎。在溧阳县令任上离开时，老百姓夹道欢送他，他非常感动，写诗感叹："不料民情如许长。"像袁枚这样的性情中人，大概不适应官场，他的升迁屡被压抑，故而他三十三岁那年，毅然辞官，归隐山林。如果不是掼了乌纱帽，还不会写出《食单》这本广为后世流传的菜谱吧？

有关他的掌故轶闻不少，比如他收了众多的女弟子之类，女弟子席佩兰赠他的诗："绿衣捧砚催题卷，红袖添香夜读书"，及他与席佩兰夫妇的交谊（席的夫君也是袁枚的弟子），更成为广诵名句和诗坛佳话。但不为人所知的是他居然是和珅的第一个贵人。和珅以没落旗人子弟在咸安宫官学寂寞读书时，袁枚在京期间至此处访友。友人大概是教习，聊天时对袁枚云：贵族子弟好声色犬马，唯不用功读书，只有和珅兄弟二人出类拔萃。袁遂见之，感其谈吐不凡一表人才，甚喜，即写一诗夸赞："少小闻诗礼，通侯即冠军。弯弓朱雁落，健笔李摩云。"袁枚当时是大诗人，此诗传开引起瞩目。尚书英廉读诗后，特意面见和珅，竟然将其视为孙女婿之选。还劝他科举并非唯一仕途，并将他引荐乾隆为三等侍卫，从此飞黄腾达。但有关和珅的影剧都没有这段轶闻，有些可惜。

袁枚大名鼎鼎，但他的后代却并不为人所知。其实他的孙子袁祖德也颇知名，不是像祖父那般"好味，好色，好葺屋，好游，好友，好璋彝尊，名人字画，又好书"，而是在上海知县任上（他是捐班县丞升任知县，不如祖父是进士出身），逢小刀会起义，去文庙上祭时，被红巾军围住，他破口怒骂不屈而死。比起他的上司、苏松太兵备道吴健彰，见势不妙马上溜进英国领事馆躲避，真的是太耿介不阿了。也不如他的祖父，在乾隆年间文字狱的血雨腥风下，急流勇退，三十初立之年就辞官去享受山川丽景、声色美食，一直舒舒服服活到八十一岁，给后世留下才子诗人美食家的名声，和一本脍炙人口的《食单》。袁枚的另一个孙子袁祖志也是名人，清末曾任《新报》《新闻报》主笔，也为《申报》撰稿。还与李伯元合作办过《游戏报》，看来也不乏乃祖的文才遗韵。

袁枚固然才名贯世，但也不乏批评声音。如与袁枚共同倡导性灵诗风的赵翼，与袁枚、蒋士铨（一说是无蒋而是张问陶）号称性灵派三大家，虽然称赞袁枚："其人与笔两风流""及身早自定千秋"，但也借玩笑之口批评："虽曰风流班首，实为名教罪人。"另一位同时代的学者、诗人洪亮吉，则说："袁大令枚诗，如通天神狐，醉即露尾"，大概是说其诗略显灵巧，不及深刻。至于后来的梁启超，更为贬斥袁枚的诗是"臭腐殆不可向迩"。（《清代学术概论》）这不免锋芒太盛，像鲁迅先生的评价则是另有表述："例如李渔《一家言》，袁枚的《随园食单》，就不是每个帮闲都能做得出来的。必须有帮闲之志，又有帮闲之才。"虽然是借古讽今，但看来鲁迅先生并不否认袁枚之才。

以上当然是仁智各见，但袁枚的才气和成就还是可观的。赵翼初读见袁枚诗文，即赋诗大赞："八扇天门誅荡开，行间字字走风雷。子才果是真才子，我要分他一斗来！"须知赵翼是探花出身，军机处章京第一支笔，位列乾嘉三大史家之一，如此推崇，不是没有道理的。"其人与笔两风流"，能名副其实者，其实难矣。

清代书家说四人

　　北京历来是书法名家荟萃之地，诚所谓名都人杰、斐然代出。清代北京有书法四大名家，笔走龙蛇，声闻大江南北，求墨宝者如过江之鲫；一些野史笔记每每津津乐道，说来犹有余香。

　　四家中声誉最著者乃大兴人翁方纲，他字正三，号覃溪，晚号苏斋。为乾隆进士，官至内阁学士。书学欧阳询、虞世南，隶法史晨、韩敕诸碑。他谨守法度，讲究"笔笔有来历"，写起楷书来每以欧、虞为典范，堪称得其神髓。因他官至内阁学士，又是两朝帝师，所以海内多来求书碑版，致使书名冠绝一时。他同时又是大金石家，精于鉴赏，尤长考证，海内著名帖多经他题跋。曾著有《两汉金石记》《汉石经残字考》《集山鼎铭考》《苏米斋兰亭考》等。他又是诗论"肌理说"的创始者，著有《石洲诗话》，有《复初斋文集诗集》行世。虽然时人将他奉若神明，但也不乏颇有微词者。同时书法也享大名的刘墉，广泛师承，独创了一种丰腴厚重的书体。他就很瞧不起翁方纲，曾揶揄道：翁老先生哪一笔是自己？这句话还是颇有见地的。才子袁枚对翁方纲提倡的"肌理说"甚有不屑，袁枚提倡写诗要有"性灵"，即个性、才情，而"肌理说"则主张以学问入诗，所以袁枚大加讥讽"误把抄书当作诗"。

　　四家中还有一位上述提到的人们熟知的人物，便是北京人称作

"刘罗锅"的刘墉。老北京人大多都能说出很多刘墉的掌故逸闻。据说他是极聪慧过人的，其慧黠谐谑无逊于东方朔。权贵如和珅之流经常受到他的讥讽，连乾隆也免不了挨耍弄。过去北京说书的就有专讲"刘罗锅"的。他似乎又是个清官，著名的"四大公案"小说中的《刘公案》，说的就是他。固然刘墉奉旨查办过一些舞弊贪腐案，但是《刘公案》和影视剧中的描述多属虚构。他与和珅斗法也不见于正史，反倒是正史记载评价他在和珅炙手可热时，"委蛇滑稽悦容其间"。乾隆曾训斥他遇事模棱圆滑，并多次对他降职、处罚，最严重的一次因属下贪污失察，本拟受刑，还是爱才的乾隆恩诏免职发往军台效力，一年后复职。刘墉晚年在官场一改早期风格，因和珅把持朝政，为人处世开始圆滑。但在乾隆死后，却上书嘉庆揭露和珅之罪，成为他一生的亮点。他的父亲刘统勋是乾隆朝的名臣，是清朝仅有八个谥"文正"的勋臣之一。刘墉正是因为父亲的缘故，以恩荫举人身份参加进士考试才步入仕途的。刘墉在乾、嘉两朝任官，到八十五岁才无疾而终，逝于他在北京驴市胡同宅中。他是一个清官，有二十多年任地方官的经历，廉洁始终。作为书法家也一直受到后人推崇。他是山东诸城人，字崇如，号石庵、香岩、日观峰道人。刘家是官宦世家望族，从曾祖父几代都是进士出身。刘墉本人官至体仁阁大学士，加太子太保，谥文清。他书法学颜鲁公、苏东坡，善行楷，具有多肉少筋的特点，有"浓墨相国"之誉。当然后人也有以此为诟病的。但清代碑派书家是大为推崇他的，包世臣《艺舟双楫·国朝书品》称其书是"意识学识，超然尘外"，康有为《广艺舟双楫》更为赞誉，称"石庵亦出于董，然力厚思沉，筋摇脉聚。近世行草书作浑厚一路，未能出石庵之范围者，吾故谓石庵集帖学之成也"。

　　四家中另外两家都是满人。一是成亲王永瑆，乾隆第十一子。他的书法深得欧阳询九成宫醴泉铭、化度寺碑之神韵，风骨秀丽挺拔，无一丝媚俗之态。如他的行书《爱莲说》帖，确乎令人悦目赏心。他有《成亲王习字帖》行世。曾奉旨书裕陵圣德神功碑，一时书名颇重。葛虚存《清代名人轶事》说成亲王"幼时握笔，即波磔成文"，后"名重一时，士大夫得片纸只字，重若珍宝。上（皇帝）特命刊其帖，序行诸海内以为荣云"。成亲王以亲王之尊贵，自然不肯轻易下笔流布，所以他父亲乾隆下令将墨迹印刷成帖，以供人们欣赏。乾隆对自己的书法一向自负，看来对儿子的书法还是很欣赏的。

另一位是满洲正黄旗人铁保，字冶亭，号梅庵，将门之后，少有诗名。于乾隆三十七年（1772年）二十岁时中进士。大学士阿桂器重他，每有提携。乾隆曾经考试科甲出身的军机处官员，出题一诗一赋，铁保首先交卷，乾隆钦定第一，从此引起重视，宦途发达，官至吏部尚书、两江总督。铁保为人性情耿介，做事勤勉，官声甚好。但随着年龄增长，宦海消磨，渐有颓唐之气，政事多委于幕僚属下，将时间穷究于诗书。嘉庆初年因此摔了个大筋斗，起因是铁保任两江总督时，查赈委员李毓昌被当地官吏暗杀于淮安，嘉庆非常重视，亲自过问督促破案缉凶，多次斥责铁保办案不力："江南有如此奇案，可见吏治败坏已极！该督抚直同木偶，尚有何颜上对朕下对民？"嘉庆还将亲自御制书写悼念李毓昌的《悯忠诗》三十韵抄寄铁保，用意是令其知耻，早日破案。日理万机的皇帝为一个不到七品的小吏写长诗悼念，是非常不寻常的。但惜乎铁保仍然未予重视，自李毓昌被害后八个月，仍未破案。嘉庆忍无可忍，震怒之下，斥铁保为"无用废物"，立予革职发往乌鲁木齐效力赎罪。嘉庆不像他的父亲乾隆爱才，如刘墉，多次被降职处分，但从未如此重谴。嘉庆虽性情仁慈，但最痛恨官员不守规矩、办事拖沓懈怠，铁保撞到枪口还是咎由自取。写诗写书法固然风雅，但他比不得成亲王悠闲，清代亲贵不得干政，有差使亦闲散，可以不负责任。铁保年轻时就有名气，时与百龄、法式善号称"三才子"。他擅长小篆，写来极有韵致，令观者爱不释手。他死后也不安宁，其墓在今北京永定路，有清一代至民国一直无恙，但在日寇占领北平后，竟被日本人炸墓盗掘，令人愤然。日本侵华同时大肆劫掠文物，看来铁保墓也被列入黑名单了。但至今不知盗走何物？这也成为一个谜团。

过去北京书肆如琉璃厂等处，这四大名家的墨笔真迹流行不少，价格据说以翁方纲的为贵。但清四家也有不同说法，亦有所谓"三个半书家"之说，即：乾嘉年间翰林院侍读学士梁同书（山舟）、刘墉（石庵）、翁方纲（覃溪）、王文治（梦楼），王文治即"半个"。而无成亲王与铁保。《清朝野史大观》云："梁山舟学士书法名播中外。论者谓刘文清朴而少姿，王梦楼艳而无骨；翁覃溪摹三唐，面目仅存；汪时斋谨守家风，典型犹在；惟梁兼数人之长，出入苏米，笔力纵横，如天马行空；汪文端、张文敏后一人而已。"王文治少时即以书法文章闻名乡里，其书学米、董，后法二王，而得力于李北海。他喜用淡墨，与擅用浓墨之刘墉相映成趣，有"淡墨探花"的美誉。但识者谓其秉承帖意，董其昌痕迹略重。所谓"艳而无骨"，是一家之评。王文治书法的佳处是尽显才情，俊爽清隽，不乏妩媚动人之处。故将其与梁、刘、翁并入四家之中，也不无道理。当然这是一家之言，成亲王、铁保的书法成就还是应该承认的。

赵翼其人其诗

赵翼有一首诗是很有名的："李杜诗篇万口传，至今已觉不新鲜。江山代有人才出，各领风骚数百年。"诗浅显易懂，却甚有哲理，屡屡被人引用。

赵翼，字云松，号瓯北。阳湖（今江苏常州）人。乾隆进士，授翰林院编修，以内阁中书任军机章京。外放曾任镇安知府等职，于任上革除积弊，民多悦服。并屡参戎幕，多所赞划，于经略台湾方面尤多贡献。晚年主讲安定书院，卒年八十八岁。他是乾隆、嘉庆年间大名士，常与乾隆联诗唱和，与蒋士铨、袁枚同列"乾嘉三大家"，共为诗坛盟主，且长于史学，善于考据。著有《廿二史札记》《皇朝武功纪盛》《陔余丛考》《檐曝杂记》《瓯北诗集》《瓯北诗话》等。尤其《廿二史札记》，被名人引用的频率颇高。

赵翼在清代是颇具代表性的一种类型的知识分子，他既不像顾炎武、黄梨洲、王夫之等人那样坚持民族气节，又不像吴梅村、孔尚任等人虽仕清而又颇含愧色。他对清朝君王极尽奴颜卑躬之能事，俯首帖耳，阿谀奉承以取其欢心。晚年赵翼很得意，他在乾隆十五年（1750年）中举，六十年后的嘉庆十五年（1810年）赴鹿鸣宴，自诩"中岁归田，但专营于著述，猥以林居晚景，适逢乡举初程，蒙皇上宠加归秩以赏衔，准随新班而赴宴"，得意之情溢于字里行间。

翻开他的诗集《瓯北诗集》就可看到《喜雨十咏》《叶尔羌鼓乾隆钱》等为数不少的"颂圣"之作，而歌颂清廷镇压少数民族和农民揭竿而起的诗作，也充塞在诗集中。在《瓯北诗集》中还有不少诗作是贬低一些民族英雄的，读之更令人厌恶。例如赵翼每每对宋代大奸贼秦桧褒赞有加，对岳飞则加以贬斥，实属罕见。《廿二史札记》卷廿六云："呜呼！执其杀岳一节，而没其和议之功，不将喻于小而不喻于大乎？史人之所以有赞许秦桧者，非无以也！"赵翼将秦桧之投降卖国行径称之为"和议"，将其杀岳称为"小节"。置史实于不顾，堪称冒天下之大不韪之举。《瓯北诗集》中亦有不少为秦桧辩解、贬低岳飞之作，如《岳忠武墓》诗云："独怪思陵非甚暗，曾写精忠鉴素志。是时权相日尚浅，未至靴刀严戒备。言官诬劾韩良臣，犹能力持格群议。胡独于公任罗织，自坏长城檀道济……乃知风旨本朝廷，为便和戎亟拔钉。"称秦桧为"权相"，足以看出赵翼褒秦煞费苦心。秦为奸相，史有公论。权相乃史之大节不亏而独揽权柄大臣之称谓，如明之张居正、宋之王安石等。其中粉饰赵构还有情可说，为秦桧辩解简直不近情理。史载杀岳主谋出于秦桧，定案者皆秦之心腹，岂有"任罗织"之说？又云秦之杀岳是"自坏长城"，看似贬而实则褒。赵翼在《韩蕲王墓》诗中说"宋待功臣原不薄"，不仅批评韩世忠，弦外之音即说赵构、秦桧不会错杀岳飞。这点他实不如其主子乾隆。乾隆曾有《岳武穆祠》诗，极尽赞颂岳飞，并指责赵构言行不一负有杀岳之责："褒嘉手敕是谁言，何致终衔不白冤？"对秦桧态度亦极其鲜明："至今人恨分尸桧。"其实赵翼不仅褒秦贬岳，对明清交替之际的民族英雄更为力贬无余。《瓯北诗集》中有《梅花岭》一诗，通篇吹捧清廷对史可法"褒恤恩何厚"，并替清廷推卸杀史之责："乱骨纵横觅不得，或传赴水死江浒。"对守城抗清的英雄阎应元更是大加诬贬，赵翼有诗咏说："十三万命系君身，哪得山村作隐论。报国岂论官职小，逆天弗顾运维新。"连屠城之责竟也要由阎应元负，可见赵翼阿谀清朝主子到了何种地步。

赵翼在诗学趣味上是赞同袁枚性灵派主张的，但梁启超在《清代学术概论》一书中是将袁枚与赵翼视为"臭腐"，说"乾隆全盛时所谓袁、蒋（士铨）、赵三大家者，臭腐殆不可向迩"，可见梁对赵翼诗的不屑。

赵翼虽然不乏才干，但他的品行还是受诟病的。赵翼以军机章京会试中试后，更想夺魁。但军机大臣傅恒劝他勿做状元梦，因军机大臣一般会派任读卷官，若见到军机章京的考试卷子，皆为避嫌而不会加圈。但赵翼人极聪明，他考试时，变易平常的笔体写殿试卷子。阅卷大臣刘纶、刘统勋皆为军机大臣，他二人格外谨慎，刘纶则疑心加了九个圈的一本卷子为赵翼，认为"则必变体矣"。刘统勋大笑："赵云松字迹，虽烧灰亦可认，此必非也。"原来，赵翼喜欢刘统勋之子刘墉书法，每每仿习。在军机处值班时起草上谕"多不楷书，偶楷书即用石庵（刘墉字石庵），而不知赵另有率更体一种也"。二人最终被赵翼骗过。（《清朝野史大观》）果然殿试排头名，但乾隆将他的卷子与陕西王杰对调，理由是清朝还未出过陕西籍的状元。但由此可见赵翼还是有真本事的，尽管弄了小聪明。乾隆一向警惕军机大臣在考试中徇私军机章京，将赵翼调换也许另有深意。

"既要工诗又怕穷"，赵翼正是这样一个人。赵翼或许有才但德节欠缺，所以在学术贡献上不如顾炎武、黄宗羲、王夫之，艺术成就上不及黄仲则、吴梅村、孔尚任。也许是乾隆时的文字狱吓破了他的胆，但是他完全没必要靠贬毁岳飞来取悦主子。须知乾隆不仅对岳飞，就连抗清义士也是大加褒彰的，他所看不起的正是一些软骨头"贰臣"。清代学者中除了赵翼为秦桧辩护外，钱大昕也曾对秦桧的汉奸行径大加赞美，凌廷堪更是力主为秦桧平反。钱穆在《中国近三百年学术史》中已注意过这种现象，扼腕叹息乾嘉学者没有民族观念（见第10章《次仲之史学》）。

在中国的历史上，类似赵翼这样的人物屡屡出现（周作人也写过两篇为秦桧鸣不平的文章），很值得细心研究。赵翼在《二十四史劄记》中说："明之亡，不亡于崇祯而亡于万历"，当然不乏史见。所以清修《明史》大约是用了他的观点："明亡实亡于神宗，岂不谅欤。"但乾隆后期腐败挥霍走上了下坡路，赵翼以他史家的眼光不会看不见吧？少年时代的赵翼身家清苦，十五岁考中秀才就开始抚养弟妹，高阳先生说他"寻以母老侍养"，"遂绝意仕进"，为什么呢？与赵翼同时代的黄仲则、曹雪芹都感觉到所谓"乾隆盛世"已经由盛及衰，"内囊却也尽上来了"，黄仲则的诗、曹雪芹的《红楼梦》，都表达了"悲凉之雾，遍被华林"的气息，而赵翼的《瓯北诗集》却无所谈及，看来他不是不知，不敢表达而已。他有两句非常有名的诗句："国家不幸诗家幸，赋到沧桑句便工"，是为题元代诗人元好问诗集而作，他的诗恐怕是达不到这个标准。

诗与名将出夔州

站在奉节搬移过来的依斗门下，眺望一天云影，万里江波，不禁咏出杜甫《秋兴八首》中的名句："夔府孤城落日斜，每依北斗望京华。"依斗门应是以杜甫诗意所取名。这是原来奉节县城的大南门，是因为"每依北斗"有若干版本多为"南斗"。2010年，因大坝蓄水至175米，古老的奉节搬迁至新城，一些古建筑也迁移至耀奎塔下集中，如古城墙、永安宫、鲍公石室等，老城门则依杜甫诗意取名"依斗门""开济门"（"两朝开济老臣心"），这样的取名避免了"南""北"之考证，很有智慧。

奉节是极有诗意的古名城，李白的《早发白帝城》，"惊天地而泣鬼神"，是脍炙人口的神来之笔。诗圣杜甫在这里留下的诗句更多，他在夔州居近两载，《登高》《秋兴八首》等名篇皆吟出于此，据统计共于此赋诗462首，占《杜工部集》诗总量约三分之一！诗声缭绕，与江波千古唱和，真是奉节的骄傲。刘禹锡曾任夔州刺史，写下无可比拟的绝唱《竹枝词》，"闻郎江上踏歌声"，夔州乡间踏歌，因一诗而流传天地之间。还可以举出若干群星灿烂般的诗篇，如唐代名诗人李涉也写过吟咏三峡风光的《竹枝词》，"两岸猿啼烟满山""绿潭红树影参差""白云斜掩碧芙蓉"，但不知是否为奉节写照？若是，奉节真是也有摇曳多姿的妩媚诗意之美。说奉节是诗城，当之无愧。

奉节，其实不仅诗吟不绝，诗意盎然，也出名将。诗与名将出夔州，声名遐迩，史载口传。

1958年3月2日，周恩来经三峡到成都参加会议，途经奉节下船视察，说"奉节还有个爵爷府，是清朝的武官"，并询问陪同的人："他还有好多后人？"但当时的陪同者皆未曾答出。

周恩来所说的"爵爷"指的是清代湘军名将鲍超，因战功被赐封一等子爵、云骑尉。鲍超即是奉节人，《清史稿》有他很详细的传。现夔州博物馆一侧仍存其故居鲍公馆、石屋。参观毕博物馆，独入故居，空寂无人，实物极少，四壁张挂对昔日故居主人的文字说明，读之对由一个行伍出身的士卒擢升为高级将领会不无了解。

鲍超，在湘军中是一个异数，他是四川人，而湘军自曾国藩以下的高级将领，除满洲将领塔齐布、多隆阿，皆为湖南人，唯有鲍超是例外。而湘军将领一个最显著的特色即基本上是进士、举人出身，唯有鲍超大字不识。野史载他有一次被重兵围困，向曾国藩求援，嫌幕僚行文缓慢，夺笔写一"鲍"字，外画几个圆圈，内点若干小黑点，疾速送走，曾国藩、胡林翼见此信马上遣军救援。一个没有文化的出身农家的士兵，迭经百战，从血泊里伤痕累累，创建了几乎所向披靡的"霆军"（鲍超字春霆，湘军习惯用主将名字中一字命名所带部队），因积战功升到那个年代汉人所能获得的最高军职：从一品提督，赐以爵位，是极其不易的！清代武官品秩共十八级，他从军十六年，完全凭战功快速晋级。他入曾国藩水师时不过是个小小的哨长，但竟然"每以单舸"去冲击对方船队，"积功擢守备"，"赐花翎"，守备是清代正五品武职，已属破格，赏戴花翎更是极高荣誉！逢战必冒矢炮，而屡战必升迁，一直升到提督品级到头，爵位、云骑尉世职、双眼花翎、黄马褂、巴图鲁称号等，交替而来。十六年的驰骋杀伐，大小五百余仗，身负轻重伤百余次，《霆军纪略》叙他以少胜多、以身死战的战例甚多，这里亦不再赘述。《清史稿》评他"治军信赏必罚，不事苛细，得士卒死力。进战，疾如风雨"，而且不杀降，"以此服其威信"，这与湘军曾、李之辈惯杀降者形成鲜明的反差。但也正是他文化贫乏，也不能如曾、胡、左等人在官场上继续升迁，转为封疆文职大吏。

想当年，一个十七岁的农村贫苦子弟，靠捡煤炭、打短工艰辛谋生。"少年心事当拏云"，他从故乡奉节安坪藕塘投军，不纯是为摆脱贫穷去当兵吃粮，是听说书人讲名将岳飞、郭子仪故事，而立下抱负。

他的戎马一生都是与太平军、捻军作战，同时代的冯承泽写过《题鲍忠壮画像》一诗，"忠壮"是鲍超逝后清朝赐他的谥号，诗中不无讥讽："麒麟画像貂蝉宠，都自尸山血海来。"鲍超最大的遗憾是未能与法寇决战青史留名，若战之，无论生死，必与冯子材一样成为民族英雄。

他以病归里，当然还有与后起淮军的排挤有关。外患频频，朝廷仍然想起用他，曾召他进京，因病未康复，"放归"。崇厚与沙俄签辱国之约，朝廷不允，沙俄以武力威胁。时在家乡的鲍超力主抗击，数上奏折，全面分析军备、粮饷、用将等战略态势。光绪六年（1880年），重新起用他为湖南提督，招募兵员防备沙俄进犯。后被朝廷解散，他甚为惋惜失去与外寇作战机会。两年后再次"以病请解职"。光绪十一年（1885年），中法战争爆发，鲍超奋然应诏命率军驻防云南马白关外，期与法寇决战。但清廷打了胜仗竟然还签订和议，他愤慨壮志未遂，关下旌旗挥不得，唯有叹息"和局不可恃，战备不可疏"，再次解甲回到家乡，次年即逝世，享年五十八岁，真是"人间不许驻白头"。

"将军百战死，壮士十年归"。与他比肩的悍将如张国梁、江忠源、罗泽南、李续宾、塔齐布等皆殒命沙场。鲍超最终幸运还乡，他征战十六年，只有父母逝世时报丁忧各回故乡两个月。除应召防俄、抗法出桑梓，他在家乡共十七年，留下不少传说和故事，虽然不像曾国藩、胡林翼留下治兵语录之类的军事著作，但却为家乡做过不少好事。当年在戎旅中，因他无文化，奏折文牍假手他人，常常词不达意，也延误军机。故此曾国藩曾批评他"公牍不甚详明"，"军中无明白公事之文员"。从内心里，鲍超还是向往读书人的，比如他回家乡后，倡导文事，捐资给夔州府和奉节县文武学额共十八名。由此可见，鲍超虽无文化，但却是懂得读书的重要性。同治九年（1870年），长江发洪水，夔州基本被淹，他率军民救灾，不仅"弹压"治安，捐资赈济，还"身率随身兵弁，亲操畚锸"。（《奉节县志》）他为家乡做的善事，父老们是口碑流传的。

可惜他不像清末有名的张曜，在夫人督促下从目不识丁刻苦自学，最后成为封疆大吏。也可惜鲍超不像其他湘军将帅曾国藩、左宗棠、杨昌濬、彭玉麟等擅书能诗，否则诗意千年的奉节，又会名列一位剑气沛然的诗人。

话说四公子

中国历史上屡有"四公子"之称。早在战国时，齐之孟尝君、赵之平原君、楚之春申君、魏之信陵君，便被呼为"四公子"。汉朝的贾谊在《过秦论》中称"四公子"是"皆明智而忠信，宽厚而爱人，尊贤而重士"，可见"四公子"是一时俊彦的美称。

明末也有"四公子"，即冒襄（辟疆）、陈贞慧（定生）、侯方域（朝宗）、方以智（密之），皆为复社中人，以诗文飘逸风流倜傥而名冠天下。在孔尚任《桃花扇》剧中对这"四公子"皆有生动的记叙，可见名声之盛。尤其冒襄、侯方域分别与江南名妓董小宛、李香君的缠绵悱恻，更为后人所津津乐道。

清末和民初也各有"四公子"，其声名亦曾显赫一时。清末四公子一般指谭嗣同、陈三立、徐仁铸和陶拙存。（一种说法认为不是徐仁铸而是沈雁谭，见《梁实秋怀人丛录》）《一士类稿》则认为是谭嗣同、陈三立、陶拙存及广东水师提督吴长庆之子吴彦复。书中还记录了一种说法，认为四公子中陶拙存应为福建巡抚丁日昌之子丁惠康。不过谭嗣同、陈三立、徐仁铸三人是无异议的。按民初掌故大家徐一士的说法，四公子排名因时而不同。他与徐仁铸是同族，其说有一定道理。

谭嗣同、陈三立、徐仁铸、陶拙存四人在当时都是钟鼎玉食、肥马轻裘的官宦子弟，如谭嗣同之父谭继洵为湖南巡抚，陈三立之父陈宝箴是湖北巡抚，徐仁铸之父徐致靖为户部侍郎，陶拙存其父为两广总督。而这四公子也几乎是大清朝的"臣子"，如谭嗣同是江苏候补知府、四品衔军机章京，陈三立是吏部主事，徐仁铸是湖南学政使。但他们都无意于功名利禄，而醉心于维新变法。这四公子在当时与康有为、梁启超相呼应，锐意变法图强，很为时人所瞩目。戊戌变法失败后，谭嗣同决心以血激励后人，在北京菜市口刑场大呼"有心杀贼，无力回天"，含恨赴死。陈三立、徐仁铸皆以"招引奸邪"之罪褫夺官职。他们的父辈陈宝箴、徐致靖也受到牵连，以保荐康梁"奸党"之罪，一个被摘去顶戴花翎"永不复用"（陈宝箴最终在八国联军攻陷北京之前被那拉氏密诏令他自尽），一个被那拉氏下旨押入天牢"永远监禁"，后因义和团之变，犯人都作鸟兽散，狱卒劝他回家，他不肯自行逃走。那拉氏回京后听说认为他老实，才得以放他出狱隐居。民国以后，徐仁铸的叔伯兄弟徐凌霄、徐一士在报纸上连载《凌霄一士随笔》，专谈清末掌故，对他们的那位"仁兄"每有唏嘘之笔。老一代的名报人徐铸成先生，也是他们的同族，前些年在香港出版《旧闻杂忆》，亦谈及过徐仁铸及四公子的轶事。

四公子中以诗文称誉者为陈三立，他是清末诗文宗伯和"同光体"的领袖人物，是当时有名的"海内三陈"之一。后来清廷开复他原职，他却拒辞不受。晚年在北京时，曾拒绝伪满洲国和北平日伪统治者的拉拢，拒不下水，以八十五岁高龄绝食而死，其爱国气节极为时人所钦佩。他的两个儿子陈师曾、陈寅恪，一为大画家，一为国学大师，也是极有名气的。《辞海》中陈宝箴、陈三立、陈师曾、陈寅恪一家三代同入传，足见陈家在中国历史和文化史上的地位。清末四公子入传《辞海》者，除陈三立外，还有谭嗣同与徐仁铸。

清末还有"江南四公子"，即常熟杨云史、元和汪荣宝、江阴何震彝、常熟翁之润。杨名气最大，官宦子弟，中过举人。妻为李鸿章长孙女，曾任清廷驻南洋领事，民国后任吴佩孚秘书长。凡函札电文，皆出其手，文辞典雅，广为传诵。凡吴佩孚所历战役，他必诗记，人称"诗史"。据说吴拒不下水，与杨云史恳劝有极大关系。日寇亦拉拢他，坚拒而云："我是中国人，我只爱中国！"其诗集《江山万里楼诗词钞》，蕴盛唐遗风。

民初以后，也有四公子出现。在二十年代报章上，"四公子"大名是屡屡提及的。这四公子是：孙中山之子孙科、张作霖之子张学良、段祺瑞之子段宏业和当时浙江督军卢永祥之子卢筱嘉。

四公子当时都是二十岁上下，子因父显，风云一时。1922年直奉第一次大战之后，孙中山先生曾与奉系、皖系订立策略性的反吴佩孚的三角联盟，这四公子便互相酬酢，为联盟穿针引线。除孙科、张学良二公子，卢筱嘉、段宏业二人却不太为世人所知。其实这两人都是典型的公子哥。卢筱嘉一生最"烜赫"之举当为大闹上海大舞台、痛打黄金荣一事，这是当时报纸的头号"要闻"，其实起因只不过是为了看戏捧坤角。段宏业在四公子之序中虽非骥尾，但却最为默默无闻，他不像袁世凯的"储君"袁克定那般醉心于"接班"而出入政坛。据说他的擅长是下围棋。段祺瑞一向自命纶巾儒将、纹枰高手，还养了一批棋手如潘朗东、顾绥如、吴清源（吴氏在当时还没有什么名气）等陪他下棋。徐铸成老曾谈过，据说某次段"执政"兴致之余试其子棋艺，自以为稳操胜券，不料"鏖战"之后，老子竟然败北；"执政"也全然不顾体面，一气之下将棋盘掀翻，指着段公子大骂："你这不肖子，什么都不懂，就会胡下棋！"不过，像段公子这样挨顿骂恐怕还算好的。据吴清源先生家属回忆，段"执政"第一次与吴清源对弈也输了，只是一言不发拂袖而去，但包括吴清源在内的所有清客当天却不给开饭了（陪段下棋的清客们除月致大洋外，每天是必管饭的）。这点就不如过旭初聪明，段祺瑞下棋有个特点：赢得太多或故意输都会令其生气。过旭初经段宏业介绍给其父下棋，两盘输一子、和一局，段"执政"大为高兴，马上留下过旭初当清客。段公子虽然"什么都不懂"，但也不亏大节。段祺瑞下野后，不买蒋介石的账（段祺瑞是蒋入军官学校时的老师），也拒绝日伪拉拢。临终时嘱咐其子"别跟老蒋掺和"，段公子果然照办。1949年全国解放后，段公子由人民政府安排生活，得以安享晚年。四公子中只有张学良将军最长寿，以百岁高龄而逝。

如晚清四公子一样，民初四公子说法也不尽相同。

有一种说法是蒋介石的两个儿子蒋经国、蒋纬国（蒋纬国实际是戴季陶在日本时的私生子，后交蒋介石抚养）、戴季陶的儿子戴安国、孙中山秘书金诵盘的儿子金定国；四人的名字均为孙中山所起，寓"经纬安定"之意，且互结金兰。但四人在当时并非活跃人物，也无名气，尤其金氏之排列颇为勉强。金定国建国后在安徽一家工厂当工人，1990年任省政府参事，后与蒋纬国有书信往来，但再未相见。

已故的南社老人郑逸梅先生说四公子是张学良、卢筱嘉、袁世凯之子袁克文（寒云）、张季直（张謇）之子张孝若。民国年间名负一时的大诗人林庚白则认为"四公子"并无袁克文的份——而是孙科，他的理由是：民国五年以后，袁世凯已非风云人物了。笔者曾请教过全国政协文史专员沈醉，记得他认为是：孙科、张学良、段宏业、袁克文。

还有一种较为广泛的说法是：张学良、袁克文、溥侗、张伯驹。此说首见于张伯驹著《续洪宪纪事诗补注》："人谓近代四公子，一为寒云，二为余，三为张学良，四，一说为卢永祥之子小嘉，一说为张謇之子张孝若。"此中无溥侗，但排列也极牵强。时袁克文已逝六年。张孝若被刺杀亦两年。张伯驹之父张镇芳于民初即被罢职，家世与其他三位实有相逊。况他自己在1937年后始著名。后张又加溥侗。诗云："公子齐名海上闻，辽东红豆两将军。中州更有双词客，粉墨登场号二云。""红豆"指"红豆馆主"溥侗，晚清袭封镇国将军，只是爵位，无实职，与张学良并列甚牵强。"二云"指导袁克文号"寒云"，张伯驹署"冻云馆主"。但笔者以为，袁克文、张学良、溥侗、张伯驹四公子说法之形成，主要得源于北方的北京；并不同于孙科、张学良、段宏业、卢筱嘉四公子有政治背景和显赫身份，张伯驹只是袁克文的表弟，溥侗也只以空头"镇国将军"而沦为票友，张伯驹、溥侗加上张学良、袁克文都是以玩乐风流闻名，故此称之"京华四公子"也甚为勉强。

溥侗号红豆馆主，是清恭亲王奕䜣的孙子。辛亥革命后，失去了爵位的衣食饭碗，只以诗词歌赋、琴棋书画加上变卖祖产为生。尤擅昆曲，是京津名票，还在燕京大学开过戏曲课。可惜晚节不终，汪伪时下水当了汉奸，任职于"考试院"。抗战后潦倒以终。

张伯驹，其父张镇芳替袁世凯管钱。张伯驹是极有名气的收藏家、鉴赏家、书画家和诗人。多次花重金收购流失的国宝，后捐献国家。二十世纪五十年代成为"右派"，他的文采曾受到毛泽东的称赞，周恩来还关心、安排他工作。八十年代故去。

袁克文是袁世凯的二子，天生风流，极具才华，自比曹植。他是诗人、书法家、鉴赏家、名票友，因反对其父称帝而博得人们的同情。其诗"绝怜高处多风雨，莫道琼楼最上层"，被传诵一时。亦引其父大怒，被袁世凯软禁后，从此穷困而死。袁克文的儿子袁家骝和儿媳吴健雄，都是世界著名的物理学家和诺贝尔奖获得者。

四公子的"传统"后来一直延续到台湾。"四大公子"是"副总统""行政院院长"陈诚之子陈履安，及连震东之子连战、钱思亮之子钱复、沈宗翰之子沈君山；父辈皆是高官，本人皆为公子哥，后来基本从政，如连战历任"行政院长""副总统"，现为国民党名誉主席。不过，也有一种说法，台湾"四公子"中沈君山应为宋楚瑜。沈君山已于2019年逝去，他是著名天文物理学家。以他名字命名一颗小行星。多才艺，出版多部散文集。三度赴大陆与党和国家领导人深谈，主张加强两岸文化交流，最后必然走向统一。

有趣的是，三十年代，还出现了女"四公子"，都是当时著名的女作家，她们是：庐隐、王世英、陈定秀、陈俊英，因为名噪京华，遂被时人呼为"四公子"。到了九十年代北京亦流行"四公子"之说法。记得1994年吴祖光之子吴欢写了一篇文章介绍"四公子"，发表在《北京晚报》。我只记得有他自己和万伯翱，别的两位记不清了。万伯翱、吴欢两位都是我的朋友，都是影剧作家，出过书，有名气。吴欢只不过借"四公子"写了四个人，却很别致，所以这篇文章，颇有影响。但据伯翱兄说却招致了他的长辈的不满，这是后话了。

· 第
三
辑 ·

严子陵与钓台

中国人有独特的钓鱼情结和钓鱼文化，进而衍生出名人垂钓处——钓鱼台文化。历史上垂钓的名人甚多，所以古钓鱼台遗址也极多，著名的即有十多处。如陕西宝鸡的姜太公钓鱼台、山东鄄城县的庄子钓鱼台、湖南桃江的屈原钓鱼处、江苏淮安的韩信钓鱼处、安徽贵池的李太白钓台、湖北武昌的孙权观钓台、湖北大冶的张志和钓鱼台、江苏扬州的乾隆钓台，等等。帝王将相文人墨客，无所不包。当然不乏附会，往往也不可稽考。但其中的文化底蕴确是颇为深厚，如浙江富春江畔的严子陵钓台，名声最为驰誉。

许多人都知道严子陵其人，进而钓台、富春江也成为令人向往的人文景观。少时读《古文观止》中范仲淹的《严先生祠堂记》，便有心仪，尤其文末"云山苍苍，江水泱泱，先生之风，山高水长"的歌词，音韵铿锵，虽然少不更事，也常朗朗吟诵。古人编过一册吟咏严子陵垂钓和钓台的诗集，赞美者居多，如李白到严子陵钓台，由衷赞叹：永愿坐此石，长垂严陵钓。

及长，终有机遇作富春江之游。游后方知为何古人爱画《富春山居图》之类，为何吴均在《与宋元思书》大声赞美"奇山异水，天下独绝"（全书只有百余字，却为写富春江之佳绝名篇）。原先还疑心有些夸张，其实并非虚誉。当然，像大词家夏承焘先生所云

"看黄河宜落日，渡长江宜风雨，月夜泛桐江，则几疑自天而下"的佳境，我未曾领略。因为时间有限，只可作白日游。暮色中登桐君山，在微风中，眺望两岸青峦，一江如练，暮霭与烟波共色，落霞同帆影惊心。那种韵味，没有醮酒便有些醉意了。

钓台，此即严子陵隐居垂钓处，后人称东台，乃范仲淹所建，碑文即他那篇有名的《严先生祠堂记》。历经近千年风雨侵蚀，文刻依稀，几难辨认。范文正公的碑文是推崇严子陵的，他引《易》卦《蛊》"不事王侯，高尚其事"，推论"先生之心，出乎日月之上"，进而可"使贪夫廉、懦夫立，是大功于名教也"。他在这里为官时，建祠祭祀，又免严氏子孙的赋役，可见褒扬之心。

但我怀疑，范文正公是否自我矛盾呢？在《岳阳楼记》中，他以"先忧后乐"为怀，推崇"居庙堂之高，则忧其民；处江湖之远，则忧其君。是进亦忧，退亦忧"的境界。这是符合儒家传统的，如以此为标准，严子陵应该受到批评。因为儒家希望立德、立功、立言，理想境界才是功成身退。范仲淹自己就是文治武功的典范，于政治、军事、词章皆有建树，单看当时"军中有一范，西夏闻之心胆战"的民谣，就足见他的威仪风采了。古人隐居，有真有假。所以王世贞《钓台赋》讥讽"渭水（指姜太公）钓利、桐江（指严子陵）钓名"。袁宏道则根本不信："路深六七寻，山高四五里。纵有百尺竿，岂能到潭底？"吴均所云"水皆缥碧，千丈见底"有些夸张。《后汉书·严子陵传》记他是披羊裘垂钓，后人多考为夏季。这是不是故意耸人听闻？我不敢武断。不过，瞻仰严先生祠堂时，却心中暗自思忖：真要隐居，结庐读书不也可以么？何必张扬引得光武帝追来追去呢？

刘秀封老朋友谏议大夫，严子陵不受，归耕于富春江，恐怕再也不钓鱼了。是不是嫌官小，如果给了宰相之类的大官，严先生心旌动不动呢？这近乎于小人之心，似乎有些唐突严先生的君子之名。其实在我之前，有不少古人更明了批评过严先生了，比如刘基（伯温），他和范仲淹一样是积极入世的，所以他讥讽道："不是云台兴帝业，桐江无用一丝风！"元人有首诗便显得有些激愤了："百战山河血未干，汉家宗社要重安。当时尽着羊裘去，谁向云台画里看？"思想之深刻，我以为比范文正公应该高一筹。都去隐居，国家有难时怎么办？别人去浴血建国，奠定基业，你却悠然垂钓，难道不自惭么（其实管理人才也是需要的，隐居后出来也不见得晚）？更有极其痛恨垂钓隐居的严子陵者，如明太祖朱元璋，切齿痛骂："罪人之大者，莫大于严光（严子陵名光，子陵是他的字）。"

相对的西台谢翱恸哭处就没有争议了。谢氏是文天祥麾下咨议参军。文氏就义后，他流落此处，设文相国灵位，痛国破之恨而恸哭，并留有《登西台恸哭记》。我读其文，每有潸然之泪。其爱国气节、情操，足可泣鬼神，更可流传千古。这种中华民族所共有的爱国精神，是一种宝贵的精神财富，这种熏陶和激励足以感奋每一个炎黄子孙更加热爱祖国，更会产生为振兴中华的不尽动力……

我在西台，沉思许久，久久吟诵着石亭上的楹联："生为信国流离客，死结严陵寂寞邻"。谢翱与严子陵为邻，他会寂寞么？真正寂寞的恐怕是严先生吧！谢氏当年祭烈士，用竹如意击石恸哭悲歌，以致昏死三次，竹石俱碎，那是怎样的一种震撼人心的声音！

苏东坡祠

飞到惠州的次日上午，便去拜谒苏东坡祠。天高云淡，艳阳普照，竟好似北京的夏日。仰面四望，亭阁参差，很喜欢新修建的苏东坡祠，临流而筑，倚岭而修，仿佛像屈原祠，屈原祠高高矗立在三峡江波之畔。想不起还有哪位贤人的祠庙会在江边，虽然苏东坡祠的海拔没有屈原祠那么高。但德邻碧波，在祠内临江而建的娱江亭上凭栏眺目，不由得颔首赞叹：东江之水流兮，可以忆先贤。

苏东坡贬谪惠州，于白鹤峰择地筑室以为终老之地，有诗为证："已买白鹤峰，规作终老计。"（《迁居》）据说苏东坡履痕所至的地方，只有这处居室是他亲手规划筹建的。惜乎仅入住两个月，朝命下，再贬儋州。长子苏迈携眷在此居住了四年。遇大赦，始随父而去。人们感念于苏东坡对惠州的遗泽，建祠以祭，近千年俎豆馨香，不绝于祀。只可惜在抗战中被毁，仅仅留下荒芜的地基。2012年开始重修，2018年正式开放。数年前我曾至惠州，那时苏东坡祠还没有修复。这次受邀参加惠州东坡文化节和采风，研讲《苏东坡与屈原》。在研讨会上，听一位惠州学者谈道：苏东坡祠自建成以来，历朝历代共修葺过三十多次，平均二十多年一次，这在历代各地名人祠庙中是极为罕见的！2012年发起重建苏东坡祠的倡议，竟无一例反对意见，一致通过，这在全国文物修复史上也是极为罕见的！由此可见惠州人对苏东坡的尊敬与热爱。

历朝至清末，据统计共有六百多位名人诗家至东坡祠和惠州西湖，留下大量诗词，这和苏东坡在惠州写下的五百余篇诗文，皆成为惠州用之不竭取之不尽的珍贵文化财富！真是："一自坡公谪南海，天下不敢小惠州"！

苏东坡祠右侧还有个悬山砖木结构的仿古建筑，我穿过院廊，见屋上悬额曰：三贤祠。乾隆年间重建苏东坡祠寝斋，当时的惠州知府顾声雷筑室供奉苏东坡、陶渊明、葛洪为三贤。中国过去几乎每处地方都有三贤祠，或更多贤人，诸如"四贤""六贤"等，例如我去过湖南望城，那里的三贤祠即是供祀屈原、贾谊、杜甫，即在此地出生或在此地留下遗迹功业的贤人。

古人云"一为文人，便无足观"，我揣测此言或有隐意，文人不出仕，便辜负修齐治平和兼济天下的本质。苏东坡是大文人，但入宦海，直言谠论，以忧天下为出世，遭谗嫉而不免，故一生颠沛终殁。其非小人，忠直不改，故不可于官宦沉浮中如鱼得水。但后人却会怀念他，尊敬他，纪念他，修祠以祀，并不仅仅因为他是一个全才式的大文人，也不仅仅因为他是一个耿直的大忠臣，在古代不是每一个显宦或才人都能得到祀为贤人的至高荣誉。

苏东坡刚贬到惠州时，很惊讶当地人去迎接他，这当然是他的才名远播而致。但是我想去迎接的必是有文化的士绅，不识字的农民大概不知道苏东坡吧？真正让老百姓们知道他，感恩他，是他为当地百姓们做了不少民生实事。

苏东坡被贬谪惠州，"不得签书公事"，没有了实权，但俸禄待遇还是有保证的，如果他悠游山水，明哲保身，韬光养晦，当然可以浮生且过。不多事等于不惹事，不给政敌攻击口实，等于有机会离开贬谪地开复官职。但他深怀兼济天下的襟抱，不因身处逆境而休止，仍然不改初心，不停地为百姓造福。从改造丰湖（西湖），为方便百姓出入，始倡修"两桥一堤"（东新桥、西新桥和苏堤）。看到当地民众插秧技术和工具落后，亲绘插秧船形图，请工匠制出推广应用。他偶在香积寺见到溪流落差很大，想起设计水碓、水磨，教百姓舂米、磨面。看到当地百姓因瘟疫、瘴气缺乏医药，他到处搜罗药品为百姓治病。军士占用民房，他也会记念在心，极力调解。修桥缺款，他自己和家人解囊相助……

三年的遗泽遗爱，百姓的心里是有杆秤的，建祠也不是随便哪个人说了算。在封建时代，为一个人建祠，很慎重，地方长官、士绅、百姓都要同意，除包括官员带头集资外，官府也会相应拨款，要上奏朝廷核准。忤逆民意像魏忠贤之流的建"生祠"，下场只能最终是被愤怒的百姓拆毁。想想吧，从建苏东坡祠历近千年的岁月里，历朝历代的惠州人，隔二十年左右便会修缮一次，无论正朔交替更新换代，无论不同籍贯的官员到惠州主政，惠州的在任官员、士绅和百姓，对苏东坡都会永远发自内心地爱戴、尊敬、纪念，将苏东坡对百姓的真诚挚爱，一代又一代化为馨香，传诵千秋！

阳光明媚，林木扶疏，暖风吹拂，江流荡漾，虽其建筑格式未必如旧，但终于有了一个对先贤可供景仰的徘徊凭吊之地，于惠州，于普天之下来惠州的游人，功莫大焉，益莫大焉。出得苏东坡祠，口占《浣溪沙》一阕，以抒不枉来此一观的沉思：

叹息足观不作文，
谪浮宦海几沉沦。
词篇仅供后人吟。

亭下清流长逝水，
峰前碧色欲为邻。
熙熙攘攘可知音？

"是何意态雄且杰"
—— 杨椒山与谏草堂

　　记得少时见过一幅杨椒山的诗帖，诗句自然已经不复记忆了。但那淋漓飘逸毫无馆阁气的书体，却给予我很深的印象。那时听长辈讲，杨椒山是明朝的大忠臣，后来读了《明史》，才知道他是明代一位极有气节的忠臣义士。

　　杨椒山是河北容城人，名继盛，字忠芳。椒山是他的号，因他忠贞刚烈不畏权奸，所以后人尊称他为"椒山先生"。他三十二岁考中进士，初选入南京吏部，三年后又调升北京兵部车驾司员外郎，此时正值嘉靖皇帝在位后期，这位懒惰的皇帝只知潜心斋醮以图成仙，他迷信道教，竟长达二十年不见朝臣，在西苑深居不出，朝政尽悉落入大奸臣严嵩之手。严嵩与其子严世蕃狼狈为奸，不顾边境北有俺答、南有倭寇的长期外患，只知敛财纳贿，结党伐异，擅政专权，当时朝中正直之士无不对此忧虑和愤恨，先后有敢于直言的"八言臣"奋起上疏，其中第一位便是杨椒山。

　　杨椒山初到北京兵部任职，正遇上贿赂严世蕃当上大将军的仇鸾不敢与俺答作战，与之妥协，并建议互开马市。杨椒山当即上疏"十不可五大谬"严词反对。在严党诋毁下，他获罪下狱被击一百棍，并被刑具掰断了手指，出狱后被贬到甘肃以西的狄道县，去做一个管捕捉盗贼的典史。不到一年，马市真相败露，嘉靖帝才感到冤枉了杨椒山，特旨调升山东诸城知县，一个月又调南京户部主事，三天后再升刑部员外，马上又转任兵部武选司郎中，不到半年之内他竟连升四级！兵部武选司郎中，主管武官考铨升迁。这在兵部中被视为肥差，是嘉靖皇帝内疚之下给他的奖赏，杨椒山完全可以凭此发财升官。但杨椒山全然不考虑"皇恩浩荡"和前次上疏的后果，到职未满一月，便写成《请诛贼臣疏》，痛斥严嵩"十大罪五大奸"。在起草疏稿时，他的亲朋好友都百般苦劝，但杨椒山决心效仿夏商时进谏遇害的忠臣龙逢、比干，下必死信念。果然，他这回受到比上次更残酷的大刑，并被投进死囚牢中，严嵩指示党羽欲将杨椒山"绞"杀，但嘉靖帝"犹未欲杀也"，被囚三年。初入狱时，好友曾托人密送蚺蛇（即蟒蛇）之胆，谓此可御杖止痛。他得知慨言道："椒山自有胆，何以蚺蛇为？"明朝的监狱最为黑暗，他在狱中屡受严刑拷打，直至骨折皮破、死去活来，他的两股也因棒伤糜烂。而严党爪牙竟断绝医药之治，他即打碎瓷碗，将瓷片自刮手腕被打烂发炎溃烂的腐肉，并将刮不净的筋以手扯断，之间血流遍地，腐肉盈斗，狱卒望见亦为之战颤不已，而杨椒山"意气自如"，这是怎样的一种英雄气概？！杨椒山的"意气自如"，还体现在他临刑之际，将狱中所书年谱、写给妻儿的各两封遗书包括狱中诗作交付其子，这是怎样的一种从容不迫？！所谓"视死如归"不是所有的仁人君子都能做到的，看看后来"戊戌六君子"中一二人的临刑表现，就不能不令人生发感慨了。

杨椒山入仕仅五年，其间七易其职，六赴任所，一贬谪地，两入诏狱，最后终遭严党杀害，死时年仅40岁。临刑前曾写下两首正气淋漓的叠韵绝命诗："浩气还太虚，丹心照千古。生前未了事，留与后人补。""天王自圣明，制作高千古。生平未报恩，留作忠魂补。"他就义时，观看行刑者无不涕下。赴义后，许多读到此诗的正直之士，无不为之痛哭失声！他的这种不畏奸邪、不计得失的浩然正气也受到后人的传颂与敬仰。杨椒山在北京兵部任职时住在宣武门外达智桥松筠庵，他起草弹劾严嵩疏稿的书房，被后人尊称为谏草堂，一直受到人们的凭吊。为纪念杨椒山，在他遇难后，后人于乾隆年间将其故居松筠庵改祠以祭。后经道光年间法名心泉的和尚又募捐重建，从此成为北京数百年来最值得瞻仰的名胜之一。杨椒山弹劾仇鸾和严嵩的两道奏疏遗墨，由海盐人张受之手摹勒石。张受之是有名的镌石名家，布衣一生，但敬仰杨椒山的人品行事，来庵中精心摹勒疏稿墨迹于石，疏稿刻就，张受之竟死于庵内，令人为之痛心。同为海盐人的沈炳垣写谏草亭落成纪事诗，曾感慨"张君劲铁笔一枝，惜不镌公临死诗"，这是指杨椒山的绝命诗，可惜没有勒石于碑。但"腥风漓漓壁上喷，丹心万古振聋聩"，能流芳青史，传之口碑，是会被后人永远朗朗吟诵的！

松筠庵西南隅有座八角攒尖顶亭，大概也是心泉和尚所募建的。看来心泉虽是出家人，也是杨椒山的崇拜者。此亭也被后人称为"谏草亭"，张受之镌刻的杨椒山疏稿墨迹碑就立于此。还有一棵据说是杨椒山手植的榆树(也有说为槐树)，时光荏苒数百年，但愿有志士手泽的遗物无恙。包括记载的何绍基题"谏草堂"匾额，"正气锄奸"匾，"不与炎黄同一辈，独留青山永千年"楹联等，据说二十世纪末有关人士考察时尚在。杨椒山祠已被北京市立为重点文物保护单位，基本院落结构尚完好，是可以修复开放的。因为这个地方见证了后来历史上的重大事件，杨椒山忠贞刚烈的品格也影响着后世的读书人和仁人志士。杨椒山被明穆宗昭雪后，于明万历二年被赐封护国保宁王，即北京城隍，杨椒山即成为继文天祥之后的城隍。松筠庵内设杨椒山神像，凡来京会试举人，皆至此拜祭。清代一些官员士大夫也常于此雅集诗会，留有不少充溢情感诗赋，如清代尤侗访谒谏堂的一首五律："谏草留遗石，年年化碧痕。悲风吹古树，大鸟叫祠门。青史平生事，内楹故国恩。永陵北望在，流涕向黄昏。"颇值得一读，如有心人搜辑编成一部《明清咏椒山祠诗》，还是很有文史价值的。

清同治、光绪年间，著名的清流派张之洞、张佩纶、宝廷等"四谏"，抨击时弊上奏折前，常聚集谏草堂谋划奏稿。清末戊戌维新的领袖康有为、梁启超，也是在此召集入京会试举子出发去"公车上书"的，在当时这里就是变法人士的集会之地。革命先驱李大钊是河北人，生前就非常景仰杨椒山，他也经常在松筠庵进行革命活动。他最为欣赏杨椒山的名联："铁肩担道义，辣手著文章。"并将其中的"辣"改为"妙"，以此作为自己的座右铭。杨椒山的这副对联名气很大，我最早以为这是他在北京时所写。后来才知是他贬官甘肃临洮狄道县当典史后所写，可见虽然位卑受厄，却胸襟不改。杨椒山遇难后，不仅北京的椒山祠供人瞻仰，他写对联时所在的临洮，当地人也修建了一座椒山祠，以为纪念。1937年，顾颉刚先生到甘肃考察教育，曾到这座祠参观过。"丹心照千古"，不知临洮的椒山祠尚在否？

为何当地人建祠以祭？古代的仁人志士，为官彰显忠义，哪怕被贬谪边荒烟瘴之地，仍会为当地百姓做事行善，这从苏东坡到林则徐，真正做到了"苟利国家生死以，岂因祸福避趋之"！据《明史》本传载：杨椒山贬到狄道县时还不到四十岁，"其地杂番，俗罕知诗书，继盛简子弟秀者百余人，聘三经师教之。鬻所乘马，出妇服装，市田资诸生。县有煤山，为番人所据，民仰薪二百里外。继盛召番人谕之，咸服，曰：'杨公即须我曹穿帐亦舍之，况煤山耶？'番民信爱之，呼曰：'杨父'"。杨椒山卖了自己的乘马和夫人的服饰，办起了超然书院，资助乡里穷苦后生入学，怎么能不受到百姓的"信爱"呢？典史是知县的副手，可做事亦可无为，但杨椒山不因贬谪而怨殆，以诚挚之心施泽百姓，所以当地百姓包括少数民族为爱戴的"杨父"建祠怀念，是发自内心理所当然的。临洮人不仅仅是建祠，至今临洮有以"杨父"命名的"椒山街""椒山中学""椒山社区"等，足见人心所向不可磨灭。明代出了两个流芳青史的典史，除了江阴抗清的阎应元，便是杨椒山。除北京、临洮外，保定也有杨公祠。杨椒山去没去过江阴，我未考证，但江阴人也敬仰他，在当地兴国寺原址的兴国园内，也建了一座四角攒尖的椒山亭纪念他。

报刊上写杨椒山的文章不算少，但极少提到他被贬官后为当地百姓做的好事，更极罕见提及他的夫人张氏。杨椒山被贬到荒远的甘肃，张夫人可以不从夫去受苦，但她心甘如饴相随而去。还拿出自己的衣服首饰，帮助夫君教养当地孩子接受教育，可见是一个明理贤惠的妻子。更令人钦敬的是，夫人不仅贤惠，更凛然刚烈。听到已在狱中三年的丈夫，被严嵩浑水摸鱼，在杀张经、李天宠案中将杨椒山名字夹带上奏，奉旨"勾决"。张夫人听闻噩耗，毅然伏阙上书嘉靖皇帝："圣明不即加戮，俾从吏议，两经奏谳，俱荷宽恩。今忽阑入张经疏尾，奉旨处决。臣仰唯圣德，昆虫草木，皆欲得所，岂惜一回宸顾，下垂覆盆？倘以罪重，必不可赦，愿即斩臣妾首，以代夫诛，夫虽远御魑魅，必能为疆场效死，以报君父。"哀词之下，可见张夫人对夫君之情，挽救夫君性命之不惜代死之志。可惜，按明制掌管奏疏的机构是通使司，但被严嵩安插的走狗所控制，上书被封拦。如果上书能到嘉靖面前，依他不杀海瑞的心理，看见代死哀词，极有可能赦免杨椒山的死罪。只是可怜了夫人一片赤诚肝胆！杨椒山祠及谏草堂，据报载在规划腾退居民完成后，再修复对外开放。我倒是建议，循例当陈叙杨椒山的刚烈事迹时，也应该彰显张夫人的刚烈才好。

很多年前，我曾读过杨椒山后人的一篇文章，谈及杨椒山的绝命诗墨迹仍然保存在后人手中，其中一个字与流传的诗句不同，是不是流传的"生平未报恩"的最后一字为"国"？岁月荏苒，具体已不复记忆了。而且也并不是流传的那一首"浩气还太虚，丹心照千古。生平未报恩，留作忠魂补"，应该是笔者所引用的那两首。杨椒山的遗书真迹至今完整保存在河北容城县档案馆，并有从刘墉至民国1935年126个名人题跋手卷。不可拜观，只能心诵"一纸家书五百年"！

杨椒山曾为杨氏宗祠撰联曰："是何意态雄且杰，不露文章世已惊"，颇显旷放胸襟。我去过河北不少地方，但从来未去过杨椒山的故里。据张伯驹先生所编《春游琐谈》说:定兴县北河店南有石桥，桥侧有当年的杨椒山读书处，不知还在否？能去体验"读圣贤书，庶几无愧"的境界，诵一诵他绝命之诗句"生前未了事，留与后人补"，真的很令人回味和向往。

六必居・鹤年堂与严嵩题匾

北京的老字号是宝贵的财富，是老北京文化的一个重要组成部分。老字号大都有流传下来的牌匾，这也是老字号的无形资产。牌匾基本是历史上各界名人所题，但其中一部分真假莫辨。如都一处烧麦馆是否为乾隆所题？如瑞蚨祥绸布店的牌匾，至今不知何人所写；再如六必居、鹤年堂的匾，一直传说为明嘉靖年间的奸臣严嵩所书，是否如此？其实是很令人怀疑的。

六必居是北京最著名的老酱园，传说最初为六个人所开办，请严嵩题匾，严嵩便题"六心居"，但又觉得六人不可能同心合作，便又在"心"字上添了一撇，成为"六必居"。清代的一部笔记《朝市丛谈》也写明六必居为严嵩所写，但却是孤证，其他野史笔记均不见载。民国以后的蒋芷侪所著《都门识小录》云"都中名人所书市招匾时，庚子拳乱，毁于兵燹，而严嵩所书之'六必居'，严世蕃所书之'鹤年堂'三字，巍然独存"，这也照抄前朝野史笔记，更不可靠。但也有人认为六必居原先是小酒馆，为保证质量，酿酒要"六必"，即"黍稻必齐，曲糵必实，湛之必洁，陶瓷必良，火候必得，水泉必香"，所以取名"六必居"。这种说法流传甚广。

但据六必居原经理贺永昌的解释："六必居"不是六人而是山

西临汾赵氏三兄弟所开专卖柴米油盐的小店，店名即据"开门七件事，柴、米、油、盐、酱、醋、茶"而来，除不卖茶，其他六件都卖。也兼营酒，还卖青菜，制酱菜是以后的事了。（《驰名京华的老字号》，文史出版社1986年版）如据此解释，严嵩题"六必居"的原意就根本站不住脚了。

又据叶祖孚《燕都旧事》（中国书店1998年版）载：六必居最初确为小酒店，但本身不产酒，只是从其他酒店趸来酒经加工制成"伏酒""蒸酒"再出售（"伏酒"是买来后放在老缸内封好，经三伏天半年后开缸。"蒸酒"我查资料，皆未记载如何制作），后来才变成制作高档酱菜的酱园。更重要的是，二十世纪六十年代，邓拓通过贺永昌借走六必居大量房契与账本，并从中考证出六必居不是传说中的创建于明朝嘉靖初年，而是创建于清康熙十九年（1680年）至五十九年（1720年）间。而且原来也不叫"六必居"，雍正六年（1728年）的账本上都称"源升号"，直到乾隆六年（1741年）才出现"六必居"的名字。这是邓拓极为重要的钩沉发现。这就铁证六必居既不开业于明代，何来严嵩题匾？我读过邓拓《论中国历史的几个问题》（三联书店1979年版），知道六十年代他为研究明代资本主义萌芽现象，调查研究了北京地区商号、煤窑等大量契约、账簿资料，他最初可能也相信六必居是明代老商号，但一经实物调查，才发现它是清代商号，与他研究的课题年代不符，所以《论中国历史的几个问题》一书中引用附录了不少资料和契约照片，并无六必居的资料。

由此可见，关于严嵩题匾只不过是六必居老东家为商业利益利用了民间对于严嵩的知名度，用今天的话说就叫做"名人效应"吧？其实，假设六必居真的开业于嘉靖初年，也不会去找严嵩题匾，因为那时严嵩还供职于南京，五十多岁还一直坐冷板凳，根本没有什么知名度。

当然，严嵩的匾无下款。因此有人以为他是奸臣，题款被后人抠掉，再如著名学者吴晓铃先生认为鹤年堂药店是严嵩所书，所云何据，无缘请教。鹤年堂也是一家老字号，相传也创于明嘉靖末年。有一种说法认为鹤年堂之名原为绳匠胡同严府花园一个厅堂的名字，严嵩倒台之后，这块严嵩自书匾流落出去，后来成了店名。店外还有一块"西鹤年堂"的匾，传说为严嵩之子严世蕃所书，更不可信。赵洛《京城偶记》（北京出版社2000年版）认为"严嵩题额是有可能的。后用作药铺招牌以资招客"。过去鹤年堂的配匾、竖匾分别传为戚继光、杨继盛所书，戚、杨二人均为忠臣，尤其杨继盛当年弹劾严嵩十大罪被下诏狱而死，将忠、奸死对头的匾额配在一起，岂不滑天下之大稽？这其实是店铺老板文化浅薄的表现。再者，严嵩在明嘉靖年代炙手可热，是内阁首辅（明代不设宰相，以内阁大学士集体行使行政等权力，为首领班的大学士地位最重要，称为"首辅"，颇相当于宰相），一人之下万人之上。他怎么可能以"首辅"之尊一而再为当时的小酒馆（六必居）、小药店题匾？

再假设严嵩败落，"鹤年堂"匾流落出来，当时的形势是万人痛恨严嵩，恨不得碎尸万段，开业于严嵩倒台之后的鹤年堂药店老板怎敢把严嵩的匾额堂而皇之悬挂？鹤年堂要冒天下之大不韪挂严嵩的匾，肯定要被愤怒的士子百姓们砸烂的。抠掉题款也不行，严嵩当年是诗文书法大家，《明史》也不得不承认他"为诗古文辞，颇著清誉"，并以擅写"青词"（一种诗书俱佳的带有道教色彩的文体）名传天下，这瞒不过人们的眼睛。

正因为严嵩是奸臣，他的书法和秦桧、蔡京一样一幅也没有流传下来。如果有实物，也可以鉴定比较。从鹤年堂、六必居的匾看，字体苍劲、笔锋端正。严嵩的字是不是这种风格呢？据《燕都旧事》载：琉璃厂宝古斋的老板邱震生曾见过严嵩真迹。

二十世纪三十年代，山西榆次有人来京求售明人书札册页，其中一页是严嵩手札。内容是他写给下级的手谕，签署"严嵩具示"。书为二王体，字颇娟秀。邱震生后来成为国内有名的鉴定专家，他毕生只见过这一页严嵩真迹（同册页还有文征明等明代名人手札），他认为是真迹无疑。因而研究老北京掌故的叶祖孚先生断定，六必居等所谓严嵩题匾与真迹完全不同。老北京老字号的牌匾还有相传曾为严嵩所题，如柳泉居。我在青少年时代就听老辈人讲过，这里还有一段有趣的故事，似乎发生在严嵩被贬谪的途中，这更不可能了。北京沙河明代巩华城的匾额，传说也是严嵩所书，当然存留至今字体已模糊难辨。查正史该城确是严嵩向嘉靖皇帝进言而修建的。但严嵩死后，依惯例他的题匾是应该被换掉的。

严嵩在中国历史上是个知名人物，除正史外，俚曲多有表现，如京剧《打严嵩》。其他以严世蕃为主角并涉及严嵩的杂剧《丹心照》《一捧雪》《万花楼》《鸣凤记》等，使得老百姓对这对奸佞父子家喻户晓。再比如山东孔府大堂通往二堂的通廊，几百年来放着一条红漆长板凳，据《孔府内宅轶事》（天津人民出版社1983年版）记乃严嵩被劾时，跑到孔府求衍圣公替他向皇帝求情，这是他所坐过的板凳。严嵩之孙女曾嫁与衍圣公第六十五代孙孔尚贤，但稍有文史常识熟悉明代典章制度的人都不会相信"板凳"的传说是真实的。

传说尽管是传说，但人们仍然在口碑流传，这似乎成为老北京老字号吸引人的一个方面？"文革"当中，为保护这些牌匾，还产生了若干故事。这些牌匾至今仍在，我可以肯定，这些牌匾的真正题写者应该是当时无名的文人，岁月的流逝已不可考证出他们的名字。唯一的科学态度是不要以讹传讹，例如，中国文联出版公司出版的《北京新老字号名匾荟萃》在"六必居""鹤年堂"照片下均注明"严嵩书",还特意指出"其历史和书法价值较高",这就违背真实了。北京美术摄影出版社曾出过一部《北京名匾》，也收入"六必居""鹤年堂"匾照片，注释写明不知书写者姓名，这是正确的，因为不误人子弟。

柳敬亭北京轶闻及其他

曾读报见载文，谈到顾眉（横波）来北京前后曾居住约十六年，还提到与她关系密切的柳敬亭，其实柳敬亭也曾在北京居住过三年，而这段时间顾横波也恰好正在北京。柳敬亭于康熙元年至四年在北京，顾横波卒于康熙三年。

柳敬亭是明末清初风靡大江南北的安徽说书艺人。当时几乎所有的名人都写过他，如黄宗羲《柳敬亭传》、吴梅村《柳敬亭传》（除传外还写过长诗《楚两生行并序》）、王士禛《分甘余话》、余怀《板桥杂记》、张岱《陶庵梦忆》、钱谦益《为柳敬亭募葬疏》等，孔尚任写《桃花扇》剧，也将柳敬亭塑造成一个有气节的"艺人之杰出者"（徐一士语）。柳敬亭的传奇之处在于他曾入左良玉军中为幕僚，极受尊重。如钱谦益所描述："长身疏髯，谈笑风生，……奋袂以登王侯卿相之座，往往于刀山血路骨撑肉薄之时，一言导窾，片语解颐，为人排难解纷，生死肉骨。"虽是优孟之身，却是个奇气侠义之士。他的说书艺术，据听过他说书者记载："或如刀剑铁骑，飒然浮空；或如风号雨泣，鸟悲兽骇"（黄宗羲），"剑棘刀槊，钲鼓起伏，髑髅模糊，跳踯绕座，四壁阴风旋不已"（周容），"其描写刻画，微入毫发，然又找截干净，并不唠叨。说至筋节处，叱咤叫喊，汹汹崩屋……其疾徐轻重，吞吐抑扬，入情入理，入筋入骨。"（张岱）因而"往来缙绅间五十年，无不爱柳敬亭者。儿童见柳髯至，皆喜"。（《杂忆七传》）这样的传奇色彩兼具侠气的人物，难怪一时名士为之表彰述状。

柳敬亭活跃于江南，他的北京之游，已是江山易主改朝换代了。晚清申报馆排印的《漫游纪略》载：柳敬亭于康熙元年随显宦蔡士英来到北京，蔡士英在清初官场上是个活跃人物。柳敬亭来北京这件事，引起北京达官贵人、名士墨客的轰动。一些诗人纷纷为柳敬亭题诗写词相赠。曹贞吉《珂雪词》云："柳生敬亭以评话闻公卿，入都时邀致踵接。一日，过石林许曰：薄技必得诸君子赠言以不朽。实庵首赠以二阕。合肥尚书见之扇头，沉吟叹赏，即援笔和韵。珂雪之词，一时盛传京邑。学士顾庵叔自江南，亦连和二章，敬亭由此增重。"其中提到之人皆为一时名士。"实庵"即曹贞吉，其诗风遒练，最受时人推崇。"顾庵叔"即曹尔堪，与施润章、王士祯等齐名，为海内八家之一。"合肥尚书"指龚鼎孳，也是大名士。这段记载可以说依稀反映出柳敬亭到北京后，达官、文人对他的欢迎状况。人们赠他的诗词中，以曹贞吉之作最为出色："席帽单衬，击缶呜呜，岂不快哉！况玉树声销，低迷季黍；梁园客散，清浅蓬莱。荡子辞家，羁人远戍，耐何逢场作戏来。掀髯笑，谓浮云富贵，麦蘖都埋。纵横四座嘲诙，叹历落嵚崎是辩才。想黄鹤楼边，旌旗半卷；青油幕下，樽俎常陪。江水空流，师儿安在，六代兴亡无限哀。君休矣，且扶同今古，共此衔杯。"曹贞吉在词中回忆了柳敬亭在南京与复社人士共同斗争及武昌左良玉幕府的经历，很动感情。此作一出，北京名士争相依韵奉和，使柳敬亭声誉日重，也使他成为名士们诗酒会上的座上宾。一次龚鼎孳集友朋听其说书，请与会者赋诗记盛。上海文人蔡湘"以齿少居末座，诗先成"："亚阳龙起说盛唐，铁马金戈旧事长。草昧群臣私结纳，乱离豪杰走关梁。听来野史风去骤，貌出凌烟剑佩庄。侧耳长宵俱上客，明灯高映六街霜。"此诗一出满座惊叹，蔡湘也由这首听柳敬亭说书的诗而名声大震。蔡湘字竹涛，与王士祯、朱彝尊等名人诗词唱和，还偶写丹青。1992年10月8日《中国书画报》载其"牡丹根基图"，为其入蜀之作。牡丹红蓝各一，雄鸡顾盼有神，画笔不俗，流露出其旷达高洁的逸趣和心境。由诗画观其人，与柳敬亭不无共鸣之处，所以发乎于情有此佳作。

从文人的诗词中也可得知，柳敬亭晚年生活困苦，到北京纯为衣食而来。如龚鼎孳赠他词云："鹤发开元叟，也来看荆高市上，卖浆屠狗。"毛奇龄《赠柳生》诗"流落人间柳敬亭，消除豪气鬓星星。江南多少前朝事，说与人间不忍听"，以"流落人间"比拟，令人不无唏嘘。柳敬亭来北京时已是七十九岁高龄，龚鼎孳等人都写词劝他回故乡。扬州文人汪懋麟到北京后也写诗劝他回去。在人们的劝说下，他终于在康熙四年南返回到故乡泰州。据《漫游纪略》载柳敬亭来北京三年住在某王府内，这似不可信。他极有可能住在龚鼎孳、顾眉家里，因为他恰好是在顾眉死后离开了北京。

但是，柳敬亭在北京献艺，却奠定了北京评书的基础，使说书艺术得以在北方流传。他的弟子王鸿兴，在北京收了八个弟子，即所谓"东收三臣，西收五亮"。至今北京的说书艺术，大都是何良臣、邓光臣、安良臣这"三臣"传下来的。

在明末清初之际的野史中，柳敬亭是个令人感兴趣的人物。不仅因其书艺高超，更在于他虽是一个小人物，却极有气节。孔尚任在《桃花扇》中借侯方域之口称其"人品高绝，胸襟洒脱，是我辈中人，说书乃其余技耳"。而极力称赞柳敬亭的江左三大才子钱谦益、吴梅村、龚鼎孳，虽列"我辈"，却都投降了清朝。吴梅村降清还知道忏悔，他本来想殉节，被母亲劝阻，作过史官和国子监祭酒，痛苦"浮生所欠只一死""纵比鸿毛也不如"。钱谦益的气节还不如一直跟随服侍他的柳如是，南明灭亡后，柳如是劝他共同投水殉节。钱谦益居然说：水太冷。不过据野史谈，晚年他辞官后曾居间联络反清义士，还算存些许良心。龚鼎孳更无耻，这个先投降李自成后降清，被讥讽为"三姓家奴"的明朝臣子，被人问及为何不殉国，居然恬不知耻地辩解："我原欲死，奈小妾（顾横波）不肯何！"而且还"每谓人曰"，真是以耻而不以为耻！世间之耻，宁有此乎？清朝修国史，将他入《贰臣传》，说他"淫纵之状""亏行灭伦"。孟森评价他"既名节扫地矣，其尤甚者，于他人讽刺之语，恬然与为应酬。自存稿，自入集，毫无愧耻之心"，真是鞭挞入骨。他曾将与顾眉还是秦淮歌妓时的情史赠词，公开出了一本词集《白门柳》，虽然不乏感慕之心，但多有推引之意，按现代语词说是广告味甚浓。这样一个无气节可言，低级趣味充斥者，他赠柳敬亭词，怎么能产生共鸣写得出呢？

包括钱谦益，正直的文人们对他是蔑视的，钱泳在《履园丛话》中说他"所欠惟一死，骂名至千载"，他降清后，江南一带广为流传一首讥讽他的诗："钱公出处好胸襟，山斗才名天下闻。国破从新朝北阙，官高依旧老东林。"可见人心所向。乾隆甚为厌恶，曾谕销毁钱谦益的《初学集》《有学集》，修四库全书时，明发上谕："钱谦益等人，实不足齿，其书应概应焚毁。"随即令入《贰臣传》。直到清末，梁启超著《中国近三百年学术史》，仍将钱谦益列入伪学者流。就连柳如是对他的品行都是鄙视的，黄裳在《关于柳如是》中谈：钱、柳二人出游，见清泉，钱想脱袜洗脚，柳如是在一旁冷笑：你当这是秦淮河么？钱谦益、龚鼎孳等虽位列衣冠，却白读了一世的书。"读圣贤书，所学何事？而今而后，庶几无愧。"对钱、龚而言，"读书明理"真是莫大的讽刺。

巧合的是，柳敬亭是江苏泰州人，梅兰芳也是泰州人，皆为大艺术家。梅兰芳在抗战中蓄须明志，真是气节一脉之传，足令后人敬仰。

乾隆题匾之谜

　　《六必居·鹤年堂与严嵩题匾》刊载之后，有人询问：乾隆为都一处题的匾会是假的吗？那可是有实物为证。确实，在北京商号的题匾中，以都一处级别最高——皇帝亲赐，据说这也是促成了当年都一处买卖兴隆的直接原因之一。

　　据说都一处开业于清乾隆三年（1738年），是个简陋的小酒店，生意一直不好。乾隆十七年（1752年）除夕夜亥时，一主二仆来到此处，对酒菜甚为赞赏，当得知小酒铺尚无字号（一直称"李记"），为首之人便说："此时不关门的酒店，京都只有你们一处了吧！就叫'都一处'吧！"一个月后，十几名太监送来乾隆亲题的虎头牌匾："都一处"，此时方知那为首之人便是乾隆皇帝，这件事顷刻轰动京城。不光立即将匾悬挂，还将乾隆坐过的椅子盖上黄绸，下垫黄土供奉起来称为"宝座"，从此京城人人皆知，生意也开始兴旺。

　　据都一处前经理栾寿山回忆：宝座是褪了色的红罗圈椅，置于楼外晾台上，下垫黄布，解放前夕撤去放于杂物堆中，后不知去向。虎头牌匾为椭圆形，黑漆油饰字贴金箔，因其椭圆形状如虎头，故称虎头匾。匾四周雕刻蝙蝠图案。（见《驰名京华的老字号》，文史出版社1986年版）"文革"中被保护藏匿，八十年代重新悬挂。

综上所述，首先清代有关北京的野史笔记根本未见记载。如同治年间谈及都一处的《增补都门杂咏》等书都未提到乾隆题匾，清末《朝市丛载》提到老北京37家店铺匾额，其中谈到六必居为严嵩所题，但却只字未提名气并不亚于六必居的都一处乾隆题匾，可见一直到清末也并未有什么"乾隆题匾"之说。

都一处"乾隆题匾"今尚存（现门口所悬匾额为郭沫若1965年所题），从形制上看不符清代皇家匾额形状。一般应庄重大方，且凡乾隆题匾额，必属"御笔"和钤印。

再者，清代皇帝一般较严谨，尤其康、雍、乾三帝，均以"勤政亲贤"为法度，事无巨细皆必躬亲，又都博览群书广学多才，具备统治才能。极注重"九五之尊"的威仪，提倡满洲血统的高贵，绝不可能降低身份，跑到一个极不知名的小酒馆去和下层平民百姓共度除夕。而且，这也极不符清代皇家典制。

首先，中国历代皇帝都有"起居注"制度，官员编制中专设"起居注官"，清代起居注官品秩很高，可参加元旦国宴，等同于一、二品官秩。皇帝的一言一行均被史官记载，皇帝亦不得干涉。如明神宗无子，与一宫女私通而得子，但他嫌宫女身份低贱矢口否认。他的母亲叫来起居注官查阅起居注。日期、地点、人，一一载明，神宗皇帝才无话可说。乾隆皇帝是一个极重视个人形象、好大喜功的"有为"之主，他绝不可能让历史记载他的这一"失仪'形象。

此外，中国历代都有正规的谏官制度，一旦御史们发现皇帝这种有违国法家规的不检点行为，会纷纷上奏，掀起风潮。皇帝会下不来台，严重时还会下"罪己诏"（公开向臣民自我检讨）。仍举明神宗为例，他因与小太监一起醉酒，被皇太后和张居正为首的大臣联合批评"失仪"，甚至以废黜皇位相威胁，神宗皇帝最后只好下"罪己诏"。清朝提倡"以孝治天下",乾隆本人奉母至孝,即便谏官们不敢劝谏,皇太后干预,乾隆虽贵为天子,也是要考虑后果的。

再者,皇家制度规定,皇帝出巡是极其严格的。比如看戏,皇帝在京城只能在皇城和皇家园苑如颐和园内,"巡幸"到外地只能在行宫内(清代规定官员都不准许在街市戏园内听戏)。过去,皇帝出巡戒备森严,仪仗烦琐。如无行宫,"驻跸"大营都搭设帐房、幔城,极大,御殿(处理政务)、寝宫、佛堂等一应俱全,各种管事机构,包括专门管理皇帝冠、袍、带、履的部门,皇子住所,侍卫帐房、军机、大臣等帐房,加上层层禁卫帐房,犹如一座小紫禁城,也犹如北京皇城,层层关卡,禁卫森严,皇帝根本不可能"微服出行"。

实际上"微服出行"只是民间的想象。清代是皇帝服饰制度最严谨的皇朝,皇帝在什么场合、什么季节,穿何种制服,都有极严格的规定。(见《大清会典》等)所谓"微服"根本是不可能的事。

最重要的一点是:清朝重国法也重家法,清规戒律超过任何一个朝代。除夕夜老百姓要合家团圆,皇家也要合家团圆。按清代制度,除夕乾清宫要举行大规模家宴,皇帝要与皇后、嫔妃等合宴。从中午即开始,称"金龙大宴",各种冷膳、果品、点心等共四十品,申初二刻(下午五点左右)始传摆热膳酒宴,也是四十品,还要奏乐。除夕同日保和殿筵宴蒙古王公,元旦大和殿筵宴最为盛大,动辄一二百席,程序繁琐,称为"大朝会"。还有外藩使臣参加。元旦晚上乾清宫宴请宗室,元旦次日慈宁宫举行皇太后家宴。元旦清晨皇帝出席大朝会之前,先要到家庙祭告天地神灵和列祖列宗,然后出席"国宴"。乾隆皇帝与众不同,元旦还要抄写一部《心经》,这都是费时费力之事。除夕这一天还要举行封笔仪式等等。纵观除夕至元旦,皇帝根本没有闲工夫,岂可有"微行"之暇？按传说，乾隆是亥时（晚9时至11时）至都一处，这也是不可能的。首先，紫禁城宫禁在黄昏全部关闭，任何人不得出入。其次，皇帝在除夕要参加三次宴会和封笔仪式等，元旦要举行祭告典礼、两个宴会，还要书一部佛经，抽暇还要处理军政要务（如乾隆有一年除夕封笔仪式后，还处理了大小金川之战的军务）。他还有什么精力跑到都一处去喝酒？他只有一个可能：除夕家宴之后溜出去，但时间上绝不可能。再诸如甩开后妃、禁卫、太监等，其他如寻找车辆、开启各道门等，在今天可以办到的事情，在那时是完全不可想象，也绝对办不到的。

假设，"都一处"匾真正是乾隆所题，谏官们也不会善罢甘休，起码陪同皇帝"微服私行"的两个太监要掉脑袋。如果酒馆老板借此宣扬，被弹压地方的五城察院缉知，也会以"大不敬"冒犯皇帝尊严招摇撞骗予以治罪，罪行严重还会送交刑部。《大清律》有这样的罪名。我的分析，都一处借"乾隆题匾"做广告也是辛亥革命以后的事了。那个所谓乾隆坐过的罗圈椅大约也是个假古董。这块匾如同六必居、鹤年堂的匾一样，大约也是一位无名文人所写。

皇帝永远深居九重不接触民间商市吗？可以，那必须在皇家宫禁园苑中。据《清代十三朝宫闱秘史》等载，乾隆年间在圆明园设有"宫市"，"设买卖街，凡古玩、估衣以及酒肆、茶炉，无一不备，甚至携小筐售瓜子者，亦备焉。店主供以宦者（太监）为之"。此处商市"言明价值，具于册，售去者，给价值，存留者，还原物"。看来类似游戏，完全是为了取悦于乾隆。据说：乾隆至此，"步行过肆门，则走堂者呼菜，店小二报账，司账者核算，众间杂沓，纷然并作"，与民间店铺并无二致。圆明园宫市开设于福海湖东面同乐园，为清宫内务府与工部联合所开办，为逼真起见，仅仿民间街市招牌、幌子等"市招"就达165个。此外，颐和园（当时称清漪园）也设了买卖街——苏州街，是仿照南方街市而建的。以上是假买假卖，博"皇上"一笑。但在紫禁城中也有"宫市"，是一些老年宫女或失宠妃嫔，"不足自给"，令太监代卖自制手工艺品。（见《清宫词》）另外，王公大臣上朝必经之路隆宗门，也由太监和"苏拉"（杂役）开了个小吃摊，卖各种苏造肉、芝麻烧饼、杏仁茶之类。但是历史记载乾隆只去过圆明园、清漪园的"宫市"，紫禁城、隆宗门的"宫市"、小吃摊他未曾涉足。由此可见，乾隆皇帝连宫禁内的低档"宫市"、小吃摊都不肯去，他又怎肯去市井杂居的小酒铺去自降身份呢？

皇帝是从不亲手花钱的，他去都一处小酒馆如何结账呢？《清宫词》记载，乾隆曾携爱女固伦公主游苏州街，固伦公主"见大红呢袍，爱之"，老爹嫌贵不肯掏腰包（他也不会带钱），还是公公和和珅"以八十二金买与之"。关于都一处的传说没有说乾隆付账与否，只好姑妄想之吧（其实这也不符清代皇家膳食制度，只是限于篇幅无法详谈了）。

当然，乾隆题匾也罢，假古董罗圈椅子也罢，都不会妨碍都一处成为驰名京华的老字号，这种传说只不过给老字号更增添了一种传奇色彩，绝对是戏说拍电视剧的好素材。

秦良玉·四川营·棉花胡同

　　北京的街道和胡同有多少与商业、商品、饮食、服饰等五行八作有关，还从来没有人认真统计过。街道有灯市、花市、羊市、珠市、缸瓦市、菜市、骡马市、煤市、米市、西什库、海运仓、禄米仓等，胡同更多了，如果子市、果子巷、酒醋局、茶叶、干面、烧酒、官帽、卫衣、皮裤、胭脂、绒线、手帕、轿子、小市、钱市、铺陈、驴市、鹁鸽市、铸钟厂等。这些街道和胡同的名称，折射出元、明、清近千年商业的迁延沉浮。如果写旧京商业史，这些胡同是最生动的历史实物。

　　不过，有的胡同从字面上来看即可知其含义，有的胡同就不能望文生义了。如宣武区棉花胡同，是不是专卖棉花之处？我曾遍查史料，却发现这条胡同与明末一位民族女英雄有关，按今天的话说就是纺棉织布的工厂区。

　　秦良玉是明末驰名巴蜀的爱国巾帼英雄，执戈马上，纵横驰骋，一时声闻遐迩。《明史》将她入传，其述颇有传奇色彩："良玉为人饶胆智，善骑射，兼通词翰，仪度娴雅。而驭下严峻，每行军发令，戎伍肃然。所部号'白杆兵'，为远近所惮。"

　　古有花木兰、穆桂英，虽然家喻户晓、妇孺皆知，然而率出于民间俚诗及演义小说，其实是史付阙如查无其人的。真正有史可据的则属秦良玉，而且其人其行并不在花、穆二人之下。

秦良玉乃四川忠州人（忠州出过战国时巴国"断头将军"巴蔓子和三国时不肯投降的老将严颜，此地忠义衍成风气，故名"忠州"），自幼与兄弟比肩习武，兼读兵法。二十岁之前即精于骑射。且胆智过人，又擅词翰，以娴雅仪度与善武知兵名于时，当时四川石柱宣抚使马千乘极敬慕她，在秦良玉二十岁时，两人结为伉俪。明末外警频频，为卫护桑梓，夫妻训练家乡子弟为戎旅，以备保家卫国之用。所部称"白杆兵"，士卒皆以白木为矛杆，柄设钩，尾结环。川蜀多山，军伍攀岩越壁，以矛上钩、环相衔，故而行军疾速，往往出其不意，百战不殆，威名远播。

不幸马千乘后被宦官诬陷，死于狱中，后秦良玉"代领其职"。时值女真崛起，屡兴边衅。明万历四十七年女真兴兵侵掠辽东，明军惨败，"京师大震"。朝廷急调劲旅，秦良玉奉诏督师北上，与清兵大战。此役中秦良玉之兄秦邦屏战死沙场，其弟秦民屏、爱子马祥麟皆受重伤，所部子弟兵殉国者极多。京师解危后，秦良玉便率部返回家乡。

崇祯三年，清兵入关，北京再次告警。崇祯急诏天下兵马"勤王"。秦良玉"奉诏勤王，出家财济饷"，日夜兼程北上，马未解鞍，立即与清兵激战，先后会同友军收复滦州、遵化等地，再次解除了北京之危。由于秦良玉抗击外虏有功，崇祯皇帝"优诏褒美，召见平台"，赐她"三品服色"及彩缎、羊、酒等物，还亲自写诗四首赐赠，以示褒彰。这即所谓"平台赐诗"的"旷典"。诗云："学就西川八阵图，鸳鸯袖里握兵符。古来巾帼甘心受，何必将军是丈夫？"其二："蜀锦战袍自剪成，桃花马上请长缨。世间多少奇男子，谁肯沙场万里行？"其三："胡虏饥餐誓不辞，饮得鲜血带胭脂。凯歌马上清吟曲，不是昭君出塞时。"其四："凭将箕帚扫虏胡，一派欢声动地呼。试看他年麟阁上，丹青先画美人图。"诗未必皆佳句，亦不免夸张，因为那时秦良玉已是半老之妇了，但于秦良玉飒爽英姿之描绘却也不无生动之处。

值得一提的是，秦良玉不仅名震巴蜀，也遗誉京华。她在保卫北京之役后，曾驻军于北京城内，因而留下了一些遗迹。一些野史笔记如《藤阴杂记》《宸垣识略》《燕京访古录》等皆有记载，并说她勤王之后"驻兵于宣武门外四川营。其遗址，川人乃筑会馆以祀之"。四川营现为北京胡同名，今位于北京宣武门外骡马市大街路北。北京凡带"营"之地，均与军旅或军事后勤保障有关，如高丽营、骚子营、菜户营、铁匠营、小营等。四川营因有秦良玉屯兵之故，乃有此名。胡同内有四川会馆，祠堂内中央原有一木龛，悬秦良玉戎装画像，牌位书"明太保秦良玉之位"。龛前还有楹联曰："出胜国垂三百年，在劫火销沉，犹剩数亩荒营，大庇北来桑梓客；起英魂于九幽地，看辽云惨淡，应添两行热泪，同声重哭海天涯。"门外有横匾书曰："蜀女界伟人秦良玉驻兵遗址"十二字。民初此地曾设女子学校，现今四川会馆已为民宅，匾额、楹联均毁之不存，唯秦良玉戎装画像幸由北京文物部门保存。（见《北京史苑》第一辑，北京出版社1983年版）

除此之外，四川营胡同附近还有十几条"棉花胡同"，分头条、上二条、下二条等名称。这也与秦良玉有关。她在驻扎期间，曾令部下与女眷纺棉织布，故而附近的一些胡同就被后人呼之为"棉花胡同"。清代曾有人写《四川营吊秦良玉驻兵遗址》一诗咏道："金印凤传三世将，绣旗争认四川营。至今秋雨秋风夜，隐约钲声杂纺声"。诗非名家手笔，却颇能反映出人们对于这位爱国女英雄的怀念。确实，北京的四川营、棉花胡同的地名一直沿用至今，足以说明人们对这位巾帼豪杰的敬慕了。后世仁人志士也有不少对秦良玉钦敬者，如辛亥先烈秋瑾女侠十三岁时读描写秦良玉的小说《芝龛记》，非常感动和羡慕，曾写了一首《满江红》，句中有"良玉勋名襟上泪"之句，（见中华书局版《秋瑾集》）可见秋瑾的忠义侠胆不无秦良玉的遗风。

当然，人们注意秦良玉驻军的四川营胡同，却疏忽了棉花胡同。如按史料记载，"驻兵"于"四川营"，从地图上看，四川营只是一条胡同，而棉花胡同却分头条、上二、下二、下三、上四、下四、五条、上六、下六条、上七、下七条、八条、九条共十三条胡同，相对排列，完全是兵营营房格式。我觉得，四川营应该是指挥部，十三条胡同才是士兵及家眷驻屯之地。为什么要纺棉织布？因为秦良玉的部队不属于明代国家常备军，按现在阶级分析的方法，应属于地主武装，国家不负责兵饷。所以只能靠纺棉织布自筹军衣，也有可能就地出售充作饷银。这些史籍均无记载，我查过《北京经济史资料》（北京燕山出版社1985年版），也无棉花胡同相关史料的记载。北京最早以产绢闻名。《北平考》（北京古籍出版社1982年版）记载唐代幽州就以范阳绫绢闻名。明代有尚衣监，负责官帽、鞋袜等，清代有针织局、织染局等，都在今北京景山后身一带，棉花胡同不是官办，大概引不起注意。但我猜测，秦良玉的子弟兵连家眷估计住满十三条胡同，约近上万人，"纺声"轰鸣，如果再形成市场，一定非常热闹。

有意思的是北京还有两条棉花胡同，一在东城，称东棉花胡同，为中央戏剧学院所在地；一在西城，称西棉花胡同，我印象中这里的66号曾是护国名将蔡锷的故居。这两条胡同是否与秦良玉纺棉织布有关，还是老北京过去纺棉织布集散地，只好付之阙如留待专家去研究了。附带提及，棉花胡同头条1号老北京人视为凶宅，传说秦良玉曾于此斩首过违反军纪的士兵，但正史未曾记载。民国时人陈宗藩著《燕都丛考》曾载：此为其友林白水故居，林白水因办《社会时报》抨击军阀于此被捕，而枪杀于天桥，"凶宅"之说大约由此而来。

军机处官员的衣食住行

稍有清史常识或观过宫廷剧的人，大概都会知道军机处；凡去过故宫游览的人，大概也会到隆宗门内的军机处直房一观（"直"通"值"）。而今，军机处东端开放成展室，展出有关军机处的历史和文物，诸如谕旨、朝珠、帽筒、章京炕几、军机处原貌照片之类，每每引起游人的兴趣。倒退至二十世纪八十年代，这里是很红火的食品店。我于己亥初十雪中一游，很有些感慨，但发现西端仍未开放。而南面的军机章京直房则悬着妇婴休息处的牌子，令人有些感慨。军机章京是草拟谕旨文稿的人员，是军机大臣的助手。《清史稿》上说军机处"军国大计，罔不总揽"，"威命所寄，不于内阁而于军机处"，这个当年处理军国大事的枢密重地，如此简陋，与巍峨的紫禁城宫殿真是有云泥之别。

据说军机处原貌从未真正向游人开放过：靠墙一半是炕床，余为桌椅，墙上有雍正皇帝御书匾额"一堂和气"，有咸丰皇帝御书匾额"喜报红旌"。与养心殿一墙之隔的军机处，房五楹，称"北屋"。南面的军机章京直房，为五间悬山顶小屋，另有小门空院，道光三十年军机大臣祁寯藻曾"恐供事等于此传递、透漏消息，奏请将此门封闭"。清人笔记称此处为"南屋"，汉人章京办公在西，满人章京在东。除"直房"外，还有"军机堂""枢垣""直庐"

"直舍"等称谓。军机处最早称军需房，后改军机房，最后才叫军机处。"庐"字较雅，称"房""舍"则恰如其分。《十朝诗乘》说章京"直舍"最初"仅屋一间有半"，原在军机大臣直房西侧，后来改建于南面。

据《南屋述闻》载：军机处初始仅为临时搭建的板屋，乾隆中期才改建瓦屋。但就这几间瓦房，与故宫殿宇相比，不仅寒酸，也更窄小。试想，军机章京满、汉两班共32人，各分两班轮值，十多个人挤在这里，其窘状可想而知。夜间值班好一些，因规定仅需两人。军机大臣的"北屋"容人尚少，从《清史稿·军机大臣年表》看，历朝军机大臣少则3人，最多超不过10人，一般为5人左右。

说起军机处"直房"，其实并不仅仅限于故宫隆宗门内，还有所谓"园班""外直庐"等。因为清代皇帝并不总在故宫内理政，据统计，清朝268年中，竟有226年皇帝在"三山五园"（主体即香山静宜园、玉泉山静明园、万寿山清漪园即后改的颐和园，及畅春园、圆明园）理政。有专家统计（仅以军机处于雍正七年成立后的圆明园为例），雍正平均驻园210余日、嘉庆160余日、道光260余日、咸丰210余日，这还未计至避暑山庄、出巡等天数。因而，军处机的"直房"随皇帝行止而设，《南屋述闻》记："西苑直房在苑门之北，中海之东岸，背苑墙而面海；圆明园直房在左如意门内，颐和园直房亦在宫门内之左庑，皆视隆宗门内直庐为胜。"此意即说这几处"直房"办公条件均比隆宗门内佳。西苑直房与宝光门隔岸相对，军机大臣、章京入值均获准乘船代步。但若按李伯元《南亭笔记》载：颐和园军处机不过破房三间，中设藜床，风透窗纸，刺寒入骨。门外小贩叫卖嘈杂，军机处官员要不时驱散之。我印象在二十世纪六十年代始，这几间在颐和园东宫门外之南的直房，与故宫直房相同，也是茶肆小吃之地。

皇帝有时也赏赐园邸作为"该班直宿之所",《南屋述闻》的作者郭则沄当过宣统年间的军机章京,他记载"拜甲屯、冰窖两处皆有章京直庐"。军机大臣直房则在"七峰别墅"。像承德避暑山庄内也有固定的军机处"直房",在皇帝出巡期间,则设临时直房。若途中休息,会搭起蒙古包毡房,更加简陋,连几案都没有,军机章京们只能"伏地起草"谕旨。巡幸中军机处直房则无固定地点。"有行宫者以宫门左偏之屋"。(《春游琐谈》)

清代部院衙门官员上班是"点卯"制,中午前即散。但军机处上值似乎比部院"点卯"还要早,王文韶当过军机大臣并留有日记,入值基本是"寅初"(凌晨三时),个别时间是凌晨两点。散值时间一般为早七点至八点。军机章京则更辛苦,昼夜要轮流值守,皇帝为照顾军机大臣就近值班,有时会赐以园墅,如乾隆年间任过二十多年军机大臣的傅恒,即《延禧攻略》中的那位富察皇后的弟弟,深受乾隆宠眷,这位"高富帅"不仅在皇城内景山东侧有宅邸,在圆明园东南更有"春和园",他去军机处上班真是很便利。和珅就不用说了,在海淀有豪华的园邸"十笏园",以他的权势,据说他都不用去军机处值班,只在家里处理公务。乾隆年间,和珅任军机大臣,同僚"各不相能",只有阿桂在军机处直房值班,王杰、董浩在南书房,福隆在造办处,和珅除在家外,"或止内右门直庐,或止隆宗门外近造办处直庐","每日召对,联行而入,退即各还所处",钱沣曾上疏抨击此现象,得到乾隆首肯,谕钱沣入直军机处章京,但却引起和珅仇视,但亦无可奈何。由于皇帝主要在圆明园、颐和园理政,要随时应召承旨的军机大臣们纷纷在海淀镇北置办宅邸,以免路途遥远之苦。故因此形成一条宅邸鳞次栉比的胡同——军机处胡同。民国以后不乏名人居此,如美国记者斯诺受聘于燕京大学时,曾长期居于军机处胡同8号。当然,这条当年车轿络绎冠盖如云的胡同,随着城市的变迁,早已杳无痕迹了。当然，也并非所有军机大臣都能置房，如左宗棠进京任军机大臣，只能在菜市口觅房暂时住（今菜市口胡同16号为其故居）。

军机大臣、章京值班，吃是一大问题。《重修枢垣记略》记载"军机大臣及章京每日晨直饮食，皆内膳房承应"，《清宫述闻》引《爆直记略》说"枢臣每日皆有堂餐茶烛，悉由内务府支给，五日一给果饵，暑给冰瓜，冬给薪炭"。逢节令，皇帝会赏赐春饼、年糕、元宵、炒面、粽子、月饼、馄饨、腊八粥等，"其余花果饼饵肴蔬之属，无不随时颁赐"，历官嘉、道、咸、同四朝的祁寯藻，位至军机大臣，著有日记体的《枢廷载笔》，颇细致地记载皇帝召见军机大臣时赏赐的食物，有哈密瓜、奶饼、酒、鹿肉、奶卷、豌豆泥、羊肉、鲈鱼及衣料物件，很明显有若干满洲特色食品。但"枢臣"是指军机大臣，军机章京们大概无此待遇。

何德刚《话梦集》记载："军机处阶前，每晨必烧饼、油炸果数件，备枢臣召见后作为点心，可谓俭啬极矣。"亦即《南亭笔记》中的"军机大臣退朝后，至直庐办事，茶房供点两包"。但即便如此"俭啬"的"点心"，也有人认为是"靡费"。曾任过户部尚书的阎敬铭，一向以节俭著称，连慈禧太后修颐和园伸手要钱，他也敢峻拒。他任军机大臣后，将他认为"靡费"的军机处"点心钱""裁之"。《南亭笔记》卷载：每天清晨的烧饼、油条没有了，"同列皆枵腹"，阎敬铭"则于袖中出油麻花、僵烧饼自啖，旁若无人"。军机大臣是兼职，阎的原职是户部尚书，所以有权"首裁点心钱"。看来"堂餐茶烛由内务府支给"，钱应该是户部出，所以阎敬铭能做主裁掉。按野史记载，颐和园军机大臣值班时，有人见过荣禄出来买"汤饼"，王文韶亦出购"糖葫芦"，鹿传霖则买"山楂糕"，用以充饥（《南亭笔记》）。以军机大臣之威仪，似不可亲出购食，也许是令"苏拉"（仆役）购买。据说，家中有厨师的军机大臣会吃足夜宵再上晨值，一般军机章京则无此条件，只是夜间值班的章京供应半桌酒席。

光绪三十四年有《军机处经费岁入岁出总表》，一年中计"度支部饭银六千两、内务府参赏银四千五百两、崇文门饭食四百二十四两。外省解款，系各省津贴银七千八百八十两"。可见主要是"饭银""饭食"，估计还有笔墨费用。"崇文门"应指崇文门税关，还有各省津贴，可窥经费主要不是国库开支。（《清宫述闻·军机处档》）

莫看这些简陋不起眼的军机处大臣和章京直房，在清代自军机处成立以来的180年中，一直是机密重地，上至王公大臣、部院内外各级官员，均不得擅入，"其帘前窗外、阶下，均不许闲人窥视"，（《枢垣记略》）大臣、章京也不准携带仆人。从嘉庆五年开始，每日派都察院御史一名，至军机处直房附近的内务府直房监视，随军机大臣上下班。由此可见，军机处直房是门可罗雀、禁绝人迹的。

清制，外省各级文武官员，逢外出皆有仪仗，可乘轿。在京汉人官员准许可自备骡车，以车灯上剪纸显示身份，除部院是红黑字相间书衙门名称，其他皆以物表示，如南书房、上书房翰林是"书套"，四品京堂官以上为"方胜如意"，而军机章京则是"葫芦"，寓意缄口机密。军机大臣和章京半夜入宫，军机章京夜间值班入宫禁，也由太监提着"葫芦"灯笼引路，灯笼中间还围着一条红纸。在清代，只有军机处官员有此待遇，其他官员都只能摸黑上朝。夜间军机章京值班，宫禁肃肃，灯影绰绰，逢皇帝夜间紧急军情召对，太监传旨，靴声橐橐，也是很令人为之遐想的吧？

军机大臣、军机章京都不是专职，从各部院调来充任。均按原官品级服色，军机大臣的明显标志是绿牙缝靴。起自嘉庆二十一年特旨赏军机大臣托津、卢荫溥穿用，以后规定"军机大臣俱准穿用"。另外，全红帽罩（红雨衣）按规制只三品以上大臣、御前侍卫、各省督抚许用，军机章京是不能穿戴的。乾隆雨天时召见大臣，由军机章京引见，"冠缨尽湿，上问其故"，军机大臣于敏中答不合"体制"。这是说军机章京的品级是不准着红雨衣。乾隆说："遇雨暂用何妨。"自此军机章京"冠罩无不全红矣"。（《郎潜记闻》）军机章京品级一般较低，如调充章京的内阁中书、翰林院编修、检讨等基本六品甚至七品。朝廷为示恩宠特赏章京可以穿戴貂褂、朝珠，这两项皆为四品以上方可佩穿，故此成为军机章京的明显服饰。另，军机章京值班，因终日书写谕稿，特制"军机袄"（军机坎），如马褂，开右襟，袖至肘，可使臂腕灵便用笔。官员服制，穿错都要受处分，别说自制了。但有清一代军机章京穿"军机袄"，则未见纠劾，可见得到朝廷的默许，也可见军机章京的清贵。除此之外，红车沿也是军机章京经皇帝批准特赏使用。

魂兮归来

碧云天，艳阳秋。穿过已收割完稼禾的田垄，看见林木扶疏掩映下的两栋砖木乡舍。如果不是路旁立着的石碑标明是陈宝箴、陈三立旧居，想不到这是当年挥斥方道变法图强的领袖人物的出生地——"凤竹堂"。

空旷的天井，斑驳的窗棂，似乎在娓娓细语：魂未归故土？归去来兮，云胡不归？落叶应归根，旧居仍在，主人的魂魄却再也没有归来。青草萋萋，故土殷殷，却未安一抔黄土。

当年，陈宝箴、陈三立父子是怎么走出大山去赶考的呢？走陆路？乘舟船？这皆是历尽艰辛的劳顿。一去迢迢，宦海沉浮。1895 年，陈宝箴任湖南巡抚，举家迁往长沙，从此再也没有回到故乡。

他们的祖先从中原一路迤逦、栉风沐雨，先居福建上杭，从六世祖举家沿着长江到达这里安居，耕作、读书、行医，繁衍后代。不屈不挠、百折不回成为客家人的典型性格，追求理想、坚守道义成为客家人的执着信念。

陈氏父子考中科举，进入仕途，没有走很多官僚升迁发财、光宗耀祖的道路。单看他们的祖居，几乎没有改变模样，只是陈宝箴后来回乡修建了毗邻的新屋。考中科举按规定由官府出资立旗杆，现在仅存一座旗杆墩。沧海桑田须臾一瞬，不过百岁光阴，石头也历经磨蚀，依稀可辨刻有两行楷书大字："光绪乙丑年主政陈三立"。但，人或为过客，石或为齑粉，青史却留镌了他们的姓名。

陈宝箴，戊戌变法的领袖，率先在湖南巡抚任上推行新政，一时俊彦如黄遵宪、杨锐、刘光第、谭嗣同、熊希龄、梁启超等，齐聚长沙一隅，"或试之以事，或荐之于朝"，创立时务学堂、算学馆、湘报馆、南学会等维新机构，创办近代科技和官办企业，如洋火、蚕桑、工商、水利、矿务等局及轮船公司、武备学堂，开风气之先，"治称天下最"。杨、刘、谭被荐于光绪皇帝身边，为军机章京，直接参预变法中枢机要。陈三立过去人们只注重他清末同光体诗坛领袖的名声，实际他一直协助父亲招贤纳士，参与筹划。有痛于清代官场腐败，从吏部主事职上以侍父为由，请辞在长沙巡抚衙门父亲的身边，利用他位列"清末四公子"的身份穿针引线，联络四方。所以百日维新之举，慈禧太后视陈氏父子为主谋欲除之，下谕："湖南巡抚陈宝箴，以封疆大吏，滥保匪人，实属有负委任。陈宝箴着即行革职，永不叙用。伊子吏部主事陈三立，招引奸邪，着一并革职。"（《光绪朝东华录》）

修水的阳光很明媚，温煦着人的心扉；修水的秋风很温柔，吹拂着人的联翩思绪。我穿行在旧居连通的居室中，往返流连，面壁沉思：陈宝箴为什么被削职后不回到故里而回到南昌呢？

落叶归根是那时人们的归宿，哪怕死在客地也要尸归故土。陈氏父子所尊崇的乡贤，且奉为诗文宗伯的黄庭坚，逝于广西宜州任上，四年后仍由子侄将灵柩千里迢迢归葬修水双井故里。

陈宝箴不思念故乡吗？西太后要斩尽杀绝维新党人，秘密派出亲信牟兵弁疾驰到南昌西山"崝庐"，"赐死"他，并割下喉骨向西太后复命。他的魂魄宛若游丝，当时他想到了什么？青山依旧，故土迢迢，也许这永远是一个谜。

如果选择什途，陈宝箴会有很远大的前程。光绪皇帝一直感念不忘他的国是陈策。他是一个性情中人，对国事蜩螗忧心如焚，情之所至往往失控：英法联军攻入北京时火烧圆明园，时陈宝箴正在酒楼与友人谈及时势，遥见西天火焰遮光，痛彻肺腑，竟欲跳楼。被友人抱住落座，复捶案痛哭。李鸿章签马关条约，他亦痛哭大呼："无以为国矣！"

他对亲人一往情深。被褫夺顶戴后，返回妻子已停灵一年的长沙，扶柩于南昌，于城西葬墓，其侧筑居室曰："靖庐"，楼上可与墓相望。他本想放鹤于墓旁，澹游于山水，但西太后仍然没有放过他。

他对友人情挚不辞。文廷式（珍妃师傅）为帝党中坚，西太后欲密旨逮问已革职回籍之文氏，其逃至陈宝箴处，他不顾杀头之罪，赠银300两送文氏至日本避难。

客家人的性格刚强、弘毅、豪爽、执着，文天祥也是江西客家人，陈氏父子身上有着文天祥的流风遗韵。而陈三立与他的父亲在性格上很相像，几乎是一个翻版。甲午战败，陈三立致电张之洞，请他联合督、抚，"先诛李合肥（鸿章），再图补救，以伸中国之愤"，可见他的凛然大义！陈三立在庐山过八十岁大寿，峻拒蒋介石送来的寿金，可见他的富贵不淫。他八十五岁时在北京拒绝日伪拉拢下水，竟绝食五日而死。死前闻京津沦陷，伤绝悲号："苍天何以如此对中国耶？"可见他的拳拳之心！

在旧居中徘徊，似闻诗声绕梁，似见凤尾萧萧。陈氏故居又名"凤竹堂"，源于《义宁陈氏家谱》："盖凤非梧桐不栖，非竹实不食，凤有仁德之名，竹有君子之节。"思接浩荡，天地悠悠，归去来兮，"田园将芜胡不归"？

长江的浩瀚养育了客家族裔，她的支流修水一脉蜿蜒，滋孕出了陈氏父子这一代英杰。

　　修江之水兮浩浩，可以涤我胸；愿我赣人，勿忘英杰。

　　修江之水兮清清，可以濯我足；愿其故土，勿忘英魂……

　　魂兮归来！田园向荣胡不归？

顺承郡王府的沧桑

电视连续剧《少帅》近日热播，其中涉及与张作霖、张学良父子有密切关系的顺承郡王府。

顺承郡王府原址即今全国政协所在地，位于今西城区太平桥大街之西，锦什坊街以东，南至武定胡同，北临大麻线胡同，总面积约2万6千多平方米。二十世纪末以前，王府中殿堂房舍大致尚存，因政协办公楼改建，殿堂整体迁至今朝阳公园内按原样放置，但惜乎未按原王府规制搭建。

顺承郡王是清初八大"世袭罔替"的"铁帽子"王之一，从第一代勒克德浑始至清末共传承15代。勒克德浑的祖父是声名赫赫的努尔哈赤第二子礼亲王代善，父亲是代善第三子颖亲王萨哈廉。代善战功卓著，于"统一寰宇"和皇权更迭"无不殚厥心力"，故褒封极重。代善的8个儿子7位被封爵：3个亲王、两个郡王和两个贝勒。八大"铁帽子"王，礼亲王代善及子孙克勤郡王、顺承郡王竟占其三，可谓"旷典"。郡王在清制本身就是"显爵"，又加"世袭罔替"，尤其贵重。清制，如无"世袭罔替"，爵位隔代要递减。

《清史稿》载勒克德浑在平定明朝和李自成余部的战争中立下战功，于顺治五年（1648年）由贝勒晋封多罗顺承郡王，"世袭罔替"。后又出征，南明名将何腾蛟就是被他生俘的。但在顺治九年时因病逝世，年仅三十四岁。

按清制，封爵即赏赐府邸，褫夺爵位则府邸收回。因勒克德浑籍属正红旗，故在正红旗辖地建王府。这座王府一直延续到民国十年，历代郡王共居住了270余年，王府格局基本无大改变。当然，随着岁月流逝，王府外围及一些建筑已然不存。王府南墙外原有扁担胡同，再往南是勒克德浑胞弟杜兰的贝勒府。于今杜兰贝勒府早已化为民房，而扁担胡同在十多年前已大部被拆除辟为广场，余下部分并入武定胡同。这条胡同今天已荡然无存。王府内部直通正殿原有月台，前后有廊，为七开间双重檐、琉璃瓦起脊带鸱吻兽的宫殿式建筑，被八国联军焚毁。

在北京的王府中，顺承郡王府是保存最完好的，建筑格局基本无变动，应是研究王府建筑的最佳实物。原因就在于传承稳定，因为假若被废黜爵位，府邸收回若赐其他亲王，必然会按规制大动。

另外，顺承郡王府与别的王府有区别，例如按制度，王府正门前必有石狮两座，顺承郡王府则无。王府中路按惯例不能有大树，顺承郡王府则于东西翼楼各有两棵楸树，在王府建筑迁移时，树尚在。这两棵树一直传说是唐树，后来经成为园林专家的郡王后裔金诚先生考察，认定是清初所栽。王府大门前是院落，东西是值班房，各三间，居中一间是穿堂门，满语称"阿斯门"（"阿斯"为"翅膀"之意，即指位于两翼的门），一般王府东西"阿斯门"夜间关闭，白天只开一扇，顺承郡王府则两扇全开，且容许百姓步行通过。这是一件很有趣的事情，王府森严，郡王尊贵，能够为百姓穿行提供便利，在封建时代很难得。据传说扁担胡同被视为郡王府和贝勒府私产，百姓也可以步行，但不准推车经过。

勒克德浑以下的十几代郡王中，碌碌无为者居多，以战功卓著者鲜见，这主要是清初以后，限制亲贵干政，一般只给爵位或闲散

"差事"养尊处优，而吝予实权。可述者唯第二代郡王勒尔锦与第八代郡王锡保。勒尔锦于康熙十二年授宁南靖寇大将军，与吴三桂作战，因"老师靡饷，坐失军机"，一度被革爵、羁禁。锡宝于雍正九年授靖远大将军与西北噶尔丹首领作战，也因"坐失军机"被削爵。但无论革削与否，总有后代承袭，所以王府幸存。

到1917年，第十五代郡王纳勒赫病死，因无嗣，家族将其侄、年仅六岁的文葵过继。后经溥仪小朝廷的宗人府、内务府呈请民国总统府批准，由文葵承袭爵位。

清代的王府靠什么维持？以纳勒赫为例，他任过鸟枪营、阅兵、禁烟大臣、镶黄旗满洲都统、右宗人等职，但郡王俸银只有岁5000两，慈禧后特旨岁加2000两，任"右宗人"加津俸2400两，另有俸米2500石及钱粮米等。郡王卫队等杂役钱粮数千两。此外有分布于京郊、河北、东北的庄园地30万亩。但宣统逊位，俸银等一概皆无，从此入不敷出，坐吃山空。虽然隆裕太后已于宣统元年下旨将王府赏给个人，使这些金枝玉叶们有最后的生存依靠，但仍然无济于事。顺承郡王府走上了风雨飘摇之途。此后，顺承郡王府的房契送入东交民巷的法国东方汇理银行，息借贷款。1917年又租给皖系军阀徐树铮。奉系张作霖进入北京后，王府被奉系汤玉麟没收自住。1924年张作霖进京，自任安国军政府大元帅，将王府作为大元帅府。

顺承郡王府家族人等生活无着，不得已请贝勒载涛居中说和，最后同意售价75000大洋，房产从此归张作霖所有。日本侵占北京后，王府由日本宪兵队没收。北平解放后，政府又从张作霖亲属中购回王府，1950年成为全国政协办公机关至今。

王府成为大元帅府后，张作霖在其中居住时间很短，1920年来京时住奉天会馆。其中因直系战争，几度往返。1924年击败吴佩孚控制华北。1927年在北京成立安国军政府，称陆海军大元帅，一时成为北方政治中心，云谲波诡，角逐斗法。尤其于1927年4月6日，张作霖于此下令包围苏联驻华使馆，搜查、逮捕国共两党领袖60余人，绞死李大钊等20余人，一时震惊中外。1928年因受北伐军和直、晋军阀夹击出京，在皇姑屯被日本人炸死。

张学良其实很少在此居住，1930年后与夫人于凤至来北平住进顺承郡王府，赵一荻也随张、于入住，朝夕相处。但张学良嫌王府建筑陈旧，遂于西单太仆寺街新建胡同觅宅，设施均为西式，考究且舒适。张学良居住时间最多的地方应是天津赤峰道法租界32号（今赤峰道78号），占地总面积约1400余平方米。建于1921年，初为三层小楼，1926年又在后面增建二层小楼。房主为张作霖五姨太张寿懿。1924年张学良任京榆地区卫戍区总司令，后又任民国政府陆海空军副总司令、东北边防司令长官、北平绥靖公署主任等职，至1932年，常往返于平津及沈阳，夏季多去北戴河。王府内设陆海空军副总司令北平行营秘书处等机构。张学良在天津居住时间最长，而在顺承郡王府的居住时间相对较少。1933年3月11日，张学良通电下野，4月11日携家眷出国考察，从此再也没有回到过顺承郡王府。中国现代史上的一些大事与顺承郡王府密不可分，如"九一八"不抵抗的命令即于此发出。还有"九一八"后张学良组织北洋政府遗老成立东北外交委员会，于王府内召开两次会议，主张东北问题由南京政府外交解决。北平市学联激愤之下发动各大学学生上街游行，尤其在王府墙上张贴"谁要接受交涉的条件，决碎其头颅、火其居"的大幅标语，迫使张学良悄然收场。

于今沧海桑田，白驹过隙，曾是顺承郡王府主人叱咤风云的张氏父子，墓木已拱。顺承郡王府的最后一代郡王文葵，一生颠沛流离，二十世纪五十年代被安排在工厂工作，任过区政协委员，晚年生活安定。1992年，作为清代历史上的最后一位郡王逝世，年八十四岁。

海军衙门与醇亲王

如果上网点击，北京东城的煤渣胡同会介绍得很细，这条仅300余米长的胡同从清代始先后有神机营衙署、冯国璋宅邸、平汉铁路俱乐部及两个教会机构，有不少可助谈资的轶事。日伪时期，还发生轰动一时的军统行刺大汉奸王克敏案。但却没有"总理海军事务衙门"的介绍，这颇令人疑惑。其实何止网上，若查权威的工具书《清代国家机关考略》，也是付之阙如的。

这条胡同位于王府井东侧，东起米市大街，北邻金鱼胡同，西止校尉胡同，南可通北帅府胡同。其历史上溯可至明代，为京城三十六坊之一的澄清坊辖地，坊依次而下是牌、铺、胡同。清代八旗驻防内城，取消坊之区划，以各旗辖管，朝阳门归镶白旗，故煤渣胡同属镶白旗。明代称"煤炸"，所以震钧《天咫偶闻》说："神机营署在煤炸胡同。"清初改"煤渣"，朱一新《京师坊巷志稿》则注明："煤渣衚衕，煤作炸。"他也注明神机营在此胡同。传说设铸造铁厂堆积炼铁之残渣，故有此名。

煤渣胡同的有名，是因咸丰十一年（1861年）于此设神机营衙门。神机营是沿袭明代称谓，为明朝京城禁卫三大营之一，是世界上第一支独立建制的火器部队，比西班牙著名的火枪兵还要早一百年。地方部队也相继配备火炮营，如明末孔有德、耿仲明的登州火炮营。清沿袭明制，从八旗中选精锐1万余人，配新式步枪，由恭亲王奕訢统领，用以禁卫紫禁城、三海及皇帝警卫、出巡等。当年衙署刚设立，这条胡同车马人流即络绎不绝：是因旗人们纷纷至此谋取差使。有意思的是，当时奕譞还是郡王，两宫太后谕他会同奕訢，议定神机营章程共十条。可见神机营的创立也有醇亲王的参与。而当醇亲王逝世后，他的哥哥恭亲王继任也是最后一任总理海军事务大臣，时间是光绪二十年九月至廿一年二月，任职不到一年。

清朝建有绿营水师，直到同治末年，才开始筹建新式海军，但一直没有统一的海军管理部门。光绪九年起，翰林院侍读学士张佩纶上奏呼吁，清廷先于总理衙门下设"海防股"，专习南洋、北洋海防，并掌管长江水师、北洋海军、沿海炮台、船厂及购买兵船、枪炮、弹药，并电线、铁路、矿务等。继而在全国各地设立海防支应局、军械局、鱼雷营、水雷营、机器局、制造局、火药局、矿务局等，开办设备、水师、水雷学堂。虽然有海军管理机构的雏形，但其实仅外得其名，收效甚微。一个小小的海防股，并不能统一指挥、调度全国海防和海军的管理。加上并无懂得海防和海军的人才，不过又给旗人设立谋差使的员额部门而已。光绪十年，张佩纶又上奏设水师衙门，驻日公使黎庶昌亦奏设水师衙门于天津。清廷才于光绪十一年九月十七日（1885年10月24日）下诏设"总理海军事务衙门"，简称"海署"。虽然比日本晚了十三年，比英国则整整晚了三百年，但毕竟有了类似西洋的海军部。

清廷设此衙门的目的，仍然是不放心海军由汉人掌握，但毕竟"所有外海水师悉归该衙门节制调遣"，统一各省海防、沿海各地船坞、船厂、机器等，统一支配调拨南、北洋海军经费，这当然有利于加强国防。而且以亲王的人品尊贵统辖海军衙门的调度，与海防股当然不可同日而语。

慈禧指定妹夫醇亲王奕𫍽出任总理海军事务王大臣，庆郡王奕劻（他当时还未擢升亲王）任会办大臣。李鸿章虽然也是会办大臣，但只是"专司"，决定不了大事。衙门从上到下各级官吏直至办事人员，全部是旗人。大臣皆是兼职，无专责，而所有具体各部门办事员，无一人出身海军或专科毕业。甚至大部分人不知海军为何物。所以有人说"海军衙门"就是"新内务府"，也不无道理。当然，帮办大臣中不乏了解洋务的人物，如曾纪泽、刘坤一及刘铭传、张曜等名将，但均无实权。真正了解海军的除李鸿章，也只有曾纪泽一人而已。

这样一个重要的全国海军管理部门，办公地点竟借用神机营衙门，这也是咄咄怪事。据档案载，神机营设立之初，因当时旗人仕途僧多粥少，借新增衙门之机缘，大量安插关系户，以至于掌全国军事的兵部员额仅148人，而神机营衙门居然下设10个部门，总员额540人！再安插进一个与兵部平行的"海署"（当时外国将之称为六部以外的"第七部"），如何办公？神机营大约与毗邻的贤良寺面积相仿佛，如何塞进这五六百号人呢？若大臣会商于衙门，侍从又如何安置？当年胡同有一景，李鸿章的洋枪卫队即一百人，加上其他大臣仪仗侍卫，起码数百人。而且，海军衙门无实缺，办事人员多是神机营军校兼差，甚至连关防（公章）都借用神机营大印。成立三年后才正式颁发公章。

封建时代衙门是点卯制，数百人穿行于胡同，其状可观。若赶上王爷与各位大臣会商军务，仪仗车马，岂不阻塞于途？

醇亲王奕𫍽是道光皇帝第七子，真正的天潢贵胄。四哥是咸丰皇帝，他娶了慈禧的胞妹，更是亲上加亲。同治皇帝死后，醇亲王第二子载湉被姨母慈禧指定为皇帝。在"辛酉政变"中，奕𫍽坚决支持慈禧，二十一岁立下大功，亲手捉拿肃顺，是他引为一生的骄傲。溥仪在《我的前半生》一书中有着生动的描述：某日王府唱堂会，演到《铡美案》最后一场时，六子载洵见陈世美被铡，吓得跌倒在地大哭。奕譞见状，立即当众向载洵大喝道："太不像话！想我二十一岁就亲手拿肃顺，像你这样，将来还能担当起国家大事吗？"慈禧垂帘听政重用恭亲王，因醇亲王是皇帝"本生父"，故辞去一切职务在家赋闲。看到六哥风光，内心不甘寂寞，静极思动。中法战争后恭亲王失宠，慈禧起用他参预军国大事，出任海军大臣，初始还推诿、观望，后来则慨然就任。也不乏雄心勃勃，想做一番事业。但因他不懂海军，实际则仰赖于会办大臣兼北洋大臣李鸿章。在执政期间，他唯一风光的大事即是巡阅北洋海防，对建立北洋舰队未加掣肘。今天来看，北洋海军的成立，没有慈禧和醇亲王的支持，恐怕是还要大费周折的。但挪用海军经费，却是醇亲王执掌"海署"的一大败笔，甲午之败与此攸关。醇亲王相比于他六哥恭亲王的锋芒外露，非常懂得韬晦。他在家中到处悬挂自撰的治家格言："财也大，产也大，后来子孙祸也大。借问此理是若何？子孙钱多胆也大，天样大事都不怕，不丧身家不肯罢。财也少，产也少，后来子孙祸也少。若问此理是若何？子孙钱少胆也小，些微产业自知保，俭使俭用也过了。"不知醇亲王是否读过《红楼梦》，这格言颇有"好了歌"的味道。而且，他唯恐别人不知其心，特请人仿制一件周代"敧器"端置于书房显著处，所谓"敧器"，放入一半水可持平衡，若注满，水则溢至流尽。他还特意刻上手写铭语："谦受益满招损。"除警戒自己外，也向世人特别是慈禧示以谦卑无野心。醇亲王从相片上看乃似赳赳武夫，实则心细谨慎。他从不得罪慈禧，永远谦抑，所以慈禧想修三海和颐和园，自然甘心报效。

"海署"成立以来，共为全国海军筹划拨款两千多万两，但远远不够。但"海署"确实成了大修工程的挪借账户，据现存档案记载，海军经费挪用于颐和园工程，应近800万两，而非传说的数千万两。虽然最后全部归还，但中国当时海防吃紧，停拨经费不能更新战舰。梁启超所说甲午战败之因与修园关联，是不无道理的。

"海署"日益腐败，所以甲午战败，即被裁撤。从成立到结束整整十年。醇亲王初始，也有建立新办公地点的计划，地址选在西四牌楼粉子胡同，但直到他死去，也未见到新衙门建成。直到光绪二十一年（1895年）春，已接任海军王大臣的庆亲王奕劻，才主持建成衙署，宣统二年恢复迁入办公。有趣的是，醇亲王的六子载洵在二十年后，居然也当了海军大臣，这当然是他的兄弟摄政王载沣为强化控制军权的措施，但载洵和他父亲一样，"轮船之制，苦不深悉"（醇亲王语）。当然，载洵并非无所事事，他曾奉旨到沪、闽、苏、鄂、港等地考察，建设军港，起草规划，出洋购舰，等等。当然或许载洵倚重于其副手、原北洋水师将领萨镇冰，但得其支持有所务实，还是值得肯定的。

"海署"撤销后，此址于光绪年末成立"贵胄法政学堂"，八国联军曾纵火烧毁。袁世凯时代成为招待所，1912年2月27日，受孙中山委托，蔡元培、宋教仁等专使团下榻于此，以敦促袁世凯至南京就任大总统。但两天后，士兵在东、西城纵火抢劫，并进入专使房间，将文件、行李尽数抢走。这明显是袁世凯的诡计。后来一度是民国陆军部军需学校。日伪时期，为日本宪兵队强占。二十世纪四十年代后期，为英文《时事日报》社址。五十年代后成为《人民日报》宿舍。现在旧址已不存，即今王府饭店所在。原来饭店门口还有两株老槐树，据说是旧物，现在也无踪影，不能供人怀旧了。

醇亲王从1886年5月14日至28日，巡阅北洋舰队、巡阅旅顺、津沽防军、军校、炮台等。李鸿章为了获得醇亲王支持海军建设，大拉感情，写了两首诗呈送，醇亲王也诗兴大发，步韵奉和二首。今天看来二人皆无诗才，刻意雕琢，藻饰无味，但醇亲王的诗句

"投醪才绌愧戎行"，却表达出他外行的愧疚心理。曾读单士元先生为《清宫述闻》写的序，其中提到其作者章乃炜先生致他的函中曾说醇亲王著有《竹窗笔记》，未曾读过，估计是稿本，不知其中有无提及巡阅北洋海军的轶事？

醇亲王巡阅北洋舰队后，还计划1888年再赴海口，但1887年始，醇亲王也遭慈禧猜忌，避邸养病，二次阅兵化为泡影。使这次校阅成为中国近代海军历史上的唯一一次亲王阅兵。

1891年醇亲王逝去，李鸿章致电丁汝昌，下令北洋海军各舰船均降半旗志哀。这也是中国海军第一次使用西方降旗礼节。

有个小趣闻，文前提到的朱一新和《京师坊巷志稿》，该书已成为今天研究北京地理的必读书。作者为光绪二年进士，后改翰林院庶吉士，授编修。官至监察御史，与醇亲王为同一时代人。醇亲王巡阅北洋天津海口，慈禧特派李莲英随侍，当然或许也有监视之意。朱一新上奏称太监随亲王出京巡阅不合体制。但此时慈禧已非当年安德海事发时，受东太后、恭亲王和同治皇帝的合力制约，眼睁睁看着自己宠信的太监被斩而无可奈何。她此时的威权如日中天，马上将朱一新革职，降为主事候补。朱大概知事不可为，告归，被张之洞邀去主持广州广雅书院。《京师坊巷志稿》不知是否辞官之后所作？除此书外，他还撰有《汉书管见》，讲学著作《无邪堂答问》等，遗著合编为《拙庵丛稿》。康有为佩服他的经学，编有《朱一新论学文存》。《清史稿》有传，称赞他"言论侃侃，不避贵戚"，是一个正直忧国而有学问的人。朱一新关心海防，在中法战争时就有建议加强海防的奏疏。光绪十二年，上《敬陈海军事宜疏》，主张胶州建海军基地；闽粤添置水陆学堂以训练储备人才，颇受有识者赞誉，惜未采纳。也终不得志。在光绪二十年（1894年）甲午战争阴云密布前逝去。

清末少壮派毓朗

承研究清代皇族贵胄谱系专家冯其利先生赠我一册《述德笔记》（民族出版社，2009年版），读来饶有兴味，对于了解清末王公贵族的日常起居及参与政局不无裨益。

作者爱新觉罗·毓盈，其爵为三等镇国将军，为清末著名的"两王三贝勒"之一的贝勒毓朗之弟。"两王三贝勒"均为清末受那拉氏重用、手握权柄之天潢贵胄。"两王"指醇亲王载沣与庆亲王奕劻，醇亲王载沣为监国摄政王，庆亲王奕劻为军机大臣、内阁总理大臣，最受那拉氏宠信，"两王"均为食双俸的"世袭罔替"亲王（俗称"铁帽子"王）。"三贝勒"指载涛、载振和毓朗。载涛为醇亲王的七弟，留学法国索米骑兵学校，归来任军咨大臣，专掌兵权。载振为奕劻之子，任御前大臣、农工商部尚书。"两王"中奕劻以贪鄙昭著，载沣以无主意误事而著称，载涛、载振均是典型的纨绔，载涛的特长是唱戏、相马，我所认识的李万春先生生前酷谈时，曾向我述及他师从载涛学戏三年，专攻猴戏，可见载涛于此道造诣之深。我曾据李老所谈还写过一篇专文。涛贝勒相马也到了极致，所以解放后不仅被任为全国政协委员，而且毛泽东亲下任命状，聘其为中国人民解放军马政顾问。但他的军咨大臣却是个"架子花"，隆裕太后在武昌起义的炮声中，急召廷议，恳切问其战事如何进行，涛贝勒唯叩头嗫嚅："奴才没带过兵，不懂打仗"。但据《南北议和见闻录》记：在十二月初一御前会议上，溥伟反对共和，"万不得已，则当南北分立"。十二月初四会议上，载涛与载沣、善耆、载泽一致"坚持君主立宪主张"，（见《张竞生文集》下卷P348~349）可见载涛"没带过兵"，立场还是鲜明的。载振更是荒唐，因为买妓杨翠喜案，被御史赵春霖章奏检举丢了官。"两王三贝勒"中唯有毓朗对政局有识见，在晚清乱局亦不乏政治智慧。日常起居亦较严谨和清明，无劣迹，有一定才干，这在清末颟顸自负、无所事事的皇族贵胄中已属出类拔萃者。

毓朗在《清史稿》中无传，只在"安定亲王永璜"条下有短短40字："……子毓朗，袭贝勒。光绪末，授民政部侍郎、步军统领。宣统二年七月，授军机大臣。三年四月，改授军咨大臣。"（《清史稿》，中华书局版，第30册P9092）从皇家玉牒谱系中可以爬梳出，毓朗这一支脉出于乾隆皇帝长子定安王永璜之后，毓朗之父为定慎郡王溥煦，溥煦则为绵德曾孙，奉诏承袭"为后"。毓朗排行老二，按例考封爵位不过是三等镇国将军。虽然在十年前的光绪二年即赏戴花翎、二品顶戴，但并未进入仕途。

但毓朗很快在仕途上开始升迁，说明他的才干和沉稳受到朝廷的注意。光绪二十八年被授鸿胪寺少卿。两年后改光禄寺卿。虽然这两个职务不是重要岗位，但对于毓朗应该是个历练。在毓朗任光禄寺卿一年后的三月至九月间，即被任命为内阁学士兼礼部侍郎衔、巡警部左侍郎等职。此后一年内（光绪三十二年至三十三年），承袭贝勒爵位。次年赏食双俸，由此可见他已进入皇族中"显爵"之列（清制"显爵"有五：亲王、郡王、贝勒、贝子、公）。同年年底，被朝廷派充专习训练禁卫军大臣。禁卫军名义由载涛负责，但实际上是由毓朗与铁良协助具体事务。宣统二年授军机大臣，越年改授军咨大臣。此时的毓朗已进入权力中心。上述只是记毓朗一生中重要官职，诸如工巡局监督、法政学堂总理、步军统领等，他都曾署理，可见他在各部门是多所历练的。民国后，毓朗还参选当过参议院议员，参加过一些社会活动，也仍然被溥仪的小朝廷所倚重，在宗人府担重要职务，并参与修订玉牒事务。包括震惊一时的盗陵事件，溥仪特派毓朗参与清点失盗殉葬品等事宜。（《春游琐谈·谈剑》，P151）1922年逝世，年五十九岁。

由上述毓朗简历中可以窥见，他在晚清政治格局中是占一席之地的。书中有毓盈所记《记兄依肃邸之始》《记兄自记赴日本考查土木警察事》两文，对于清末警政史应是有所补充。过去治史多认为肃亲王善耆引进近代警事制度，我曾读肃亲王之孙爱新觉罗·连绅所著《清和硕肃忠亲王善耆》（未刊本）一书，有专章谈及警政，却并未谈及毓朗。如今所观，毓朗亦应与闻其事的，不可无记。

晚清的政治格局不仅风雨飘摇，亦复杂诡谲、风云多变，毓朗一生历经清代的光绪、宣统两朝及民国初期的十年，没有一定的政治眼光、智慧和卓识远见，他不可能在政途上善始善终。尤其在进入民国后的1921年2月，还参与筹划裁并各衙门事务，可见他对政治局面和大势所趋的把握度。应该说，在思维定式及齿序上，他属于清末王公贵族中的少壮派，期望改革，延续统祚。但他比良弼、铁良、溥伟那些铁腕式的剑拔弩张般的风格迥异，多有沉稳之态，幸而善终。过去，治清史者对于清末皇族中的铁腕少壮派多有贬评，其实不免皮相之见。据史料，"朗贝勒与宪法大臣伦贝子、泽公为一派，尚知注重民气，颇有急进之概，惟事事与庆邸（奕劻）不和，难免为其压抑，故屡次会议，均至冲突"，毓朗是主张速开国会"以挽救危局"，但屡遭守旧的奕劻反对。毓朗是最有希望担任内阁总理大臣的，但袁世凯先罢免了他军咨府大臣之职，使之最终退出中枢。据记载，在隆裕太后召开的武昌起义御前会议上，毓朗是不主张向南方革命军开战的。在关于逊位的御前会议上，溥仪在《我的前半生》中说毓朗"摸不清他到底主张什么"，毓朗的发言是"要战，即效命疆场，责无旁贷。要和，也要早定大计"，这样两可的话等于没说。实际毓朗对大清即将崩溃的命运是心中有数的，他说的话其实就是一种态度。他是保皇派，1911年参加宗社党，1912年又组织"君主立宪维持会"，反对溥仪逊位。1917年还与张勋复辟有染，终其后半生，对复辟大清一往情深，恋恋不舍。对此，我们当然不能苛责于封建时代他的立场。

毓朗为人行事多低调，这从他自号"余痴"，别署"余痴生"，亦可见用心。大智若愚，痴亦非痴，为人多低调自谦。他在《述德笔记》书成后写了寥寥数语的短跋，其中云："惟对余多溢美之词，实余学浅，平日有不能自抑处流露齿颊间，为所记取有以启之余之过也。读者视为敬爱之言，别白观之也。"谦逊之态溢于字里行间，斯时已入民国之季，可见仍存敬畏之心。毓朗的祖辈载铨承袭王位后，因喜好诗画题咏，与皇族、汉官"拜认师生"被检举，"罚王俸两年，所领职并罢"，（《清史稿》卷二百二十一）也许毓朗接受了教训，其实毓朗本人非大多同辈间王公贵族那般，醉心锦衣玉食、肥马轻裘、歌台舞榭，他属留心好学之人，毓盈所写《记兄升巡警部侍郎事及入陆军学堂听讲》一文亦可见端倪。又，《记兄自记赴日本考查土木警察事》一文中记毓朗在日本考察期间，公务之余"至丸善书肆，购东文甚伙。其书虽多为中文已译者，然每于其精密深到处，辄为中文所无，疑为译者所弃也。即如地文学气象一门，求如东文天气预报论所中文所述者，渺不可得。警察中侦探之方法、户籍之钩稽、饮食之取缔、娼妓之禁否，研求之法，皆有专书。遍征各国现行制度之利弊，然后斟酌本国国情，如名医之于疾，三折肱矣。宜其失之者鲜也"。可见用心之深，也可见他的卓识。其他诸如《辛亥禅让》《记余兄选参院议员事》等颇有史料价值，其他所记对研究清末军政部门、皇家内政有关设置、职务等亦有与正史典籍可资对照互补。除此之外，我个人认为，书中大量篇幅记述毓朗日常起居、趣事爱好，亦颇可取。对今日研究清代皇家制度下的贵族生活不无参考。据我目力所见，辛亥以来，王公贵族能书者少，史料稀稀。二十世纪五十年代以后有资格写史料者更属凤毛麟角，全国政协曾组织编写出版《晚清宫廷生活见闻》（文史资料出版社，1982年版），虽然史料价值颇高，但所述难成系统。我的忘年交、已故肃亲王后裔金寄水先生文笔极佳，但晚年因病弱不能执笔，遂请人帮助写成《王府生活实录》（中国青年出版社，1988年版），但只叙亲王日常起居、规格典章等。最有资格写回忆录的载涛先生没有留下系统的著述，只在《晚清宫廷生活见闻》书后附录一篇《清末贵族之生活》，过于简略，这是一个遗憾。因为清代有关王公等级、规格的典籍载之甚详，唯日常起居后人多不甚了了。金老所著填补王一级显爵日常生活的空白，唯贝勒之生活起居无人详记。

因而，本人是清代贵族的毓盈的这部纪实笔记堪称是填补之作。该书刻印于1921年，印量颇少。冯其利先生得其一册，一直精心保藏至今付梓，使今人得以了解清末显爵贝勒的生活一面，应该说是填补了清代野史笔记的一个空白。

附带提及，毓朗父辈的府邸在北京西城区缸瓦市。我少年时，每逢学校放假，必去缸瓦市羊皮市姑姑家长住。我姑家为羊皮市胡同进去不远西边一小院，出门可见迤逦往东之高墙，其气象非平民所有。亦有云之为王府邸者也，其实这正是毓朗之父溥煦的郡王府邸。数年前，请顺承郡王后裔金诚老陪寻毓朗袭爵分府后的府邸，在今西城大院胡同，曾为郭沫若故居，今已为某单位宿舍。

三湘名士王闿运

清末民初著名的学者易宗夔，在《新世说》一书"言语"条云："王壬甫硕学耆老，性好诙谑。辛亥之冬，民国成立，士夫争剪发辫，改用西式衣冠。适公八十初度，贺者盈门，公仍用前清官服，客笑问之。公曰：'予之官服，固外国式；君辈衣服，讵中国式耶？若能优孟衣冠，方为光复汉族矣。'客亦无以难之。"王壬甫即王闿运（1833—1916），也字壬秋，湖南湘潭人。清末大名士，著名经学家，又是史学家，并擅诗文，因别号湘绮楼主，世尊称为湘绮先生。

民国初年以后，王闿运不仅仍着"前清官服"，也还留辫。那时长沙市上常有一鹤发童颜的老者，身穿长袍马褂，马蹄袖子摆来摆去，加上脑后垂着辫子，往往令行人为之侧目。此翁即乃为世所称的经学大师王闿运先生。

王闿运博通经史，尤精帝王之学，于历代王朝兴亡得失如数家珍，他与曾国藩同乡，早年充其幕僚。当曾氏创立湘军杀伐太平天国而权倾朝野之后，王闿运屡与密谋，劝其当机立断，取大清天下而代之。他历数历代帝王杀戮功臣之事，尤其满族以少数民族入主中华，对汉族屡兴文字狱，故应有警惕。他一再劝曾国藩："树大招风，古之常训。公今功高震主，天下归心，及今不取，后必噬脐。"这无疑是鼓动造反，所以曾国藩每每"聆听教诲"，只吓得伏案作书，不敢正面相觑。曾氏一生虽引进湖南人颇多，唯独对于这位鼎鼎大名的经学大师，竟无片言保奏，就是怕其出言不慎，祸及自己。斯时曾氏手握兵权，连西太后也要让他三分。如他采纳王闿运之劝，大清国的"龙脉"恐怕就要断了。

王闿运对曾国藩不听他的建言，是耿耿于怀的。曾国藩逝世后，他作一挽联："平生以霍子孟、张叔大自期，异代不同功，堪定仅传方面略；经学在纪河间、阮仪徵之上，至身何太早，龙蛇遗恨礼堂书"，此挽联细读还是有春秋笔法的。上下联中用了四个历史名人：霍光、张居正、纪晓岚、阮元，比喻曾国藩具经世之才，有功于清朝的"中兴"。下联末句隐曾国藩未建霍、张之功业，始于清廷猜忌，大有惋惜、愤懑之叹。但联中说曾国藩的经学成就在阮元之上，这恐怕值得商榷。

后来王闿运急流勇退，以名士自居诗酒自娱，并在衡山东洲石鼓书院讲学，一时弟子颇多，其中佼佼者即后来成为筹安劝进的风云人物杨度。杨度学到了乃师的帝王之学，便极力为袁世凯登基鸣锣开道。他还竭力拉人下水，以为"辅弼"。他曾拉过三个知名人物：第一是梁启超，任袁政府司法部长。但恰恰是这位当年"君主立宪"的信仰者，首先登高大呼"异哉所谓国体问题"，乱了阵脚，天下震动，"使朕位几不保"。第二是蔡锷。他更是演出了一场好戏，表面拥戴之声高唱入云，佯为签名劝进，实则另有打算。一声护国，八方易帜，难怪老袁大骂杨度是"蒋干"了。第三个便是他的老师兼姻亲王闿运。但杨度是在"劝进书"上擅自签上王闿运的名字，实非本人意愿。故王闿运特意向杨度阐述政治底线："总统系民立公仆，不可使仆为帝。"他犹嫌不足以表明立场，径直致书袁世凯请取消帝制："但有其实，不必其名。四海乐推，曾何加于毫末？"

不过，袁世凯还是很仰慕王闿运硕学耆宿之名，于1914年电请北上，并派杨度亲赴湖南迎接。到京后，袁即聘为国史馆馆长。但王闿运并不是复辟派，他预感到袁氏"洪宪"王朝的未来并不妙，时代不同，袁世凯岂能与曾国藩相比？于是他为避免"为天下笑"，几个月之后便挂印而去。离京回湘时，杨度送他上车并请教诲，王闿运唯一言："还是少说话为妙。"竟拂袖而去。王闿运还对他的另一位弟子、袁世凯内府长史夏寿田云："世事无可为，且相从还山读书，不愁无饭吃。"可见王闿运看出袁氏必败，所以离京时对门生都有引退韬晦的劝导。

值得一提的是，王闿运的得意弟子中还有后来鼎鼎大名的齐白石，他怜其虽为农家弟子而有才，而使之就学，教其学诗。齐白石自负"诗第一"，当得力于当年老师王闿运的大力栽培。

关于他任职国史馆长一事，时人是很有微词的。王闿运时年已八十三岁，所以章太炎大有异词："八十老翁，名实偕至，亢龙有悔，自隳前功，斯亦可悼惜者也。"据说袁世凯起初是想聘康有为任国史馆长，但康有为犹记戊戌变法中袁世凯出卖维新党人的旧恨，坚辞之下还散布若请他主修《清史》，必将袁入"贰臣传"！袁无奈之下，才敦请王闿运来装饰门面。

王闿运来京就任后，发现国史馆经费根本一文也无，顿有"不胜其辱"之耻，才找借口挂印不辞而别。这应是湘绮老人一生之败笔，他逝世后，湖南著名版本学家叶德辉写挽联："先生本身有千古，后死微嫌迟五年"，这是在暗讽王闿运如早逝五年，就不会踏这一脚混水了。不过，作挽联讥讽的叶德辉下场远不如王闿运，王闿运的故居湘绮楼，只不过门前的树被农民们伐光，而叶德辉本身即是大地主，在风起云涌的湖南农民运动中还大骂"痞子"，被愤怒的农民游街后枪毙。这岂不更应了庄子的话"寿则多辱"？

明人张岱尝云："忠臣义士多见于国破家亡之际。"王闿运非反袁志士，但他最终不肯与复辟帝制的袁世凯同流合污，还是应该予以肯定的。

王闿运历时六年，著有《湘军志》一书，计十六篇九万余字，曾国藩门下治古文的四大弟子之一的黎庶昌，辑选《续古文辞类纂》，收王闿运《湘军志》中"曾军篇""曾军后篇""湖北篇""水师篇""营制篇"，并大为称赞："文质事核，不虚美，不曲讳，其事非颇存咸、同朝之真，深合子长叙事意理，处世良史也。"司马迁字子长，黎庶昌将王闿运与司马迁相媲美，可谓推崇备至。费行简《近代名人小传》更大赞《湘军志》"为唐后良史第一"，《清史稿》王闿运本传基本上是照抄费行简的小传。当然仁智各见，王闿运写《湘军志》，有关湘军人物还健在，如郭嵩焘、曾国荃等读了皆不满意。梁启超在《中国近三百年学术史》中更说王闿运是"文人，缺乏史德，往往以爱憎颠倒事实"，这也是一家之言。还是掌故大家徐一士评得有道理："信史之难，自古所叹，闿运此作，虽可议处甚多，而精气光怪，不可掩遏，实有不朽者存，是在读者之善于别择而已。"（《一士类稿一士谈荟》）

王闿运在古文辞写作上是极自负的，他辑有《湘绮楼词选》，对古人词作不满意之处往往挥笔窜改，辄惹非议。他认为唐宋"八家之文，数月可拟"，对明朝文辞更是贬得一文不值。姑且不谈其论是否公允，但其《湘军志》仍不失为研究清末历史的重要史著，这该是无疑义的。

有个小掌故，《越缦堂日记》作者李慈铭曾听李鸿章幕宾说：李任直隶总督时，王闿运来谒拜，欲借银四万两。李问借银何用？答："吾以之撰《湘军志》。"李拒之而送客。待王出门，李大声说："壬秋（王闿运字）提起笔可爱，放下笔可杀！"虽是调侃，却也道出王闿运的文笔还是颇可一读的。王闿运的信札每有李鸿章所说"提起笔可爱"，不乏谐趣，颇可成诵。故民国时文明书局印行

《近代十大家尺牍》，收进他的信札数十通。

清代是对联创作的高峰，王闿运除经学史学外，他的对联也堪称一家，寓史评于其中，极有特色。如挽李鸿章联："契阔旧相随，记从龙树分襟，尊酒宾筵应记我；封疆才第一，正值鲸波沸海，角巾私第不谈兵"，其忆事声情并茂，读来音节跌宕。又如挽彭玉麟联："诗酒自名家，看勋业灿然，长增画苑梅花色；楼船又横海，叹英雄老矣，忍说江南血战功"，此联若不加注，无由知王闿运"提起笔可爱"之妙。彭玉麟是湘军水师提督，身经百战，却又是诗人本色。曾一战攻占小姑山，即吟诗"十万健儿齐拍手，彭郎夺得小姑还"，用词绝妙，被遐迩传诵。彭治军孚众望，自称"不要钱，不要官，不要命"。其妻名中有"梅"字，故逝后，彭思之弥深，每日画梅一幅赋诗一首，真是"长增画苑梅花色"！无愧一副佳联。

清末民初的笔记常载王闿运其人谐谑狷狂，但从他的对联看，还是很得体的。他曾给自己写过一副挽联："春秋表未成，幸有佳儿述诗礼；纵横计不就，空余高咏满江山"（《一士类稿一士谈荟》引此联"计"作"志"，"余"作"留"，意蕴略逊），字里行间耐人寻味。自负一生的帝王纵横之术惜乎"不就"，但他在史学、教育领域的成就还是应该得到后人肯定的。

"凭栏一片风云气"
——陈三立与范伯子

画家范曾（范伯子曾孙）曾写过一首《题为云君所著书论》，诗云：

> 云君乘兴说钟繇，
> 洗尽诗人万古愁。
> 想象昱景照胆剑，
> 霜风挟雨墨中流。

诗后附有注云："云君散原老人裔孙，散原与曾祖伯子先生两老契好，遂结儿女姻缘，真文学史之奇迹也。"注中提到的"散原老人"即清末同光体诗坛盟主陈三立，散原是他的号。散原老人字伯严，江西义宁人。他是清末民初的诗文宗伯，与湖北浠水陈曾寿、福建闽侯陈衍并称"海内三陈"，因而有"吏部诗名满海内"之誉。散原老人不仅以诗名重一时，而且颇有爱国气节。他早年参与过戊戌变法，其父陈宝箴为湖南巡抚，戊戌维新时积极推行"新政"，罗致和保荐过不少维新人士如黄遵宪、谭嗣同、梁启超、杨锐、刘光第、林旭。散原老人当时亦多参与规划。时人誉他与谭嗣同、徐仁铸、陶拙存为维新"四公子"。变法失败后，其父以荐主革职永不叙用，他也以"招引奸邪"之罪革去户部主事职衔。此后，清廷虽开复他原职，但他却不肯再仕，"凭栏一片风云气，来做神州袖手身"，而专心致力于诗与古文辞的写作了。

辛亥革命后，散原老人思想有些守旧，但却很注意民族气节。1933年他迁居北平，时年过八旬已白发盈耳。他谒见他年轻时的座师陈宝琛，不顾别人劝阻，仍行跪拜之礼以尽弟子之情。当时郑孝胥、罗振玉看他如此"遗老风度"，便拉他去伪满洲国"排班"，不想散原老人却以为汉奸行径而凛然拒绝。当时他很忧愤时事，在日寇进犯上海时日夜不安，曾于梦中大呼杀敌。北平沦陷后，日军占领当局以他名望，多次请他出任伪职，他坚不理睬。日军占领当局竟在他宣武杨梅竹斜街的宅前布下侦探监视和威胁，气得他让仆人持帚驱赶。1937年9月，他忧患成疾，以报国无望绝食5日而殁，终年八十五岁。

散原老人与其父陈宝箴及两个儿子历史学家陈寅恪、大画家陈师曾皆列传于《辞海》之中。而陈师曾便是范伯子的女婿，算来该是范曾的姑祖。范伯子是范曾的曾祖，也是同光年间开一代诗风的诗坛巨擘和领袖人物，清末时人仿乾嘉时诗人舒位的《乾嘉诗坛点将录》，也编了一部《同光诗坛点将录》，仿《水浒传》一百单八将绰号名姓，将同治、光绪年间名诗人圈点列入，范伯子称之为"呼保义宋江"，列为诗坛头把交椅。他有《范伯子全集》传世。他的诗集曰《伯子集》。伯子先生的远祖为北宋一代名臣和词家范仲淹，先祖为明末大诗人和文学家范凤翼，《明史》上有他的本传。范伯子在《辞海》也列了传，曰："范当世（1854-1904）清末文学家。初名铸，字无错，后字肯堂。江苏通州（今南通）人。岁贡生，曾为李鸿章幕僚。从张裕钊学古文，又同吴汝纶、陈三立等结交。所做散文属桐城一派。也能诗，与弟钟、铠齐名，称通州三范。有《范伯子诗文集》。"《中国人名大辞典》也有"范当世（伯子）"条目，云其"有才名"，"能合苏、黄之长"。至于清末民初以来的诗话笔记中提到范伯子的记载就更多了。比如范伯子声名驰誉，但生活清贫，当西席时曾遗失三千银元，却心静如水，可见他的气度胸襟。范伯子在青年时代就以诗文名重，与南通另外两位才子张謇、朱铭盘为一时之俊彦。伯子与桐城派大家吴汝纶相交，伯子之妻便是桐城派领袖姚鼐之女姚倚云。姚倚云亦能诗，有才女之誉，著有《蕴素轩诗》。所以范伯子的墓碑由吴汝纶所撰，张謇书之。南通出了三个知名人物，号"通州三生"，除张謇、范伯子，还有朱铭盘。张謇入吴长庆幕，范伯子入李鸿章幕。甲午战起，张謇主战，范伯子主和，张謇知日本野心，迟早必战，而范知北洋海军老大迟暮，不堪一战，但二人虽有分歧，谊情不悖，所以张謇书碑文是理所当然。

范伯子在同光年间开一代诗风，所做多有睥睨千古的气概。散原老人当时与伯子声气相求，对伯子极为推崇，盛赞他是"苏（东坡）、黄（庭坚）以下无此奇"。陈三立的诗集中有很多赠伯子的诗，极见情挚，如"万古酒杯犹照世，两人鬓影自摇天"。伯子的诗颇有声动山川的气概，他自己写过一首七古评自己的诗：

> 我与子瞻为旷荡，子瞻比我多一放；
> 我与山谷作犹健，山谷比我多一练；
> 惟有参之放练间，独树一帜非羞颜；
> 径须直接元遗山，不得下去吴王班。

这似乎是伯子作诗追求的纲领，"公然高咏气横秋"（陈三立赠伯子诗），这在晚清确实是开一代诗风的。晚清的诗人夏敬观有《读伯子诗集题其后》诗：

> 伯子平生龙鹤气，蜿蜒天矫入篇中；
>
> 能教天下翕然变，岂谓其文穷始工；
>
> 齐楚太邦真不愧，同光诸士谁能雄？
>
> 诗苑骚艳多疑义，犹及生前一折衷。

夏敬观不仅推崇，而且认为同光体的开派宗师应属伯子。所以《清四百家诗》中，范伯子收诗105首，而散原老人仅收诗不到10首，这是有其缘故的。钱仲联先生以九十五岁高龄为《范氏十三代诗文钞》作序，文中极推崇范伯子而不惜辞藻。其实，范伯子不仅诗可成家，所作对联也可圈可诵，至今南通紫琅山仍存他对联一副："百里蒙麻，山川大神享于此；万方多难，云雷君子意如何？"工稳大气，有声动山川之慨。再如他挽李鸿章联："贱子于间利钝得失渺不相关，独与公情亲数年，可见老书生、穷翰林而已；国史于大臣靠是非向无论断，有吾皇褒忠一字，传俾内诸夏、外四夷知之"，不仅道出个人情谊，且将褒贬不露行间，情理并茂，堪称挽联佳篇。范伯子做过李鸿章的幕僚，李鸿章生前对范伯子亦颇尊敬，致函必称"兄"。明末清初以来，范家的谱系中出了近百位诗人、文学家和画家，范伯子的两个弟弟受学于兄，诗文成名，时称"南通三范"，所以老大自称"伯子"。画家范曾的诗不乏伯子的流风余韵。伯子推崇苏东坡、黄庭坚，画家范曾喜欢通读的古诗人中除了屈原、辛弃疾，便是苏东坡了。

值得一提的，范伯子和散原老人这两位中国诗史上同光体诗坛上双峰并峻的巨擘，不仅声气相求而桴鼓（《伯子集》《晚清诗抄》颇有两人唱和之作），而且契好之下还结了儿女姻缘。散原老人之子、近代赫赫有名的大画家和诗人陈师曾便做了范伯子的东床快婿，这不仅是中国诗史上的齿有余香的佳话，而且滥觞出了以提倡"以诗为魂，以书为骨"的新文人画的渊源。

陈师曾在近代以画、诗、书、印冠绝一时，有诗集《槐堂诗抄》《染仓室印存》《陈师曾先生遗墨》《中国绘画史》《文人画之研究》等，誉为"才华蓬勃，笔简意绕"。梁启超更佩服他的学问，对他的殁世曾叹为中国文化界的"大地震"。特别是陈师曾提倡文人画并身体力行，对后世影响颇巨。

铸钟厂和"钟杨家"

老北京有这么一句口头禅："东单、西四、鼓楼前"，意为此三地均为城内著名的商家稠密、市面繁华的地区。凡是到过这三个地方的老北京人，对那软红十丈、热闹繁华的景象，都是不会忘却的。因我家曾居鼓楼附近小石桥胡同、前马厂胡同，所以在少年直到青年时对鼓楼前后非常熟悉。明清一些诗人的诗作，常常将钟鼓楼与什刹海相提并论，所以"暮鼓晨钟"也颇值得玩味。民国初年鼓楼曾改名为"明耻楼"，民国十年前在里面布置了一些图片、模型等，以揭露八国联军抢劫北京的惨况，并售票参观，借以警醒民众。

鼓楼附近的烟袋斜街，至今仍然是条商业化的保留老北京风味的小街，例如那里的澡堂子，一直还保留坐式搓澡。往西也颇多古迹庙宇，如铁狮子胡同的那对铁狮，辛亥革命后即由当时京兆尹移到鼓楼保存，摆在鼓楼下正门两侧。麒麟碑胡同那块汉白玉石碑，清末民初出土后，也移存到鼓楼。从鼓楼往西有条影壁胡同，存元代铁影壁一座，辛亥后移到北海公园。钟楼后酒醋局胡同，原为皇家宫廷内府机构，高房栉比，可想见当年之况。由鼓楼西大街或由旧鼓楼大街，都可拐进铸钟厂胡同（现名铸钟胡同），比邻就是前马厂胡同，进胡同可望见一大片青砖大瓦房，一直占据到后马厂胡同，前门在前马厂，后门在后马厂，当年里面有戏楼、花园、亭榭等，这就是当地赫赫有名的"钟杨家"。据老辈人传说杨家几代为皇家商贾，专营制钟。据传说杨家祖先为一铸钟匠，一次皇帝下令为钟楼制一口大钟，限期完成。杨氏屡次铸钟未成，马上就要遭受惩罚，杨氏的女儿见此遂在开炉时跳入铜水，结果巨钟铸成，这门铜钟一直悬在钟楼上，亦是明代遗物。替换下的铁钟据说是因其音响效果不好。与前马厂胡同相对的豆腐池胡同，立有一座金炉娘娘庙，庙宇很小，门外有石砌影壁墙。据说此乃杨家所立，因为杨家女殉死铸钟，杨家受到朝廷封赏，永远执掌铸钟事务，故此立庙纪念她。后来就成为铸钟厂的炉神，铸钟前开炉必先祭祀。铸钟厂当年就设在今天的铸钟胡同，进此胡同就可望见一座大坑，据云乃铸钟之地。但是据当地老人讲：铸钟胡同旁边有大黑虎、小黑虎两条胡同，因"虎"与"钟杨家"的"杨"（羊）相克，故"钟杨家"在这两条胡同前挖了两个苇坑以辟邪，现在这两个苇坑已没有了，均盖起了平房。但由于地势低，下雨时积水甚多。

由于杨家铸钟代代相传，并为此地首富，故而当地人都呼其为"钟杨家"。但我后来查过史料，钟杨家其实并非铸钟匠世家，钟杨家是内务府汉军镶黄旗人，汉姓杨。至钟祥（字云亭）考上进士，累官至山东按察使、浙江布政使、山东巡抚、闽浙总督、库伦办事大臣、河道总督等职。几代既富且贵，"庐舍连云，几遍前后两街，四乡田地尤广，存终年取不尽之租"，"前后两街"即指前马厂、后马厂两条胡同。我家所住宅舍当年也是钟杨家宅邸，据说乃管家人等所住，今天格局仍在，但已面目全非，成了北京人所称"大杂院儿"了。所以"钟杨"者乃内务府汉军旗人姓氏称谓，"钟"并非铸钟之"钟"。地安门东雨儿胡同的"文董家"，也是内务府世家，汉军正黄旗人，家族中出过有名的投海自尽的圆明园总管大臣文丰。这家也是汉姓董。后马厂再往北是小石桥胡同。一片阁舍花园，曾是清末太监总管小德张宅邸，后归邮传部尚书盛宣怀，今已辟为竹园宾馆。"钟杨家"女儿二十世纪四十年代嫁与法国人，她的儿子鲍先生及儿媳七十年代与我曾为同事。八十年代移居法国。现在想问"钟杨家"轶事，远隔万里不易矣。2015年年初，鲍先生来京寻访故宅，与我一聚。谈及"钟杨家"旧事，真是恍如隔世。据他所访，老宅中戏台、佛楼等仍在。"钟杨家"后裔长辈有任政协委员者，在五十年代，将这片有上千间房的河道总督府捐给国家，成为对外贸易干部学校及宿舍。

原来前马厂胡同里有很多老人是"钟杨家"的厨师、车夫、跟班、奶妈等，我的一位中学同学的奶奶就是"钟杨家"的奶妈，而且也是世代在"钟杨家"做这个行当。当然，这些老人大多数已不在人世了。

清代内务府是一个特殊的为皇家服务的机构，职能包括财政、商业、榷关、呈贡、修建、制造、采买等，并且垄断织造、盐政、粤海监督、崇文门监督等命脉，在清代经济、商业占有重要位置，是一个大题目，此文不赘述了。

蔡锷、小凤仙与棉花胡同

北京的胡同里有众多的名人故居，大多已成为文物保护单位。但我一直耿耿于怀的是，北京西城护国寺街北棉花胡同66号院，却从未被列入文保名单和挂牌。须知这是中国近代史最有影响的人物之一蔡锷的旧居，当年蔡锷被誉为"再造共和"的名将，没有他的云南首义，中国纪元表上很可能留下一个"洪宪帝国"的年号。在这个普通的四合院中，发生过多少惊心动魄、纵横捭阖，且不去说他，单是将军与小凤仙那一幕真挚情殷的传奇故事，就足以令人生出无限叹惋之情了！

小凤仙是当年北京八大胡同里"云吉班"的名妓，本姓张，粗通翰墨及琴棋书画，也算饶有风姿。"云吉班"是北方妓院，称之为"班"。南方妓院则称之为"院""馆"。"云吉班"的名妓花名中皆有个"凤"字，当年《北京实用指南》之类的书皆可查到小凤仙的名字。《曾孟朴年谱》一书中对小凤仙出身叙之甚详，尚称信史。但虽为名妓，如果她没有遇见蔡锷，也可能一生"老大嫁作他人妇"而已。但她遇见了蔡锷。蔡锷不仅是名将，更是儒将，反对袁世凯称帝，被袁世凯劝养病为由从云南都督任上羁縻于北京，先馈赠大洋一万元，后将他的亲戚、天津何姓盐商在北京的这套四合院"借"与蔡住，院内房屋装饰颇为典雅。又委以昭威将军衔兼各种无实权的职务，表面笼络，内则控制。当然，袁世凯更看重蔡锷的军事才干，有延揽之心，一度甚至想起用蔡锷为陆军总长。但又正如袁世凯对曹汝霖所云，蔡锷"有才干，但有阴谋，我早已防他"。所谓"阴谋"，即蔡锷以"为四万万人争人格起见"，矢志反对复辟帝制。但蔡初始对袁尚抱幻想，这也是他自滇来京之意，将早年所著《军事计划》修改后呈袁，主张进行军事、政治改革。但"二十一条"的签订，使蔡对袁彻底失望，从此萌生反袁之心。为迷惑袁世凯，他故意流连忘返于八大胡同，花酒雀战，以示放纵。于此却成就了一段因缘——与小凤仙惺惺相惜。按说一个寻常妓女，遇见蔡锷，最大的理想也不过委身相与跳出火坑。但殊不知小凤仙却是一个深明大义的温柔女子，现在看来，她应该明了蔡将军的义举，而成为将军的掩护者。当年小凤仙经常出入这所宅院，为蔡锷迷惑袁世凯的"金屋藏娇"造成事实，也经常陪将军赴天津密晤梁启超共商反袁起义机密。京津道上，香车迤逦，令人想见英雄美人的缱绻情义。

　　这所小院附近当年密布袁世凯的特务机构——军政执法处的便衣，因为袁世凯对蔡锷并不放心。袁世凯手下的将校们也常来这个小院与蔡锷应酬，当然也负有使命。蔡锷不仅经常到云吉班夜宿温柔乡，公开去小凤仙的住处闲坐，也曾在家中上演了一出活报剧。蔡锷到京后，即派人从湖南宝庆老家，奉迎母亲王氏，及夫人刘森英、女儿、弟弟等进京，都住进这所小院。有一次甚至故意与妻子大闹，要将小凤仙"藏娇"，这场"闹剧"甚至惊动了袁世凯。袁派王揖唐、朱启钤前往蔡宅劝解。但蔡夫人愈加气愤，声称要回湖南老家。蔡锷还请朱启钤代为寻觅佳丽。朱等向袁汇报，袁笑蔡锷是"风流将军"。蔡母也大为生气，马上携儿媳等南归。现在看来，这完全是"苦肉计"。但袁世凯是何等人物，虽然蔡锷表现出"风流"丧志，也在赞成帝制的请愿书上签名，却仍然狐疑蔡锷的表现是假象。因为袁不断接到密报：蔡宅经常有南方人和陌生面孔出现，这些人实则是与蔡在密谋讨袁起义。又联想到蔡锷在云贵军中的部下将领们对帝制不持可否，故袁下令突击搜查蔡宅。时值清晨，蔡适在宅内，军政执法处的军人强行进入，各屋翻检，但一无所获。蔡锷早已将与云贵方面联系的密电码转移。搜查事件引起轩然大波。蔡锷愤而致电军政执法处长雷震春，雷慑于蔡将军震怒，竟不敢接电话，迟迟到下午才回电，表示是"误会"，并以枪毙为首军官结案。据说蔡锷还找到袁，袁表示不知，大加慰抚。但从此后，胡同附近的密探人数大为减少，监视也渐渐也松弛。蔡锷1913年10月进京，1915年8月以后奔走于京津道上，1915年11月17日出京，总计在棉花胡同66号居住了两年。

这条胡同当年因蔡锷居于此，冠盖车马不绝。因蔡锷是名将，又有军事教育家的盛誉。他所编著的《曾胡用兵语录》，不仅为当时带兵将领所青睐，连蒋介石也大力倡导为黄埔军校生所必读书。因而识与不识，军政要人常来慕名拜访。阎锡山、蒋百里、袁克定及袁世凯手下的谋士和将军们，均来过这个小院。蒋百里与蔡锷同为日本士官学校高材生，与蔡关系甚密。来过次数最多的是"筹安六君子"之一的杨度，在东京时与蔡锷结下情谊。杨度不仅每在袁耳边盛赞蔡锷是军事人才，也是奉袁之命来游说，以蔡的威望列名"筹安会"发起人，但每次均被蔡以"军人不应过问政治"而拒绝。

蔡锷最终摆脱监视潜出北京赴云南发动起义，而助蔡锷出走则传说是得力于小凤仙的掩护，因而时人有不少诗文笔记大加渲染。其实蔡锷在京后期，已向袁请病假，因梁启超是蔡锷老师，居天津。蔡每去津门，袁并不阻拦。关于蔡锷秘密出走的情节有不少版本，但人们多宁愿相信传奇色彩的美人救英雄的传说。电影《知音》及众多戏剧小说多采用这个情节。毫无疑问，蔡锷在北京那一时期，心情最为苦闷，小凤仙的慰藉当然会使他愁怀释减。这个一见钟情的因缘可惜没有结局。蔡锷因为积劳成疾，年仅35岁就因患喉癌英年早逝！我们今天无从知道小凤仙的心绪，与她年龄、地位、志向大相径庭的、所心仪的人一赴黄泉，她是不是心中的幻梦被无情地碾碎了呢？

据当时报载：在北京举行的蔡锷公祭典礼上，小凤仙亲临祭奠并自撰挽联。其一云："万里南天鹏翼，直上扶摇，剧怜忧患伤人，萍水因缘成一梦；几年北地燕支，自悲沦落，赢得英雄知己，桃花颜色亦千秋。"其二云："不幸周郎竟短命，早知李靖是英雄。"刘成禺《洪宪纪事诗本事笺注》说前一联作者是"某髯手笔"，大约不便明指。现已证明是清末民初名士易宗夔代笔，（见《新世说·伤逝》）后者用典尚贴切，辞不甚工整，大约应是小凤仙自撰。不过前一联虽为代笔，"英雄知己""萍水因缘"的心情应该还是真实的。许姬传曾称赞"文人捉刀"的此联"典雅贴切"（《许姬传七十年见闻录》）。邓云乡则批评为"比喻不伦""不知所云""许氏也真是内行人说外行话了"。（《宣南秉烛谭》）这是有关此联的一段笔墨趣闻。当然，若比起黄兴、孙中山挽蔡锷的对联，品位则大不一样了。

以后小凤仙的结局有很多传说，诸如自杀、嫁人、被蔡母迎回湖南老家，长作蔡门未亡人，等等。但真实的结局因二十世纪五十年代小凤仙曾拜访过去沈阳演出的梅兰芳，才知其状况：先嫁与一名军阀，后嫁与一位工人（见《许姬传七十年见闻录》等）。梅兰芳托人，为小凤仙找到机关学校保健员的工作。梅兰芳当年在北京时与小凤仙酒宴上相识，由此可看出梅氏为人的厚道。不过，据当年给小凤仙之子当过家庭教师的一位老人回忆：小凤仙时时怀念蔡锷，每一谈及便泣不成声！可见因缘知己并不因岁月的流逝而销蚀。古往以降，范蠡与西施、项羽与虞姬、李靖与红拂女、司马相如与卓氏文君、李岩与红娘子……演绎了多少英雄知己一见钟情的缠绵传奇，蔡锷与小凤仙只不过为一见钟情的传奇又增添了更哀婉的浓重一笔罢了。

这所小院二十世纪五十年代后为国家气象局宿舍至今。写此文时，我曾抽暇到66号一观。当年大门两侧的两棵老槐树尚在，门右边那棵两人合抱的老槐已被挂上"古木"的铭牌。

院间的老槐树也依然在目。小院原来的格局是门向西开。有砖影壁，后为通道，绕行前院，有北、南房各三间，倒座房五间，后院则有北、东、南各三间，屋、院之间，皆有雕花回廊连接。但和北京很多名人故居一样，面目全非，部分游廊、影壁等已被简易房所围住，原来的马号、通道均已建有房屋。当年拍电影《知音》取景，看电影中蔡锷院内还有楼房，这大约是导演想当然。

我建议应该恢复蔡锷旧居，陈列事迹。在二十世纪八十年代拍摄《知音》时，曾于北海松坡图书馆内蔡公祠发现大批蔡锷有关文物，包括遗像、军服、望远镜、军刀、题名册等。图书馆于1987年交还北海公园，遗物据说移交国家博物馆收藏。蔡公祠当时不少名人都拜谒过。如1945年，当年蔡锷的学生李宗仁来此拜谒，仰望蔡锷一跃上马的照片，景仰赞誉是"人中吕布，马中赤兔"。故物何在？也令人神往。

第四辑

鲁迅与苏曼殊的交往

清朝末年，参加过反清革命的文学家和诗僧苏曼殊，不仅与孙中山、廖仲恺、黄兴、冯自由、汪兆铭、居正及蒋介石、陈果夫等过从甚密，而且和当时学术界、文化界中的名人如章太炎、陈独秀、柳亚子、章士钊、刘师培、李叔同、黄侃、沈尹默、刘半农等亦有交往。但苏曼殊曾经与鲁迅先生有过交集，却不太为人所知，笔者试为钩沉撮要，以期为研究鲁迅和文学史者所注意。

鲁迅始终对苏曼殊有好感，并有不少言论谈及，堪称是研究苏曼殊的弥足珍贵的史料。苏曼殊在日本留学时，曾追随孙中山参与反清活动，但他与鲁迅合作欲创办文学杂志之事，包括柳亚子先生在内研究苏曼殊的传稿年谱均未提及。

1907年夏季，鲁迅东渡日本留学，曾与几位友人筹办《新生》杂志，欲借此阵地鼓吹新文学革命。但可惜后来因"隐去了若干担任文字的人，接着又逃去了资本"，遂使此举流产。这几位志同道合者中就有苏曼殊。

二十世纪三十年代，苏曼殊的遗著纷纷出版，形成了一股"曼殊热"（鲁迅语）。日本学者增田涉也对身为文学家的"诗僧"发生兴趣，并得到了鲁迅的指导。鲁迅似乎很赞成他了解和研究苏曼殊，在1934年9月12日致他的信中风趣地说道："研究曼殊和尚确比研究《左传》《公羊传》等更饶兴味。"鲁迅还曾将他在日本与苏曼殊交往的旧事告知增田涉。增田涉后来出版回忆录《鲁迅的印象》，在书中记录了鲁迅的回忆："……他（鲁迅）的朋友中有一个古怪的人，一有了钱就喝酒用光，没有钱就到寺里老老实实地过活。这期间有了钱，又跑出去把钱花光。与其说是虚无主义，倒应说是颓废派。""他是我们要在东京创办的《新生》杂志的同人之一。"当时增田涉问及此人是谁？鲁迅回答："就是苏曼殊。"由鲁迅对增田涉的介绍可以看出，鲁迅并不知道苏曼殊是革命家，现在研究鲁迅一直在考证他是否在日本参加了反清秘密团体光复会？似乎迄今未有定论。假如设定鲁迅参加过光复会，苏曼殊参加反清革命的时间要比鲁迅早。最早在日本成立的反清秘密团体青年会、义勇队、军国民教育会，苏曼殊都是发起人或参与者。而且他是经孙中山批准领取固定经费的。鲁迅大概对苏曼殊的革命经历是不了解的，苏曼殊性格散漫，不拘小节，饮食无度，可以看出生活严谨的鲁迅对苏曼殊的行事不无微词。上述这段史料对鲁迅和苏曼殊的传记年谱应是珍贵的补遗。

鲁迅对苏曼殊精通日语颇为欣赏，1932年5月9日他致增田涉信云："曼殊和尚日语非常好，我以为简直象日本人一样。"苏曼殊祖籍广东，生于日本，其母是日本人，所以日语极娴熟。可见当年鲁迅与苏曼殊有过交谈，所以才留下了深刻的印象。

苏曼殊不仅是文学家、诗人，还是翻译家。除日文外，他通晓英、法、梵文，译著有雨果的《悲惨世界》及《拜伦诗选》《英译燕子笺》等十余种译著。鲁迅也是翻译家，对苏曼殊的译著，增田涉的书中未见评论。鲁迅在青年时代是拜伦诗歌的崇拜者，很多年后他还写《杂忆》一文回忆拜伦对他的影响。但对苏曼殊的译拜伦诗，鲁迅却说是"古奥的很"。苏曼殊译拜伦诗，用古诗体，又经章太炎为之润色，读来确令人有"古奥"之感。鲁迅是章太炎的入室弟子，苏曼殊又与章太炎有师友之谊，三人在日本东京是否有过从？可惜没有记载。有趣的是，鲁迅与苏曼殊对章太炎的缺点都有过批评，鲁迅曾写《章太炎先生二三事》，批评"投壶"之类的颓唐之行事；苏曼殊也曾对章太炎对袁世凯抱有幻想，退出同盟会另组共和党的"兴致"大为不满。可见"吾爱吾师"，但在直言无讳这一点上，鲁、苏二人是相似的。但据周作人著《关于鲁迅二章·鲁迅新论》中曾回忆：青年时代的鲁迅很喜欢读苏曼殊的《惨世界》，也许是这部翻译作品是苏曼殊用白话翻译的缘故。

鲁迅为增田涉辅读《中国小说史略》，时间持续了三个多月。增田涉"几乎每天到（鲁迅）寓斋来"，除专谈《中国小说史略》有关问题，"有时也纵谈当时文坛的情形"，可以想象谈及与苏曼殊的交往，很可能不止《鲁迅的印象》一书中所记的那些。苏曼殊虽然已于1918年早逝，但当时正是鲁迅所称"曼殊热"盛行之际，尤其苏曼殊的七言绝句，风靡传诵脍炙人口。当时能写旧体诗的名家如郭沫若、陈独秀（苏曼殊曾向他学作诗）、柳亚子、郁达夫、叶圣陶等，及与苏曼殊同为南社社员的著名诗家们，对苏曼殊的诗都有赞誉和评价。鲁迅的旧体诗也是自成一家的，他应该是对增田涉也有论及的，可惜不为所知。

由朱雀花想起鲁迅兄弟

浙江台州之仙居县，因有李白所梦游吟咏的天姥山而闻名。往游归来意犹未尽，颇有萦系之思，且忖绝句短章已不足于皴染神仙居山色之旖旎绝佳，心中而若有所思，不吐不快。短章词曲囿于舒展，不可奔泻。记得曹雪芹借《红楼梦》贾宝玉之咏婉娈将军事，云非七古不能敷陈排比，故吟七古二十三韵以抒怀。

其中有句"不闻猿啼闻鸟语，朱雀花落染清溪"，山中花木甚多，而独有所咏，是在山中见到的朱雀花，给我印象很深。溪水潺潺，花落伊底，也颇令人凝眸。游山时口占七绝，亦有"翠树悬缠朱雀花"句，可窥反复吟咏，缘于朱雀花铭记之于心际。

此花据说为仙居山中所独有，立夏前后绽开。天姥山奇峰、烟霓、溪瀑、幽谷、层林……令人称奇，而一串串深紫色、形状诡异的花，盘缠在如烟似雾的苦楝树上，则令人更为诧叹。当地人称之为"朱雀花"，大自然的造化使之据说只生存于此山，其形状酷似一只展翅欲飞的紫雀。看来此花成为当地人的骄傲，世间有此奇花，焉得不以此精灵为荣？故盘桓山中，触目之处，其路灯形状，盥洗间标识，造型皆如曼妙之朱雀花，那玲珑的精灵，雍容的色泽，时时映入眼眸。

"朱雀"乃是很多国人所熟悉的语汇。若退回到一千多年前的唐初,最流行的文章则是唐初四杰之一杨炯的《盂兰盆赋》,其中经典骈句是"……前朱雀,后玄武;左苍龙,右白虎;环卫匝,羽林周。雷鼓八面,龙旗九斿。星戈耀日,霜戟含秋。"其"朱雀"之名与"词章瑰丽"的这篇骈文为时人所耳熟能详。

当然,这里的"朱雀"说的不是花。朱雀本乃中国古代天之四灵、四方星宿,或二十八宿之南方七宿之一。《淮南子》列之为五兽、四象,古越国则以朱雀为图腾。考古则始见于曾侯乙墓漆箱中所见二十八宿之朱雀名。朱为赤色,南方属火,故名朱雀。古代建筑屋脊两侧的螭吻,据说即由朱雀变化而来,寓消灾灭火之意。甘肃等地区至今有祭祀朱雀等四象民俗。那民间将此花命名为"朱雀"是寓意化吉之意吗?近来中国发射运载火箭,命名为"朱雀一号""朱雀二号",是命名之以远古图腾?还是命名之以奇花,是彰显灵宿的形象吗?是敬畏大自然的灵异吗?朱雀,朱雀,腾飞于天穹,绽之于山谷,令人真是为之神驰遐想。

李白梦游天姥山,只吟咏:"天姥连天向天横,势拔五岳掩赤城。天台四万八千丈,对此欲倒东南倾。"他是梦游,只想象"仙人如麻",奇景万千,但不会梦见朱雀花。后人有考证他可能来过仙居,但若真的履痕至此,以他"仰天大笑"的豪气,会注意神仙居群峰中独生于此小巧玲珑的异花吗?

仙居群山里有许多在城市里见不到的物种,如石楠、油桐、甜槠、杜英、野草莓……缤纷杂处,竞相绽放,使人眼界为之大开。仙居的人为何要将此花取名"朱雀"呢?鸟类谱中有一种小鸟名"禾花雀",俗称"天上人参",已被列入国家野生保护动物名单。植物界有一种蝶形花科藤本植物"禾雀花",学名"白花油麻藤",花形也类雀鸟,五瓣,如栀子花瓣,浅白色,花显淡绿,仙居山中亦有,识者谓即是朱雀花同类。

据网上可查,四川仁寿县禾加镇王龙山,也有称之为朱雀花者，是国家二级保护植物，吊挂于藤蔓，每年三四月开花，初始白或淡绿，盛开为紫红色，两块花瓣卷如翼翅。如禾雀欲飞，与禾雀之状妙肖，据说此花受伤竟会"流血"，神奇之处令人啧啧。与我在山中所见朱雀花，极为相似，是不是同科，则不可知。

　　游山水之际，"多识于鸟兽草木"之名，是一种享受。以神州之大，穷尽一生，亦不可淹贯博识。古人将多识草木上升到仰止的高度："尔雅以观于政可以辨言，又云多识于鸟兽草木之名。一物不知，儒者之耻，遇物能名，可为大夫"，这是古人编草木鸟虫小百科《尔雅音图》序中的话，并特意指出："则此书之成，不独好古者所宜服膺，为政者盍流览于斯。"另《毛诗品物图考》序中则更强调："士人束发受书，足不出庭户，交不出里巷，安得合天下之大，极庶类之繁，一一尽知其名象哉……此多识之学所宜亟讲也。"古人的见解在今天也并不过时。比如古人提倡"格物致知""知行合一"，是否涵及对大自然及草木之"知"呢？鲁迅先生是令我敬佩的，他对植物鸟虫的研究，极其博学。他读过的有关中国、日本等古籍，购之诸如《花镜》《毛诗草木鸟兽虫鱼疏》《山海经》《尔雅音图》《广群芳谱》《毛诗名物图说》等数十部，其中《野花谱》《茶经》《园林草木疏》《南方草木状》等十多部皆细细小楷手抄。鲁迅在绍兴和杭州期间还与弟弟周建人等一同采集过植物标本。北京鲁迅博物馆至今保存有鲁迅采集的植物标本和《采集植物标本手稿》一册。他的弟弟周建人在植物学领域有专长，是与鲁迅的指导密不可分的。未经科班，竟蔚然成家，成为《植物》《自然》《动物》教科书的编辑，除翻译《物种的起源》《生物进化论》等，还出版有《花鸟虫鱼》《田野的杂草》等科学小品集，这也是令人起敬的！再如鲁迅，他1903年发表的万字论文《中国地质略论》，不仅早于李四光，而且已被公认为中国近代地质学的开山启蒙之作。次年，他与顾琅合著的《中国矿物志》，更是中国历史上首部全面记述分析中国矿产资源的学术专著，清政府农工商部高度评价，学部推荐为"国民必读书""中学堂参考书"！"俯首甘为孺子牛""回眸时看小於菟"，鲁迅的悲欣情怀不仅及人，亦及之草木山川，濡沫之情，真的是令人感佩。

古人说"江山也要伟人扶"，其实山川之地灵钟秀，不一定非要名人点缀，那"万类霜天竞自由"的草木花卉，才是我们眷恋家山的萦系之情。"人非草木，孰能无情？"雨露煦风，朝晖氤氲，草生草长，花落花开，草木其实亦应有情、有灵异，只不过大自然的奥秘，人类并未完全解码。人类自认为是昊天之骄子，万物之灵长，其实并非是大自然的主宰，对草木之不屑，之不惜，那会受到大自然的报复吧？所以，岂止仙居朱雀花，华夏之一草一木，不但应识之，更应怜爱之，以使我们生于斯、长于斯的家山，永远万物蓬勃，葳蕤长青。

溪前垂纶忆将军

　　奉化有闻名遐迩的雪窦寺，西北侧有一座民国风格的小院落，这里即是张学良将军失去自由后的第一幽禁地。西安事变后，张学良被军法审判判处十年徒刑。虽然在1937年1月4日，发布特赦令，但特赦令上还有一句"严加管束"，实际上仍失去自由。1月13日，蒋介石令戴笠"陪护"张学良由南京至溪口，先暂住文昌阁，后移住于中国旅行社雪窦山招待所，这个地方也因此成为张学良的第一个囚禁地。蒋介石要求他静心读书——曾国藩、王阳明等人的著作，表面上张学良可以在雪窦山一带游览、垂钓。

　　张学良的传奇一生是历史学家、传记作家、戏剧家和影视家永远挖掘不尽的题材。唐德刚先生撰写的《张学良口述历史》一书曾评价："张学良可能是中华民国史上最'花'的花花公子了。但治民国史者也不能否认他是一位统兵治政的干才。"东北易帜、西安兵谏，这是改写中国历史的大手笔，所以唐德刚先生感叹："少帅张学良之所以成为历史性的传奇人物，其难就难在这个三位一体了。"（中国档案出版社，2007年版，P209）唐先生的"三位一体"是指政治家、军事家和花花公子集张学良于一身。

　　张学良自己在口述回忆时，说自己"唯一好女人""喜京戏字画"，其实，他的嗜好远不止于此。从开飞机、汽车及至行猎、打麻将、高尔夫、网球、桌球、骑马、游泳、跳舞……举不胜举。他设有专职内务副官朱海北（朱启钤之子），专门安排他约局打高尔夫、麻将。但他从未喜好过钓鱼，这我们从接近他的各种人的回忆文章中可以佐证。我想，张学良是好热闹、好动不好静之人，钓鱼对他而言应该是一桩苦事而无趣味。据说在沈阳时曾偶有闲暇，驱车到浑河岸边垂钓，大概也是偶一为之。

改写后的历史却让张学良付出代价：不能去统兵抗日、报国恨家仇，而于囚禁中整整钓了十年鱼！这就是他被囚禁数十年之中的一段无奈的插曲。而奉化溪口的那个小院落，则成为他一生失去自由悲剧的序曲。

因而，最终成为相伴他囚禁生涯的主要消遣之一竟然是他原来并不爱好的钓鱼。

张学良被"严加管束"后，先后辗转囚禁于浙江奉化溪口、南昌益阳桃花坪和湖南沅陵凤凰山，但时间都不长。他在溪口被囚禁时，因失火致使房屋被毁，暂住雪窦寺一夜，第二天即被转住黄山。据沈醉生前回忆，张学良被禁期间，是心情郁闷，怒从心来，一脚踢翻炭火盆，才致使燃及房屋。1939年迁往贵州修文县阳明洞。1942年迁至贵州桐梓县兵工厂。该厂发电用的蓄水池有近百亩之广。据沈醉回忆，蓄水池中仿建了三潭印月，池边桃柳相间，风景宜人，极适合钓鱼。从此，"唯一的乐趣是每天到他住房对面的蓄水池去钓鱼。只要天不下雨，他总是一早起身，邀同刘乙光（看守他的军统特务队长——笔者注）一道，坐着一只四方形的小木舟，撑到水池中央一个凸起的沙洲上……上面有两个用包谷秆搭成的人字形小棚，他和刘两人各据一个，临流把钓，有时整天，有时半天，总是乐此不倦"。（《军统内幕》，文史资料出版社1984年版，P163）有时经过蒋介石同意看望他的客人来访，他也会邀客共钓。张学良的钓具也很高档，沈醉看到"他用的钓竿有宋子文送给他的一根美国制的车钓，可以钓起几斤重的大鱼"，也有于凤至夫人从美国寄来的套筒钓竿。但他有"他自己用竹子做成钓鲫鱼的和钓水面游鱼的小钓竿"，"他虽爱钓鱼，但对吃鱼却没有多大兴趣"。由此可见，张学良钓鱼不是为了口腹之好，也不见得"爱"，纯是为了消磨囚禁时光。张学良在此被囚至1946年。几年时光一千五百日，除去下雨，天天去"乐此不疲"？恐怕只有张学良自己清楚！他在垂钓时绝非"闲时钓秋水"，不可能怡然忘怀，往事并不如烟，命途飘摇多舛。他的思绪一定不会专注于漂饵，而会目送飞鸿、思接千里吧？

1946年4月28日，周恩来在重庆曾家岩50号举行与文化界话别茶话会，讲述与国民党东北谈判的经历时说："谈判耗去了我现有生命的五分之一，我已经谈老了！"此时，张学良挚友王卓然先生（曾任东北大学秘书长）插话说："周先生十年谈判生涯虽然太辛苦了，但将来的历史自有崇高的评价。只可怜那一个远在息烽钓了十年鱼的人，他这十年钓鱼的日子不是容易过去的呀！"

王卓然的痛语："他这十年钓鱼的日子不是容易过的呀！"正从另一面折射出张学良垂钓的内心痛苦！

所谓"十年钓鱼"，正是从被囚于奉化溪口算起。张学良在溪口被囚期间，已预感到不会很快获得自由，时光不易消磨，故托人"从香港买了几十根鱼竿，包括甩竿、转竿、收缩竿、轮盘，应有尽有。连鱼坠都有好几十种"。在沅陵被囚期间，还曾花钱将一艘渔船改成舒适的游艇供其垂钓。而且他放弃了豪华钓竿，向当地渔民的习惯学习，用竹筒做钓竿钓大鱼。沅陵钓鱼成了张学良囚禁期间的"第一爱好"。张学良在兵工厂钓鱼，心不在焉，往往"看见鱼儿咬钩也不去答理"，"绝大数鱼……都是钓起来，又重新放回湖里"。另外，与沈醉回忆略有不同的是，"赵四小姐几乎每一次都陪着他来到湖心亭"钓鱼。湖心亭上后来刘乙光立了木牌：少帅钓鱼台。从此严禁其他人再上湖心亭。溪口应当也有当年张学良的垂钓遗址吧？如开辟成一处景区也还是有意义的。张在垂钓时，恰巧蒋经国从苏联归来在小洋房奉父命读书，闲时也会到溪里摸鱼、垂钓，张学良是被"管束"的人，有军统特务、宪兵紧紧看管，蒋经国则隐然"太子读书"，两人的垂钓心情简直是云泥之别。

1946年张学良被转移到重庆军统松林坡公馆，不久被安置于台湾草山温泉。据说偶尔还钓鱼。所以，十年垂钓是一个概数而已。"严加管束"十年时，张学良正因阑尾炎从囚禁处转到贵阳医院住院，护士周舜华被指定为特别护士。有一天她在张学良病房一隅发现"数根钓鱼竿，各色各样，有英、美、日、德等国出品的，煞是漂亮"，她遂好奇地问张学良："您酷爱钓鱼消遣吗？"张学良"轻轻摇头，苦笑道：'前次你看见的金表，是我送给蒋先生的，暗示时间不早了，该放我了。可是，蒋先生回赠钓竿，意指不要急，再养养病，钓钓鱼吧！？'说毕，喟然一叹"。（以上所引均见《张学良的往事与近事》，岳麓书社1980年版）

可见张学良并非"酷爱钓鱼消遣"，他从奉化溪口而始的十年垂钓是一种痛苦无奈的选择。据说，张学良恢复自由后，再不复垂钓。十年垂钓对于他而言，永远是一个不堪回首的记忆。"别有天地非人间"，是他晚年所写诗中的一句，用来形容他的十年垂钓岁月也许极为恰合。

在这所小院落前，不禁凝眸许久。忽然想起张学良当年与雪窦寺的又新法师在藏经楼前种下四棵楠树，今仍存活两棵。我在游览雪窦寺时曾在藏经楼前徘徊，树已参天，而人事俱渺，也是令人感慨。

马叙伦与三白汤

　　自古以来，文人学者常与美食佳肴结缘。究其根源，无非食文化是中国悠久传统文化的组成部分罢了。历史上很多名人如苏东坡、李渔、袁枚、倪云林、曹寅、曹雪芹等，不仅擅做佳肴美馔，也纷纷将佳肴美馔写成著作或收集成食谱流传至今。即便如大思想家、大文学家鲁迅，在他少年时代写过的《戛剑生杂记》，也曾津津有味地提到过数种菜肴。

　　不少前辈学者不仅是正襟危坐，也有此种爱好和余事，例如北京著名的风味小吃炒肝，便是老报人杨曼青先生（他在1910年为《北京新报》主持人）发明的。与此相仿佛的则还有马叙伦先生。世人多知其为革命家、政治家、哲学家、教育家，还兼擅古文、诗词、书法，殊不知他还是一个美食家。

　　我没有见过马老先生，只是与他的后裔有过交往。马先生字夷初，浙江杭县（今余杭）人。二十世纪五十年代后一直任高教部部长，并当选为全国人大常委、第三届全国政协副主席。六十年代因患病而卧床，1970年逝世，享年八十六岁。他年轻时追随孙中山先生，是老同盟会员。其他诸如参加南社、编辑《国粹学报》《大共和日报》等，是为当时士林之俊彦。民国以后任过浙江省民政厅厅长等职，并在北京大学任过哲学教授，讲老庄哲学，对儒、道、释诸家兼而通之，著有《庄子义证》等。"五四"时支持学生。1915年袁世凯称帝，马先生大愤离职而去，一时有"挂冠教授"之誉。马先生在北洋政府和国民党政府中均担任过教育部次长，四十年代他奔走呼号反对专制，组织民主促进会，引起国民党政权嫉恨，因而在南京下关车站被特务殴伤，一时声动全国，周恩来当时曾亲赴医院慰问。毛泽东对马先生的道德文章也颇为推崇，进北京后曾亲自登门拜访；建国伊始即亲自指定马先生与郭沫若、茅盾、范文澜等七人组成中国文字改革委员会。我见过一幅照片，那是1953年元旦宴会上，毛泽东曾与马先生比肩而坐；据说凡上下台阶，毛泽东均要亲自搀扶，由此可见马先生的声望。

马先生的信仰诚如他自己所云是为社会"生死不计"，但他的兴趣却又是多方面的。从他早年出版的两种随笔集《石屋余渖》《续渖》中，竟然可以看出他是一个美食家，擅治佳肴美馔。

听老辈人讲，二三十年代旧北京餐馆食谱中有三种以当时名人命名的肴馔：赵先生肉、张先生豆腐、马先生汤。而其中的"马先生汤"即为马叙伦先生所创。当时北平中山公园辟有茶座，分东西两路，东为来今雨轩，西路为春明馆、长美轩、集士林、柏斯馨四家，匾额均为名人所题，如来今雨轩，先后有徐世昌、郭凤蕙题匾。长美轩何人所题，已不可考。这皆为当时社会名流茗谈雅集之处。马先生常光顾那里的川黔馆长美轩，长美轩靠近西面大路，名点有三鲜蒸饺、鸡丝面等，整桌的菜肴和零星小卖都很有名气，顾客光顾者以学界居多。查《鲁迅日记》，鲁迅先生数次于此饮宴。其他如朱自清、林徽因、朱光潜等亦常至此。马先生看到那里菜烧得好，唯独汤不甚佳，遂将己之所手创"三白汤"制作方法告诉厨师，长美轩仿制后命名为"马先生汤"，到此品尝者无不称誉，以后便成为长美轩的名肴。

何为"三白汤"？三白者，即白菜、嫩笋、豆腐也。因皆为白色之物，故名。原料看似简单，做法却十分复杂。不但主料要选最好的，还要配以雪里蕻等二十余种佐料。此汤烧制后味极鲜美。马先生在《石屋余渖》中说："……此汤制汁之物无虑二十，且可因时物增减，唯雪里蕻为要品……"看来佐料中最重要的是雪里蕻，别的尚可"增减"，唯此不可缺也。当然如豆腐，马先生认为"杭州之天竺豆腐，上海之无锡豆腐，皆中材"。而北平豆腐，他认为"亦不佳也"。他还认为"此汤在杭州制最便，因四时有笋也"。

据说，长美轩仿制的马先生汤虽然鲜美，但比马先生亲手所制"三白汤"的味道仍要略逊一筹。其中奥秘恐怕自然在火候、佐料配置上。因为"马先生汤"出名后，他曾云"其实绝非余手制之味也"，看来马先生认为与他亲手调制的汤还是有差距的。现在中山公园里再也没有"马先生汤"了，现在的人们也已不知当年还有这样一道"十客九饮"的镇堂名菜。不妨可以说已是"广陵绝响"了，因为现在六七十岁的老人也没有品尝过这道名肴。那时能在长美轩品尝"马先生汤"，而今又健在者，至少要有两个条件：当时有一定社会身份和应酬，还要年龄起码在二十岁左右。我认识两位老先生，一个是健在的张中行先生，今年逾九十八岁高龄，刚刚故去，在他的《负暄琐话》一书中谈起马叙伦和"三白汤"，但他没有品尝过。还有一位是已故的南社老人郑逸梅先生，他一直居上海，1993年故去，享年九十六岁。我与郑逸梅先生仅通函札，从未谋面，在其所著的《南社丛谈》一书中也提到过"三白汤"，但郑老也未曾品尝过。可见此汤盛名当年传遍大江南北，称之为"广陵绝响"并不为过。

马先生虽说可称是美食家，但据郑逸梅老人记叙，他平生最爱吃大蒜烧豆腐，并云："色香味三者俱备，且又价廉物美，大快朵颐。"据说他擅长的美肴还有蒸草鱼、蒸白菜之类，惜乎已湮没无闻。

马先生不仅擅佳肴美味，他的兴趣和余事还有书法、诗词等，亦皆可称家。我印象他在建国后只出版过《马叙伦墨迹选集》，自书诗居多，人民美术出版社线装影印。印数极少，当时得者已可庆幸，今天则是只可与闻而不可见了。我只有一则马先生后裔所赠1985年重出的平装本，沈尹默写序。其小楷读之确如唐人写经，无怪沈尹默先生有"世冠""墨妙"之誉。马先生对自己的书法颇自负。尝云"环顾宇内，尚无敌手"；而对古人书法，则很少许可，如评赵子昂："除侧媚之处无所有。"其实马先生幼时书法就有根基了。他在杭州读私塾时，同窗相聚比赛书法，他即被评为第一。

除书法外，他的诗词也是蔚然成家的。马先生颇庄肃，加上中年即已蓄须，愈显老气纵横。但他却极喜杏花，在北京居住时，每逢仲春，必去赏杏名胜大觉寺畅游，且必赋咏杏花诗，清新可诵，颇有清丽之气，如："山中莫道无春色，门外家家有杏花""移来小宋尚书宅，染得环山十里红""风景依稀似故乡，故乡只少杏花香"……当然，此类诗句外人并不易见。

马先生虽然做学问一丝不苟，行止庄肃；但他在北大讲课时，学生却并不惧他。有这样一则趣闻：康白情上课经常迟到，马先生严词诘责，康辩解因所居太远不及赶到，马先生更严责道："你不是住在翠花胡同吗？仅隔一条马路，三五分钟即可到达，怎能说远？"但康白情却回答："先生不是讲哲学吗？彼一是非，此亦一是非；先生不以为远，而我以为远哩。"面对这样的狡辩，马先生无辞以对，但也并不以为忤。马先生虽在此类小事上不予计较，但在大是大非上，却异常认真，甚至生死不计。例如四十年代参加民主运动，反对专制，面对特务威胁，仍不改其志，将生死置之度外，这就令人尤为敬佩了。

还有一件马先生遗泽后世的立言是应该令所有炎黄子孙所永远铭记的：1949年9月25日晚8时，毛泽东在北平中南海丰泽园主持召开有关国旗、国徽、国歌、纪年、国都问题协商座谈会。时马叙伦先生任国旗、国徽、国歌方案小组召集人，他提议说："新政府就要成立了，国歌目前一下子制不出来，是否可用《义勇军进行曲》暂代国歌？"虽然有不同意见，但终获大家同意，提交政协第一届全体会议通过。至1982年，全国五届人大五次会议据众多代表提议作出决议，确定恢复《义勇军进行曲》为中华人民共和国国歌。中华儿女不会忘记国歌的词、曲作者田汉、聂耳，自然也不应该忘记马叙伦先生。

陈寅恪与胡芝风

国学大师陈寅恪晚年因盲目跛足，绝不出户，孤寂抑郁。历次"运动"又都涉及于他，造成对他身心的严重伤害，使他更加心情愤懑。

据考证，晚年使他心情稍许愉快的便是京剧演员到他家清唱的韵事。这件事发生在1959年3月15日，广州京剧团新谷莺等6位演员上门看望陈寅恪先生，并各有清唱慰问老人。

目前出版的一些关于陈寅恪的传记中，对这件事大都语焉不详，如胡守为的《陈寅恪传略》（载1982年第3期《晋阳学刊》）、吴定宇的《学人魂——陈寅恪传》（百花洲文艺出版社1996年版）、汪荣祖的《陈寅恪评传》（百花洲文艺出版社1992年版）、蒋天枢的《陈寅恪先生编年事辑》《陈寅恪先生传》（1984年第20辑《文献》）等，或不予收录，或只简单提到"新谷莺"等人，至于胡芝风，基本不见提起。谈得比较详细的是陆键东所著的《陈寅恪的最后二十年》（三联书店1996年版）一书。该书对此事在一章中专列了一节，可见作者的重视。简言之，1959年3月15日下午，广州京剧团团长傅祥麟（男演员）与5位女演员李文秀、新谷莺、孙艳琴、胡芝风、何英华至广州中山大学陈寅恪寓所看望老人，各自清唱后，老人设晚宴款待。（见P283—290）这一节中提到胡芝风的地方有3处：

"……傅祥麟、李文秀、新谷莺、孙艳琴、胡芝风、何英华，一齐上门看望陈寅恪。"（P285）

"六位艺人中有一位当时年龄只有二十一岁的名叫胡芝风的少女。当时她是一名在广州京剧团学艺的新人。胡芝风投身戏班前曾是清华大学的学生。二十年后，当年的少女已成为神州著名的京剧演员，其代表作《李慧娘》饮誉一时。"（P290）

该书中还收有一幅珍贵的照片——陈寅恪与演员们的合影，胡芝风位于前排右一。

这些记叙作者均来源于孙艳琴的回忆及《陈寅恪诗集》（清华大学出版1993年4月版）等材料。陈寅恪随后有记其事的诗作，如"留取他时作变助，莫将清兴等闲看"等。但作者没有采访胡芝风，而且从"二十年后"一语，作者写此书时应在1978年，胡芝风女士时年四十一岁。而今，胡女士也不再是"京剧演员"了，她在中国艺术研究院戏曲研究所任研究员，专门从事戏剧研究工作了。同时还是全国政协委员（当年胡芝风随同团演员拜访陈寅恪先生时，老人是全国政协常委）。

胡芝风女士出版过若干著作，也写过很多文章，却从来未见提起过此事。其实，胡女士有暇之余，不妨撰文回忆。因为这对于研究陈寅恪晚年心境不失为重要的参考。

张恨水与潜山

　　潜山是张恨水的家乡，他眷恋家山，写文章的笔名有"天柱山下人""天柱峰旧客""天柱山樵""我亦潜山人"等，可见一往情深。

　　其实，他生于江西，在异乡生活工作的岁月要远多于在故里，按他自己生前的回忆：虚岁十一岁以前随父亲在江西，他的小说《北雁南飞》有少年时代异乡生活的描述。十一岁半才回潜山老家。十三岁又赴江西，父亲逝世，随母亲返家乡。十九岁到上海、苏州求学，但不久学校解散，又怅归故里。二十岁后又到南昌、汉口、上海，一年后回老家，二十二岁时又到上海、淮安。少小离家，身如飘蓬，张恨水自己称之为"流浪生活"。二十三岁到芜湖一家报社任总编辑，之后去北京，再之后辗转上海、南京、重庆等地又回到北京，一直办报、写小说，中间只有南京陷落之后的不到一个月的时间，将家眷送回故乡避难，毅然只身入川。1945年抗战胜利，他于12月5日携全家横穿六省，一路颠沛历时一月，又回到离别八年的故乡，见到老母。十天后又一路迤逦奔赴北平。可见他毕生回家都是步履匆匆，不曾长住。

　　"唯有门前镜湖水，春风不改旧时波"，他对故乡的记忆从未磨灭，对子女常娓娓道来家乡旧事。他的成名作《啼笑因缘》自序特意署"潜山张恨水",以示不忘故乡恩泽。

天柱山尤其令他萦系于心,他幼年"常常攀到天柱山去玩",他的小说《秘密谷》是直接描写天柱山的,用张恨水研究专家徐迅的话说是"充满想象地为家乡天柱山虚构了一个理想的世外桃源",我未通读过张恨水的所有小说,有人做过统计,张恨水"以家乡潜山作为背景的中长篇小说达十几部之多",如抗战小说《潜山血》及《似水流年》《现代青年》《天河配》《玉交枝》等。俚音乡俗更常散见他文章小说字里行间,可见故山莺声,念念在兹。1938年,他在重庆《新民报》所开专栏有若干文章提及故乡,后来还写过一些诗词怀念,我个人认为他的诗比文章更充溢着温馨的情感。天柱山对于他还有一个难忘的情节。南京陷落后,他的四弟张牧野劝他回故乡打游击,同乡热血青年也恳请他出面相助。张恨水兴奋之极,亦愿投笔从戎。他即亲笔呈文当局请缨,吁请认可,并声明不需粮饷弹药。但最终被拒绝。倘若照准成行,一个文弱书生在天柱山从戎抗战,该是怎样一幅血脉贲张的从军图呢?他在抗战诗文集《弯弓集》中有一首诗,真可看作是他当时怒发请缨的写照:"背上刀锋有血痕,更未裹剑出营门。书生顿首高声唤,此是中华大国魂!"

1955年,张恨水大病初愈后回到家乡,还写了一系列叙述安庆变化的散文,他在1959年所作《潜山春节》组诗,更可窥对家乡的思念。他1967年逝世,一直没有安葬,骨灰轮流由后人保管祭供。

我2008年曾至潜山,参观过张恨水陈列馆,那时门前似乎还未有张恨水的石雕坐像,这次又来潜山,特意重游。据说张恨水墓园设计是依他生前的诗句"看云小息长松下,自向渔矶扫绿苔",诗意缱绻,似有魂萦。墓园坐南,松柏肃穆,前有一池碧水环绕,身后山脉可眺天柱山,张恨水生前写过一句诗:"埋我青山墓向东"，正是：天柱山下人，从此枕家山。他的骨灰安归故里是2012年，至今也有七年了。

潜山重游，又细细观看了张恨水陈列馆史料，是重新布展，当然愈加翔实。可惜，仍然未将毛泽东去重庆单独与张恨水深谈两个多小时史实面世。我印象中毛泽东赠张恨水延安自纺呢料，张恨水在建国后做成中山装，似乎陈列过，但现亦不见。张恨水从来没有记叙过与毛泽东的谈话内容，也从不与外人道，连家人也噤口不谈。子女问及，他也只是简扼说"主席谈的是写爱情的问题"。毛泽东在重庆，会见各界党外人士和党员作家，至少二三人一起见，周恩来常陪同。唯有张恨水是一人晤谈，周恩来亦未参加。我早年钩沉写《毛泽东周恩来与张恨水的交往》，刊于《中国青年报》。后来据张恨水的那句话写成短篇小说《雾都对话》，发表于2015年第1期《北京文学》，纯乎推理。但展室陈列还是该提及的，包括周恩来在解放前后对他的关怀、重庆八路军办事处和《新华日报》对他创作上的支持，等等。

另外，张恨水1931年创办北华美术专门学校，是他人生中的一件大事，陈列亦无反映，惜乎美中不足。张恨水有办美术学校情结，自己能画写意和漫画，懂鉴赏，与名画家多交往，自己出资在北京创办北华美专，聘请知名画家齐白石、王梦白、李苦禅等任教，凌子风、蓝马等名人皆从此校毕业。尤可称史料者，美专由其弟张牧野实际主持，竟成为农工民主党（即邓演达创建的国民党特别行动委员会）和中共的地下据点，举凡校务员工甚至门房数十人均为地下党员，张恨水知道，但不过问也从不干涉。我曾写过《张恨水与北华美专》一文，详加考订，请当年被特务追捕隐藏于美专的农工党负责人季方先生审阅，他正在病中，仍认真过目，一字未改。后发表于《北京日报》。这段史实也很应该在展馆中体现的。

听说在张恨水曾经读书的老屋基础上，已新建了"张恨水故居"，真是令人欣慰。

"今夜月明人尽望，不知秋思落谁家?"张恨水是天柱山下人，魂归故里，当应含笑无憾！月华如水，秋风如故，依然会映拂着他所眷恋的天柱山和故乡的青天碧水、一草一木……

也说程长庚

　　徽班进京二百年，大名鼎鼎的程长庚是京剧史上的开山人物。他虽在北京享誉盛名，籍贯却是安徽潜山，潜山有个皖光苑，有陈列潜山历史文物的博物馆，还有潜山籍名人张恨水、程长庚的陈列馆。程长庚陈列馆门临小池，斜对宋代太平塔，塔影入波，风拂叶动，仿佛令人听见管弦隐隐，腔音袅袅。

　　程长庚，乃京剧史开宗立派之大名鼎鼎的真正"大老板"，年轻时曾读周贻白先生戏曲史和京剧史的著作，其中关于程长庚与徽班的论述，是知其然而不知其所以然。现在刚入行的京剧界小演员们，也恐怕未必知其详，用句文言形容那可真个是"数典忘祖"！

　　在下，门槛外人，虽然余生也晚，但确乎欣赏过老辈京剧大佬的演出，记得二十世纪八十年代参加全国剧协代表大会，每晚安排京剧名家登台演出，开眼拍栏，真是一大幸事。我印象尤深的是海派少麒麟（周信芳之子周少麟）的《坐楼杀惜》，殊为难得。而今当然已是广陵绝响。

　　京剧发祥地潜山是程长庚的籍贯地，有他的故居。虽未观瞻，但有缘一观《程长庚陈列展》，自然是一次学习京剧史入门常识的机遇。

程长庚谱牒长溯至远祖，是宋代享盛名的理学二程之一的程颐，这是中国哲学史上承先启后的大人物，陈列说明程长庚为"程颐51代孙"，是否有误？程颐生于1033年，程长庚生于1811年，780年间传51代，平均十五年一辈，恐非确凿。按常理应二十年左右一代较为合理。与程长庚同为潜山人的张恨水，对京剧是很有研究的，也是票友，二十世纪三十年代在北平为赈灾义演《女起解》中的崇公道，成为当时报纸轰动一时的新闻。对于家乡的徽班人物，更是如数家珍，他有一方闲章："程大老板同乡"，可见张恨水是以同乡程长庚引以为骄傲的。杨小楼也是潜山人，1935年在北平中山公园举办收傅德威为徒的仪式，张恨水也参加了，还以"我亦潜山人"的笔名在报纸上写文章记此一段梨园轶事，其中谈及："程家在潜山西门外，（我）在乡时，与其后人不无往返，对大老板掌故，颇知一二，他时当详论之。"对程长庚的谱系辈分，他一定知晓，可惜后来不曾"详论"。因为张恨水对潜山籍京剧名人的故里，甚至比本人还清晰，比如杨小楼，张恨水曾"问及籍贯，杨云：家在王家河不远，但生平未回故里"，但张恨水却"一向认为系怀宁石牌人"。（张明明：《回忆我的父亲张恨水》）过去所说的"籍贯"的"籍"指身份，"贯"是指出生地，张恨水对杨小楼如此了解，对程长庚的家世当然必可"详论"。

程颐是配享孔庙的，而且在封建时代是仕籍，可以免除各种赋役。从史料可窥，至程长庚祖父始，已成为"弹腔"世家，有考证说程家班是半业余半专业，但清代对戏曲从业管理极严，程家应是很早失去仕籍，最晚应在道光年间沦为优伶之籍。一入此籍，比列"娼、隶、卒"，子弟均禁止考科举。而且封建时代乡村的族规基本都禁止列梨园行者入家谱，但宽厚的程氏家族破例接纳了程长庚，《程氏家谱》中写入了程长庚名字和生卒年，但也仅此而已，他的皮黄职业绝口不提。据说程长庚曾被清廷赐六品顶戴，但那不过是供奉召唤，改变不了个人及子弟的命运。由仕籍隶优籍，这其中经历了怎样天翻地覆的变故呢？亦无可稽考。张恨水在写杨小楼那篇文中曾说"唯其后人有两支，一作官，今讳言程后……官果贵于伶优？予深鄙其陋。一仍习伶业，名小生程继先，即长庚之孙也"。看来程颐后裔还是有支脉入官场的，但"讳言"是程长庚一族。二十世纪八十年代发现的《程氏族谱》，可见程长庚的脉序。无由披阅，只可见陈列族谱扉页照片，有程颐斋名"四箴堂"，即"视、听、言、动"，而程长庚创立的科班竟也将此移作堂号，可见他仰慕远祖的心结。清帝逊位后，一些旗人甚至皇族子弟无奈下海以取衣食，如蒙古八旗的言菊朋。又如程砚秋，正黄旗索绰络氏，是随多尔衮入关的勋将，五世祖英和，道光初年入阁大学士，真正金枝玉叶。但舞榭歌台，清音宛转，真是"无可奈何花落去"，此种心绪愁结非是拍栏听戏者所能知晓的吧？程长庚的祖父、父亲及舅父等均是弹腔艺人，已是几代之下的梨园弟子了，但他的上辈由衣冠中人转隶优籍，这其中必有一段伤心痛史。安徽拍过程长庚的电视剧，我未观看，不知有否触及。程老板也只能将远祖的斋名用作自己科班的堂号，发一发慎终追远的幽思吧？

不得志的古人们常自嘲"不为良相，便为良医"，但医生的子弟是可以考科举的。不列仕籍或民户入梨园，那是沦为低贱万劫不复的。记得唐代李白的女儿嫁入农家，失去仕籍身份，地方官查访得知后通知她可以恢复仕籍。但入了梨园行完全不能通融，虽然这个行当供奉的鼻祖是唐明皇。

失之东隅的结局是，中国京剧史上贡献出了一位惊天动地开宗立派的人物，在某种意义上与他的远祖程颐有异曲同工之妙，当然在封建时代如果这样比拟是骇人听闻逆之不道的。

程长庚如果只是唱戏，其沉雄高亢的唱腔（《梨园旧话》赞之为"穿云裂石，余音绕梁而高亢之中又别具沉雄之致"），其文武老生之昆乱不挡（程长庚还能唱净角和昆曲），其腹中有三百余出戏目之精擅，已然是梨园榜上"三鼎甲"之首的俊杰了。但他不止于此，唱念徽音而启"徽派"，由徽调而嬗变之为京剧，继而完善京剧京腔和表演艺术及创新剧目，再而创办三庆班孕育人才，成为无可置疑的"开山祖师"！

由"昆、弋"变"徽、汉"，这本身就是戏剧史上的革命。由艺术家而教育家，这更是一个质的飞跃。而由此形成京剧界绵延不绝的庞大精英体系，他的孙子程继先，在京剧史上大名鼎鼎，直接传人孙菊仙、汪桂芬、谭鑫培老生"三大贤"，京剧史誉为"后三鼎甲"，再传言菊朋、杨宝忠、高庆奎、王凤卿、余叔岩、谭小培等十数人，三传谭富英、杨宝森、李少春、马连良、孟小冬等，灿若列星，蔚为大观。换言之，几乎数代驰誉之老生皆为程氏一脉不绝如缕！在"同光十三绝"中，程长庚是为异数，不仅溯而前无，恐应后无来者。不仅如此，由于程长庚急公好义，声誉中天，成为四大徽班之领袖人物，其德行威望被同业尊为"大老板"。进京后更是大名鹊起，以至声闻宫阙，御赐"精忠庙首"，俨然梨园统领。他深谋远虑，改革梨园行的陋规，还极具节义之慨，《南京条约》签订，他为之痛绝，郁郁于心，即谢绝歌榭闭户不出。友人劝之权宜出山以解衣食忧，程长庚泪下而言：国蒙奇耻，民遭大辱，吾宁清贫而不浊富，何忍作歌乐场！英法联军入侵北京，他竟大愤而吐血！他的氍毹生涯多饰演历史上的节烈忠义人物，须知春秋大义的关羽形象就是他首创的，浸润于骨，铭镂于心，才会有那鹃魂啼血般的家国情怀。当然，也会有程颐老祖宗纲常忠孝的血脉汩汩流淌而不绝。我不禁遐想，若程氏文脉不绝，程长庚考中科举入仕林，该是一个何等凛然的忠义人物？但历史不可假设，程长庚在中国京剧史镌刻大名，已足至不朽！唯其遗憾者，红氍毹上，再也不会亮相出这等英姿飒爽光彩照人的俊杰了。

出陈列馆，绕湖徘徊，倚栏眸下荡漾，眺望古塔层叠，思绪为之缕缕：天柱山下，潜江之畔，出得这等梨园英杰，也不枉家山地灵！故留得小诗云：

贯耳同光列十三，
绕梁竟日动氍毹。
徽班高唱晋京后，
一脉于今万口传。

从马连良说到清真菜

友人请至清真老字号西来顺樽酒小饮，久违这家颇为熟悉的清真馆，已经近二十年未曾品尝其菜肴，甚至已不知它早从白塔寺迁到和平门内。

上了年纪的老北京都知道，北京有东来顺、西来顺、南来顺、北来顺四家久负盛名的清真饭庄（当然，后来西单又开一家清真馆"又一顺"，因为东、南、西、北均被他人占尽，只好"又一顺"了）。

二十世纪八十年代中期，经友人介绍，与"西派"嫡传弟子乔春生成为朋友，他也是当时西来顺饭庄的经理，曾经帮助饭庄整理过资料，故对这家饭庄有所了解，对它的菜肴更是非常熟悉。

西来顺创业于三十年代，原址在西单牌楼东侧。此地为当时北京最繁华的地段之一，斯时"八大春"及"元兴堂""两益轩"等名饭庄纷纷崛起，各领千秋。"西来顺"算是异军突起，它力抗群雄，革故鼎新，以独特宫廷清真风味为招牌，加上精湛的烹调技艺，叫座的优质服务而后来居上，名传一时。京华口碑为"西派"，从此跻身北京有名的清真饭庄之一。

不过，西来顺后来辍业了三十多年，我仿佛记得似乎与五十年代初公私合营政策有关？如1959年北京出版社出版的《北京游览手册》，西单的鸿宾楼、又一顺等都提到了，唯独不见西来顺，可见那时已经歇业了。所幸八十年代中期重张，迁址于白塔寺。我印象最清楚的是当时一百零二岁高龄的孙墨佛老人为西来顺题了匾额。开业之后，不少老食客闻香而来。西来顺缘何歇业间隔这么多年，还会有回头客呢？

据我所知，西来顺在二十世纪三十年代开业之初就一炮而红。其秘诀有三：厨师、名肴、服务质量。西来顺开业时重金聘用京城最有名气的厨师诸连祥领衔主理厨政。诸氏原为北洋时期总统府清真灶掌灶厨师，早年从师清宫御膳房名厨学艺，深得宫廷菜肴技艺真传。因而，西来顺开业伊始便气概不凡，不仅技艺高超，而且善于承接大型筵堂会。当时军政各界要人多来此处宴饮，如吴佩孚、张宗昌、冯玉祥、宋哲元等。一时车水马龙为别家所不及。直至四十年代末期，西来顺仍承接过全国政协会议、新疆和平解放等大型宴会。

当然，一个饭庄光厨师有名气还不行，它必须有镇堂名菜压阵。西来顺看家菜有高丽鸡卷、翡翠鱼肚、菊花鱼锅、炖三样、全爆白露鸡、凤凰寻窝、海洋鱼翅、万年青鱼翅、鸭泥面包等，深受食客赞誉。尤其名菜"全羊席"更是名震京华。"全羊席"纯仿清宫规格，以羊身诸部位精心制成百余种口味各异的菜肴。以四四为序，依次上桌。计有四干、四鲜、四甜碗、八冷荤、四荤碟、四开菜、四羊头、四羊肚、八大件、四羊尾及四色烧饼、四样蒸食等。琳琅满目，色味各殊，排场壮观，香气四溢，堪与宫廷盛宴匹敌，遂有"屠龙之技，家厨难学"之称。此独到之处，他家清真饭庄尚难平分秋色。当年无缘品尝全羊席等耗力费时的名菜，但菜肴多次品评，确实令人齿有余香。

另外，据西来顺的一些老人们回忆：西来顺饭庄平素最重信誉，不但讲究选料、刀工、造型、烹调、花色、装盘，而且最重货真价实，一旦发现所进原料不精，便决不选用，宁可菜谱上停缺此肴，而决不以次充好、以假乱真。这种宁缺毋滥的做法被奉为"西派"真经。其实，这不独是西来顺的真经，也是老北京众多历史悠久的老字号的真经。否则，老字号哪来如此众多的回头客呢？

昔日西来顺拥有众多名厨，如杨永和、马德洪、马德起、高义、金士光、卢殿元、宋文治等，皆为高手。二十世纪八十年代中期则以嫡传弟子乔春生、李玲珍、王贵山分别主理厨政、冷荤和面点。西来顺的特色绵延下来而不变，真是有赖于师徒相传，而非靠什么烹饪学校。这个话题太复杂，暂且不去谈它。

我当年去西来顺的时代是二十世纪八十年代中期，那时还在白塔寺，这次旧地重游，有些感触。一是菜肴似乎和原来不一样，口感乃至颜色都令人感到陌生。翻了翻菜谱，当年西来顺的镇堂名菜似乎都不见踪影。给人的印象，菜谱上、店堂壁上隆重推出的是"马连良鸭子"，我记得当年并不见西来顺如何提起"马连良鸭子"。总体感觉风味淡薄了，食客稀少，这是很令人惋惜的。品尝中，点了一盘素菜，锅不净，换掉了，这很让人倒胃口。今春曾去鸿宾楼，这个由西单最繁华的地带迁到略偏地界展览馆路的老字号，不光气派，文化气息浓郁（四壁悬挂当年名书画家馈赠的精品），而且风味依然诱人，食客不少。这说明"酒好不怕巷子深"这句老话还是非常有哲理的。

还说到马连良，他本身在教，所以只去清真馆子。据说他最爱吃的并不是西来顺的烤鸭，而是前门外教门馆两益轩饭庄的烹虾段，而且只吃渤海上市时的对虾，凡逢此时，必请高朋挚友同至两益轩。叫此菜时，吩咐厨师必"分盘分炒"，即八寸盘只炒三五只，吃毕一盘现炒热上。另外，马连良常至老东安市场吉祥戏院演出，也必至清真馆爆肚冯吃羊肚仁。爆肚者自不必言，肚仁者何谓？即羊之储胃冠状沟，棱状。而羊之此物约三四两，一分为三最后一段称为"大梁",再去膜剥皮,所谓"肚仁"者不过几钱肉。所以教门馆中人常云:"马老板的吃与唱一样,前者精致到挑剔,后者挑剔到精致。"

爆肚冯老板因与马连良稔熟,故马连良教其做了一道镇堂名菜——"爆肉梨丝",且不谈肉需精选,辅料梨丝,必买"春华斋"的大鸭梨,可见"精致到挑剔"并不是虚誉。

马连良与西来顺的关系较晚,1945年后曾将西来顺的头灶厨师聘为自己的特约厨师,那也是饭庄关门之后,厨师到马家做宵夜而已。不过,梨园界还是以在马老板卸妆回家共同品尝西来顺风味的炸素羊尾、鸡肉水饺为口福。但知情人都知道,马连良除了与朋友共享,自己居家主要还是以窝头、菜蔬、水果为主,并不极端奢华。

老北京清真馆并不少,除西来顺外,像鸿宾楼、东来顺、烤肉宛、烤肉季、白魁老号等都很有名,亦不乏百年老店。清真者,盖因穆斯林对饮食非常讲究,只不过马老板更精致挑剔罢了。有一例即可证,章伯钧有一次请马连良到家晚上做客吃饭,但刚中午,几位着白色衣裤者进入章家厨房,先以"自备大锅烧开水。开锅后,放碱,然后,碱水洗厨房。案板洗到发白,出了毛茬儿为止。方砖地洗到见了本色,才肯罢手"。章家小孩大为感慨:"说句实在话,自从住进这大宅院,我家的厨房从来没有这么干净过。"

但是,尚未结束,再过一会儿,又进入一拨穿白衣裤者,抬着整桌酒席的"圆笼",扛着大捆苹果木(烤鸭之用),据描述:"在院子一角,柴火闪耀,悬着的肥鸭在熏烤下,飘散着烟与香。所有的桌面、案板、茶墩都铺上了白布。马连良请来的厨师,在白布上面使用着自己带来的案板、杂墩和各色炊具。抹布也是自备,雪白雪白的",章诒和觉得:"只有水与火是我家的了。这哪里是父亲在家请客,简直就是共赴圣餐。"章言"简直是个神仙",母亲则"欣

313

喜万分"。①看来，美食与洁净犹如双璧，缺一不可，洁净也是一种享受。当然，马连良之死尽管说法不同，有人回忆则是在剧团食堂排队，刚买完一碗面条就"一个跟斗翻在地"，三天之后溘然而逝。那是在"文革"中，遑论美食，生命直如临深渊、履薄冰，讲求挑剔的马老板斯时绝对想不起烹虾段、爆肚仁、炸素羊尾这些精致美食吧？

再说到西来顺，本来由繁华的西单迁到白塔寺（中间还歇业了三十多年），再迁到相对偏僻且交通不便的和平门里，这对老字号确属不利。如果风味再丧失，更是雪上加霜。

当年为什么要迁到和平门，为什么不迁到牛街一带呢？如果迁到回民相对集中的牛街，又是老招牌，我个人揣测，生意应该更兴隆。这其中大概有若干原因，但我觉得迁到和平门内，这似乎有些失策。开饭馆不光讲究特色和定位，地点也很重要，饭馆讲扎堆儿，例如东直门簋街、方庄食街等之所以火爆，扎堆儿互动是很重要的一条。

西单过去很繁华，不仅仅是商业街，还是餐饮一条街，据说最兴隆时期，西单的著名清真馆就有9家之多，而全市总共才不到20家。从五十年代看，西单历经变化，却仍然名馆众多。以由南到北的大街为轴，依次绵延。如果从西单以南的宣内大街烤肉宛计，往北有又一顺，西面胡同里有四川饭店，西单路口附近有同春园（江苏馆，"文革"中我印象改名"镇江餐厅"）、鸿宾楼、民族餐厅（在民族宫内），西单路口往北有玉华台饭庄、曲园酒楼，西单商场内有峨眉酒家、又一顺（又一顺当年是两家店），再往北快到西四还有同和居、砂锅居等。这些地方在七十年代中期以后我都曾去

---

① 见《一阵风，留下了千古绝唱——父亲与马连良》，2004年9月29日《中国青年报》。

过。按1963年再版的《北京游览手册》，记载西单北大街还有一家著名的广东馆恩成居，而西来顺歇业前当时在西单牌楼一带，这是最好的地段，后来迁到白塔寺，应该还算合理，因为总体离西单不远。而现在的位置则不佳。

西单的餐饮老字号在九十年代前后纷纷迁走了。峨眉酒家迁到月坛，鸿宾楼迁到展览馆路，同春园迁到新街口外大街，曲园迁到阜成门外，玉华台迁到健德门外，连物美价廉的庆丰包子铺也被迁走了，等等。如此星散，对于老字号餐饮真是毁灭性的打击。如果现在去西单，或供一饱口福之处不多了。它正朝着现代商业化的方向迈进。去老字号能找到以前的感觉太不易了。挑剔的马老板倘天假以寿，踱步到西单寻觅清真老字号，望见"落得个白茫茫大地真干净"，还会兴致勃勃地高唱"一马离了西凉界"吗？

觯斋主人与"洪宪瓷"

凡瓷器界的鉴赏家和收藏家们，是无不知觯斋主人郭葆昌大名的。

郭葆昌字世五，号觯斋。河北定兴人。曾任袁世凯的九江关监督，更为秘密的是他为袁世凯的"庶务司"，其实就是袁世凯的"外账房"，即掌私人支出，可见信任。于瓷器之道尤为擅长。清末代皇帝宣统逊位后，他还担任过故宫博物院鉴别瓷器的专门委员。特别是1915年至1916年间，他为袁世凯"登基"烧制了四万余件"洪宪御瓷"（"洪宪"是袁世凯所谓"中华帝国"的年号），以备袁世凯登基之用，并作为馈赠参加所谓"登基大典"的各国公使的礼品。这些"御瓷"极为精美，并不亚于历代的皇家"官窑"。郭葆昌为了烧制四万多件"洪宪御瓷"，仅烧制费就用去了140万大洋。但可惜随着袁世凯的"驾崩"，"御瓷"也风云流散，终成稀世珍宝，成为瓷器收藏家们追逐的宝物。当然，时人庄严《山堂清话》考证：凡落有"洪宪年制"款的洪宪瓷，"实为后人仿制"。因为郭葆昌在民国四年在江西景德镇监制这批为纪念登基预烧的瓷器时，均署"居仁堂"款（此堂为袁世凯中南海家居之所）；另外，袁世凯及谋士们也尚未拟定次年"洪宪登基"年号。

郭葆昌不仅是烧制瓷器的名家，也是鉴赏家和收藏家，这极难得。而且他本是农家子弟，只上过几年私塾，但人极聪慧，凭着刻苦好学，终于成为瓷器制作和鉴赏专家。他的斋名之所以号"觯斋"，是因其收藏了一件价值巨昂的青铜觯（古时酒器）。郭葆昌在烧制"洪宪御瓷"时，也连带烧制了一批自用瓷器，署"觯斋"款，另仿制了一批康、雍、乾三朝"官窑"，均为难得精品，今天亦是凤毛麟角。他出过《觯斋瓷器图谱》，收有毕生珍藏名贵瓷器三百余件。他不仅收藏、制作瓷器，也收藏字画碑帖。当年故宫大内的"三希帖"中王献之的《中秋帖》、王珣《伯远帖》，流至宫外，在溥仪被驱宫至天津张园时后，竟归郭葆昌收购。据说这是宣统小皇帝溥仪逊位后，光绪的瑾妃私下将两帖送至北京后门桥外古董铺"品古斋"出售。郭葆昌先知消息，捷足先登而购收。但郭葆昌后来盛筵邀客欣赏此二帖，并当众宣布："百年之后，无条件归还故宫博物院，让'三希帖'重聚一堂。"至二十世纪五十年代几经辗转，终于购归国内。

郭葆昌曾任故宫博物院瓷器鉴定委员，中外宾客请其鉴定、购买古玩者车水马龙于寓所之前。据郭氏后人说，世人多以其为袁氏宠臣，殊不知此人颇有爱国之心，从不将真品卖与外国人，日伪期间拒不下水。多次表示抗战胜利后将藏品全部捐给国家。1946年，郭氏后人遵从遗愿，将瓷器全部捐给故宫博物院。当时"郭瓷"与"杨铜"（天津杨宁史所藏青铜器）为故博所购重要文物。"郭瓷"中不仅有罕见的精美宋瓷，也有连故宫也没有的清官窑"彩栖耳尊"，后均运抵台湾。

郭葆昌逝于1942年，著述甚多，有《瓷器概说》《觯斋瓷乘》《宋广窑琴考》《项子京历代名瓷谱释》等，应是中国瓷器史上的殿军人物。尤"洪宪""觯斋"瓷，于今更为举世珍品。据郭氏外孙马常先生见告，国内真正的"洪宪""觯斋"瓷极罕见。小市古玩摊上若有，则必为赝品。

"觯斋"瓷我只见过一次实物，马常先生在世时，拿来他外公遗下的一件瓷器请我父亲鉴定，是豇豆红，款识标"大清雍正年制"，父亲看了，说下部是雍正官窑，盖是郭葆昌仿制的。但的确惟肖，外行极易"打眼"。

对于郭葆昌其人，评价也不同。如也是书画鉴赏家的张伯驹先生，在所著《续洪宪纪事诗补注》中有诗云："佞险人云似士奇，移花手段化为私。收藏博得专家号，开国因烧洪宪瓷。"诗后并有注说郭葆昌"为人机警险佞，颇似高士奇"。高士奇是康熙时的大臣，曾受康熙旨意参劾权臣明珠的幕后推手，以郭比高，甚不相符。诗注中又说向袁世凯"进言应制洪宪瓷器，以为开国庆典，并请用故宫所藏精品作样本"，"乃提取文华殿大量精美瓷器……尽归其私有，并多以善价鬻于美国"。张伯驹说郭葆昌买得《中秋》《伯远》二帖，曾索价二十万元欲售与他，张伯驹以"价昂不能收"。张伯驹在诗注中还说，郭葆昌逝世后，二帖归其子，"以朱启钤居间言于宋子文，郭子将所有瓷器捐于故宫，给奖金美金十万元。按郭藏瓷器精品，早于生前鬻出，此捐者皆普通之品。所以奖此巨款者，乃郭子将'二希'献于宋子文"。张伯驹后写文刊于上海《新民晚报》揭露，宋子文才将帖退还。郭葆昌之子携之于香港，最后故宫博物院以重价购回，国宝终未流失海外，也是值得庆庆。至于郭葆昌将精品售于美国之说，那一定是他精心仿制的赝品，外人不知其详而已。马常先生记述：郭葆昌1942年病逝于德国医院，时年六十三岁，遗言明确子女将其收藏瓷器捐赠当时的故宫博物院。"十万美金"云云，也仅是一家之言。

郭葆昌在袁世凯死后，离开官场，在北京东城秦老胡同一所大宅院享受奢侈的生活。据马常回忆，此宅院有房300余间，还有花园。但他在日伪时间坚决不下水，将当汉奸的一些多年好友如王荫泰之流引以为耻，断然绝交。这还是值得首肯的。

指画名家曾恕一二题

曾恕一与灵渠

我在很多年前就注意到曾恕一先生，还写过有关他指画艺术的文章。那时并不认识曾老，他看了我的文章，来北京举办画展时辗转找到我。从此与曾老包括他的女儿，也是指画家的曾京兰女士相交，曾为父女二人的画集分别写过序言，对曾老的指画艺术和他的生平有了更多的了解。

当代中国指画大家一北一南，当推潘天寿与曾恕一。潘天寿的绘画大气磅礴，以笔画为主，指画为辅，以北派风格见长。曾恕一则以指画为主，笔画为辅，终身研习指画六十余年，画风以墨韵飘逸，生动细腻见长。

曾恕一生于1909年，广西兴安人。七岁始随长兄曾石年习画，二十岁起研究指画艺术。1930年毕业于桂林体美专科学校。后在家乡任中、小学教师。

曾恕一的青年时代，正值日本侵略中国的民族危亡时期。1938年10月日寇占领武汉后，各地大批逃离沦陷区的文化名人，云集于号称大后方的桂林，或弃笔从军，或以己所长，投身于宣传抗日救亡运动。面临国破家亡的危厄，全国文化人长达数年聚会于桂林，这是中国文化史上可歌可泣的一次盛况，被誉为桂林抗战之文化现象。1940年，曾恕一首次在桂林举办指画展，宣传抗日救亡，始轰动桂林。

1942年10月23日，也是中国抗日战争最艰苦卓绝的岁月，曾恕一在广西桂林国民党总部、柳州两地举办指画巡回展，并进行义卖，捐助抗日。代表作有《麻雀竹子》（与马万里合作）、《群雀霜枝》（龙潜题跋）、《八哥霜枝》（马万里题跋）、《荷花翠鸟》（与张家瑶合作）等。

为曾老题跋和合作作画者均为桂林文化名人。龙潜是广西桂林八路军、新四军办事处行政负责人，著名书画家，亦善指画，桂林榕门美专创校第一任校长，中共七大代表。马万里则为书画篆刻艺术家、教育家，桂林榕门美专校长。张家瑶是广西艺校教授，画家，抗战时期任广西教育厅副厅长。曾恕一能与多位名家合作多幅佳作，加之指画艺术的奇特性，画展在桂林产生了轰动效应。画展期间，曾恕一还得以结缘于田汉、张大千、柳亚子等诸多文化名人。

曾恕一的家乡是距桂林50公里处的兴安古灵渠，这是与长城同建于秦代的伟大历史工程。古灵渠是开凿于兴安越城岭与都庞岭峡谷地段崇山峻岭中的人工运河，沟通长江与珠江水系，使得天堑变通途。在军事上使得秦始皇完成了中国的大一统，在经济文化上，达成对岭南与大西南经济文化的融汇与繁荣，是中国海上丝绸之路的重要节点，被誉为是中国也是世界最智慧的工程之一。

在抗战最艰难之际，灵渠作为两次改变中国历史，实现国家统一的宏伟工程，自然成为提振民族信心的象征。蒋介石与宋美龄曾于1941年与1942年，不顾日机轰炸危险两次视察古灵渠，1942年还是乘着夜色前来观瞻，并慷慨陈词："瞻两千年之宏图，将抗战进行到底！"并以此为契机，研究制定了对日军全面反攻的重大战略决策。其间还向随从人员建言在灵渠南陡处建一座观景楼，这座观景楼就是至今犹存的南陡阁。

1943年，李宗仁将军以第四集团军军长的身份视察灵渠，闻听蒋介石两年前拟建观景楼的建言，想到当时国土沦丧与台儿庄之战后的危亡现实，他的爱国之情涌上心头，立即慷慨带头捐款修建"南陡阁"。并亲题"南北关山展，陡流云汉横"的楹联和"南陡阁"匾额。

同年，作为军委办公厅主任的李济深为灵渠书写"秦堤"题名。李济深实行开明政治，大力开展抗日宣传活动，团结了一大批文化界爱国人士，其中包括梁漱溟、柳亚子、郭沫若、田汉、夏衍、安娥、欧阳予倩等众多文化名人，他们不仅活跃于桂林，也来往于灵渠。他们与兴安的官员，文化人士常有往来，曾恕一作为灵渠的名人，自然相濡以沫，惺惺相惜。如张大千就曾与曾恕一合作过《灵霄八哥图》。

抗战时期，曾恕一是灵渠管理委员会的唯一工作人员，负责向前来视察的政要讲解灵渠历史，还负责秦堤的维护。南陡阁的建成，成为他最好的工作平台，过往政要与文化名人皆为他负责接待。那时的贵客不需设宴陪酒，只需清茶一杯，便可迎来送往，因而虽仅一人，亦可从容应对。但偌大秦堤，仅此一人，又如何维护呢？

灵渠比邻有南陡村，而曾恕一与村民们始终和谐相处。那时民风纯朴，村民们勤劳善良，热情好客。维护甚至维修灵渠，几乎成为官民共同的责任。每年为灵渠清淤或修缮，灵渠两岸市民与村民在县政府的带领下，均是义务完成。尤其是对灵渠饮用水的维护，全兴安人几乎形成了人人关爱互相监督的不成文规则。那时无人敢往灵渠丢垃圾倒污水，否则会千夫所指，臭名远扬。因此，保持了灵渠水清纯如镜达两千多年。曾恕一与村民们融洽至深，遇到大事小情，只需招呼一声，全体村民都会义务相助。因此有时需村民在秦堤种树种花，村民们亦乐之相助。

自李宗仁将军带头捐资建设"南陡阁"后，乡绅们还集资在飞来石对面的鸟鸣山修建了保安亭，在泄水天平对岸修筑了"洗心榭"。后来成了曾恕一办公地。曾恕一还在灵渠两岸广植桃树，恢复了"桃花满树落红雨"的旧时景态，引来不少桂林画家来灵渠写诗作画。如今仍可见飞来石上的并蒂桂，及飞来石拱桥旁的琼花，皆为是曾恕一亲手栽种，他的指画作品《琼花竞放图》就写生于此。我去灵渠时，曾专往"洗心榭"和飞来石凭吊，遥忆曾老，不胜唏嘘。

田汉曾多次来灵渠，撰写了不少诗篇，其诗多有记载履踪。唯有1944年，田汉等诸文豪，在曾恕一陪同下过万里桥时的即兴诗咏，未见其著述。此诗曾恕一印象甚深，并传诵于弟子杨泉，诗云："我登万里桥，北望故乡遥。故乡望不见，堤外雨潇潇。"诗人田汉站在灵渠万里桥上，怀念在日寇铁蹄践踏之下的故乡，北望故乡而不见的悲怆心情油然而生，令人怆然。

"南陡阁"印记了曾恕一人生大好时光，也演绎了他与许多文人墨客在此吟诗作画的传奇轶事。其中最使他终生难忘的是与周游、肖甘牛诗画往来的深情厚谊。这两人是从抗战时就与曾老订交的挚友，以周游留下的诗篇最多。周游，猫儿山下资源人，诗人，1945年国大代表，抗战时桂林市政府主任秘书，自喻"猫叟"。肖甘牛是著名民间文艺学家，中国民研会理事，广西一至四届政协委员。曾恕一则是广西民革顾问，广西政协五届委员，文史馆员。三人过从甚密，常会集于灵渠南陡阁论诗作画，相处最久的是1964年的一次相聚，竟长达半月之久，相互留下大量诗篇与画作，如肖甘牛诗："最甜若忆故乡水，作计殷勤载笔行。聚首三人同白发，剖胸十日尽红心。春风已绿秦堤柳，夜雨还青南陡灯。皆是湘漓分派处，相期后约语丁宁。"曾恕一赠诗："六十年前数旧交，几人头白到今朝。重逢共饮秦渠水，犹胜浇愁酒一瓢。小鸟飞虫野草花，毫端指下两堪夸。临源艺事秋雯淡，谁识迂顽老画家。"酬唱诗篇体现了三位故人对故乡灵渠的眷恋之情，成为灵渠文化品位的缩影。

我一直认为：曾恕一是灵渠的一张文化名片，而我们至今对他的研究弘扬，做得远远不够。愿吾灵渠人，勿忘曾恕一。

曾恕一与民革的渊源

今年恰是著名指画家曾恕一诞辰110周年暨逝世30周年。其人其艺，颇可值得追忆。1980年，我在《工人日报》发表一篇谈指画的小文，文中提及广西指画家曾恕一先生，后来被《解放军报》等转载，而那时我并不认识曾恕一先生。

1982年秋，曾恕一先生辗转从报社得知我的电话，特意邀请我来位于北京东黄城根的民革中央观看他的画展。由此结识曾老和他的女儿曾京兰，以后还为他父女二人的画集分别写过序言。

曾恕一父女的指画艺术展，当年由民革中央和中山书画社共同主办，据我所知，起码在此之前，是民革中央唯一一次为民革成员举办的画展，也由此知道曾老是民革成员。那次画展，我记得去了不止一次。民革中央是很重视曾老画展的，我印象中王昆仑、屈武、朱学范、钱昌照、孙越崎、傅学文、贾亦斌、郑洞国、覃异之、邵恒秋、陈迩冬及周怀民、黄苗子、王遐举、孙墨佛、许麟庐、潘素等都曾莅临，可见曾老盛名所至，贤者为之云集。印象中由于曾老画展反响很大，应各界要求画展还延期两日。我后来看到过屈武先生为曾京兰指画集的题词"指下百花生舞态，画中小鸟荡歌声"，亦可窥见长者对曾京兰的勉励。而曾京兰加入民革正是由于屈武先生当时的殷切话语："你继承了父亲的指画艺术，也应继承你父亲的党派。"

曾老本人加入民革是二十世纪七十年代以后，但曾老与国民党的渊源却可以追溯得更为久远。曾老1929年毕业于桂林体美专科学校，甫任国民党广西兴安县秘书和灵渠管理委员会委员，于1938年前后加入国民党。他的夫人熊艳贞毕业于桂林榕门美专，也于毕业后任国民党兴安县妇委会委员。

1940年，曾恕一举办抗战画展，展址于国民党广西桂林党部。以其多幅画作义卖捐助抗战，而轰动桂林。1982年曾老再次举办画展，展址于北京民革中央，真是其源也长，其渊也深。据说，民革中当时健在唯一观看过曾老两次展览的是陈迩冬先生。我不熟悉陈老，年轻时有朋友介绍去向陈老学诗词，但不幸陈老逝世，未入门下，但后来与他的儿子同在一个单位，我还写过浅薄记述陈老的文章。

因为喜欢指画，后来也写过关于曾老的文章。爬梳曾老的历史，也知道他在抗战中与国民党高层人物多有接触。因为灵渠闻名于世，国民党高层军政首脑来桂林，多至此一游，而灵渠管委会编制仅有曾老一人，其职责是负责秦堤维护，兼负责向前来视察的国民党政要与文化名人讲解灵渠历史。据史料可知，国民党高层和元老如蒋介石和夫人宋美龄、李宗仁、白崇禧，民革创始人李济深、柳亚子等，包括在国民党政府三厅任职的郭沫若、田汉等。其间蒋介石曾两次至灵渠，一时灵渠道上，真是冠盖如云。

不少人回忆曾老生前约略谈过蒋介石等来灵渠视察，从理论上讲，曾老的职责就是讲解灵渠历史，亟应陪侧为之讲解。曾老生前没有写过回忆史料，这是很可惜的。他生前有关的谈话也极简略，比如他曾对女儿曾京兰回忆，1941年，蒋介石偕宋美龄率众政要第二次视察灵渠，为避开日机轰炸，是乘着夜色而来，参观灵渠后慷慨陈词："瞻两千年之宏图，将抗战进行到底！"可见灵渠作为最智慧的世界文化奇观之一，在抗战最艰难的时刻，能凝聚起全国军民抗战之精神。曾老作为见证者，他所传递的这段历史是十分珍贵的。

1943年，在随枣战役后，李宗仁南下回桂林，途中视察灵渠，带头捐款修建"南陡阁"，并题嵌名楹联"南北关山展，陡流云汉横"和"南陡阁"匾额。当年南陡阁设两层，竣工后成为曾老接待游客的工作室。时为军委会桂林办公厅主任的李济深将军，广西苍梧人，当年是抗日主战派领军人物，亦曾在灵渠盘桓多时，还为"秦堤"题名，他是1948年成立民革主要创始人和领导人之一。

其他如国民党元老、也是民革元老的柳亚子先生也来过灵渠，柳亚子先生曾任民革中央常委兼监察委员会主席。曾老是1944年4月23日陪同柳亚子游览灵渠的，并在灵渠洗心榭共餐、唱和，洗心榭是曾老当年的办公处兼画室，柳亚子曾赠诗称赞"曾生画幅盈窗牖"，柳亚子是诗兴极浓的诗豪，出口如风雨，且篇帙浩繁。手头没有柳亚子诗集，他的诗只出过选集，是否还有唱和，尚待钩沉。

1944年，田汉来灵渠也由曾老陪同，即兴吟咏："我登万里桥，北望故乡遥。故乡望不见，堤外雨潇潇。"此诗寓悲壮怆然之气，给曾老留下极深印象。据说此诗未见于田汉集部，是值得钩沉的桂林抗战文人史料。当年小小的灵渠，竟然吸引了蒋介石、宋美龄、李宗仁、白崇禧、李济深等抗战核心人物及众多文化名人之重点关注，桂林作为中国抗日救亡的文化名城曾名扬世界，而灵渠堪称桂林抗日救亡运动中最能振奋民族精神聚焦之地，应被学界所重视。

民革广西区委会分部筹备委员会于 1950 年 9 月 1 日在南宁成立。1954 年 4 月，民革广西区委会第一届委员会会议召开，但曾老迟至 1979 年才加入民革，由此亦可窥见出在那个年代曾老不曾谈及与国民党高层的接触，是其来有自的吧？曾老后来是广西民革顾问、政协委员，勤于艺事，而憾于未有文史资料留存，这是很令人遗憾的。桂林是当时抗战后方和抗战文化名城，而灵渠则是奠定秦朝统一中国的伟大历史工程，汉代名将马援等对灵渠的经营，则更成为激励中国军民抵抗日寇的精神象征（蒋介石视察灵渠时特别观瞻马援遗迹，意即在此）。曾老由于他当时特殊的地位，接触大量国民党政要和文化界名人，他的经历对这段历史将有着不可或缺的拾遗补缺，包括他自己当年捐助抗战举办的画展史料，我期望他故乡的有心人士能够钩沉集腋于世间，不仅家山幸甚，曾老亦可以含笑矣。

说虎将

曾经上演的抗战题材故事片《喋血孤城》，反映抗战名将余程万及其"虎贲师"坚守常德16天的壮烈事迹，这是当年轰动世界的"中国之斯大林格勒保卫战"。

适逢虎年，一时媒体说虎的古今掌故、趣话连篇累牍，但据我浏览，真正慷慨豪气的英雄烈士与虎有关的掌故却鲜见谈起。

例如《水浒传》中的"武松打虎"屡屡被谈及，还有人将《水浒传》中有"虎"字绰号的加以统计，也竟有十多位。但这不过是小说，应该是施耐庵的艺术创造。明末李自成起义军中真实的虎将是李过，号称"一只虎"，其勇猛剽悍使明朝军队闻之丧胆。但现实真正的壮士打虎却被遗忘。比如抗战中壮烈牺牲的赵登禹将军，壮岁时赤手空拳打死老虎，并合影以示其威，令人仰慕其英武。赵将军在新中国成立后被中央人民政府追认为革命烈士，北京至今有赵登禹路的命名用以纪念这位抗日英雄。

而中国共产党领导的人民军队更是产生了令敌人胆寒的众多虎将。

抗战初期，八路军总司令朱德渡黄河，拜访阎锡山，洽谈八路军彭德怀、刘伯承、聂荣臻、林彪率部过黄河抗日作战，阎锡山脱口而出：这是五虎上将渡黄河！这是阎锡山借用《三国演义》中关羽、张飞、赵云、马超、黄忠"五虎上将"的美誉称赞。人民军队中虎将云集，人们耳熟能详，姑且不谈，抗日联军中的王德泰被老百姓誉为"东满一只虎"，任东北抗联第一路军副总司令兼第二军军长，作战勇猛，冲锋在前，1936年11月在抚松小汤河战斗中壮烈牺牲，年仅二十九岁。

值得一提的是：当年中国抗日战场上，有两个飞虎队，一个是山东枣庄铁道游击队——"飞虎队"，在八年抗战中与日寇周旋，使其焦头烂额。也有很多队员英勇牺牲。"飞虎队"是抗战胜利后，唯一接受日寇投降的八路军军队（当时国民党不准八路军、新四军参加受降）。还有就是陈纳德上校领导的美国空军志愿援华飞行队，著名的"驼峰行动"使其名噪中外，数千名美、中两国飞行人员牺牲在中国的土地上。

还有抗日战争中杀敌报国的虎将们，如远征印缅的新五军所辖二〇〇师师长戴安澜将军，以身殉国，新中国成立后也被追认为革命烈士。他任师长的国民革命军新五军二〇〇师，是国民党第一支美式机械化师，自昆仑关大捷起，屡立功勋。黄埔六期毕业的廖耀湘，1930年中央军校选拔海外留学，他于千人考试中笔试第三名（录用限44人）。但面试时因个矮脸有疤痕被刷下。廖大怒之下闯入蒋介石官邸质问，蒋考问他《曾胡治兵语录》《曾胡兵法十三篇》等，廖倒背如流，甚至说出《湘军水陆战地记》的出版日期。蒋大喜，特批他留学法国圣西尔军校和机械化骑兵学校。归国时任二〇〇师副师长，时年三十三岁。在对日作战中身先士卒，田汉采访他时誉其为"北宋名将狄青"。1942年3月远征印缅，歼灭日寇王牌师团2万余，蒋介石在嘉奖电中盛赞他是"中国虎"！廖耀湘在解放战争中被俘，但在改造中表现甚好，特赦后任全国政协文史专员。新五军第一师郑洞国所部在昆仑关战役中击毙日寇中村正雄少将旅团长，名震中外。另新五军二十二师邱清泉与日寇作战勇猛，被送绰号"邱老虎"。因而新五军被授予"飞虎旗"。"飞虎旗"是国民党军队的最高荣誉，所授者寥寥，一旦被授，是为至高褒奖。张灵甫所属74师在抗战中屡立战功，亦被授予"飞虎旗"。

第一个被授"飞虎旗"的是傅作义的新编第三十二师，在抗战中以进军神速著称，被誉为"虎头师"，但在解放战争中，这支官兵均佩有虎头袖标的王牌军，被解放军虎将郑维山的第三纵队全歼，虎头师长李铭鼎被击毙，师所属三十五军军长鲁英麟羞愧自杀。曾在长沙会战中以"天炉战法"令日寇胆寒的薛岳，绰号"老虎仔"，但一和解放军交手，还是立见高下。在海南战役中，他号称固若金汤的"伯陵防线"（薛岳，字伯陵）被解放军打得一败涂地。国民党的虎将们在抗日战场上虎虎生威，但与解放军作战是屡战屡败，这就是发动内战不得民心不可逆转的结局吧？

抗战之役中最悲壮卓绝的则是余程万和他的"虎贲"师。"虎贲"古语意为士兵。（见《孟子》）《尚书》称之为帝王宿卫。北周设"虎贲率"，为禁卫军六率之一。汉武帝时置"虎贲校尉"，掌轻车，秩二千石，领兵七百人，为八校尉之一。西汉时改武帝宿卫"期门"为"虎贲郎"，主官为"虎贲中郎将"，秩比二千石。魏、晋时沿置这一武职。到元代仍设有"虎贲军都指挥使"一职。如果没记错，古语"贲"同"奔"，"虎贲"含有勇武之意，古时亦指勇士。

余程万是王耀武为军长的七十四军五十七师师长，余程万是黄埔一期生，资历比他的顶头上司两任军长俞济时、王耀武都要老。该师代号"虎贲"（国民党军队除正式番号外，多有代号，如青年军主力独立九十五师号"赵子龙"师，郑洞国新一师号"荣誉师"，张灵甫74师号"首都模范师"，等等），全军官兵的臂章上皆有"虎贲"二字。抗战中，"虎贲"师驻守常德，在震惊中外的"常德保卫战"中，坚守半个月。以全师8529人，与围城三万日军死战，毙伤日军4251人，五十七师官兵阵亡被掩埋者5703人，负伤及被日寇毒气致伤者2500余人，（见《正面战场大会战》，团结出版社2007年版）"虎贲"气概名副其实，其英勇壮烈视死如归的凛然之气受到国人一致推崇。

不过，若按章回小说大家张恨水的说法，五十七师将士仅剩余程万师长以下83人生还（《虎贲万岁》自序）。据张恨水之子张伍先生回忆：乃父在重庆时，五十七师两位幸存者奉师长余程万之命，恳请张恨水"能把常德会战写成小说"，"他们是后死者，有责任把那些壮烈的事迹记录下来，永垂青史，然而他们是武人，拿惯了枪杆，拿不了笔杆"，所以请张"完成这个任务"。随之提供有关地图、照片、日记、剪报册等，并轮流登门向张恨水介绍各种细节。

张恨水于1945年春动笔，小说从师长到伙夫皆是真名，"是一部战史般的纪实军事小说"，他在序言中说："一师人守城，战死得只剩八十三人，这是中日战争史上难找的一件事，我愿意这书借着五十七师烈士的英灵，流传下去……"该书于此年出版单行本，余程万非常高兴，特地派人送来丰厚谢金，被张恨水拒绝：我不是为余师长个人写书，而是要唤起更多人的抗日热情。（张伍：《忆父亲张恨水先生》，北京十月文艺出版社，1995年版P253）

据张伍先生回忆：抗战胜利后，张恨水一家到南京，余程万所部恰好也驻守南京，曾欲宴请张恨水全家，仍被张恨水婉谢，但接受了余程万相赠的礼物——从日寇手中缴获的指挥刀。

据媒体追踪，至今年"虎贲师"幸存战士仅4人，国内2人（一人出家），美国和台湾地区各一人。

有趣的是，《虎贲万岁》一书出版产生的影响使得余程万得来艳福，"一位很漂亮的苏州小姐看了书，心仪余程万，托人介绍，竟然做了余太太"。（上同引，P245）但按沈醉的说法，余太太则是如夫人。解放战争末期，余程万率所部二十六军驻昆明，同时兼任昆明绥靖公署主任，当时军统局驻云南站站长沈醉一度对余程万的这位如夫人"进行过调查和防范"，余程万介绍是"名小说家张恨水代他找来的"。(《军统内幕》，文史资料出版社1984年版，P291)据沈醉回忆："张恨水去过常德，和余有一段往来，便写了一部以余程万守常德为题材的《虎贲万岁》的小说。这位苏州小姐看过这本小说后，对余异常爱慕，决心不顾一切委身于张恨水笔下所描绘的'虎贲英雄'，甘心充当他的姨太太，和他秘密同居。"国民党的军法有规定，如果军队将领纳妾是要受军法处置的。天津曾处理国民党军一位副军长纳妾事件，且由戴笠奉蒋介石之命，热播的电视剧《潜伏》中曾提及。但那时风雨飘摇，沈醉却怕她负有政治使命策反余程万起义，不仅暗中派特务监视（国民党军中均有军统组织，负有监视使命，如集团军调查室或情报处，军调查组或参谋处第二科，至师级有联络参谋），甚至安排一位副军长留心"余太太"的动向。

当时国民党在战场上兵力不足，云南昆明只有中央军李弥的第八军和余程万的二十六军，余程万亦有主持云南军事的心愿，若余程万借"虎贲英雄"的虎威起义，将大大加速云南的失控。由此可见军统的主要任务之一是监视国民党军队将领。

1949年3月，张恨水在和平解放后的北平，曾应中央人民广播电台邀请，对余程万发表题为《走向人民方向去》的广播讲话，敦促他弃暗投明。余程万的态度如何不得而知。

1949年12月，余程万与沈醉、李弥及昆明七位国民党嫡系军、警、宪、特首脑，被云南省主席卢汉假借张群名义予以软禁，后均列名于云南省起义。

因为二十六军、八军围攻昆明，余程万和李弥等被放回去劝阻。但余、李等人出去后仍指挥进攻，但最终被昆明保安团击溃。这也是一个奇迹。论装备、人数，昆明保安团皆不及二十六军和八军，但是得到昆明人民的支持，看来"虎贲英雄"亦无可奈何。余程万以后的结局竟然是一个悲剧。云南起义后，大概余程万觉得前途无望，他既没有像李弥那样率残部退往缅甸打游击图谋"反攻大陆"，也未像其他国民党官员撤退到台湾。而是选择了隐居香港郊区，夫妇办了一家农场养鸡种菜，也许是想解甲归田颐养天年。讵料天有不测风云，1953年，一伙歹匪抢劫农场，"虎贲英雄"余威尚在，不甘虎落平阳被犬欺，遂拔枪与歹徒对射，不幸被射中身亡。夫人亦同遇难。这诚然具有了悲剧色彩，抗日虎将陨落荒郊，令人不禁生发感慨。当时对余程万之死就有扑朔迷离之猜疑。歹徒均手持冲锋枪，怀疑是否台湾特工所为。因当年常德保卫战日军欲闪击重庆，蒋介石命余程万"与城共存亡"，不料余最后突围，蒋认为在中外舆论面前颜面尽失，愤然以军法判处余程万死刑。幸有常德军民为他请命，后改判两年。

毕竟是嫡系，蒋最终还是起用了他。国民党撤台，余程万去了香港，也许是心存芥蒂，余在香港经常与黄埔袍泽在酒酣耳热之际大骂"校长"，是否由此起杀心也未可知。当然，抗战中的虎将如邱清泉、张灵甫均在解放战争中被解放军击毙，也更令人感慨惋惜——如果他们在抗战中壮烈牺牲为国捐躯，其人生价值更会值得一书。

国民党空军司令周至柔，曾被呼为"卧虎将军"，这不是形容他能征善战。原来国民党败退到台湾后，周至柔养了一只老虎，几乎形影不离，他外出时乘坐吉普，老虎即卧于后，在台北街市上呼啸而过，成为一景。亦无人敢管，盖因周至柔是主管国民党政府航空的宋美龄的亲信，所以"卧虎将军"这个称谓大概不无讥讽之意。由此可见窥国民党将领的腐化堕落，兵败如山倒跑到台湾一隅，犹不知耻。袁世凯麾下最宠信的三员大将段祺瑞、冯国璋、王士珍，时称北洋三杰"龙、虎、狗"，何有此谓？至今未有令人信服的解释，姑且存疑。

最令人惋惜的虎将是何海清，字镜寰，1875年生于湘潭，1895年参加过甲午战争。后考入云南讲武堂，与朱德为同学，情谊深厚而义结金兰。1904年官费留学日本陆军士官学校，其间参加同盟会。归国后响应蔡锷重九起义，在讨袁、护法等役中屡立战功，蔡锷曾致电称誉为"虎将，吾之子龙也"。屡任要职，晋衔上将，因失聪解甲归田，朱德还资助过他。抗战中在家乡组织自卫军与日寇周旋。1950年被冤杀。1983年10月才获人民政府平反，确认为"辛亥革命人员"，但是何将军已看不到平反的证书了。

最令人不齿的是方先觉，在抗战中坚守衡阳，日寇屡攻不下，哀叹遇上了"骁勇善战之虎将"。一时声闻全国。但最终弹尽粮绝，方先觉欲拔枪自杀，被副官拦下。贪生怕死的部下哀求以他名义悬白旗投降，他竟然应允。后受审判，到台湾后每以"惟尔一死"愧疚于心，终落发为僧。

这真是玷污了"虎将"的称谓，而永远留下一生耻辱，无以对在抗战中壮烈牺牲的三百多万将士！

京城侠隐金警钟

青年时代，一度迷恋武侠小说。那个年代此类皆为禁书，通过各种秘密渠道寻觅来读，常挑灯夜读而不知东方之既白。举凡有清至民国诸如《三侠五义》《七侠五义》《小五义》《续小五义》《七剑十三侠》《江湖奇侠传》《江山鼎盛万年青》《鹰爪王》《十二金钱镖》《宝剑金钗记》，等等。版本各异，从线装至民国石印本，浸淫其中，尤《宝剑金钗记》（电影《卧虎藏龙》据此改编），竟为之有泪盈盈。现在想来只有一个收获：当代所谓"武侠小说"，其水准皆未超过民国，只是今人读不到而无法比较而已。

继而结识师友，窥视武林，尤对技击式的大成拳、陈氏太极大感兴趣，读研招式，只因惧于艰苦而退避。一个时期，津津有味觅读各种武术典籍及《武林》杂志，我外祖父一介文人，却擅"五禽戏"，也曾偷偷细读他所藏《五禽戏练法》。我父亲的家族大多会些拳脚，曾教过我几招防身术。但也是他高兴时主动，最畏其严苛，从不敢深入请教。武术并不像写作，无师不可能自通。读多了，也只有一个收获：武术是技击，小说、影视及至表演类皆是"架子花"。我最感兴趣的《少林七十二艺练法》（以下均简称《练法》），诸如"金钟罩"之类，而印象极深。这部书的作者是二十世纪三十年代享誉京津的著名武术家金警钟。此人似乎从未有人谈及。二十世纪八十年代初，我应中国新闻社之约，写的那两篇短稿至今在网上还能见到。

从书中介绍可知，金警钟本名金恩忠，字泽臣，号疯癫客，警钟是他的别号。爱新觉罗后裔，出身于北京望族，曾就读于京师私立毓关中学，后弃学从军。他曾得家传斛斗术及少林拳，又拜名武师朱冠明习谭腿、杨德山习少林六合、殷德魁习三皇性功拳，最后得真传于少林寺方丈妙兴法师。金警钟先生曾在书中谈过妙兴法师的身世，妙兴幼习技击，兼攻翰墨，尝遍游大江南北，至弱冠技已精纯。因感国势飘蓬，人民颠沛，遂出家于嵩山少林寺。在少林寺精习少林功夫，有"金罗汉"之誉。妙兴主张"发扬武术，强种强国"，打破历来秘技不传之旨，同时广为著述，以弘扬国粹。金先生就是随军游少林寺时拜他为师的。其著《练法》大概也是继承乃师之志吧！

除此之外，金先生还有几种著述，其中《国术名人录》已成为现在研究武术流宗的必备书了。据说金警钟为人和蔼可亲，不但无武夫之概，且有一种书生气。练武之余，还雅好读书。书斋名曰"破书钝剑楼"。妙兴法师圆寂，他曾亲书挽联，笔势劲烈，文辞亦贴切。上联"瞻被昂昂金罗汉，拳剑枪刀，交发并至，跳龙卧虎，尚武精神，豪气鹏鹏贯牛斗"，下联"叹我堂堂勇禅师，胆坚铁石，志烈秋霜，发扬国粹，救我民族，大义凛凛满乾坤"。

金先生共兄弟三人，他居长。两个兄弟也均以武名著称。二弟金恩良，拜北京太极名师杨静清为师，专习太极拳剑。三弟金恩善，幼习斛斗术和少林拳，后又拜北京摔跤家戴洛三为师，专习跤术。戴洛三俗称戴三秃子，与北五省驰名的沈三、宝三齐名。以功夫论，老二金恩良功夫属柔，老三金恩善功夫属刚，各有千秋。

金先生《练法》一书，深得当时武术界人士好评，八卦、形意名家、孙氏太极创始人孙禄堂曾为之题词曰"如数家琼"，可谓评誉得当。

二十世纪八十年代初曾应中国新闻社之约，为香港《华侨日报》"京华感旧录"专栏撰稿，遂写两小文《金警钟其人其事》《再谈金警钟其人其事》。发表后，曾有来函询问者。那时，我不过二十几岁，在北京东城文化馆业余文学创作组参加活动，定期统计发表文章目录。同组的金宗超先生看到目录，吃了一惊，急切询问并自我介绍，才知他乃金警钟之侄。金宗超先生后来专约谈警钟先生遗事，并特意从家中取警钟先生摄于七十年代之照片及有关墨迹等。

金宗超乃警钟先生胞弟金恩良之子。金警钟先生自五十年代后一直在家赋闲，至八十年代初无疾而终。他亦从不教子侄武功，故一身绝技未曾传之后代，金宗超先生谈及此事，颇有唏嘘之意。我曾探讨，祖上系爱新觉罗皇族，究系何支脉？但宗超先生云长辈绝口不谈，故后人亦茫然不可考。

而宗超先生与我谈及警钟先生遗事，颇有为世人所不知者。

警钟先生以少林七十二功驰誉南北，故被当时驻节北平的张学良将军聘为武术教官。时值日寇窥测京冀，不断挑衅，一时甚嚣尘上。某日，因事张将军与日军军官会晤，后共进餐宴，警钟先生陪席。数巡过后，一日军军官口出狂言，竟拔出战刀挑肉一块送至于警钟先生嘴边。警钟先生泰然自若，一口咬定，气发丹田，竟将日人战刀刀尖咬断。张将军及所有我方将校皆鼓掌不止，那挑衅之日军军官亦对警钟先生的神功钦佩之至，凶焰顿收。警钟先生振我军威的壮举一时传为美谈。

半年以后警钟先生解甲归隐，出入如一般和蔼老叟，外人丝毫不知此为当年赫赫有名、威震京津之武术大师。闲居时，警钟先生每每濡毫铺纸，研习书法，宗超先生当时向我展示他的遗墨及著述。警钟先生著述除《练法》《国术名人录》外，传世极少。

《练法》一书，二十世纪三四十年代在京华时曾由坊间印行，现已绝版。是书乃警钟先生集心血之著述，亦为弘扬少林正宗武术之大成。可惜此部有价值的武术著作一直未曾再版，颇令人引以为憾。

我识金宗超先生是二十世纪七十年代末期，只知他专力创作曲艺作品，八十年代后，忽然见他在电视台上表演双簧，听介绍，才知他是天桥八大怪之一大金牙的徒弟。惜乎以后失去联系，如果他健在，也应该年逾八十了。

关公战秦琼小考及其他

　　我对《关公战秦琼》这个相声段子，一直有着浓厚的兴趣。这个几乎国人皆知的相声段子对军阀（不是段祺瑞、吴佩孚那种"儒将"的类型）残暴与愚昧的揭露，我以为比口号式的批判，不知深刻多少倍。

　　因为有兴趣，所以一直想探本寻源，也一直怀疑是否有艺术夸张的成分。记得曾见过质疑之类的文章。因为相声里明指"寿星老儿"是韩复榘的父亲，所以据说韩氏子孙一直愤愤不平，竟拟有涉讼之议。其实，这段相声早在抗战前就已问世，是谁创作，已不可考。我曾请教过一位老先生，他说最早说这个相声段子的是："小蘑菇"常宝堃，但是否常氏所创作，不得而知。但有一点是毫无疑问的；那时相声里的"老寿星"是指军阀张宗昌之父，而且至今台湾艺人所说仍循原本。五十年代初，侯宝林先生加以改编，将张宗昌换成韩复榘。据说是与当时"批判"梁漱溟先生有关。因为当时有"韩复榘用枪杆子杀人，梁漱溟用笔杆子杀人"的流行语，故易张为韩以加强戏剧性效果云云。（见《郭全宝谈侯宝林改〈关公战秦琼〉》）不过，二三十年代还真有一出河北梆子《唐汉斗》，即演绎关公战秦琼，曾流行于韩复榘管辖之鲁西北。剧情为家道中落的书生与小姐私订终身，女父嫌而欲退婚。小姐喜书生才学，约至关帝庙中以信物相誓。关帝认为此举玷污庙堂。派周仓捉拿书生。书生家门神秦琼、尉迟恭阻之。周仓引关羽与之大战。惊动玉皇调解，结局是有情人终成眷属。相声是否依据此戏改编，则有待于进一步考证。

张、韩二人都是臭名昭著的大军阀，也都当过山东的"草头王"。张宗昌1925年入鲁任军务督办，每年都要大肆为自己及父母妻妾祝寿，遍请京津名角（余叔岩、梅兰芳等都曾被"邀请"过去唱堂会），一时极尽"风光"。但并未出现过"关公战秦琼"的荒唐事。韩复榘1930年入鲁任山东省主席主持军政，而其父1927年已逝于北平，所以这桩愚昧之举也栽不到他头上。

于是，尽管冤枉了张和韩，但人们却宁信不疑。张宗昌出身于地痞匪类，后被招安，最后混成割据一方的"土皇帝"。这个满脸横肉、流氓成性的军阀，当时报纸上送给他"狗肉将军"的"雅"号（他还被讥消为"长腿将军"，因其逢战必溃逃也）。林语堂先生曾写文谈过："狗肉将军"生前离、弃的小老婆总计有64人，时有正式名分的仍有16人！但，如此流氓成性的人，却酷爱尊孔（尽管他在祭孔仪式上只会说"孔老二又走运了"之类），岂不令人啼笑皆非。这个自称"三不知"（不知自己有多少钱、兵、妾）的土皇帝，据我看唯一做过的好事就是保护古迹，如捐巨款修孔庙之类，动机如何则不可考。

与张宗昌相比，韩复榘可不是草包。肚中略有经纶，为人精明诡诈。表面上文质，一说话却与"狗肉将军"无二——粗俗不堪（有种说法认为他是以粗俗假象遮掩其诡诈）。但本质上却与张宗昌相仿佛。抗战时初与日寇勾搭，后又弃土而逃。逃走时竟将全国大募捐修孔庙的捐款也窃为己有，用专列载而运走。最后被蒋介石诱而杀之。有趣的是，张宗昌是被韩复榘杀掉的（韩不是除公害，是恐其卷土重来）。韩复榘是以搜刮地皮、杀人残暴而出名的，但这个粗俗诡诈的恶人却也做过"风雅"之事。

韩复榘在山东做"鲁中王"时，曾大修泰山古迹，完工后曾颁严令，严禁"除奉令准刊外，无论何人不准题字、题诗"。泰山过去的石刻中官儿们的墨迹很多，民国、清……往上，几乎游此无不留字刻石，至于优劣与否并不管也。韩复榘却从来不留字刻碑，似颇有自知之明（我看过回忆他的文史资料，其实他的书法颇有功底）。他又严禁乱题乱刻，我真惊奇此等人怎么会有如此高明的文物古迹保护意识？或许有可能是幕僚们的主意，但起码是经他认可的吧？

曾几何时，碑林之建成风，毁坏古迹屡禁不绝。每逢看到此类报道，我总会想起韩复榘：难道，我们竟不如一个军阀？屡建碑林（尤其在风景区、古迹建造碑林更是破坏人文生态景观），其中的诗、字是否娴雅优美，是否意韵深邃，姑且不论；其劳民伤财所费，何不用来修建学校，让失学的苦孩子回到课堂，给民办教师、农民工补发工资，给低收入者加些生活费，扶贫救济，救灾抚恤！？

《关公战秦琼》是优秀的艺术作品，张宗昌、韩复榘也是遗臭的坏蛋，这是铁定无疑的。我再次声明，免得误会。

后 记

曹丕在《典论》"论文"篇中有一段常被今人反复引用的名言："盖文章，经国之大业，不朽之盛事"，其实他所指的"文章"，并非今日的散文、游记、随笔之类，且今日之文章恐怕也很难达到"寄身于翰墨，见意于篇籍，不假良史之辞，不讬飞驰之势，而声名自传于后"之境界。至于"年寿有时而尽，荣乐止乎其身，二者必至之常期，未若文章之无穷"的那种境界，恐怕我们今人也未必企及。

古人表达过一为文人便无足观的意见，当然也未必如清人黄仲则所自嘲的"十有九人堪白眼，百无一用是书生"，这与他的挚友洪亮吉说黄仲则"见者以为谪仙人复出"，与黄仲则对自己的自嘲相差甚远。实际上包世臣对他的定评"乾隆六十年间，论诗者推为第一"，是不无见地的。南社之消亡据说是因宗黄还是宗郑(孝胥)而起，可见影响延及民初。散文、随笔之类，其实与诗一样，不必妄自菲薄，但亦不必捧到天上。

看古人的散文(广义而言)，像《古文观止》中所辑选的那些名篇，在意境、襟抱和文笔上，我们今人仍然难以望其项背。而如司马迁《史记》中的一些人物列传，诚如鲁迅先生所赞叹："史家之绝唱，无韵之离骚"，恐怕也是后无来者吧？

灯下每拜观古人好文章，常击节赞叹。读史书包括野史，古人前贤的节义、风骨、襟抱、识见、情怀、才气、文采，也每令人仰慕钦敬。当然也有叹息、回肠、鄙夷、惋惜……那一个个逝去的人物，一颦一笑，音容行止，如在目前。古人说"身后是非谁管得"，其实从古人前贤身上，大可以立大义、识纲鉴、慕志节、涵修养、明事理、知荣辱，继承优秀的传统文化。闲暇好濡笔行文，自惭不如前贤，但也自觉有前人所未道者，时时努力，积之若伙。承蒙作家出版社不弃，将近年来所写的有关人物的随笔、散文、游记、读书札记结集，虽然皆在报刊上登载过，但部分文章发表时因限于版面字数，有所节略，借此机遇，尽予补齐，一些文章也有补充修订。明人陈继儒说过："未读尽天下书，知古人不敢轻议;而读尽天下书，益知不敢轻议古人"，我好读杂书，绝不敢称览尽天下，然每有意会，纯属心得，亦不敢称一家之言。或有未甚解之处，诚恳期待专家与读者不吝赐教。

　　感谢人民大学博士生导师毛佩琦教授为拙书赐序，与毛先生数次外出开会，结为忘年交，且多有获益。他举荐我成为中国文物保护基金会历史文化专家组委员，每次相晤都能感受到他渊博的学识。得到他为拙书写的序言，更足以生辉。

　　同时感谢靳扬先生，花费精力将我的文章钩沉搜集，和改正文字的舛误，谨并致忱。每部书皆有编辑、校对的辛勤劳作，从心底更道一声辛苦!

朱小平

2020年2月25日于京华

图书在版编目（CIP）数据

像蜀锦一样绚烂 / 朱小平著 . -- 北京：作家出版社，
2021. 10

ISBN 978-7-5212-1053-8

Ⅰ . ①像… Ⅱ . ①朱… Ⅲ . ①散文集 – 中国 – 当代
Ⅳ . ①I267

中国版本图书馆 CIP 数据核字（2020）第 124541 号

像蜀锦一样绚烂

作　　者：朱小平
封面题字：吴志实
责任编辑：宋辰辰
装帧设计：意匠文化·丁奔亮
出版发行：作家出版社有限公司
社　　址：北京农展馆南里 10 号　　邮　　编：100125
电话传真：86-10-65067186（发行中心及邮购部）
　　　　　86-10-65004079（总编室）
E-mail:zuojia@zuojia.net.cn
http://www.zuojiachubanshe.com
印　　刷：三河市北燕印装有限公司
成品尺寸：152×230
字　　数：282 千
印　　张：22.5
版　　次：2021 年 10 月第 1 版
印　　次：2021 年 10 月第 1 次印刷
ISBN　978-7-5212-1053-8
定　　价：52.00 元